JAN JÓZEF SZCZEPAŃSKI

DER POLNISCHE HERBST

ROMAN

DEUTSCH VON KLAUS STAEMMLER

INSEL VERLAG

Titel des 1955 bei Wydawnictwo Literackie, Kraków
erschienenen Originals: *Polska jesień*
Die Übersetzung folgt dem Text der 3. Auflage von 1968
Anmerkungen des Übersetzers Seite 363 ff.

Zweite Auflage 1984

Druck: Nomos Verlagsgesellschaft, Baden-Baden
Printed in Germany

DER POLNISCHE HERBST

ACHTUNG, ACHTUNG, ANFLUG!

Vor einigen Tagen habe ich auf der Straße Herrn Doman getroffen. Er war ein Freund meines Vaters. Ich hatte ihn lange nicht gesehen, denn seit dem Tode meines Vaters ist Herr Doman nicht mehr zu uns gekommen. Ein seltsamer Mensch ist das. Ehrlich gesagt, ich mag ihn nicht besonders. Doch kann ich nicht bestreiten, daß er mir imponiert und eine gewisse Furcht in mir weckt. Vermutlich ist er sehr klug und noch mehr gebildet. Über alles spottet er. Jede wissenschaftliche Theorie hält er für Irreführung, jedes staatliche Unterfangen für Schwindel. Wie er selbst einmal gesagt hat, erkennt er nur zwei Autoritäten an, Konfuzius und Einstein. Ist das nicht ein bißchen viel Extravaganz?

Ich traf ihn, als er mitten auf dem Bürgersteig der Dworcowa-Straße stand und vor dem Schaufenster einer Buchhandlung über irgend etwas nachsann. Sein großartiger Kopf, der Kopf eines alternden Mephisto, hing tief über der soliden Wölbung seines Bäuchleins, seine kurzen Hände waren auf dem Rücken verschränkt, Handflächen nach außen. Ich wollte ihm unbemerkt ausweichen, doch er erkannte mich und schnappte mich am Ärmel.

»Na und? Na und, Herr Kollege?« fragte er, und sein rötlicher, gleichmäßig gestutzter Bart bebte. Die tief eingeschnittenen Flügel seiner kurzen und geraden Nase witterten, die vorgewölbten graugoldenen Augen betrachteten mich mit aufdringlicher Neugier.

Auf der Straße wurde gerade ein Extrablatt verkauft – wieder irgendwelche Grenzzwischenfälle, irgendeine Provokation. In Hitze, Lärm und Staub drängten sich die Leute, sie stießen uns an, während sie in sinnloser Eile umherrannten. Ich war sehr besorgt.

»Wohin gehen Sie?« fragte er mit einer Stimme, die keinen Widerspruch duldete.

»Nur so, mich ein wenig umschauen«, antwortete ich ungenau. Ich hatte wirklich kein konkretes Ziel im Auge.

Er verzog seine Lippen zu einer eigentümlichen Grimasse, die ironische Zustimmung ausdrückte.

»Gut«, sagte er, »schauen Sie sich um. Sehen Sie aufmerksam hin und merken Sie sich alles genau. Und falls Sie je Nachkommen haben sollten, woran ich persönlich sehr zweifle, werden Sie der Jugend erzählen, wie das alles hier ausgesehen hat. Es ist die letzte Gelegenheit. Denn unsere Welt geht zugrunde. In zwei, drei Monaten wird sie nicht mehr sein. Ich sage das im Ernst. Morgen oder übermorgen wird dieses unförmige Gebäude ins Wanken geraten und über unserem Kopf zusammenstürzen...« Er zog die Schultern vor, als ahnte er die von oben herabfallenden Ziegel.

Ich war empört.

»Sie halten den Nervenkrieg nicht aus«, rief ich. Er lachte giftig, streckte unverhofft eine Hand vor und stieß mir mit dem Zeigefinger hart gegen die Brust.

»Bravo! Stark, geschlossen, bereit! Bravo! Auch Sie hat man zur Spieldose gemacht. Vielleicht ist es besser, Herr Kollege, vielleicht ist es besser, in der Narkose eins über den Kopf zu kriegen. Jedenfalls, schauen Sie aufmerksam hin. Da, was für schöne Schaufenster. Diese Buchhandlung zum Beispiel, sehen Sie? Pruszyński, Anatol France, Tuwim, Ibañez, Thomas Mann, Huxley... *Schöne neue Welt* – sehen Sie? Kennen Sie die *Schöne neue Welt,* Herr Kollege? Vielleicht werden Sie sie noch kennenlernen.« Ich floh.

Dieses Gespräch halte ich jetzt fest, weil ich wirklich für Stunden unter seinem Eindruck stand, und ich erinnere mich, daß die Luft an jenem Tage für mich einen merkwürdig scharfen Geschmack hatte und daß mir das Verhalten seit langem bekannter Menschen mindestens geheimnisvoll vorkam.

Nachmittags besuchten uns einige Leute zum Tee. Gerade als sie eintrafen, brach eines dieser kurzen, heftigen Gewitter aus, die in letzter Zeit alle paar Tage das quälende Band des gleißenden, schwülen Wetters durchschnitten. Wir saßen in unserem schönen, schmucken Salon, lauschten erleichtert dem eiligen Rauschen des Regens und genossen die Kühle, die durch das offene Fenster und die weich wehenden Tüllgardinen in breiten Wellen vom Garten hereinwehte.

Unter den Gästen befanden sich der Direktor der Stadtbibliothek, ein junger, begabter Soziologe, der dicke, joviale Ingenieur vom Eisenhüttensyndikat, ein wegen seiner Nüchternheit und seines unstreitigen Humors bekannter Mann, die Freundin meiner Mutter, eine besonders soziale, fortschrittliche Katholikin von störrischer und schwieriger Wesensart, beunruhigender Süße und kompromißloser Strenge. Trotz der sie umtreibenden Zweifel und Vorahnungen bemühte sich meine Mutter, Weronikas neuestem Werk, einem herrlichen Käsekuchen, dessen Mürbeteigboden wortwörtlich ›auf der Zunge zerging‹, gebührende Beachtung zu widmen. Tee und Kaffee hatten ein vorzügliches Aroma, das Konfekt stammte von Wedel. Unwillkürlich dem Rat Mephistos folgend, horchte, schaute, schmeckte und witterte ich. Das Gespräch drehte sich um Berdjajews *Neues Mittelalter,* vertiefte sich bei einem Vergleich zwischen Faschismus und Sozialismus und berührte vorsichtig Probleme wie die gesellschaftliche Funktion der Kunst, die Korporationen und die Zukunft der Kirche.

Obwohl ich aufmerksam zuhörte, muß ich ein Bindeglied nicht beachtet haben, denn ich kann mich nicht erinnern, was die fortschrittliche Katholikin plötzlich bewog, ihre Tasche zu öffnen und mit nervösen Handbewegungen eine vielfach zusammengefaltete Seite des *Ilustrowany Kurier Codzienny* herauszuholen.

»Und das? Haben Sie das gelesen?« fragte sie, und man

konnte dabei ihre langen, vorstehenden Zähne sehen. Ehe wir begriffen, worum es sich handelte, begann sie, ein Gedicht voll geheimnisumwitterter Symbolik und unbeholfener Reime mit dem Titel *Die Weissagung aus Tęgoborze* herzusagen. Sogleich entstand eine seltsame Stimmung; erst beschämend und peinlich, dann stickig und dämmrig. Uns umhüllte die Aura einer Welt, in der wir insgeheim lebten, welchen Umstand wir aber nach außen unter skeptischen Mienen verbargen. Der Soziologe versuchte alsbald, einen gefährlichen Ausbruch zu verhindern.

»Ja, ja«, er lächelte gelehrt und säuerlich, »ein bekanntes Phänomen. In solchen Augenblicken erscheinen immer Prophezeiungen und Zeichen. Ja… das wäre sogar ein interessantes, bearbeitenswertes Thema.« Er hüstelte wie nebenbei, rückte sich auf dem Stuhl zurecht, bewegte weich seine schmale Hand und zitierte:

»›Das war ein Jahr! Wer dieses Jahr erlebte,
Der träumt noch heut' als alter Mann davon.
Ein Erntejahr. Doch über allem schwebte
Das Morgenrot des Freiheitskampfes schon.‹

Ja, ja, die bekannte Geschichte.

›Als man das Vieh austrieb in diesem Jahr,
Benahm es sich, wie jeder konnte sehen,
Ganz unnatürlich und höchst sonderbar.
Nicht freudig stürmt es auf die frische Weide…‹«

Sich im Gedichtrhythmus wiegend, führte uns seine gedehnte und langweilige Stimme sanft auf die braven, unfruchtbaren Beete der literarischen Kritik und umging höflich das Skandalöse des naiven Mystizismus.

Doch die fortschrittliche Katholikin ließ sich nicht vom Kurs abbringen.

»Das ist etwas ganz anderes!« rief sie angriffslustig. »Das ist die Interpretation von Vorgängen, die bereits stattgefunden haben. Hier aber stehen wahrhaft erstaunliche Vorwegnahmen. Hören Sie doch: ›Besudelt fällt das Kreuz im Osten…‹ Was konnte er vom Hakenkreuz wissen? Und das ist authentisch. Meine Mutter hat diese Voraussagung noch vor dem Weltkrieg gehört. Das ist eine Tatsache.«

Der Soziologe hörte auf, schief zu lächeln, rieb sich ungeschickt die Hände und fuhr sich über das Haar. »Ja, tatsächlich… ich kann es nicht bestreiten«, stammelte er. »Auch ich habe das schon bemerkt… Ich glaube, ich habe sogar einen Text bei mir, der nicht aus dem *IKC* stammt; irgendwann früher notiert… hm… man könnte ihn vergleichen…«

Zu unserem Erstaunen durchsuchte er mit hageren Fingern seine Jackettasche und entfaltete mit der Miene eines ertappten Schülers auf den Knien ein maschinegeschriebenes Blatt Durchschlagpapier.

Dabei murmelte er Rechtfertigungen, die uns von seinem Ernst und seiner Ehre überzeugen sollten. »Für einen Soziologen ist das ein sehr interessantes, ja bezeichnendes, sehr bezeichnendes Phänomen… aus einem sicherlich noch nicht voll erforschten Bereich… ja, es stimmt: ›Besudelt fällt das Kreuz im Osten‹. Und das hier bezieht sich auf den Weltkrieg: ›In zwei Jahrzehnten erstehen die Zeiten‹.«

Jetzt wurde der Ingenieur munter. »Halt, halt«, dröhnte er, »von welchem Datum an? Lassen Sie uns rechnen.« Er zog eilig Notizblock und Bleistift hervor.

Wir verzichteten auf Berdjajew und die Mißachtung des Nervenkrieges und machten uns an die Analyse des Orakels von Tęgoborze.

Das alles geschah vermutlich am Sonntag. Ja. Denn am gleichen Abend wollte ich mit Leszek ins Kino gehen. Aber als ich ihn anrief, sagte mir das Dienstmädchen: »Herr Leszek ist schon beim Militär.« Man hatte ihn eingezogen.

Zum ersten Mal spürte ich an diesem Tage wortwörtlich jene Spannung, von der die Zeitungen so viel schrieben.

Ganz ähnlich war die Lage ein Jahr vorher im Zusammenhang mit dem Olsagebiet gewesen. Ich bin jetzt beinahe überzeugt, daß es diesmal wie damals nur ein großes Geschrei geben und Herr Doman sich zu meiner lebhaften Freude unter jene Propheten einreihen wird, die seit zweitausend Jahren das Ende der Welt verkünden. Noch am selben Sonntag, während in den Abendnachrichten Chamberlains Rede mit der Bestätigung der britischen Garantie für Polen erwähnt wurde, verstand ich, daß Hitlers Bluff diesmal ins Leere treffen würde. Die Tatsache, daß ich zur Zeit in der Kaserne bin, mindert meinen Optimismus überhaupt nicht. Ich war darauf vorbereitet und wunderte mich eigentlich, daß man mich so lange zu Hause gelassen hatte. Diese Manipulationen mit dem Mobilmachungsplakaten, die erst angeklebt und dann wieder entfernt wurden, waren irritierend. Ich atmete wirklich erleichtert auf, als der Polizist endlich mit der Einberufung kam. Die Mobilmachung war die einzig logische Antwort auf die deutschen Einschüchterungsversuche. Jetzt, da beide Seiten bereits den Revolver in der Faust halten, wird man sachlich und vernünftig reden können.

Aber ich habe nicht das Recht zu behaupten, ich sei mit Mephistos beunruhigenden Ansichten leicht und schnell fertig geworden. Noch gestern beim Verlassen des Hauses hatte ich Momente peinlicher Unsicherheit.

Bis zur Abfahrt meines Zuges saß ich mit Mutter und Schwester auf der Terrasse des großen Cafés am Bahnhof. Eigentlich war das sehr seltsam, nämlich trotz der zweifellos vorhandenen Abschiedsstimmung komisch und peinlich und nicht ganz ernsthaft. Die Stadt wogte und dröhnte in unbekannter, volksfestähnlicher Bewegung. Mit Uniformen verkleidete Zivilisten humpelten schwitzend in nagelneuen, soeben erhaltenen Stiefeln – allein der Anblick ließ an Hühneraugen denken –, drängten sich auf den Bürgersteigen und Fahrbahnen; Autos nahmen die Kurven unvorschriftsmäßig, und niemand beachtete den armen Polizisten, der gestern noch von der Höhe seiner Asphaltinsel aus mit so viel Leichtigkeit durch flüssige Handbewegungen die Fahrzeugreihen nach links oder rechts gewiesen hatte.

Oft blieb jemand zu fröhlicher Begrüßung oder Verbeugung an der Balustrade der Terrasse stehen, und dann erkannten wir unter dem grünen Schirm der Feldmütze hinter einem neuen Lächeln ein gut bekanntes ziviles Gesicht. Wir saßen beim schwarzen Kaffee, meine Mutter, meine Schwester und ich, erfüllt von tiefer Sympathie und geheimer Erwartung. Denn der Augenblick gemeinsamen Daseins in unserer Stadt, in unserer Wirklichkeit – das fühlten wir – verging und schwand, war gewissermaßen schon jenseits von uns und ließ sich auf keinerlei Weise mehr bis zur Neige kosten. Wir wußten nicht recht, wovon wir sprechen und was wir von dem ganzen Abenteuer denken sollten. Meine Schwester hatte mir schöne rote Nelken mitgebracht, an denen ich, abwechselnd Kaffee trinkend und lächelnd, immer wieder roch.

Und da passierte mir nun etwas Dummes. Am Nachbartisch sagte jemand halblaut: »Seht mal, der kleine Strączyński zieht in den Krieg.« Ich straffte mich auf meinem Stuhl, klirrte laut mit den Sporen und zitierte eilends die ganzen optimistischen Phrasen zu den Themen Butter und Kanonen, Einkreisung, Garantie und Hitlers politischem Bluff. Doch Mutter und Schwester hatten jenen verräterischen Satz gehört. Sie reagierten auf meine hohlen Wörter mit einem Lächeln voller Sanftmut und geduldiger Nichtbeachtung, und die Zärtlichkeit ihrer Blicke ließ alle meine Bemühungen endgültig scheitern. In dem kritischen Moment, da ich mich so angenehm als Landesverteidiger fühlte, behandelten sie mich wie ein Kind.

Der eigentliche Augenblick der Abfahrt war wie in

Gummi arabicum getaucht. Er zog sich in die Länge und dauerte an, gebar unendliche Nochs, und immer noch, immer noch war ich da, immer noch sah ich die beiden mir so nahen Frauen durch die feine Abschiedsgeste mit mir vereint. Dann aber rollte der Zug unter dem Blechdach des Bahnhofs an, und mein Abteilfenster fuhr ihnen unerbittlich davon.

Mit Herz, Augen und Mund spürte ich, wie sich das einende Band dehnte, dehnte, streckte… Noch, noch, noch…

Sie standen auf dem Bahnsteig, immer ferner, ferner, ferner. Sie standen dort beide, meine Mutter, klein und dunkel, mit besorgtem Gesicht, die Finger der Linken ratlos an den Lippen, meine Schwester, groß und schlank, den schönen Kopf, den ein mutiges Lächeln erhellte, kühn erhoben. Hinter ihnen schwankte und ballte sich das Durcheinander von Hüten und Tüchern.

Im Nachbarfenster brüllten einige betrunkene Reservisten laut: »He, Kam'raden, reicht die Hände.« Einer, halsbrecherisch zur entschwindenden Bahnstation hinausgelehnt, legte die Hände an den Mund und schrie in deftiger Mundart: »Wir fahrn hin! Wir fahrn hin, lauter raufustige Kerls! Wir wern den verdammten Hitlers schon den Heimweg zeign!«

Immer noch standen sie da, klein bereits, kaum noch sichtbar, aber immer noch wirklich am Ende eines hauchdünnen Fadens.

Plötzlich drängte es mich, ihn abzuschneiden, ehe er zerriß. Ich wandte mich ab. Vorbei!

Außer mir saß im Abteil nur ein bescheidenes graues Fräulein, dem Aussehen nach eine Lehrerin. Sie schien völlig gleichgültig das schmutzige Schild über meinem Kopf »Nicht auf den Boden spucken« zu lesen.

Der Zug gewann einen immer schnelleren, sichereren Rhythmus. Er wiegte sich in seinem mechanischen Lied und eilte rasend zum rostroten Westen, in die noch lichte, aber schnell erstarrende, mit Leere und Kühle vollgesogene Dämmerung. Unmittelbar an der Schwelle der Nacht huschte unscharf eine große Waldlichtung mit einem ruhig weidenden Rudel Rehe vorüber. Und ich weiß nicht, warum gerade dieser Anblick mich noch einmal an Mephistos apokalyptische Prophezeiungen denken ließ.

Es fällt mir schwer, es auszudrücken, aber mir schien, falls diese Katastrophe einträte, würden wir Menschen für sie verantwortlich sein, auch gegenüber den Rehen in der lautlosen Unschuld und Stille der Welt, die wir vielleicht würden sprengen und zerstören müssen.

So bin ich gestern beim Regiment eingetroffen, in den verwandelten Kasernen, die nichts mehr gemein haben mit der ehemaligen Heimstatt von Zucht und Ordnung. Sogar die besondere Soldatenstimmung, die Sehnsucht vieler hundert Männer nach eigener Individualität, selbst sie ist verschwunden. Ständig habe ich das Gefühl, mich im Lager einer nomadisierenden Bande oder vielmehr eines allgemeinen Aufgebots zu befinden. Seltsam ist das alles und nicht ernsthaft. Nicht ernstzunehmen ist dieses von früh bis spät herumschlendernde, debattierende, in der Kantine Bier saufende Militär. Nicht ernstzunehmen sind die zivilen elenden Klepper an den Haltestangen und nicht ernstzunehmen die alten Offiziere, die Repräsentanten der ausgedientesten Reserve, die ihre vom Rheuma befallenen Beine zu elastischen Schritten zu zwingen versuchen. Aus Fotografien in den Geschichtsbüchern, aus Erzählungen und Filmen war in meiner Vorstellung ein Bild mit dem Titel *Mobilmachung* entstanden. Eine Riesenmenge von Männern in abgetragenen grauen Mänteln und zerdrückten Hüten drängt sich vor einem Gitter, wahrscheinlich der Umzäunung des Kasernenhofs. Die hoch erhobenen Gesichter rufen etwas, sie streben mit weit geöffneten Augen auf etwas zu. Die Hände halten ungeduldig Einberufungsbefehle. Farbloser Regendunst verwischt die ganze Szene stummer Erregung, und im Hintergrund, an der zerkratzten Brandmauer eines einsamen Mietshauses hängt die aufdringlich weiße Fläche des Mobilmachungsplakats.

Die Wirklichkeit ähnelte dieser Vorstellung nicht im geringsten. Ich kam am späten Abend nach Bielitz. Auf der leeren und dunklen Bahnstation zählte ein einsamer Gendarm träge seine schweren Schritte. Die menschenleeren und breiten Straßen versanken in der entlegenen Perspektive nächtlicher Stille. Von fern ratterte eine kleine, verspätete Straßenbahn heran, in ihrem leeren Innern der schläfrige Schaffner, gleichsam ein Insekt in der blauen Flüssigkeit eines Probiergläschens. Nirgendwo auch nur eine Spur der Menge aus meiner Vorstellung. Alles ganz anders als auf meinem Bild.

Lange klingelte ich am Tor, bis sich endlich aus der tiefen Nacht ein rasselnder und mürrischer Wachsoldat herausschälte. Eine Weile betrachtete er mich durch den eisernen Staketenzaun, wobei seine Augen im schleimigen Licht der abgedunkelten Taschenlampe blinzelten. Dann seufzte die Pforte schmerzlich, und Kanoniersporen klirrten dumpf in schläfriger Ehrenbezeugung.

In der Regiments-Schreibstube, wohin ich ging, um mich zu melden, herrschte die gleiche Dämmerung, die gleiche Stimmung zwischen Schlaf und Verschwörung wie auf der Wache, wie auf der Bahnstation, wie in der Stadt. Die mit schwarzem Papier zugeklebten Fenster gähnten in grausiger Blindheit. Weiter hinten, an einem in das wässerige Licht einer grünen Lampe getauchten Tisch saß eine lange, vorgebeugte Gestalt in geöffneter Uniformjacke.

Als ich an der Schranke stehen blieb, die den großen Raum in der Mitte teilte, stand dieser Jemand auf, und ich erkannte Leszek. Wir freuten uns beide herzlich über das Wiedersehen.

»Was machst du hier?« fragte ich.

»Ich? Ich bin in der Schreibstube.« Er steckte sich einen Federhalter hinters Ohr und drückte mühsam den mageren Bauch vor. »Ich bin der wichtigste Mann im Regiment, ich stemple die Papiere.« Er nahm meinen Einberufungsbefehl, machte einige Zeichen darauf, stempelte ihn mit fachmännischer Pedanterie und erläuterte mir die Sachlage.

»Du und ähnliche Draufgänger«, sagte er, »ihr geht an die Front als Kanonenfutter. Ich als routinierter Hintermann bleibe im Hinterland und werde kleine Kanzleiintrigen spinnen. Ich bin in die Zunft der Garnisons-Scheißkerle aufgenommen worden und habe mit allen Filzläusen, Kakerlaken und Laufkäfern, die in den Intendanturen nisten, Brüderschaft geschlossen. In meiner Freizeit lese ich den *Schwejk,* um meine Bildung zu vervollständigen.«

Wir setzten uns auf das Geländer der Schranke und erzählten uns halb scherzhaft, halb ernsthaft die Geschichte der letzten Tage. Ich erfuhr, daß man aus unserem leichten Artillerieregiment zwei Regimenter gebildet habe und daß beide bereits in Stellung gegangen seien. Wo, das wisse man nicht. Alle Ortschaften würden mit Decknamen bezeichnet. In der Kaserne befinde sich außer dem fast vollständigen Fähnrichsjahrgang nur die älteste Reserve. Leute, die in den Karteien schon seit Jahren als ›tote Seelen‹ erschienen. Und das alles ohne Zuweisung, ohne Waffen, fast ohne Aufsicht. Das Räderwerk der Mobilmachung hatte sich festgefahren, nachdem das letzte Geschütz zum Tor hinausgerollt war; man hatte in den Magazinen und Büros uralte Lager voller Krimskrams entdeckt, dessen vom Militärgeheimnis umwitterte ehrenwerte Tradition bis zum Feldzug des Jahres 20 zurückreichte. Niemand wußte, was man damit machen sollte, und alle erwarteten vage, daß diese Unordnung sich auflösen würde, sobald die erste Bombe gefallen war.

Unter dem Eindruck dieser nicht besonders heiteren Enthüllungen machte ich mich auf die Suche nach einem

Nachtlager, denn nicht einmal Stube und Bett waren hier festgelegt.

Natürlich ging ich zu meiner früheren Batterie. Doch hier stieß ich auf die größte Überraschung dieses Abends. Während ich den dunklen, feuchten, anheimelnd nach der kaputten Kanalisation, nach Waffenreinigungsfett und Schuhwichse riechenden Korridor entlangging, ahnte ich noch nichts. Mit der gedankenlosen Gleichgültigkeit der Gewohnheit öffnete ich die Tür und – es war wirklich ein Schock, ein Erlebnis wie aus einem unheimlichen Märchen.

Vor mir tat sich eine düstere formlose, von einem bebenden, monotonen Geräusch erfüllte Höhle auf, die in eine Reihe gleicher, kegelförmiger Gewölbe von blaugrauem Schein gegliedert war. Gegenüber der Tür, in einer dieser bläulichen Glocken lauerte schweigend ein großes Insekt mit hartem, matt schimmerndem Kopf. Es wob gerade sein Netz, es spann aus Luft lange, schlüpfrige Fäden, es verband und zerteilte sie mit sicheren Spinnenbewegungen.

Erst nach einer Weile nahm ich den französischen Helm wahr, die Unteroffizierspatten, die Kartentasche, den Brotbeutel, die Patronentaschen und auf dem Tisch den schweren Kasten der Zentrale. An der Wand saßen, jeder in seinem nebligen Zelt, andere Männer, plumpe, blasse Gnome in weichen Hauben von polypenhafter Gestalt, jeder durch ein Kabel unter dem Kinn an die rauschenden Apparate auf dem Tisch gefesselt.

Von diesem phantastischen Anblick fasziniert, blieb ich stehen und wartete auf die Beschwörung. Da zuckte plötzlich eines der kleinen Ungeheuer unter dem Eindruck eines geheimnisvollen Gebots zusammen und rezitierte in der gesammelten, geräuschvollen Stille in singendem Flüsterton seine Formel:

»Nikodem, hier Jerzy... Nikodem, hier Jerzy... Nikodem, hier Jerzy... Nikodem...« Ganz leise schloß ich die Tür.

Dies war das Zentrum der Verschwörung. Hier, am dunkelsten Grund schläfriger Unordnung, wurde ein geheimnisvolles Mysterium begangen. Hier spann man das Netz der Verständigung und Verteidigung.

Die beiden nächsten Tage verwischen jedoch alle Spuren jener unheimlichen ersten Augenblicke. Das gleichsam metallische, harte Wetter dauert an, die Kasernen dösen bewegungslos von Hitze und Langeweile.

Fast alle Kameraden der Dienstzeit und der Übungen sind hier: Buchta, Kowalski, Bednarz, Haniczek, Kozyra, brave, derbe Burschen. Man kann mit jemandem reden, lachen und lästern über diesen ganzen Wirrwarr.

Stundenlang sitzen wir auf den Bänken unweit der Wache, weil es da immerhin noch ein bißchen nach richtigem Militär riecht. Von den Soldaten und Offizieren kenne ich fast niemanden. Vorläufig haben wir RSC-Masken gefaßt, damit endet zunächst unsere Ausrüstung.

Gestern habe ich um Stadturlaub gebeten. Ich wollte die ›Vorkriegsstimmung‹ in einer Grenzgarnison erleben.

Was ich sah, war das gewöhnlichste Bild kleinstädtischer Hundstage. Auf den verlassenen, glutheißen Straßen trieben sich mürrische, dickbäuchige Rentner mit schwarzen Hüten auf dem Kopf herum, hier und da schob eine Bonne mit gestärkter Schürze unwillig einen Kinderwagen. In den kühlen Innenräumen einiger Konditoreien leckten Jungen im vormilitärischen Alter und braungebrannte Mädchen an ihrem Eis und flirteten schüchtern.

Die einzige bezeichnendere Szene spielte sich am Eingang der Postsparkasse ab. Dort stand eine lange Schlange von Spießern mit dem Sparbuch in der Hand. Das veranlaßte mich zu einer kleinen, im Grunde törichten Demonstration. Ich trat ein und deponierte an dem von allen gemiedenen Einzahlungsschalter zur unendlichen Verwunderung des Beamten und des Publikums mein gesamtes Kapital, hundert mit in den Krieg genommene Złoty.

Der heutige Tag hat schon genauer bestimmte Formen. Er beginnt, an die Tradition früherer Kasernentage anzuknüpfen. Und das nur, weil Major J. eingetroffen ist, unser derzeitiger Kommandeur. Er war beim Divisionsstab gewesen, um Instruktionen zu holen.

Morgens hatten wir eine recht unerfreuliche, ernüchternde Begegnung mit ihm. Unsere ganze Bande stand unter dem Vordach der Kantine und lästerte sorglos, als er unerwartet aus dem Schatten der Kastanienallee auftauchte. Klein und dürr, in Felduniform und Feldmütze, näherte er sich langsam wie ein Gutsverwalter auf dem Kontrollgang. Mit einem dünnen Stöckchen klopfte er sich an den Stiefelschaft, und sein welkes, mit roten Pickeln übersätes Gesicht drückte tiefes Unbehagen aus.

Wir nahmen ebenso eilfertig Haltung an wie früher in unserer aktiven Dienstzeit. Der Major musterte uns kritisch.

»Die Herren Fähnriche in großer Gala«, sagte er schließlich, »Federchen, Federchen...« Sein Finger streifte die Mütze von Kozyra, der am nächsten stand. »Und waren die Herren im Stall?«

»Dort sind lauter Zivilklepper, Herr Major«, entschlüpfte es dem großmäuligen Bednarz.

Die Augen des Majors verengten sich unangenehm.

»Klepper!« zischte er. »Ein Pferd, um das sich der Soldat nicht kümmert, wird immer ein Klepper sein, und der Soldat, der sich um das Pferd nicht kümmert, immer ein Arschloch. Verstanden?«

Man konnte diesem Satz lapidare und überzeugende Kraft kaum absprechen. Ich muß zugeben, die Begabung, derartige Aphorismen zu formulieren, ein besonderes Talent der Linienoffiziere, weckt in mir tiefe Bewunderung. Jetzt, da das magische Wort aus autoritärem Munde gefallen ist, bekommt alles wieder Sinn. Wie sich herausstellte, gab es genug Beschäftigung für jeden von uns. Ich habe gerade ein wichtiges Werk vollendet, nämlich den Alarmplatz in Ordnung zu bringen. Man hat mir zu diesem Zweck sechs Männer mit einem alten Reservewachtmeister zugeteilt. Je mehr sich die Mittagszeit näherte, desto mehr verwandelte sich das schöne Morgenwetter in lastende Hitze. Die Hemden der Soldaten, die den Platz fegten, leuchteten in frischem, blendendem Weiß. Unter den Harken und Besen wirbelten kleine rötliche Staubwolken auf, die bebend in der Luft standen. Von den Ställen drang trockenes, metallisches Klopfen herüber. Die Pferde wurden geputzt, und die Fahrer klopften an den Rändern der Abflußrinnen die Striegel aus. Gleich hinter der Mauer raste atemlos ein Zug vorbei.

An die Wand des Geschützdepots gelehnt, lauschte ich dem Pulsschlag des Kasernenlebens, diesem Pulsschlag, der sich nach schweren Störungen wieder normalisierte. Es war der übliche, langweilige Dienst, das Ausführen von Befehlen, die von den Kommandohöhen über zahlreiche Instanzen bis zu den gehorsam fegenden Händen herabdrangen. Ein Prozeß, ähnlich dem ruhigen, gesunden Verdauen. Ich spürte, wie das Gespenst des Krieges sich hinter die Grenzen des gesunden Menschenverstandes zurückzog.

Als der beleibte Wachtmeister, der sich die rotglühende Glatze abwischte, mich unvermittelt mit den Worten: »Na und, Herr Fähnrich, was wird jetzt?« ansprach, antwortete ich ihm deshalb naiv und ohne jede diplomatische Absicht: »Jetzt? Wir werden die zivilen Wagen sortieren.«

»Ja, aber im allgemeinen, was den Krieg betrifft.« Ich zuckte mit den Schultern. »Denn ich denke mir das so«, fuhr er hartnäckig fort, »daß sie sich nicht trauen werden. Nicht wahr? Und doch, es wäre schade, Herr Fähnrich, denn für uns ist das eine Gelegenheit. Wir haben darüber morgens im Kasino gesprochen. Sehen Sie, Danzig, Ostpreußen, Oppeln, Beuthen... Was? Das ist mehr als dieses, Entschuldigung, beschissene Olsagebiet.«

Jetzt habe ich einen Augenblick Ruhe. Ich sitze in der

dunklen Unteroffiziersstube, die den Fähnrichen zugewiesen worden ist. Ich habe eine Karte nach Hause geschrieben. Die Karte ist ein grüner Vordruck der Feldpost mit unverständlichen Ziffern und Abkürzungen.

»Ihr Zivilisten seid nervös«, habe ich geschrieben, »und erwartet irgendwelche schrecklichen Katastrophen. Bei uns herrscht Ruhe. Ich bin in der sogenannten Überzähligen-Batterie, mir stehen vermutlich einige Wochen Kasernenlangeweile bevor. Doch glaube ich, daß alles im Sande verlaufen wird.«

Eine große Erschütterung riß mich aus dem Schlaf. Mehr noch, sie warf mich geradezu aus dem Bett. Ich stand barfuß auf dem Boden und starrte verständnislos die Gestalten im Nachtzeug an, die aus den Nachbarbetten sprangen. In den Ohren zitterte der hohe Ton der wie Saiten angerissenen Fensterscheiben. Doch mußte das einige Sekunden früher erfolgt sein, denn im Moment gab es außer dem Knarren der Pritschen und dem Aufklatschen der Füße keinen Lärm. Einen Augenblick lang sahen wir alle einander an, schweigend, mit törichtem Lächeln und ungläubigem Gesicht.

Mir gegenüber stand Leszek mit verwirrtem Haar, unendlich lang in seinem gestreiften Pyjama.

»Was ist das?« fragte ich, nachdem ich mich von der ersten Überraschung erholt hatte.

Er lächelte. Ein Ausdruck von Verstehen und Gewißheit erschien in seinen Augen.

»Krieg«, antwortete er entschieden.

»Krieg?« Der dicke Haniczek sprang erst jetzt von einem der Oberbetten herunter, wo er in seiner zerwühlten Bettwäsche ganz still gelegen hatte.

»Krieg? Was für ein Unsinn!« erklang eine empörte Stimme.

»Sie bombardieren die Kasernen«, stellte Leszek im Ton absoluter Gewißheit fest.

Wir rannten zu den Fenstern. Es mochte fünf Uhr sein, der Himmel war noch erfüllt vom kühlen Morgenglanz. Hoch oben summte der Motor eines Flugzeugs. Wir konnten es nicht sehen.

Rumm, rumm! Hinter dem Zigeunerwald sprangen Korken aus Riesenflaschen hoch.

»Die Flak schießt«, sagte Bednarz.

Plötzlich lachte Kozyra laut auf. »Ach, ihr Blödmeier! Heute sollten doch Flakübungen sein.«

»Und die Explosion, was ist das? Auch Übungen?«

»Warum nicht! War denn nicht schon öfter Scharfschießen auf der Heide?«

»Ein Elch, ein Elch!« rief jemand am Fenster.

Alle Blicke folgten dem hochgestreckten Finger. Dort glitzerte etwas in der jungen Sonne, eine ungreifbare, verschwimmende Form, die ferne Quelle brummender, immer wieder schwindender Töne. Über die nahen Bäume sprang plötzlich dröhnend ein dunkles, gedrungenes Jagdflugzeug. In eiliger Anstrengung stieg es hoch, neigte sich heftig zur Seite, beschrieb kurze Bögen und wurde kleiner, kleiner ... ganz schwarz, bis es einer giftigen, bösen Fliege ähnlich sah. Gleich darauf verflossen die Motorengeräusche zu einem undeutlichen Rauschen, und beide Maschinen verschwanden uns aus den Augen. Wir kehrten unter unsere warmen Decken zurück und schämten uns, daß wir uns so leicht hatten irreführen lassen. Ich überlegte gerade, ob es sich lohne, aufzustehen, als in der ganzen Stadt plötzlich das durchdringende Geheul der Sirenen losbrach.

Es fiel schwer, dem zuzuhören, denn das Geheul hatte Leben in sich wie das Schreien einer überfallenen Frau.

Wieder rannten wir zum Fenster, doch diesmal blieb der Himmel leer.

»Entwarnung«, sagte Leszek.

An Schlaf war nicht mehr zu denken. Auf der Suche nach Seife und Handtuch öffnete ich meinen Koffer. Die süße Bitterkeit des Abschieds, des Lächelns, des Welkens sehr naher und schöner Dinge schlug mir entgegen. Meine Nelken starben vielsagend auf den weißen Hemden.

Als Leszek und ich bald danach zum Kasino gingen, sprach uns der alte Wachtmeister Dubiel an. Seine dicken Backen bebten in unruhigem Lächeln, er rieb sich lebhaft die Hände.

»Na, da haben wir den Krieg, die Herren«, sagte er.

»Anscheinend ist Ihre Freude verfrüht«, entgegnete ich. Ich wußte, daß Dubiel es wegen seiner Trinkerei seit zehn Jahren nicht zum Hauptwachtmeister gebracht hatte, und in diesem Augenblick tat er mir beinahe leid. Er aber, den die Energie geradezu sprengte, klopfte mir mit seiner Hand, die schwer war wie ein Kantschu, auf den Rücken.

»Haben Sie die Brummer gesehen? Haben Sie gehört, wie die auf sie geballert haben?«

»Ja, das waren unsere Elche.«

»Ach ja, Elche«, er prustete mit seinen fleischigen Lippen. »Nehmen Sie zur Kenntnis, das waren Heinkels. Ich habe eben mit einem Hauptwachtmeister gesprochen, der eine Meldung zum Kommando brachte. Es war ein Fliegerangriff auf die Kasernen, da gibt es nichts zu reden. Sie haben doch die Explosion gehört? Na also! Die Pille war für uns bestimmt, nur haben die Jäger den Schuft in die Heide abgedrängt und ihm von oben so zugesetzt, daß er ihnen nicht anders entkommen konnte als durch Abwurf seiner Bomben. Der Trichter, sagt der Hauptwachtmeister, da paßt das ganze Kommandogebäude rein.«

Er grüßte strahlend und eilte mit elastischen Schritten weiter, um seine Freude und seine Hoffnung unter die Leute zu bringen.

Wir betraten das Kasino. Leszek triumphierte im stillen, ich konnte es immer noch nicht glauben.

Im Billardzimmer dröhnte das Radio. Ein lärmiger, hitziger Volkstanz folgte dem anderen. Unsere wuschlige Madelon brachte uns den Kaffee. Vorläufig waren wir die einzigen Gäste. Grelle Sonnenflecken lagen reglos auf den schmuddeligen Tischtüchern, in der Luft schwebte der unangenehme Geruch von kalt gewordenem Tabakrauch. Wir saßen uns gegenüber und aßen schweigend. Der Lautsprecherkrach hinderte uns am Reden. Leszek schaute ständig auf die Uhr. Die Zeit der Morgennachrichten nahte. Sporenklirrend trat Kopczyński ein. Er nahm die Mütze ab, fuhr sich mit der flachen Hand über das große, rote Gesicht und ließ sich schwer auf den freien Stuhl an unserem Tischchen fallen.

»Das Mistvieh kreischt«, begann er in Lemberger Tonfall, »zum Verrücktwerden, bei Gott.« Die unerträgliche, mit Knack- und Pfeiflauten durchsetzte Musik wurde jetzt zum ungeordneten Geheul. Kopczyński stand heftig auf, aber ehe er die Tür des Billardzimmers erreichte, endete etwas im Apparat mit lautem Knall, und eine elektrisch geladene Stille setzte ein. »Den hat der Schlag getroffen, Gott sei Dank«, sagte Kopczyński. Leszek schaute wieder nach der Uhr.

Doch aus der Tiefe des Äthers näherte sich eine wachsende Welle trockenen Rauschens, und aus ihr tauchte unverhofft eine fremde und rauhe Stimme auf! »Achtung! Achtung, Anflug! Lar-nia 37... Ich wiederhole: Achtung, Achtung, Anflug! Lar-nia 37...« Die Stimme versank im Knacken elektrischer Entladungen, in dem Rauschen, aus dem sie gekommen war. Wir hörten auf zu essen, saßen stumm und warteten. Worauf? Ich weiß es nicht. Aber ich spürte in diesem Augenblick, daß etwas Unheimliches und Bedrohliches sich in lautlosem Flug näherte. Der schwarze Fledermausflügel jenes rätselhaften Lar-nia schien mit seiner Haut das Sonnenlicht zu verdecken.

Der Lautsprecher spuckte noch einen Volkstanzfetzen aus und brach erneut ab. Dieselbe Stimme kehrte zurück aus der dunklen, rauschenden Ferne: »Achtung, Achtung,

Ende.« Die Gesichter meiner Kameraden glätteten sich, Augen und Mund kehrten sofort in ihren früheren Zustand zurück. In der Hoffnung, wie bisher werde sich alles in Kürze klären, vertuschten wir mit einem Lächeln die durchlebte Panik.

Im Knacken des Lautsprechers vernahm man gedämpftes Hantieren, jemand schickte sich wohl an, den unangenehmen Eindruck, den das Versehen hinterlassen hatte, zu verwischen. Schließlich ertönte flüssig und glatt, in berufsmäßiger Beredsamkeit die Stimme des Sprechers: »Bitte entschuldigen Sie die kurze, durch die Meldung der Luftabwehr verursachte Unterbrechung. Ehe wir die Morgennachrichten ausstrahlen, beenden wir unsere Schallplattensendung, ausgeführt von der Volkskapelle unter Leitung von Feliks Dzierżanowski.« Mitten im Takt brach die Melodie eines Kujawiaks los und dehnte sich zu einem langen, heiseren Stöhnen.

Vom Korridor des Unteroffizierskasinos her näherte sich Gesprächslärm, knirschten Schritte. Man kam in Mengen, um die Nachrichten zu hören. Madelon trabte beim Austragen von Kaffee und Brötchen schwerfällig zwischen den Tischen umher. Sie war verschwitzt und ärgerlich und begriff überhaupt nicht, was man ihr sagte.

Mrozek setzte sich zu uns. Mit erhobener Stimme erzählte er eine Geschichte von unserem Veterinär, dem Oberleutnant Maus, dessen Auto auf der Rückfahrt von einer Remontenkommission beschossen und getroffen worden war. Im allgemeinen Durcheinander konnten wir nicht verstehen, worum es ging.

»Was hast du denn? Du redest, als hättest du Klöße im Maul!« rief Kopczyński und legte die Hand hinters Ohr.

Unerwartet brach die Musik ab und gleichzeitig jedes Gespräch.

»Zu Beginn unserer Morgennachrichten...«, sagte der Sprecher und räusperte sich; seine Stimme war völlig verändert. Sie klang, als wäre die gesamte Schauspieler-Politur abgesprungen. Ich begriff.

»... verlesen wir eine Botschaft des Präsidenten der Republik an die polnische Nation: Bürger, in dieser Nacht hat der Erbfeind unsere Grenzen überschritten.« Die Stimme zögerte noch einmal und klang dann ganz glatt; sie hatte den Weg langjähriger Routine wiedergefunden. Stühle knarrten im Saal, doch die gespannte und geschmeidige Stille erstickte diese Geräusche.

Ich vernahm die Worte, als kennte ich sie seit langem. Sie hörten sich an wie Sätze, die im Traum auftauchen, jene Sätze, mit denen der Mensch schamhaft und erleichtert in tiefster Einsamkeit ausspricht, was er im Wachsein hartnäckig verneint.

Der Botschaft folgte der erste Kriegsbericht.

»Auf der ganzen Länge der Westgrenze halten seit 5 Uhr früh die erbitterten Kämpfe an. Die feindliche Luftwaffe ist zum Angriff übergegangen und hat auf Landstraßen, Bahnstationen und eine Reihe offener Städte Bomben geworfen. Durch die Luftangriffe sind die Bahnhöfe von Trzebinia, Sosnowitz, Tschenstochau, Graudenz... beschädigt worden.«

Im Saal des Kasinos herrschte feierliche Stimmung. Das Schweigen aller hier versammelten Männer strahlte Ernst und Brüderschaft aus. Manchmal spürt man so etwas im Zuschauerraum eines Theaters oder Kinos, wenn Probleme der Ehre, der Aufopferung und des Kampfes dargestellt werden.

In aufkommender Neugier schaute ich mich um. Die Leute saßen wie erstarrt, jeder für sich, allein in seiner Konzentration. In der Ecke gewahrte ich flüchtig das gedunsene Gesicht des Wachtmeisters Dubiel. Er hatte den Kopf an die Wand zurückgelehnt und die Augen geschlossen. In dieser schweren, reglosen Maske zitterte nur der Mund kaum merklich. Von Zeit zu Zeit stieß er mit dem Ende des Stöckchens, das er in der Hand auf dem Knie hielt, gedankenversunken gegen die Spitze seiner großen Nase.

Jenseits der Kasinotür erwartete uns wieder die heitere und blaue, im Morgenglanz des Sommers kunstvoll geschmiedete Welt. Erstaunt schloß ich kurz die Augen. Als ich sie wieder öffnete, war alles ringsum rosa, und das dunkle Gras der Rasenflächen glänzte lila.

Heute, am Freitag, dem 1. September 1939, bin ich, Paweł Strączyński, 22 Jahre alt, Zeuge eines Phänomens geworden, das man *Kriegsausbruch* nennt.

Das darf ich nicht vergessen.

Jetzt geschieht wirklich etwas. Zwar nehmen wir noch nicht daran teil, doch obwohl man unsere Existenz zeitweilig vergessen hat, erreicht uns sozusagen der Windstoß, den die große, anrollende Welle aufgewirbelt hat. In unserer halbdunklen Unteroffiziersstube sitzen wir wie in einem Unterseeboot und bemühen uns, die Zeit totzuschlagen, die über uns dröhnt, weil das Schicksal sich erfüllt.

In der dunkleren Ecke der Stube dirigiert Kopczyński einen improvisierten Chor. Energisch schlägt er mit dem Stöckchen den Takt auf der Bettkante, und rund um dieses gleichmäßige Knacken skandieren einige schreiende Stimmen die frohe Melodie:

»Der Ulan im Graben steht,
Und der Tod ihn laut umweht,
Die Granate kracht, der Ulan, der lacht,
Doch sein Kopf ist weg!«

Vor dem Fenster spielen Bednarz, Buchta, Haniczek und noch ein ›ewiger Fähnrich‹ Skat, die Karten klatschen auf einen schmutzigen Hocker. Bednarz erzählt den Mitspielern die Geschichte seiner Affäre mit einer vierzigjährigen Witwe. Sie wälzen sich vor Lachen, schlagen sich mit der

Hand auf die Knie und animieren ihn zu immer intimeren Bekenntnissen. Fred Bednarz wird rot vor törichter Befriedigung. Er zwickt sich vertraulich die Nase und streckt seine Oberlippe wie einen Rüssel vor. »Eine Fresse wie ein alter Filzpantoffel«, sagt er, »aber was heißt hier Fresse! Das Temperament ist wichtig, Jungens. Da, hier« – er zeigt ihnen ein kleines Stück Schorf unterm Auge – »hier hat sie mich gebissen, bei Gott. Gebissen hat sie mich wie der Teufel.«

»Durch den Wald trägt man ihn fort,
Hier den Kopf, die Beine dort...«

grölen die anderen in der Ecke.

Noch nie haben sie solchen Krach gemacht. Der Lärm wächst heftig auf dem Nährboden einer bisher nicht gekannten Erregung.

Mit einem Mal bricht unter den Kartenspielern ein Streit aus. Und als Bednarz anklägerisch mit dem Finger auf Buchtas Brust zeigt und »Józek, Józek!« ruft, kommt von einem der Oberbetten plötzlich eine verschleierte, gedehnte Stimme: »Józef! Józef! Scho-ko-la-de!«

Alles wird für einen Augenblick still, und das Lachen, das der Kommentar zu diesem Ausruf sein soll, klingt unsicher.

Denn die Erinnerungen an die während des Mittagessens in der Kantine gehörte Nachrichtensendung sind beunruhigend. Die Stimmen hektischer Sprecher, die einander im Dunkel des fernen Gewitters durch das Geschwätz optimistischer Fragen hindurch etwas zurufen, sowie der stampfende Rhythmus der Märsche... Unangenehm. Der Bericht allerdings war großartig: General Abraham nähert sich Danzig. Die Westerplatte verteidigt sich heldenhaft. 16 Panzer zerstört, 23 Flugzeuge abgeschossen. Italien bleibt neutral. Hitler erklärt, er beginne den Krieg allein... Zunächst waren wir wie betäubt. Der ängstliche, dem Erdal-

Frosch ähnlich sehende Haniczek streckte heldisch den Bauch vor und verkündete im Dialekt, in Kürze würden wir mit drallen Mädchen Unter den Linden spazierengehen. Doch niemand nahm das Thema auf. Ich weiß nicht, warum uns ein seltsamer Argwohn befiel.

Was mich anbetrifft, so habe ich konkrete Gründe zur Unruhe. Als wir, noch ganz erregt von der Vorfreude auf schnelle Erfolge, das Kasino verließen, zupfte Leszek mich am Ärmel und zog mich diskret beiseite. »Sag das niemand« – er schnaufte mir direkt ins Ohr –, »aber in der Kaserne geschehen seltsame Dinge. Der Major hat sämtliche Papiere verbrennen lassen. Ich habe selbst gesehen, wie sich unsere Ernennungs-Urkunden in Asche verwandelten. Nun ja, sollen sie… hol sie der Teufel. Aber alles andere: Karteien, Bestandsbücher für Leute, Pferde, Gerät, Rapporte, Verzeichnisse, alles. Der ganze Kram, das ganze Gedächtnis des Regiments. Das Feuer brannte heiß wie die Hölle.«

Ich stellte mir den Major vor, wie er mit dem Stöckchen in einem Stoß brennender Papiere stocherte, und das kam mir unheimlich vor.

»Warum hat er das getan?« rief ich.

»P-h! Warum? Meinst du, ich frage ihn? Außerdem weißt du ja, wie das ist. Was nicht in die Hände des Feindes fallen darf, wird verbrannt.« Unwillkürlich lachte ich auf. So etwas geschieht nur in Kriegsromanen und -filmen.

»Laß gut sein«, sagte ich, »du hast es doch eben erst gehört: Abraham nähert sich Danzig, und morgens hieß es, unsere Truppen sind in Gleiwitz…«

Er hob die Schultern. Mir wurde ganz eigenartig zumute. Die grauen Kasernengebäude standen unbeweglich, hineinkomponiert in das grelle Blau des Himmels und das brutale Grün der Bäume. Vielleicht war der Major verrückt geworden. Aber vielleicht… »Hör mal, meinst du, die Berichte sind falsch?«

Er lächelte verlegen.

»Nein, das glaube ich nicht... aber die Berichte geben nur die Erfolge, lokale Erfolge. Dabei ist der Rückzug im Plan vorgesehen. Der Rückzug auf die Weichsel. Das habe ich noch vor Kriegsausbruch erfahren.«

»Nun gut... das mit den Papieren hätte auch vorgesehen werden müssen.«

Wieder hob er die Schultern.

»Eine notwendige Räumung?«

Wir blieben am Rand des kleinen Platzes vor dem Kommando stehen.

»Hast du die Geschichte vom Oberleutnant Maus gehört?« fragte er.

»Wie sie ihn beschossen haben, als er Pferde aus dem Olsagebiet holte? Ja. Und?«

»Weißt du, wie lange er gebraucht hat von dem Punkt, wo er auf deutsche Infanterie traf, bis hierher? Zwei Stunden! Zwei Stunden, Paweł. – Ich empfehle dir, pack deinen Koffer«, fügte er nach einer Weile hinzu.

Wir hielten vermutlich schon ziemlich lange. Ich lag überaus bequem und konnte mich nicht entschließen, die Augen zu öffnen, spürte aber durch die Lider einen fröhlichen rosa Glanz. Ich zog die Decke über die Schultern und wartete auf die Rückkehr des Schlafs. Irgendwo unter mir quirliger Stimmenlärm. Dann ein wieherndes, lautes Gelächter.

»Noch ein Exemplar...«, ruft die Stimme des ›ewigen Fähnrichs‹, »aber er schläft. So ein Idiot, er verschläft die schönsten Augenblicke des Krieges.«

Ich öffnete die Augen. Was für eine grelle Sonne! Vom Rand der oberen Lagerstatt aus sieht man das zu zwei Dritteln mit den Rücken der Kameraden verstellte Fenster. Der ›Ewige‹ stützt sich auf die Schultern von Bednarz und Buchta, schüttelt seinen unförmigen Kopf und krächzt: »Nein, nein, wir danken für Brot. Vielleicht wenn wir von der Front zurückkehren. Vorläufig können wir selbst die Damen bewirten.« Ich setze mich auf, um besser sehen zu können. Im Rot der festgestampften Schlacke schimmert blau das Eisenbahngleis. In der Fensterecke links der Teil einer unordentlichen Konstruktion, ein Stapel alter Schwellen. Nahebei, dicht an der Wagenwand zwei Mädchen in PW-Uniform und Rotkreuz-Armbinden. Sie halten glänzende Blechkannen in den Händen.

»Lieber wäre mir etwas anderes«, sagt Bednarz anzüglich. »Sie wissen schon, was ich meine.«

Das Mädchen, das ich besser sehen kann, ziert sich töricht. Es hat ein großes, gesundes und gewöhnliches Gesicht.

»Iii, wie soll ich wissen, was Sie meinen. Die Herren sind überhaupt so anspruchsvoll.«

»Strączyński, möchtest du Kaffee?«

»Ja, gern.«

»Wenn von Kaffee die Rede ist, wacht er sofort auf. Man muß nur wissen, wie er zu nehmen ist.«

»Hi, hi, hi!« Die Mädchen halten das für einen prächtigen Witz. Lauwarmer Kornkaffee in einem Aluminiumbecher.

»Danke sehr.«

»Noch einen Becher?«

»Nein, danke. Kriegen wir auf jeder Station Kaffee?«

»Vermutlich. Aber dafür müßt ihr euch gut schlagen.«

»Dafür – heißt das, für diesen Kaffee?«

»Hi, hi, hi! Nein, hauptsächlich für uns.«

»Das ist etwas anderes. Das hätten Sie gleich sagen müssen.«

Lang und schmerzhaft knirschend fuhr der Zug an. Ans Fenster gedrängt, winkten wir den auf dem Bahnsteig kleiner werdenden Mädchen zu.

Da ich weder Skat noch Siebzehn und Vier spielen kann, schaue ich zu und versuche zu registrieren. Ich verzeichne die wechselnden und intensiv bunten Bilder, die vermutlich nicht wichtig sind und infolge der am heiteren Himmel schon keimenden Geschehnisse bald verblassen, aber ein für allemal die ersten bleiben werden.

Ich fühle schon jetzt, daß sie, sollte es mir beschieden sein, den Augenblick zu erleben, da ich hinterher in Ruhe mein Kriegsalbum durchblättere, mir frischer, farbiger erscheinen werden als andere, weil sie sorglos im Zauber des Neuen glänzen und in jedem gleichgültigen Detail der Zeichnung scharf sind wie naive, naturalistische Postkarten.

Unser Abteil flimmert vor Hitze wie frischer Lack und riecht nach dem Staub der Polsterbänke. Wir sitzen mit aufgeknöpften Uniformjacken, ohne Kragenbinden. Aus den Wagen weiter vorn dringt, vom müden Stuckern der Räder und Puffer zerhackt, Chorgesang herüber. Vor dem Fenster das wohlbekannte Landschaftsbild: Berge im bläulichen Pelz der Wälder, breite, grüngraue Täler, gemustert durch viele eigenartige Katen mit hellblauen Wänden. Plötzlich erscheint über unseren Köpfen ein Steilhang mit einer unnatürlich zu uns vorgeneigten, spitzen Bude. Neben diesem spielzeugartigen Häuschen steht stramm der Bahnwärter wie aus einer Kindergeschichte. Tief von sich überzeugt, preßt er zwei rote Fähnchen an seine schräge Gestalt, und das kupferfarbene Gesicht trägt den geschwärzten Schnurrbart eines österreichischen Feldwebels. Er gleitet vorüber, er entfernt sich immer mehr, schräg und marionettenhaft. Der Steilhang enthüllt sanft eine tiefe Schlucht, in der sich ein grünes, mit grellen Sonnenflecken gesprenkeltes Flüßchen windet. An einigen Stellen ist das Wasser so durchsichtig, daß man jeden Stein auf dem Grunde erkennt.

Der ›Ewige‹ hat sich ein Taschentuch auf den Kopf gelegt. »Ich bin gegen Sonne sehr empfindlich«, meint er, »vor zwei Jahren hatte ich einen Sonnenstich. Nicht sehr angenehm.«

Am Fluß ein Weg, ein schlechter Weg, ausgefahren, voller Löcher, grau verstaubte Weiden zu beiden Seiten. Hoch mit Bettzeug beladene Bauernwagen ziehen in ununterbrochener Folge dahin. Alle in eine Richtung, alle in langem Trab. Eine zerstörte Brücke. Die morschen Rundhölzer im Umkreis von einem Dutzend Metern verstreut. Was ist das?

Die Bauern fahren durch die Furt. Gleich hinter der Brücke ein zerbrochener, umgestürzter Wagen. Nicht der erste. Ich habe schon zwei oder drei auf diesem Weg gesehen. Interessant. Wieder einer. Aber nur die hintere Hälfte, sie ragt kläglich aus dem Graben.

»Bombenangriff auf fliehende Zivilbevölkerung«, sagte der ›Ewige‹.

»Unsinn. Wie kann man Zivilisten bombardieren? Wozu?«

»Sie meinten sicher das Gleis«, sagte Buchta, »haben aber schlecht gezielt. Ein Gleis zu treffen, ist nicht so einfach.«

»In Krakau trinke ich ein ganzes Faß Bier aus«, verkündete der ›Ewige‹. »Ich bade in Bier, ich schlabbere kaltes Bier in der Badewanne, in einem dunklen, feuchten Keller.« Er holte ein Fläschchen Kölnisch Wasser aus seinem Koffer und besprengte sein Taschentuch.

Schnaufend schleppte sich der Zug bergauf. Uff. Das steilste Stück. Dann, in einer weiten Kurve, sahen wir vom Fenster aus unsere kleine, kurzatmige Lokomotive wieder Fahrt aufnehmen. Sie rollte auf dem gleißenden Schienenband in ein weites, flaches Tal, immer schneller, immer gleichmäßiger. Ein scharfer, langer Pfeifton, abgelassener Dampf. »Hört mal, was unser Samowar für einen Ton ausstößt!«

»Das war nicht die Lok, sondern ein Sägewerk«, sagte Bednarz.

Wieder ein langes, langes, ängstliches Wiehern. Ja, das ist nicht die Lokomotive. Aber da ertönt auch ihre hysterische, dünne Stimme. Die Telegrafenstangen draußen gleiten langsamer vorbei, in immer größeren Abständen, sie bleiben stehen, Bremsen quietschen.

Ich trat auf den Gang, um nach der anderen Seite hinauszuschauen. Eine Schranke, ein gelbes Bahnwärterhäuschen. Jetzt, da das monotone Gerassel des Zuges unterbrochen war, hörte ich ein fernes, schläfriges Brummen, genauso wie gestern früh.

»Aussteigen, aussteigen«, rief ein junger Eisenbahner, während er den Gang entlanglief. »Aussteigen! Deckung! Fliegeralarm!«

Aus dem Inneren des Zuges drängte sich ein Schwarm von Menschen. Wie die Würmer aus dem Körper einer krepierten Schlange. Alles wimmelte eine Zeitlang fieberhaft in Zugnähe, verteilte sich dann längs des Bahndamms und versickerte in Feldfurchen und Gebüsch.

Ich lag im Schatten eines kleinen Schlehdorns mit glänzenden Blättern und hielt neugierig nach dem Flugzeug Ausschau. Immer näher vernahm ich sein Brummen, konnte es aber gegen die Sonne nicht erkennen. Eine Hand stützte sich schwer auf meine Schulter. Es war Kopczyński. Er streckte sich neben mir ins Gras.

Die Stimme des Motors näherte sich heftig und schnell. Ein flüchtiger Schatten huschte über den Weg. Wir schauten hinauf – eine lange plumpe Maschine, auf den rechteckigen Tragflächen das schwarz-weiße Kreuzzeichen.

»Eine alte tschechische Slavya. Gerümpel«, urteilte Kopczyński.

Durch diese Meinung ermutigt, beobachtete ich verächtlich den Piloten, der, jetzt sehr niedrig, genau auf uns zuflog. Im schwellenden Brummen des Propellers knatterte es plötzlich los, ungleichmäßig und stotternd, und eine Kette kleiner Staubkugeln erhob sich auf dem Stoppelfeld jenseits des Bahnübergangs. Dann ein tönendes Gling-gling auf den Dachziegeln des Bahnwärterhäuschens und ein scharfes Ziach-ziach im Blech der Waggons.

»Stümper, Stümper!« rief Buchta unter dem nahen Birnbaum, »er riskiert, daß ich ihn abschieße!« Und er feuerte lachend aus seinem kleinen Browning. Raschelnd fielen die Blätter vom Baum.

Der dicke Schatten huschte mit angestrengtem Gebrumm über meinem Kopf hinweg. Als ich mich umblickte, war die Maschine schon hoch. Sie blinkte fröhlich in der Sonne. Eine schöne Kehre über den Flügel. Noch einmal zurück zum Bahngleis.

Ein paar Frauen und ein hagerer, alter Zivilist sprangen im Kartoffelacker auf und rannten in Panik auf die Waggons zu.

»Halt, halt! Deckung! Leute, seid vorsichtig!«

Der Mann fiel in eine Furche, die Frauen erreichten den Damm und versteckten sich unter dem Zug.

Krach! Eine Fontäne von Staub und Erde am Fluß. Lächerlich! Das also ist ein Bombenangriff. Bei dem man sterben kann an einem so heiteren Tag. Der Kerl in der Kabine dieser plumpen Maschine hat sich vermutlich in sorgloser Ruhe vorgenommen, uns hier Arme, Beine und Köpfe abzureißen. Das darf man nicht allzu ernst nehmen. Die kantige Slavya kroch wortwörtlich dahin und schwankte über dem hilflosen Zug. Von ihrem Bauch löste sich ein kleines, dunkles Teilchen und flog... Näher und weicher krachte es auf dem Feld neben der Lokomotive. Und dann noch ein fernes Huh weit hinter dem Wald.

»Arschloch«, sagte Kopczyński, »das kann ich auch.«

In Kalwaria Lanckorońska stiegen wir um auf Loren. Unser Zug fuhr sich fest in einem über viele Kilometer reichenden Stau. Die Eisenbahner sagten, der gesamte Troß würde nach Krakau geholt. Man solle den vordersten Zug nehmen, sonst könnte das Warten Tage und Wochen dauern. Langsam gewöhne ich mich an die Fliegerangriffe, obwohl vorläufig jeder seinen eigenen Charakter hat und seine besonderen Erregungen bewirkt.

Auf der Station Kalwaria begann er mit Glockengeläut. In dem Augenblick, als wir das Büfett im Sturm nahmen und mit Begeisterung um ein Glas kaltes, bitteres Bier kämpften, erklang, ertönte, erdröhnte es sonnig, rein und weit. Doch nur im ersten Moment war es die frohe, immer wieder bewegende Musik feiertäglicher Erhebung. Gleich danach trübte sich die Harmonie und zerbrach in lärmendes Getöse. Dicke, eherne, vor Eile scheppernde Stimmen, blechernes Gerassel und dazwischen das kindliche Bimmeln der Glöckchen von der Station Kalwaria.

Die Lokomotiven schlossen sich mit ihrer Walfischklage an. Der Militärkommandant der Station jagte uns energisch aus dem Gebäude.

Diesmal jedoch zog das Flugzeug hoch oben vorüber. Es

nützte die Gelegenheit nicht. Warum, weiß ich nicht, denn so eine überfüllte Station ist wirklich eine Gelegenheit.

Was mich betrifft, so mag ich das Fahren auf Loren. Es ist dort nicht so hoffnungslos schwül.

Unter uns wird das schöne grüne Bergvorland flacher und ergießt sich in ein üppiges, gewelltes Tal. Auf den Stationen unweit der weißen und hellblauen Ansiedlungen warten Gruppen von Bauern mit Holzkoffern in der Hand. Einberufene. Vom Schneckentempo unseres Zuges angelockt, springen sie auf die stöhnenden Loren. Eine ganze Weile dauert es, bis sie unter rauhen Zurufen Platz finden, dann kehren sie ruhig zu ihren unterbrochenen bäuerlichen Gesprächen zurück.

»Habt ihr schon gedroschen, Michał?«

»Aber wo denn – gedroschen! Noch nicht mal alles eingefahren.«

»Wie soll das werden?«

»Wie soll's schon werden. Irgendwie wird's halt!« Sie wiegen leidenschaftslos die Köpfe bei ihren Bauernsorgen.

»Schlechte Zeiten für Krieg. Sehr viel zu tun auf dem Feld und das Wetter, Gott sei Dank, schön.«

»Vielleicht dauert er nicht lange.«

»O doch! Krieg ist Krieg.«

»Diese Hurensöhne, diese Hitlers! Haben sie nicht genug, oder was für ein Teufel reitet sie?«

Für eine Weile entbrennen sie in ehrlicher, ganz sachlicher Empörung. Sie fluchen und drohen. Nicht wegen Danzig, der Unabhängigkeit und der Ehre, sondern weil auf den Feldern die nicht eingebrachten Stiegen stehen, weil ein Panzer die junge Saat zerfährt, weil eine Bombe vielleicht den Kuhstall mit der Rotbunten zerschmettert oder gar, was Gott verhüte, die Kate, in der Frau und Kinder zurückgeblieben sind.

Beim Zuhören habe ich den seltsamen Eindruck, als belauschte ich jemanden, als sähe ich heimlich in Dinge hinein, die bisher nur von ihrer kunstvoll ziselierten Außenseite her bekannt waren.

Gewiß, man weiß von den ›ökonomischen‹, ›demographischen‹ und sonst was für Gründen und Folgen des Krieges, man hat viel gehört und gelesen, man fühlt und errät viel. Dennoch war dieses Gespräch für mich ein Schock, der mir die Augen öffnete. Die Kühe, die Scheunen voll mit ungedroschenem Getreide, die Misthaufen, die niemand verteilen kann. Von diesen Dingen geht der beunruhigende Blutgeruch der Geschichte aus. Hier leben wie im Instinkt weit zurückreichende Erinnerungen fort, die Plagen der Tatareneinfälle und der Schwedendurchzüge! Zu beiden Seiten des Zuges rollt die polnische Erde vorbei, sie dreht sich in zwei riesengroßen, farbigen und plastischen, gegenläufigen Scheiben.

Ich hatte gedacht, wir alle hier auf den Loren führen in denselben Krieg. Aber es gibt mehrere Kriege. Das verstehe ich jetzt. Und ich freue mich. Wenn es zum Kampf kommt, möchte ich daran denken, daß ich nicht nur die politische Unabhängigkeit verteidige, die Demokratie, die Freiheit des Worts und die Ehre, sondern auch die Kühe und Scheunen, die schweren, nach Dünger riechenden Erdschollen...

»Hallo! Wo fahrt ihr hin? Die Front ist auf der anderen Seite!« Eine spöttische und derbe Frauenstimme. Zu Füßen des Bahndamms auf dem Wege eine muntere Bäuerin mit einem Korb am Arm.

»Wir sind verwundet!« ruft Kopczyński zurück.

»Das sieht man euch aber nicht an. Burschen wie Löwen!«

»Wir fahren Krakau verteidigen!«

»Nicht nötig, das schaffen wir allein!«

Wir erreichen die ungepflegten Gebäude von Płaszów. Beidseits der Gleise die blinden Rückwände wahllos verstreuter Häuser. Graue Fabriken, in deren Fenstern die kleinen Quadrate verstaubter Scheiben trübe opalisieren. Ein

Labyrinth schwarzer Hinterhöfe, umstürzender Zäune, welker Gärten. Haufen von rostendem Eisen, Müll und wieder kleine Feldstücke, sehr kläglich, nicht mehr dörflich, sondern vergiftet und unfruchtbar gemacht vom Atem der nahenden Stadt.

Die Leute, die in dieser verdorbenen Erde gruben, ließen ihre Hacken fallen, lehnten sich mit den Ellbögen an die Zäune und musterten uns neugierig. Unter ihnen ein Mädchen mit goldbraun verbranntem Gesicht. Sie kletterte auf einen Zaun, preßte die Knie gegen die Latten und hielt sich so im Gleichgewicht. Sie war schlank und elastisch, ihr Haar voller Sonne.

»Hallo, Soldaten!« Von der fröhlichen Kühnheit ihres Ausrufs, von der Anmut ihres Lächelns bezaubert, wenden wir uns alle ihr zu. Bednarz sendet ihr mit der Hand den Kuß des Filmstars. Ein ekelhafter Typ, dieser Fred. Was die Frauen nur an ihm finden?

»Hallo, Soldaten! Unsere haben bei Posen 100 Panzer zerstört und 70 Flugzeuge abgeschossen. Unsere Kavallerie ist 30 Kilometer tief nach Ostpreußen eingedrungen!«

Wir rufen ihr zu und winken noch aus der Ferne.

100, 70, 30 – das sind wohl Annäherungswerte. Warum sind die Zahlen sonst so rund?

Unser Regiment oder eigentlich der Rohstoff für unser Regiment, Männer, Pferde und Wagen, ist auf den Marsch gezogen. Das Kommando und die Intendantur (Leszek natürlich eingerechnet) fuhren mit dem Auto. Wir blieben übrig, eine Handvoll Fähnriche ohne Zuteilung. Wir sollen uns beim Leichten Artillerie-Regiment Nr. 6 melden, haben aber beschlossen, das erst abends zu tun.

Auf dem Weg von der Vorortstation Płaszow in Richtung Stadt umringte uns sogleich eine Horde von Straßenjungen.

»Hallo, Soldaten!« überschrien sie sich eifrig. »Unsere haben 100 deutsche Panzer zerstört und 70 Flugzeuge abgeschossen.«

»*Tempo Dnia* – die neueste Ausgabe!« Ich hielt den Zeitungsverkäufer an.

»Gibt es sonst keine Zeitungen?«

»Nein, nur *Tempo Dnia*. Andere erscheinen nicht.«

Wieder das beunruhigende Gefühl, daß irgend etwas nicht in Ordnung ist. Ich kaufte die Nummer. Vier kümmerliche Seiten voll sensationeller Überschriften.

In der komischen, hellblauen Straßenbahn ist dem Anschein nach alles normal. Auf den Bänken ruhige alte Spießbürger, Weiber mit Körben, ein Polizist. Ich schlug die Zeitung auf. »100 deutsche Panzer während der Kampfhandlungen im Gebiet von Posen und Pommerellen zerstört. 70 feindliche Flugzeuge von unserer Flak abgeschossen. England und Frankreich bereit zum Eingreifen.«

Flüchtig überflog ich die Berichte. Ganz am Schluß der letzten Seite folgende Worte: »Alle Leser werden gebeten, die obigen Nachrichten an durchfahrende Militärtransporte und Abteilungen weiterzugeben.« Aha, deshalb!

Die Straßenbahn bremste heftig. In ungleichmäßigem Stakkato umgab uns feines, metallisches Geklapper wie eine Welle.

Eine riesige Pferdeherde überquerte die Straße. Fette Berggäule mit langen Mähnen, ein Meer beweglicher Rükken und hochgerissener Köpfe, die unruhig schnaubten.

Über diesem tierischen Heerzug hier und da die malerische Gestalt eines sattellos reitenden Pferdeknechts. Sonnenverbrannte, unter den breiten Góralenhüten lächelnde Gesichter, weite, offenstehende Hemden. Etwas abseits, auf einem kurzen, fleischigen Grauschimmel der Anführer der ganzen Karawane; eine herrliche Adlerfeder am Hut, ein weißer, phantasievoll um die Schultern geschlungener Umhang und eine rote Kokarde auf der Brust, die wie eine flammende, in das Grau der Stadt geworfene Blume wirkt.

Ich hatte gedacht, in den Krakauer Straßen würde ich die finsteren Kolonnen stählerner Panzer oder lange Reihen von Lastautos sehen. Das aber ist schön in seinem bunten Anachronismus, würdig eines Michałowski und eines Kossak. Und es sind die gleichen Bauern von Dreschtenne, Scheune und Stall, die gleichen, die mit uns auf den Loren fuhren!

Die Tage gestern und heute, an sich sehr unterschiedlich, sind beide mit demselben glasartigen Firnis überzogen, unter dem sich irgendwo ganz tief ihr eigentlicher Sinn verbirgt. Ich weiß nicht, wie ich das ausdrücken soll. Es ist, als wäre die Welt von einer heißen, durchsichtigen Flüssigkeit überschwemmt. Und ich sehe alles durch diese Oberfläche, und kein Zwang zur Konsequenz bindet mich an die Tatsachen. Es ist wie im Traum. Ständig geschieht oder beginnt etwas, doch alles zerläuft, verschwimmt unbemerkt in dem einen, unaufhörlichen Augenblick der Gegenwart. Ich spüre im Gesicht nicht den Luftzug, wie er den Verlauf der Stunden, die uns in die Zukunft mitreißen, stets begleitet.

Gestern bin ich bis zum Abend durch Krakau wie durch ein eigentümliches Panoptikum gelaufen.

Die mit Papierstreifen über Kreuz beklebten Fensterscheiben geben der Stadt das Aussehen von Kulissen zu einem Film über das Mittelalter. Wo man stehen bleibt, spielen sich kleine Szenen ab, nebensächliche Moritaten ohne Moral und Schluß.

Im *Bristol* aß ich Rührei und genoß träge die Kühle des dunklen Saales. Meine ganze Erschöpfung floß in die engen Stiefelschäfte und pulsierte dort in langsamem Rhythmus. Mit der Miene eines auf Anruf wartenden Windhunds trieb sich ein alter Kellner zwischen den Tischchen mit den Marmorplatten umher. Ich regte mich auf meiner Sitzbank – sofort kam er in diensteifrigem Trab angelaufen. »Der Herr Fähnrich wünschen?«

»Nichts, danke.« Er verharrte in leichter Verbeugung, den grauen Kopf aufmerksam vorgeneigt.

»Gab es heute Fliegerangriffe?« fragte ich.

»Jawohl, gab es, gab es. Die fliegen vom frühen Morgen an«, informierte er mich bereitwillig und blieb, weitere Fragen herausfordernd, stehen.

»Haben unsere einen abgeschossen?«

»Angeblich zwei, Herr Fähnrich. Ich habe es nicht selbst gesehen. Dafür haben sie das Haus der Barmherzigen Schwestern auf der Warszawska-Straße zerstört. Schmeckt dem Herrn Fähnrich der Kaffee?«

»Hm.«

»Der Herr Fähnrich fahren an die Front, wenn man fragen darf?«

»Jaaa...«

»Ich habe auch einen Sohn beim Militär. 1. Panzer-Abteilung. Ich bin so unruhig...« Seine Lakaienmaske entspannte sich plötzlich zu dem wahren, besorgten Gesicht eines alten Mannes. »Ja, ja, der Krieg...« Er räusperte sich, lächelte berufsmäßig und wischte mit dem Ende der Serviette unsichtbare Krümel von meinem Tischchen. Dann lief er mit schnellen, wiegenden Schritten zum Büfett.

Die scharfen Töne der Sirenen bohrten sich unverhofft in das Grün der Anlagen, in das Weiß des versengten Himmels.

Die Leute aus dem Café drängten sich an der weit geöffneten Tür als neugieriger, unruhiger Haufen.

Nach einer Weile giftiges Knattern wie hinter der nächsten Straßenecke. Es dröhnte und galoppierte dicht über unseren Köpfen vorbei.

Die Leute hockten sich hin, sprangen fort. Jemand lief durch den Saal und kehrte im Trab zurück, ein Glas Wasser in der Hand. Ein paar Taschentücher flatterten, dann trugen zwei Männer eine steife und blasse Frau in schwarzem Kleid durch die Menge hinaus. Sie war ohnmächtig. Nicht jeder blickt also in die Welt durch diesen Firnis des Irrealen. Manche trifft die brutale Schärfe der Geschehnisse.

Rums, rums – ferne Detonationen, bestimmt jenseits der Weichsel.

Aus dem lila Schatten der Markisen trat ich in den fast roten Sonnenschein. Der dunkelblaue Fluß des Asphalts schien gleich in träger morastiger Bewegung aufbrechen und die glänzenden Autos und müden Kutschen verschlukken zu wollen. Die gläserne Luft bebte darüber wie die Ausdünstung eines äquatorialen Sumpfgeländes.

Ich beschloß, Bekannte zu besuchen, die in der Nähe wohnten. Das Treppenhaus war in Dunkel getaucht, man hatte die Fenster mit schwarzem Papier beklebt. Uff. Endlich einmal den Koffer loswerden. Ich klingelte diskret. Stille. Vielleicht schlafen sie nach dem Essen. Noch einmal. Nichts. Ich drückte mit Wucht auf den Knopf. Trr... trr... Nichts. Das hatte ich nicht vorausgesehen. Ohne zu wissen, was ich tun sollte, setzte ich mich vor der Tür auf meinen Koffer. Meine Füße brannten, die Waden schwollen immer mehr an in den Schäften, das Blut pulsierte.

Vor mir ein verdunkeltes, leicht geöffnetes Fenster. Man sieht ein Stück des kleinen Hofes. Ich entschied mich, hier sitzen zu bleiben, bis es mir langweilig würde.

Aha, wieder die Sirenen.

Die Hausmeisterin, eine dicke, untersetzte Frau, schlug mit dem Hammer gegen ein an der Teppichstange aufgehängtes Stück Eisen.

Im ersten Stock öffnete sich ein Fenster. Der zerzauste Kopf eines Dienstmädchens kam zum Vorschein.

»Frau Anzelmowa, gibt es Gas?«

»Weiß ich's? Vielleicht auch das. Machen Sie das Fenster zu.«

»Gas, Gas«, schrie das Dienstmädchen mit hoher Stimme. Das Fenster fiel krachend zu.

Dämliche Weiber.

Heute um 4 Uhr früh gab es in der Kaserne Alarm, nur um uns in den Zustand erhöhter Bereitschaft zu versetzen. Im Laufe des Tages soll eine Überzähligen-Batterie organisiert werden.

Wieder diese ›Überzähligen‹!

Das Durcheinander ist schlimmer als in Bielitz. Dort gab es wenigstens den unsympathischen hageren Major, der uns an die Kandare zu nehmen verstand. Hier gibt es keinen einzigen Berufsoffizier, sondern nur Reservisten. Auch sie gebrauchen zwar kräftige Wörter, ja sie übertrieben dabei, aber sie tun das stümperhaft.

Als ich gestern eintraf, lagen die Kasernen bereits im Schlaf. In einer vom Schnarchen fremder Menschen durchzogenen Dunkelheit fand ich ein freies Bett. Erst morgens beim Appell entdeckte ich bekannte Gesichter. Von denen, die mit mir hergefahren waren, blieb Fred Bednarz verschwunden. Ich unterhielt mich darüber mit Kopczyński. Eine unerfreuliche Angelegenheit. »Er hat zu Hause deutsch gesprochen«, sagte Kopczyński. Wir bemühten uns, das Thema nicht mehr anzuschneiden. Vielleicht hat sich Fred auch nur in der Stadt betrunken und kommt noch.

Wir treffen hier viele Kameraden aus Włodzimierz und von den Übungen, den kleinen Kazek Jesiołł, Dyas, Stumpf...

Kazek hat Dienst. Er trägt den Säbel und hat den Mützenriemen unterm Kinn. Jeden Augenblick jagt er uns zu unbegründeten Appellen hoch. Bei diesen Gelegenheiten schreit er sehr laut, macht aber ein Gesicht, als wolle er um Entschuldigung bitten und sagen, er könne nichts dafür. Er kann auch nichts dafür. Unsere Anführer bringen den Motor ganz offensichtlich nicht in Gang.

Irgendwo im Geschäftszimmerbereich sitzt ein alter Hauptmann bis an die Nasenlöcher vergraben in Stöße von Papieren, die ihm ermöglichen sollen, ›sich in der Lage zu orientieren‹. Durch die ›Gegend‹ rennt ein gewisser Oberleutnant Dębski, ein unangenehmes Individuum mit grauem, hängendem Gesicht, rotgeäderten Augen und der Stimme eines heiseren Schäferhundes. Er ist es, der alle antreibt und eine Atmosphäre von Nervosität und Verwirrung erzeugt.

Ständig warten wir auf etwas. Wir sitzen untätig, dürfen aber nirgendwo hingehen, weil es gleich ›etwas gibt‹. Dann entsteht ein Getümmel, weil schon organisiert, zugeteilt, ausgerüstet wird... Wir stellen uns auf, zählen ab, führen unzählige Achtung- und Rührt-euch-Kommandos aus. Am Ende stellt sich heraus, ›das‹ war es nicht.

Wir mußten aus dem Kasino, wo wir die Nacht verbracht hatten, in die Stuben der Soldaten umziehen. Aus unbekannten Gründen waren dort die Betten entfernt worden. In den muffigen, schmutzigen Stuben drängten wir uns auf Strohsäcken längs der Wände. Die Soldaten, hauptsächlich Ukrainer, spielten Karten, schliefen oder zankten sich aus Langeweile.

Vor dem Mittagessen schloß der x-te Appell endlich damit, daß wir unsere Ausrüstung faßten. Wir wurden zur Kammer geführt und standen in einer langen Schlange vor dem großen, mit vielstöckigen Regalen vollgestellten und von trockener Kühle erfüllten Holzschuppen. Dieser Raum, dessen Stille an eine gotische Kathedrale erinnerte, zog uns mächtig an mit seinem lichten Schatten, den schmale, durch die herabgelassenen Jalousien fallende Sonnenstreifen zerschnitten.

Bis an die Ohren in den reglosen See der Hitze getaucht, warteten wir. Das ferne Echo der Stadt, unsere eigenen trägen Worte fielen in die grelle Oberfläche der Mittagsstunde einzeln und dumpf wie Steine, die ein gelangweiltes Kind in einen Teich wirft.

Hinter einem thekenartigen Brett, das die Tür versperrte, wühlten sich drei Kammersoldaten mit offenstehenden Blusen und schweißglänzenden Gesichtern verzweifelt durch die Stöße von Formularen und schrieben Zeichen in tausend Rubriken.

Fuß um Fuß vorsetzend, gelangte ich durch Sonne und Langeweile bis zu dem Brett, den Formularen und den Kammersoldaten. Gerade sah ich zu, wie meine viereckige Galamütze mit der prächtigen Feder von dem Mützenhaufen wieder herunterrollte, als am Ende der Schlange ein Tumult entstand.

»Was ist das hier für ein Quatsch, verdammt noch mal«, brüllte Dębskis versoffene Stimme. »Was soll die Bürokratie! Wir haben Krieg, verstanden?«

Die Uniformierten blickten verstört von ihren Papieren auf.

»Feldwebel, lassen Sie die Leute rein, jeder soll sich das selbst holen. Tempo!«

Der dicke, kahlköpfige Wachtmeister stöhnte nur schmerzhaft. Die aus Reglosigkeit aufbrechende Welle bedrängte ihn mit Macht. Das Brett sprang hoch, die grüne Menge drang in die Kathedrale ein. Die Kammersoldaten ertranken geradezu. Das Gewimmel der Menschen kroch in Sekunden die Streben der Regale empor und erreichte die höheren Regionen der Kochgeschirre, Koppel und unter der Decke aufgehängten Stiefel. In den weißen und cremefarbenen Mauern der Leinenwäsche entstanden Lücken und Kerben wie in abgebissenem Käse.

Mißtrauisch und dann mit einer Art abergläubischer Angst sah ich zu, wie Dutzende von Füßen über die vor Neuheit noch steifen Hemden, Handtücher und Fußlappen trampelten. Glänzende Kochgeschirre fielen wie reife Birnen auf den Boden.

Eine Kammer. Eine Militärkammer, in deren Regalen die rechteckig zusammengefalteten Siege liegen.

Betäubt durch die sich vollziehende Tempelschändung nahm ich mir schüchtern Brotbeutel, Kochgeschirr und Feldmütze und floh heimlich aus dem Schuppen.

Zusammen mit Buchta wurde ich zur Munitionsausgabe abkommandiert. Eigentlich gibt es keinen Grund, diese Tatsache festzuhalten. Aber mir schien das nun endlich etwas Konkretes zu sein. Die schlanken, harten Samenkörner des Todes, zu fünft auf den Ladestreifen befestigt. Ich habe Achtung vor der Munition. Buchta ist Berufssoldat. Er behandelt solche Gegenstände sehr zwanglos.

Wir breiteten unseren Kram auf den Holzstufen des Wachlokals aus.

Die Soldaten traten heran, eine monotone Reihe schwieliger Hände und schwerer Stiefel, die den roten, heißen Staub von der Erde aufwirbelten. Konzentriert nahmen sie ihre Portionen in Empfang, 18 Magazine in die Patronentaschen, 12 in den Brotbeutel. Sie schauten uns genau auf die Hände und zählten leise mit, um Irrtümer zu verhindern.

Über die offenen Kisten gebeugt, denen die glatte Ausdünstung des Messings entströmte, arbeiteten wir im mechanischen Rhythmus der Ziffern und Bewegungen. Plötzlich stockte die anonyme Reihe vor mir, ein Paar Stiefel spreizte sich störrisch und hinderte den regulären Ablauf.

»Der Nächste.«

Die Stiefel rührten sich nicht. Verblüfft schaute ich auf in das Gesicht des Mannes. Nanu? Ein gewöhnliches Bauerngesicht, knotig, knochig, ein grauer, ungepflegter, plump herabhängender Schnurrbart.

»Haben Sie Ihre neunzig Stück bekommen?«

»Ja.«

»Was dann noch?«

Statt einer Erklärung schob sich die große, klobig geschnitzte Pranke in diskret bittender Geste vor. Seine kleinen Augen zeigten ein listiges, verständnisinniges Lächeln.

»Wenigstens noch einen, Herr Fähnrich...«

Erstaunt über diesen seltsamen Wunsch, griff ich gehorsam in die Kiste nach einem zusätzlichen Ladestreifen.

»Gott vergelt's«, murmelte er. Und schon die nächsten Hände, die nächsten Stiefel.

Drei, sechs, neun, drei, sechs, neun...

Nun schien alles irgendwie in Gang zu kommen. Wir erhielten Funktionen zugeteilt, es wurde ein Zug Haubitzen und ein Zug Feldgeschütze organisiert. Wir holten uns in der Kammer Sättel und Geschirr für jeweils zwei Pferde. Dann fiel plötzlich alles wieder auseinander.

Jetzt sitzen wir im dunkelsten Raum der Kaserne, alles gepackt und angezogen, Karabiner in der Hand, und warten.

Kazek, der als Diensthabender am besten informiert ist, hat Buchta und mir im Vertrauen gesagt, wir gingen bald hinaus in irgendwelche Gräben und würden als zusätzliche Infanteriekompanie zur Verteidigung Krakaus eingesetzt.

Panzer hätten die Front durchbrochen.

Die Nachricht ist kein Geheimnis mehr. Alle flüstern davon in den Ecken; ständig treffen, wer weiß woher, neue Einzelheiten ein. Die Kämpfe toben angeblich bei Myślenice, 30 Kilometer von hier. Manche Soldaten verharren mit wachsamen Gesichtern an den Fenstern oder lauschen an den Wänden, drehen sich dann mit sehr wichtiger Miene um und sagen: »Man hört's.«

In der Tat, hin und wieder setzt etwas schwer, aber lautlos auf, tief im Inneren der Erde. Vielleicht ist es *das*.

Die Stimmung ist übel. Noch vor einer Stunde konnte man sich den Krieg so ungefähr vorstellen. Märsche, Quartiere im Dorf, Einrücken in Feuerstellungen, Anlegen von Beobachtungspunkten. Mehrmals im Laufe dieses Tages hatte ich an das Einrichten des Geschützes zur Musterung auf die Grundrichtung gedacht, an das präzise Einstellen des Rundblickfernrohrs, an das Abmessen des Zielpunktes in Strich. Treffer – ich habe sie auf dem Truppenübungsplatz gesehen, ich weiß, wie das aussieht.

Jetzt aber ist alles irreal geworden. Schützengräben – wie

ist denn das? Wie sieht das aus, wenn ein feuernder Panzer unbarmherzig und blind genau auf mich zurollt? Wie kann man dem begegnen? Und wie ist das, wenn man die Silhouette eines lebendigen Menschen aufs Korn nimmt?

Draußen auf der Ziegelmauer liegt grellroter Widerschein, und weiter oben türmt sich als hartes, dunkelgrünes Dickicht ein Haufen unbeweglicher Blätter mit harten Konturen. Sie wirken wie aus Blech geschnitten. Einer der Kanoniere hebt seinen Mauser, legt und zielt auf diese Blätter. »Immer etwas tiefer«, sagt er zu seinem kleinen vorgebeugten Kameraden, der bewundernd zuschaut. »Wie auf dem Schießstand. Vergiß das nicht, du Blödmann. Wenn du nicht etwas tiefer hältst, schießt du ein Loch in die Luft.«

Trotzdem ist der Geschmack der Wahrheit noch undeutlich. Vor einer Stunde war der Krieg etwas Phantastisches wie der Krieg in Spanien. Jetzt befindet er sich gleichsam hinter der Wand, und das macht ihn erst richtig zum Rätsel.

In 30 Kilometer Entfernung bringen sich Menschen gegenseitig um, schreien vor Schmerz, zielen auf die empfindlichen Körper der anderen. Wie ist das?

Wieder verschiebt sich etwas tief unter unseren Füßen. Ja, es sind Detonationen. Auf dem Strohsack hinter meinem Rücken liegt Lilienfisch von meinem Geschütz. An seinen Bewegungen erkenne ich, daß er diese Erschütterungen ohne jeden Widerstand in sich aufnimmt, daß die für mich ungreifbare Wahrheit des Krieges ihn physisch durchdringt wie ein Fieber. Manchmal murmelt er undeutlich. Ich bemühe mich zu verstehen, was er da faselt. Wieder stöhnt es. Ich sperre die Ohren auf. »Sie kommen, sie kommen...«, flüstert Lilienfisch.

Der ihm gegenüber sitzende riesengroße, rothaarige Kanonier läßt sein Stück Kommißbrot sinken und bricht in lärmendes Lachen aus.

»Jude, paß auf, Krieg kommt herauf. In drei Jahren ist die Welt zum Teufel gefahren.«

Lilienfisch duckt sich wie eine erschreckte Schnecke. »Da lachen Sie noch...«, sagt er kläglich, mit der Stimme des Herbergswirts im Krippenspiel.

Der Kanonier gehört auch zu meinem Geschütz. Stangenfahrer am Geschütz. Ich kenne sie noch nicht alle mit Namen. Es sind überwiegend alte, mürrische Bauern, die mich mißtrauisch und unwillig ansehen. Nur der Richtkanonier ist ein junger Kerl, ein Fähnrich vom aktiven Dienst, ein gewisser Marchewka, der den Eindruck eines dummen Jungen macht. Sein Mund steht ständig offen, er hat gelbe Zähne wie ein Nagetier. Er ist sehr gekränkt, daß er eine so mindere Funktion bekommen hat. Das schreibt er Dębskis persönlicher Abneigung zu. Die Zuteilung der Funktionen fand übrigens sehr willkürlich statt. Dębski las der Reihe nach die Namen vor und setzte sogleich hinzu, wer was sein sollte. Als er, mit dem Finger auf mich zeigend, »Gruppenführer« rief, wagte ich, um Zuweisung zum Batterietrupp zu bitten. Das faßte er als Meuterei auf. »Scheiße!« brüllte er. »Sie tun, was ich befehle!« Ich war so verwundert, daß ich mich nicht einmal betroffen fühlte.

Unseren Zugführer, den Leutnant Barański, habe ich nur beim Appell gesehen. Er gab das Kommando »Weggetreten!« ohne vorangehendes »Stillgestanden!« und machte sich dann schamrot davon.

In dieser Zusammensetzung werden wir also in die Gräben einrücken. Kopczyński wird nicht dabei sein, er wurde als Lkw-Fahrer eingeteilt. Buchta hat schon Kumpane gefunden. Sie spielen in einer Ecke Siebzehn und Vier. In einer anderen redet hochtrabend ein hiesiger Fähnrich, ein sehr eleganter junger Mann mit Hornbrille, der kein »r« ausspricht.

Seine Zuhörer sind zwei unzertrennliche Freunde (ich kenne sie bereits aus Włodzimierz), der krummbeinige, breitschultrige Dunin und der mädchenhaft rosige Śnieżko-Błocki, der sich angeblich mit eigenem Pferd beim Regiment eingestellt hat. Außerdem hat sich der ›Ewige Fähnrich‹ ihnen zugesellt, aber man sieht, daß sie ihn nur gnädig dulden.

»Eine auf Arbeit basierende Währung«, führt der Brillenträger aus, »ist eine Utopie, meine Teuren. Denn was ist Arbeit? Bergwerke, Bahnen, Fabriken. Und da soll nun ein Arbeiter kommen und sein Stückchen Fabrik fordern. Oder es sollte sich eine so wahnwitzige Regierung finden, die ihm dieses Stückchen Fabrik wirklich gäbe. Nein, meine Teuren, keine Demagogie kann sich dem Gold widersetzen. Keine. Natürlich auf längere Sicht. Vielleicht empört euch, was ich sage, aber ich kenne keine falsche Scham. Ich bin Realist. Das Gold ist das gesunde Blut der westlichen Zivilisation!«

»Du argumentierst wie ein typischer Plutokrat«, unterbricht ihn Śnieżko-Błocki mit seiner Piepsstimme, »aber du weißt genau, wer den Kreislauf dieses Blutes regelt. Die Juden und die Freimaurer. Ja!«

»Du übertreibst, Dedi«, sagte der Realist zärtlich. »Du nimmst dir die Parolen zu sehr zu Herzen und kennst die westlichen Verhältnisse zu wenig. Ich bestreite nicht, daß es bei uns anders aussieht. Die Juden belasten in der Tat unsere Volkswirtschaft erheblich, sie betreiben einen unnormal ausgebauten Zwischenhandel und legen ihr Kapital im Ausland an. Deshalb bin ich für einen ökonomischen Kampf gegen sie, der natürlich nur mit humanitären Mitteln geführt werden darf. Ja, meine Teuren, aus welchem Grunde sollten wir uns auch ausbeuten lassen?«

»Richtig, richtig!« stimmte Śnieżko-Błocki zu. »Bei uns auf dem Gut ist der Obstgarten an einen Juden verpachtet. Ihr habt keine Ahnung, was für ein Blutegel dieser Pächter ist. Er hat meinen Vater so eingewickelt, daß wir ihn jetzt nicht mehr loswerden können.«

»Weil dein Alter ein Schwachkopf ist«, platzte Dunin los. »Warum hat er denn verpachtet? Besser, er hätte verkauft, wenn's schon anders nicht ging. Zu uns kam auch so ein Kaftanjude; anscheinend aus einem anderen Kreis, denn die

Schufte kennen uns schon näher. ›Herr Gutsbesitzer, machen wir ein Geschäft mit Äpfeln?‹ Mein Alter zwinkerte mir zu, und ich eilte zu den Hunden. Kss, Rex, kss, Pepi! Ich sage euch, der war im Nu weg!«

Sie lachten laut, anerkennend, am lautesten der ›Ewige‹.

Das Warten wird den Soldaten zu lang. Sie haben sogar aufgehört zu lauschen. Jemand beginnt, eine wehmütige ruthenische Weise leise vor sich hinzusummen, gleich nimmt ein Dutzend weicher Tenöre sie mehrstimmig auf.

»Sie haben noch Vaseline im Lauf«, sagt Marchewka unerwartet und lächelt mir mit seinen Hasenzähnen zu. Phlegmatisch holt er aus seinem Brotbeutel Kette und Werg. »Ich helfe Ihnen.«

Vielleicht ist er gar nicht so dumm, wie er aussieht.

Wir sind nicht in die Schützengräben eingerückt. Die neue Entscheidung kam unvermutet in der Abenddämmerung; das lange Warten hatte uns alle schon in den Zustand totaler Apathie versetzt.

Schnell rollten wir gemeinsam die Geschütze auf den Appellplatz und richteten sie in aller Eile nebeneinander aus, solange noch ein bißchen Tag am Himmel schwelte. Das war – mindestens empfand ich es so – wie das Aufstellen der Kulissen im Theater, die Vorbereitung der Staffage für den nächsten Akt eines Stücks, aus dem das Gesetz von der Einheit des Orts die letzte Hoffnung auf ein wirkliches Geschehen vertrieben hat.

Als die Fahrer die Pferde aus dem Stall führten, war es schon beinahe dunkel. Am weit geöffneten Tor stehend, bestimmte ich nach Gutdünken die Paare für meine Gespanne. »Geschütz Stangenpferde... Munitionswagen Vorderpferde... Munitionswagen Mittelpferde...« – das war kein Theater mehr, das bedeutete Verantwortung.

Schwer und vorsichtig stampfend, mit den eingehakten Ketten der Stränge klirrend, tauchten aus dem schwarzen

Stallinneren die großen, ruhigen Gespenster auf. Vor der Schwelle geriet für einen Moment das Klappern ihrer Hufe ins Stocken. Alle Pferde, auch die zivilen, pflegen vor der Schwelle kurz anzuhalten, um zu überlegen, wohin es geht. Und dann muß jeder Kanonier, und sei er der älteste Reservist, zwischen den beiden nachdenklichen Pferdeköpfen jenes rauhe, überzeugende »Hüh« murmeln, das kein Reglement ihn lehrt.

Ich hob mir den Sattel auf den Kopf und lief schließlich zur Haltestange, wo die wenigen restlichen Reitpferde dösten. Ganz im Dunklen wählte ich mir ein Riesenvieh aus, eine Brauereistute, hoffnungslos langweilig und dumm. Das erkannte ich nach den ersten Schritten, doch es gab kein Zurück mehr.

Heute reite ich übrigens einen netten, fröhlichen und gehorsamen Braunen. Wir haben bereits Freundschaft geschlossen. Ich verdanke ihn der Eitelkeit und dem Dilettantismus des Oberleutnants Dębski. Beim ersten Halt, noch in der Stadt, kam er zu mir und verlangte, ich sollte das Pferd mit ihm tauschen. »Sie brauchen kein repräsentatives Tier«, behauptete er. Gehorsam und mit boshafter Freude stimmte ich zu. Jetzt ist es mir doppelt angenehm. Ich kann Dębski nicht leiden. Das ist ein Mensch, gepackt von der Sucht zu herrschen, zu tyrannisieren. Nur ein kleines Beispiel: Nachdem ich gestern diese Stute gesattelt hatte, eilte ich im Trab auf meinen Platz beim Geschütz. Gerade wollte ich die Hauptallee, die zum Kasernentor führt, überqueren, da kam mir aus der Dunkelheit eine richtige Krakauer Droschke entgegen, deren ausgetrocknete Speichen knarrten. Ein kümmerlicher Grauschimmel zeigte sich undeutlich in der Gabeldeichsel, auf dem Bock die Silhouette des Kutschers mit seiner Melone und im Kasten die bekannte, schnarrende Stimme: »Rück mir ja nicht aus, du Clown. Du wirst Offizierskoffer befördern. Das ist eine Ehre für dich, Bauer. Vom Fiaker zum Troß...« Noch von fern hörte ich die weinerlichen Entgegnungen des Droschkenkutschers, in denen das Wort »Frau« als flehentlicher Refrain wiederkehrte.

Es hat aber keinen Zweck, sich bei derartigem Unsinn aufzuhalten. Wichtig allein ist die Tatsache, daß wir endlich ausrückten. Bis zum letzten Augenblick glaubte ich nicht daran. Denn natürlich ging es nicht glatt. Wir saßen schon marschbereit im Sattel, die ganze Batterie ordentlich aufgefahren, die Geschütze ausgerichtet, ein großer, dunkler Block aus Eisen und Leben, auf dem die Nacht lastete. Anfangs saßen wir nur Minuten – nach dem Kommando »Aufgesessen!« dauert es niemals lange. Doch die Minuten dehnten sich wie alle Augenblicke dieses Tages und versanken im morastigen Element langgezogener Ungewißheit. Der bewegliche Schatten Dębskis in seinem liederlich geöffneten Mantel verschwand von der Spitze der Kolonne. Man hatte uns wieder vergessen, man hatte uns ohne ein erklärendes Wort oder einen Befehl zurückgelassen.

Jetzt war genügend Zeit, auf die heranschwappende unbekannte Welle des Krieges zu lauschen.

Bestimmt empfanden wir alle den seltsamen Bann jenes andächtigen Grauens, das langsam unser Bewußtsein zu durchdringen begann, kaum daß die Spannung der ersten Erwartung abschlaffte.

Erstaunlicherweise verwirklichte sich um uns herum eine Wahrheit, die in den Redewendungen anderer Menschen nicht mehr existiert: Die Erde stöhnt. Ich wußte, sie stöhnte in allen Kriegsromanen. Und jetzt stöhnte die Erde wirklich. Sie stöhnte schmerzhaft, sie schüttelte sich in mächtigem Schauder unter uns wie die Brust eines von bösen Träumen geplagten Riesen.

Selbst unsere Pferde fuhren zusammen und senkten jedesmal mißtrauisch ihre von Vorahnungen schweren Köpfe. Niemand sagte ein Wort. Hätte da nicht eine Deichsel geknarrt oder eine Kette leicht geklirrt, man hätte glauben können, der ganze Appellplatz sei leer, versponnen in die weite Vereinsamung der Nacht. Rundum schwiegen die diamantharten, durchdringend blauen Sterne in ihren komplizierten Konstellationen.

Dort wo die um diese Zeit unsichtbare Hecke den Platz der Regiments-Reitbahnen abschloß, stand am Himmel noch die letzte Erinnerung an einen erloschenen Glanz, der graue Dunst einer längst verblaßten Röte. Ich schaute manchmal hinüber und prüfte unwillkürlich, ob ich auch keiner Täuschung erläge. Plötzlich zuckte dieser geringe Reflex deutlich und verfärbte sich leicht zur Kühle eines verdünnten Violetts. Das zog sich auseinander wie eine durchsichtige Haut, erhob sich, sank wieder herab, schien zu verlöschen und sog sich doch im Dunklen voll mit blasser Glut. Es war nicht die Abendröte. Es bewegte sich und lebte. Die scheinbar erkaltete und tote Nacht war erfüllt von einer ihr fremden Bewegung. Ich blickte jetzt genau in den schmalen Streifen dieses Scheins. Er schien zu wachsen. Dann sprang er als breiter, roter Fleck hoch; vor ihm tanzten in schwarzen Windungen die Baumäste. Feuerschein.

Der schläfrige und unregelmäßige Rhythmus der unterirdischen Erschütterungen, der schweigende Tanz des fernen Feuerscheins am Rande des Sternenhimmels durchdrangen mich mit einer narkotisierenden Begeisterung, in der Dauer und Zweck unseres Wartens sich unbemerkt verloren.

Der unvermittelte Hufschlag eines Pferdes war wie ein Erwachen aus seltsamem Traum. Leutnant Barański entfernte sich vom Flügel des Zuges und trabte als dunkle Silhouette zur Mitte des Platzes. Dort sah ich unscharf eine Gruppe Reiter rund um jemanden auf einem Grauschimmel. Unser mythischer Anführer, Hauptmann Gorczyca, der bisher geheimnisvoll in seiner Kanzlei existiert hatte, war endlich erschienen. Wir hörten gedämpftes Stimmengemurmel. Befehlsausgabe an die Offiziere der Batterie. Die Fahrer regten sich in ihren Sätteln und faßten die kurzen Artilleriepeitschen fester. Achsen quietschten, ein Hauch ging durch alle Gespanne.

Unter jähem Hufschlag zerstreute sich die Gruppe der murmelnden Schatten. Im Galopp kehrten die Offiziere zu ihren Zügen zurück. Mitten auf dem Appellplatz blieb allein das blasse Phantom des Grauschimmels. Von dorther erreichten uns gleich danach schwache, abgerissene Laute, undeutliche Wortfetzen, die im Tonfall einer feierlichen Ansprache ganz deutlich an uns gerichtet waren.

Ich vernahm nur einige von ihnen: »Glück und Ehre, für eine gute Sache zu kämpfen... werden wir nicht enttäuschen... Opferbereitschaft und Disziplin... die Ehre des polnischen Soldaten...«

Die Worte, ebenso unvermeidlich wie das Dröhnen der Geschütze und der Feuerschein, waren jedoch so geringfügig in der Unendlichkeit der Nacht, daß ich ihr Ende erst bemerkte, als von vorn die halblaut wiederholte Warnung »Achtung« herankam.

»Batterie, rechts brecht ab – im Schritt maaarsch!«

Rechts – diese Richtung kenne ich inzwischen. Sie führt nicht zur Front. Sie führt nach Osten. Unser Marschziel ist natürlich geheim. Aber es gibt nichts Geheimes, das Soldatenlippen nicht flüsternd weitergeben von Gespann zu Gespann, von Protze zu Protze. Alle behaupten, wir fahren nach Dębica, dort würde eine Division zusammengestellt.

Ich fragte Leutnant Barański danach. Er sagte »weiß ich nicht«, nickte aber bestätigend.

Merkwürdig war dieser Nachtmarsch, ein phantastischer Traum voll unverständlicher Gesichter, Hindernisse und Hemmungen.

Erst konnten wir nicht aufbrechen, weil die Zivilpferde noch nie im Sechsergespann gegangen waren. Der dunkle Kasernenplatz füllte sich mit Peitschengeknall, mit dem Wiehern der sich beißenden Pferde, mit Flüchen und Getöse. Die Geschütze versperrten einander den Weg, die Kolonne wurde zum chaotischen Knoten. Ich weiß nicht, durch welches Wunder wir aus dem Tor rollten.

Die Stadt, in deren ausgestorbene Straßen wir mit dem Geratter unserer Räder eindrangen, wirkte schrecklich fremd. Eine Stadt ohne Lichter, eine Stadt ohne Menschen, die schwarzen Klötze der Häuser, an denen sich das Echo unseres Zuges hart brach. Ich glaube, wir sind stundenlang zwischen diesen erloschenen Häusern umhergeirrt.

An einer Stelle standen wir sehr lange. Dort tauschte Dębski mit mir die Pferde. Zur Linken öffnete sich zwischen Bäumen der leere Raum der Dunkelheit, der sich spürbar mit Flußkühle vollgesogen hatte. Ich erlebte einen Augenblick des Erstaunens. Denn plötzlich sah ich über mir zwischen den weit verstreuten Sternen die exotischen Umrisse von Türmen und Dächern, gebogen und steil wie die Türme und Dächer im fernen China oder Tibet. Es war der Wawel.

Dort gab man uns auch eine Art Abschied. Aus den dunklen Einfahrten der benachbarten Häuser schoben sich schüchtern Zivilisten heran, liefen zwischen uns hindurch, verteilten Zigaretten und Bonbons und flüsterten ungeschickte Sätze.

Zu mir trat eine kleine Greisin mit Perücke, nahm meine Hand in ihre feuchten Hände und drückte mir zwei harte Mostbirnen in die Faust. »Herr Soldat«, seufzte sie mit klappernden Zähnen, »Sie sind so jung... Sie ziehen in den Krieg...«

Ich gab die Birnen meinem Braunen. Trotz der klirrenden Kandare zerkleinerte er sie im Maul und schnaufte mit weichen Nüstern gegen meine Backe.

Auf der Brücke gerieten wir dann in eine Riesenstauung. Das Geraschel Tausender von Schritten und dumpfes Räderrollen, das wie das Rollen von Steinen auf dem Grund des schwarzen Flusses klang, bedrängte uns als eine dunkle Welle, würgte uns, schob uns zum Ufer oder sog uns in die Mitte der Strömung, wo die Gespanne sich, durch die

Menge getrennt, festfuhren und die Pferde sich in die lose herabhängenden Zugstränge verwickelten. Einmal umgaben uns in unruhigem Rhythmus Reihen von Infanteristen, dann wieder eine lavaartig fließende Masse von Zivilisten, die Handwagen schoben oder zogen und Bündel wie dicke Buckel auf dem Rücken trugen.

Hinter uns wurde eintönig und ausdauernd gehupt. »Die Mitte frei! Die Mitte frei!« wurde geschrien, und die zusammengepreßte Menschenmenge dehnte sich träge aus und drängte unsere Pferde in die Rinnsteine.

Das bläuliche Licht abgedunkelter Scheinwerfer holte für einen Moment unwillig weichende Schultern, Beine, Rükken, blasse Gesichter aus der Dunkelheit und nahm ihnen schmerzlich den Schatten. Bebende Schutzbleche wühlten sich mühevoll durch die dichte Lava des Zuges, der sich sogleich wieder hinter den Kästen der Lastwagen schloß. Stählerne Greifer und Trommeln, kettenrasselnde Kräne mit den abstrusen Hälsen ausgestorbener Dinosaurier. Alles in einer Richtung – nach Osten.

Und die Verstärkungen für Krakau? Die Lastwagen mit Munition, die schweren Geschütze? Diese beunruhigende Frage hob mich kurz über das rauschende Element des Chaos, aber schon wuchs und schwoll vorne eine neue Stauung. Neben mir drängte sich ein weiterer Motor mit mühsamem Schnaufen. Der Schalthebel knirschte. Ein riesenhafter, unförmiger Lurch, nur das Chassis. Die vorgeneigte Silhouette des Fahrers, er sitzt auf einer Kiste, die vor dem seltsam hervortretenden Lenkrad steht.

»Paweł!« Ich erkannte Kopczyńskis Stimme. »Auf diese Leiche hat man mich gesetzt. Mach's gut. Ziel genau...«

Während der Rast wollte ich den Nachtschlaf nachholen, aber es gelang mir nicht. Kaum hatte ich die Augen geschlossen, mischten sich trockener Heuduft und das klangvolle, vom Morgentau feuchte Gespräch der Vögel quälend mit den Eindrücken des unterbrochenen Marsches und plagte mich durch bisher nicht aufgetretene Rätsel. Die Ferien- und die Katastrophenstimmung versetzten mich in eine ausweglose Erregung.

Haben wir heute nacht Krakau den Deutschen überlassen?

Ist dieser Marsch ein strategischer Rückzug?

Der Park in Wieliczka sah aus wie ein idyllisches Reservat, wie ein Ort außerhalb der Reichweite allen Kriegslärms. Fröhliche Glanzlichter tanzten lautlos zwischen dem üppigen Grün und dem Gezwitscher der Baumkronen, funkelten auf und glitten in die blauen Buchten des flaumigen Schattens.

Mitten über die abfallende Wiese schleppten die Fahrer riesige Heubündel und zogen eine matte Spur durch das im Tau glitzernde Gras. Hinter dem nächsten Haufen ragte sonntäglich und töricht ein Paar Füße in lila Socken hervor. Sie gehörten zu dem Fähnrich, der sich mit den Währungssystemen auskannte.

Hinter mir eine halbdunkle Allee, wo im Schatten breiter Kastanien die Klumpen der erschöpften Pferdeleiber schliefen, daneben wie übergroße Mistelgewächse die getarnten Kanonen und Protzen.

Immer wieder klang von dort ein unwilliges Kollern herüber. Dębski in seinem unermüdlichen Eifer kontrollierte die Ausweise der Arbeiter, die zur Tagesschicht in die Salinen eilten.

Ich schloß die Augen und muß endlich eingeschlafen sein, denn plötzlich weckte mich Stimmengewirr von der haltenden Batterie her. Am dritten Geschütz gab es einen Auflauf.

»Was ist da los?« fragte ich den mit einem Eimer Wasser vorbeikommenden Munitionskanonier Kanter.

»Da sind zwei Leute, Herr Fähnrich. Die kommen von der Front. Sie sagen, ihre Truppe ist zersprengt worden.«

Das mußte ich mir ansehen.

Tatsächlich zwei Leute. Junge Männer in zerfetzten und verblichenen Drillichblusen, die Gesichter grau von Sonne und Staub.

Sie saßen auf dem Holm eines Munitionswagens, Schulter an Schulter, beide in der gleichen unsicheren und erschöpften Haltung. Der Rücken vorgebeugt, die aufgeschwollenen Hände zwischen den Knien herabhängend, blasse Blicke, die apathisch und mißtrauisch zwischen den glotzenden Kanonieren umherwanderten. Sie sahen aus wie Zwillinge. Sie waren ›dabei‹ gewesen. Ich heftete meine Augen zudringlich und gierig auf sie, ich stellte mich in die Kette der neugierig Gaffenden.

Die Wirklichkeit der Ereignisse aus ihnen herausholen. Erfahren, wie das ist.

»Woher kommt ihr?«

»Aus Teschen. Grenzbataillon«, antwortete unwillig der näher Sitzende. Und dann begann er, als wollte er meinen unvermeidlichen Fragen zuvorkommen, von neuem seine sensationelle Geschichte.

»Wir waren schon lange in Stellung. Noch bevor der Krieg losging, hatten wir illegale Grenzübertritte. Dann aber am Freitag, um Gottes willen, was da los war! Erst kamen Zivilisten. Nun ja, Zivilisten mit Handgranaten und Revolvern – ein ganzer Haufen. Wir haben draufgehalten wie auf Enten. Irgendwo müssen sie dieses Bettlervolk zusammengetrieben haben, angeblich Aufständische.

Dann, als es richtig hell wurde, kam die Infanterie. Und gleich griff auch die Artillerie nach uns. Und wir ohne jede Unterstützung. Auf dem ganzen Abschnitt zwei SMG. Was konnten wir tun? Sie haben uns mit ihrem Feuer zu Boden gezwungen, daß man den Kopf nicht aus dem Graben heben konnte.«

Er starrte auf seine roten Hände, die im zunehmenden Licht über dem Boden hingen. Weiter zu reden hatte er keine Lust, sicher war er der Ansicht, es sei genug. Aber es waren nur Worte. Meine Augen blieben an seinen Händen hängen, die den heiß gewordenen Karabiner gehalten, am Abzug gezogen, die mörderische Abwehrarbeit geleistet hatten.

»Große Verluste?«

Er hob die Schultern. »Sie haben uns abgeknallt wie Hasen. Neben uns stand eine Kompanie tschechischer Freiwilliger. Die hat sich gleich ergeben, die verdammten Pepis. Wir haben uns gehalten, solange es ging. Unser Oberleutnant, ein feiner Kerl, hat immerzu geschrien: ›Haltet euch, Jungs, gleich kommt Hilfe.‹ Na und? Er hat einen Kopfschuß gekriegt und nicht mal mehr gezwinkert. Dann kamen die Panzer...«

»...und ihr habt die Beine in die Hand genommen«, riskierte einer mit unsicherem Lächeln.

Sie fuhren beide hoch und schüttelten in stummer Empörung ihre blonden Köpfe.

»Wer hatte denn noch Beine«, versuchte der erste mit einem Witz zu antworten, hielt aber inne und fuhr mit zorniger Ungeduld fort: »Was denkt denn ihr? Was macht dem Panzer ein Karabinerschuß aus? Scheiße! Da lacht er nur. Wenn wir wenigstens noch Bunker gehabt hätten. Da hat das Aaszeug den ganzen Sommer lang Bunker gebaut, die sind naß in den Gerüsten stehengeblieben. Na und? Mit dem Karabiner im Graben gegen Panzer? Wer schafft das? Sag, Lojzek, wer?« Er stieß seinem schweigenden Kameraden in die Seite, um ihn zur Hilfe zu rufen. Der hob seine Stupsnase und starrte uns mit runden blauen Augen verwundert an.

»Wir hatten ganze zwei SMG im Abschnitt«, sagte er sanft nach einem Moment tiefer Besinnung, »und nicht die geringste Unterstützung. Und was die Angst angeht, im Haufen denkt man gar nicht viel. Erst später, zwischen den Erlen, als wir fliehen mußten. Fliehen ist schlimm, wenn man allein ist und die Kugeln nur so pfeifen. Pjerronna!«

Kazek Jesiołł mischte sich unter die verstummte Menge.

»Laßt sie in Ruhe, um Gottes willen. Kaffee brauchen sie. Im Kessel ist welcher.«

Ich hatte mich auf ›historische Ereignisse‹ eingestellt, ich sorgte mich, ob ich für sie die hinreichend großartigen, hinreichend erschütternden Worte finden würde. Vielleicht werden Historiker künftiger Generationen dazu etwas sagen können. Für uns gibt es keine ›historischen Ereignisse‹ und wird es keine geben. Man muß bescheiden sein. Man muß die ›Ereignisse‹, die schlichten Ereignisse abwarten. Und wie werden die sein? Höchstens eine Kugel, die zwischen den Rippen stecken bleibt, oder ein harter Granatsplitter.

Vorgestern sollen England und Frankreich Deutschland den Krieg erklärt haben. Wir erfuhren das ganz zufällig und nebenbei. Man redete ein wenig darüber, dieser oder jener meinte, jetzt würde alles gut, mehr nicht.

Langsam verfallen wir in die Routine unseres ungeordneten Marsches, in langweilige und alltägliche Routine. Pathos gibt es nicht, ganz gewiß nicht. Zum Rang von Problemen aber wachsen ganz unerwartete Dinge an. Heute zum Beispiel die Geschichte mit dem Beschlagschmied.

Beim Batterietrupp hatte ein Pferd sein Eisen verloren, und durch die Batterie lief der Befehl: Beschlagschmied nach vorne.

Wir schleppten uns die zu Staub verbrannte Straße entlang, erdrückt vom Riesengewicht des grellen Emaillehimmels. Der Ruf rollte weiter und weiter, sprang hoch und erstarb. Dann kam vom Kolonnenende, vom Troß die Antwort näher: Kein Beschlagschmied da. Ich gab sie nach vorn weiter. Und hätte sicher nicht über die Frage nachgedacht, ob ein Beschlagschmied da war oder nicht, wären nicht meine Fahrer gewesen. Das ging sie an. Sie rutschten in den Sätteln hin und her und palaverten. »Kein Beschlagschmied da. Habt ihr das gehört? Ohne Beschlagschmied in den Krieg zu ziehen!«

Und im Grunde ist es wirklich Irrsinn. Ich möchte wissen, wie viele Batterien in Polen ohne Beschlagschmied ins Feld gezogen sind.

Solche Probleme beginnen mich zu beschäftigen. Vielleicht übertreibe ich ihre Bedeutung. In Dębica werden wir gewiß endlich organisiert und richtig ausgerüstet. Vorläufig schlagen wir uns, dem eigenen Dilettantismus und der eigenen Ahnungslosigkeit überlassen, in einem engen Tunnel durch die weite Schönwetterzone dieses Kriegsherbstes. Unser Blick erfaßt selten mehr als die Ränder am Flußbett unseres Marsches. Diese Ränder sind morastig und unsicher.

Gestern nachmittag umfingen uns wieder die Wellen der Flüchtlinge. Sie gingen auf der Chaussee, sie gingen in den Gräben, sie gingen als breiter Strom über die Feldraine und unsichtbaren Feldwege. Ohne die Handwagen, das Bettzeug, die Kühe und Ziegen hätte es ausgesehen wie ein riesiger Ablaß-Pilgerzug. Alte Frauen setzten sich auf die Lafetten unserer Geschütze und auf die Munitionswagen, ohne zu fragen, wohin wir führen.

Gegen Abend erreichten wir ein großes Dorf am Rande der Heide von Niepołomice. Mengen von Zivilisten waren in die Gehöfte eingesickert und verteilten sich in die Winkel der dörflichen Gassen. Doch aus den Katen, an denen wir vorbeikamen, ergossen sich, vom Fieber der Flucht besessen, immer aufs neue Menschen.

Aus der ganzen namenlosen Masse von Gestalten und Gesichtern erinnere ich mich (und werde ich mich erinnern) an zwei, die sich durch das Siegel bewußten Leidens gegen den Rest abhoben.

Beide verließen den Flur einer Holzbaracke mit der Aufschrift SCHULE. Erst sie, eine zierliche, städtisch gekleidete Frau, die einen altmodischen Kinderwagen auf hohen Rädern, beladen mit armseligem Hausrat und Bettzeug, vor sich herschob. Dann er. Mit wenigen Schritten seiner langen, dünnen Beine holte er sie ein. Er trug die Uniform eines

Infanterieleutnants. Der typische Reservist mit der weichen Mütze von alter Fasson. Er ging vorgebeugt und hielt einen vielleicht zweijährigen Jungen, der ihm auf den Schultern saß, am Beinchen fest. In der anderen trug er demütig einen großen, blechernen Teekessel. Sicher hatte er eben noch das Innere seines verlassenen Nestes angeschaut und beschlossen, diesen unentbehrlichen Gegenstand aus der Sintflut zu retten. Vor lauter Eile stolperte er über den sinnlos an seiner Seite baumelnden Säbel.

Eine Zeitlang ging er dicht neben mir. Ich betrachtete diesen hochgewachsenen, mit der grotesken Rüstung von Krieg und Frieden beladenen Mann, das knochige, vor Anstrengung und Armut eingefallene Gesicht eines dörflichen Politikers, das er schamhaft von uns Berittenen und Bewaffneten abwandte, von uns, die wir noch rechtzeitig an unsere Plätze gelangt waren.

Schließlich sah er auf; und da bemerkte ich in seinen Augen so viel Neid, Verdrossenheit und Kummer, daß ich meinen Blick schnell auf die Ohren meines Braunen richtete. Auch er wandte den Kopf ab und suchte Trost und Zuflucht im geduldigen, mitfühlenden Gesicht seiner Frau.

Unerfreulich. Aber vielleicht übertreibe ich wieder. Neben mir auf der Protze brach Marchewka in lautes Gelächter aus. Vielleicht ist es besser, es so zu nehmen. Schließlich – ein Offizier mit Säbel, Kind und Teekessel.

Alltäglichkeiten, aber nicht nur das, auch Ausblicke. Die Heide von Niepołomice wartete auf uns wie ein schwarzes, struppiges Haus, umweht von der schweigenden Fahne des goldflammenden Untergangs. Als elastischer Tropfen geschmolzenen Metalls sank die Sonne in die gezackte Baumspitzenlinie, heiße Funken blinkten durch die Ritzen.

Doch im Walde fanden wir keine Ruhe. Auf dem breiten Sandweg zogen Kolonnen schwerer Pontons vorbei, Infanterie, Motorradfahrer, Trosse, eingewickelt in einen Kokon von rötlichem Staub, über dessen helle Schicht als schräge

Schattenstreifen runde Helme und spitze Pferdeohren emporragten.

Ich überließ meinen Braunen dem Mittelfahrer und nahm mit Kazek Jesiołł einen Nebenweg.

Das Waldinnere raschelte und pulsierte in erdnahem, feinem, unablässigem Rhythmus. Die Schwärme der von den Wegen abgedrängten Zivilisten schoben sich verstreut voran und sickerten durch das üppige Dickicht des Unterholzes. Das machte wirklich den Eindruck einer elementaren Insektenwanderung. Eine Frau, die sich im Gestrüpp mit einem Kinderwagen abmühte, sah ganz aus wie eine zwischen Grashalmen verhedderte Ameise, die hartnäckig ihr längliches, weißes Ei vor sich herrollt.

Am Wegrand begegneten wir einem Kameraden aus Włodzimierz. Es war Steinfäger. Er stand mit gespreizten Beinen da, wiegte sich in seinen glänzenden Stiefeln und bog mit Lust ein dünnes Bambusstöckchen zusammen.

»Was machst du hier?« fragte Kazek.

»Ich bin bei der schweren Artillerie, 5. Regiment«, antwortete er, und seine blendend weißen, raubtierhaften Zähne blitzten triumphierend.

»Was freust du dich so, du Idiot?«

Seine großen, braunen Augen schienen vor Begeisterung zu brennen, während sie das Schauspiel der vorbeiziehenden Abteilungen aufsogen.

»Krieg, Jungens, Krieg! Davon habe ich seit meiner Kindheit geträumt.«

Als wir schon weitergezogen waren, kam er uns lachend nachgelaufen und rief: »Einen Vis habe ich bekommen, seht mal. Das ist ein Maschinchen!«

Wir übernachteten im Walde. Das erste richtige Kriegsbiwak. Die Lippen blau von Heidelbeeren, legten wir uns schlafen, unter dem Kopf den nach Pferdeschweiß riechenden Filz der umgekehrten Sättel. Vorher war ich mit den Fahrern auf blankem Pferderücken zur Tränke geritten.

Über einen dunklen, mit morschen Bohlen befestigten Waldweg hatten wir im Galopp eine weite Lichtung erreicht, wo neben der Waldhüterei ein schlanker Ziehbrunnen aufragte.

Es waren die letzten Augenblicke des Sonnenuntergangs. Die Reste des verlöschenden Abendrots färbten die Hemden der Kanoniere mit dem Prunk von Purpurrot und Kadmiumgelb. Bestimmt wußten sie nicht, wie schön sie waren.

Und noch ein ›Ereignis‹. Hoch über den schon dämmernden Himmel zog ein Flugzeug. Es verriet sich uns durch schwaches, träges Murren. Als wir die Köpfe hochrissen, kam plötzlich hinter dem Waldhorizont in schweigendem, gestrecktem Bogen eine rote Kugel hervor und flog, beinahe das Höhensteuer streifend, darüber hinweg. Ich hatte nicht geahnt, wie effektvoll das aussieht.

Das Tempo unseres Marsches hat sich erheblich beschleunigt. Letzte Nacht kamen wir durch Bochnia. Dort konnten wir uns endlich aus der Hauptfluchtströmung lösen, heute haben wir vor uns freie Bahn. Wir sind wie in einem anderen, von Panik noch nicht befallenen Land. Der Anblick auf dem Felde arbeitender Menschen erzeugte morgens in der gesamten Kolonne große Bewegung.

Die Soldaten wiesen auf die fleißigen, über graue Kartoffelfelder gebeugten ›Puppen‹; weiße Blusen und bunte Tücher leuchteten im Sonnenlicht.

»Die graben Kartoffeln«, sagten sie mit einem Lächeln, so erfüllt von froher Verwunderung, als wäre das etwas Ungewöhnliches.

Aus den weit verstreuten, heimelig in das üppige Grün der Gärten gehüllten Katen und Häusern kamen barfüßige Kinder zu uns an den Weg gelaufen und brachten uns Schürzen und Mützen voll süßer, saftiger Birnen. Irgendwo in der Ferne summte ein Flugzeug, blinkte seine ungreifbare Form in der Sonne auf.

»Das ist einer von uns«, sagte jemand, erfüllt von dem Vertrauen, das Katen und Felder ausstrahlten. Für alle Fälle fuhren wir in den kargen Schatten der Kirschbäume am Wege und hinterließen auf der Chaussee eine lange weiße Staubwolke.

Leider dauerte die trügerische Friedenszeit nicht lange. Während der Mittagsrast kroch die Wahrheit der Ereignisse aus ihrem Versteck in neuer, bisher unbekannter Form uns entgegen.

Wir bogen bergauf ab, zu einer vereinzelt stehenden Häusergruppe, wo weit ausladende Eschen und Buchen bequemen Schutz versprachen. Doch hier rannte kein Kind herbei, uns zu begrüßen, bellte kein Hund. In dem Gehöft, wo ich mein Geschütz einquartierte, neigte sich der Zaun wie ein Kartenspiel in der Hand eines betrunkenen Spielers. Neben dem Misthaufen entdeckten wir einen großen Trichter, voll von trübem, lehmigem Wasser. Die Tür der Kate hing wie von einem heftigen Windstoß getroffen, nur in einer Angel und gab die gähnende Leere des dunklen Inneren preis. Ich trat ein. Eine dämmrige Stube mit kleinen Fenstern, scharfe Splitter ausgeschlagener Scheiben. Der Lehmfußboden bedeckt mit verrottetem Stroh, der wertlose Schrank offen und leer, in dem armseligen Bett ein Haufen schmutziger Lumpen. Auf dem Herd eine löchrige Pfanne und ein eiserner Kochtopf mit stinkendem Kraut. Nein, eine Leiche fand ich nirgendwo. Ich atmete erleichtert auf.

Es kam mir fast wie eine Übertreibung vor, wie das Werk einer geschmacklosen Phantasie, daß hier zur gewöhnlichen dörflichen Armut noch diese dramatische Zugabe gekommen war, diese ›Heimsuchung‹ theatralischer Art.

Wir hatten unsere Suppe noch nicht gegessen, die Pferde mahlten noch ihr Futter, da nahte mit wachsendem Dröhnen die laute Stimme von Flugzeugen. Von der Stallecke aus, wo ich mich hingeworfen hatte, sah ich unten den Weg und die in welliger Weite abfallenden Felder mit den jetzt reglosen, in den Himmel starrenden Gestalten, ein Stück weiter das glänzende Schienenband.

Sie kamen, drei flache, schlanke Maschinen mit blaßgrünen Bäuchen. Hinter ihnen eine weitere Dreierkette. Die schwarzweißen Kreuze waren deutlich zu erkennen. Sie ließen sich über dem Gleis tiefer herab und stürzten sich über die Felder mit den flinken Schatten von Raubfischen. Dann steigerte sich das Getöse der Motoren und zerbrach zu den schnellen Schlägen schwerer Maschinengewehre.

Auf den Stoppelfeldern und in den Furchen wimmelte es. Die Leute warfen Hacken und Körbe fort und rannten los, die Hände in der Erwartung zu fallen vorgestreckt.

Jetzt sind die Felder bereits leer. Aber es ist Tag, und das schöne Wetter bedrückt mit seiner gewichtigen Last die Erde.

Was jedoch in Bochnia geschah, erfolgte in der Dunkelheit. Vielleicht habe ich mich deshalb so dumm benommen.

Wir wateten bergauf im Gedränge ungeordnet dahinflutender Infanterieabteilungen. Zu beiden Seiten dunkelten düstere Bretterzäune und die riesigen Schuppen von Lagerhäusern der Bahn. Wir hatten den Blickkontakt verloren und schlugen uns auf eigene Faust durch, jedes Gespann für sich; jeweils nach wenigen Schritten blieben wir stehen, drangen in die zähe Masse ein oder wurden selbst beiseite geschoben. Da erhob sich hinten ein Geschrei, der Lärm heiserer, böser Stimmen näherte sich. Hunderte von Körpern bedrängten uns, die aufgestaute Menschenmenge verdichtete sich zur harten Masse.

Hinter mir vernahm ich das angestrengte Röcheln eines Motors. Zwei bläuliche Lichtstreifen ergossen sich über Helme, die dicht verwoben waren wie eine bewegliche Pilzplantage, über quadratische Tornister, über das ungleichmäßige Stoppelfeld aufragender Karabinerläufe.

Mein Brauner, wehrlos gegen den Druck zahlreicher Schultern, stellte sich quer. »Achtung, ein Pferd!« rief jemand nahebei, und im gleichen Augenblick spürte ich in mir, wie etwas Hartes am Hinterteil meines Pferdes scheuerte. Lazarettgeruch. In dem vorbeigleitenden dunklen Brocken ein zitternder Spalt mit violettem Licht und Karbolgestank. Und dann, bereits auf Armeslänge die Rückseite des Fahrzeugs: Im Licht der halboffenen Tür, auf dem tiefhängenden Trittbrett eine Gestalt in weißer Schürze. Eine vor Erschöpfung welke Stimme: »Leute, macht Platz, laßt uns durch, wir transportieren die Sterbenden von Pszczyna.«

Das überkam mich wie ein Herzanfall, wie ein Krampf der Erschütterung, des durchdringenden Grauens und der Neugier. In blitzhafter Erleuchtung erahnte ich den dumpfen Schmerz von Knochenbrüchen, das brennende Eitern zerfetzter Muskeln.

Irgend etwas in mir zerriß, zersprang. Aus voller Kraft drückte ich meinem armen Braunen die Sporen in die Weichen. Er schüttelte sich verwundert, setzte sich dann auf das Hinterteil und machte einen Riesensprung in die Menge. Unter Fluchen und Schimpfen tappten fliehende Füße, jemand fiel, blechern schepperte ein Kochgeschirr zu Boden.

Ich entspannte mich im Zorn gegen diese Menschen, die die Nacht mit ihren schwerfälligen Körpern bis zum Rand füllten.

»Aus dem Weg, verdammt noch mal! Aus dem Weg, zum Teufel!«

Im blinden Schwung stieß ich auf das Gespann meines eigenen Geschützes. Pyrych, der Mittelfahrer, packte meinen Braunen am Zügel und hielt ihn auf der Stelle an.

»Ist Ihr Pferd verletzt?« fragte er mit Entsetzen in der Stimme.

Ich kam zu mir, und Scham befiel mich.

Allmählich lerne ich unsere Leute kennen. Besonders das Geschützgespann, an das ich mich auf dem Marsch immer halte. Die stärkste Persönlichkeit unter den Fahrern ist der Kanonier Kud, ein finsterer, rothaariger Riese, derselbe, der in der Krakauer Kaserne den furchtsamen Lilienfisch ausgelacht hatte.

Kud regiert als Stangenfahrer das ganze Gespann despotisch. Heute, als ich vor mich hinstarrte und, matt vor Hitze, am Wegrand entlangzockelte, knallte es plötzlich über den Pferderücken und dann schlugen kurz und hart zweimal zwei Hufe auf. Ich blickte mich schnell um.

Mit einem wütenden Ausdruck in seinem stumpfen, roten Gesicht bemühte sich Kud um das Gleichgewicht im Sattel. Über dem Kopf hielt er noch die Peitsche.

»Kud! Was tun Sie? Das ist verboten!«

»Schauen Sie lieber, was die Vorderpferde machen, Herr Fähnrich«, entgegnete er unverschämt.

Die Vorderpferde – ich weiß es, zwei kurzatmige, immer schlecht angeschirrte Grauschimmel, und der Fahrer, die letzte Pfeife, mit seiner auf den Ohren sitzenden Feldmütze.

Diesmal hing das Geschirr von den Hinterteilen der Pferde fast bis zum Boden, und die Stränge waren ganz schlaff, was davon zeugte, daß das erste Paar am Ziehen des Geschützes überhaupt nicht beteiligt war.

»Wie heißen Sie?« schrie ich den Soldaten an.

»Kanonier Spyćko«, stöhnte er demütig, beugte sich vor und drehte sich nicht zu mir um.

»Ihr Paar zieht nicht, Spyćko. Los, los! Und wie haben Sie die Pferde angeschirrt? Beim ersten Halt machen Sie die Umgangriemen kürzer, verstanden? So ein alter Knacker, verdammt!«

Vorsichtig wandte er sein kleines, bärtiges, zerfurchtes Gesicht her, das klägliche Gesicht eines alten, verschüchterten Äffchens. Langsam hob er es wie ein Blinder, um unter dem herabhängenden Mützenschirm zu mir herzublicken. Es war mir peinlich.

»Was haben Sie, Spyćko?«

»Ach, nichts, Herr Fähnrich, die Augen tun mir weh.« Er hob die staubige Faust an seine roten, eiterverklebten Lider.

»Nicht mit der Hand reiben! Haben Sie kein Taschentuch?«

Gehorsam zog er einen entsetzlich dreckigen, schwarzen Lumpen aus der Tasche.

Ich ritt zu Barański und meldete, ich hätte einen Kranken in meiner Gruppe. Er war verstört wie immer, wenn er etwas entscheiden sollte, und hob ratlos seine kurzen Hände.

»Ich weiß nicht, was ich dagegen tun soll. Ich komme nicht klar. Fragen Sie doch Herrn Oberleutnant Dębski.«

Ich trabte bis zur Spitze der Batterie. Dębski begrüßte mich mit Flüchen. »Da haben Sie mir einen schönen Klepper angedreht. Hol Sie der Teufel! Ich spüre meine Arme und Beine nicht mehr. Das werde ich Ihnen nicht vergessen. Aber auch Sie werden mich nicht vergessen!« Ich wollte ihn daran erinnern, daß er mir dieses Pferd weggenommen hatte, resignierte jedoch. Spyćkos Gesicht verfolgte mich ständig.

»Was für einen Kranken haben Sie? Wollen Sie etwa, daß ich ihn kuriere? Alles ich, immer ich! Bin ich ein Fakir oder ein Teufel? Soll ich Ihnen vielleicht den Sanitäter suchen?«

Ich wartete nicht ab, bis er fertig war. Zum erstenmal seit dem Ausmarsch ging ich in Galopp über. Er brüllte mir nach, Galopp sei verboten, aber ich gab meinem Pferd nur um so mehr die Sporen.

Der Troß kam mir unheimlich fremd vor. Die verschlafenen Fahrer schickten mich von einem Wagen zum anderen. Schließlich entdeckte ich auch die unselige Krakauer Droschke. Der Kutscher in seiner abgegriffenen Melone schwankte auf dem Bock. Hinter ihm saß auf einem Stapel Koffer der ›Ewige Fähnrich‹. Ich freute mich fast, als ich seinen Quadratschädel sah.

»Sanitäter?« wiederholte er, nachdem er meine Geschichte gehört hatte. »Nach der Suppe von heute brauchen

Sie sicher ein Klistier, Herr Kamerad, he-he-he!« Er lachte quakend über seinen eigenen Witz.

Nein, es gab keinen Sanitäter!

Zur Fütterung am Abend bezogen wir Quartier. Ein großes, dicht bebautes Dorf oberhalb eines gewundenen Flüßchens mit Wiesenufern.

Noch ist keine Woche Krieg vergangen, und schon beginne ich, alles voller Bitterkeit, Unruhe und Bedauern zu betrachten, als wäre etwas Wichtiges an mir vorbeigezogen und hätte einen falschen Weg genommen. Das gleiche empfanden die anderen. Buchta geriet heute sogar außer Fassung.

Er, Kazek und ich nahmen unterhalb der kleinen Brücke ein Fußbad. Düster saß er da, die Reithosen hochgewickelt, mit dunklen, behaarten Beinen, und kaute an seinem Zorn. Plötzlich planschte er so heftig mit dem Fuß, daß im trägen Wasser weiße Blasen aufsprangen.

»Die machen noch einen Deserteur aus mir, die Hundesöhne!« brach er los. »Ihr werdet sehen, so kommt es. Habe ich mich dazu gequält, geochst und um die besten Stellen bemüht, daß irgendein Scheißkerl mich herumkommandiert. Die haben, verdammt, von nichts auch nur die geringste Ahnung. Der eine ist wie der andere, nicht mal Karten können sie lesen!«

Kazek betrachtete die Angelegenheit nachsichtig und optimistisch. Mit seinen kleinen, hellen Wimpern zwinkernd und ein wenig stotternd, begann er, ihn zu beruhigen. »Reg dich nicht auf, Kerl, d-du wirst sehen, wir kommen n-nach Dębica und gehen dann an die Front. D-das wird prima.«

»Jaaa... wir kommen hin.«

Angenehme Kühle streichelte die Haut und drang erholsam bis in die Knochen.

Auf dem Flußufer gegenüber, zwischen den würdevoll herumspazierenden Gänsen stand ein Knirps in grobleinenem Hemd, mit rötlichem Flaum auf dem Köpfchen, runden, dunkelblauen Knopfaugen, sah uns aufmerksam zu, streckte seinen Bauch vor und hielt die Hände hinter seinem Rücken.

Vom Dorf oben drang ein merkwürdiger Lärm herbei. Unverständliche, einzeln hinausgebellte Wörter, worauf immer wieder ein Chor unwilliger und beschämter Stimmen sozusagen den Refrain einer Litanei murmelte; es klang wie ein apathisches »Hoch soll er leben« ohne jeden Enthusiasmus.

»Hört ihr?« Buchta wies mit dem Kopf verächtlich in die Richtung.

Wir wußten, worum es sich handelte. Als wir uns vor einer Viertelstunde in einer der Katen gewaschen hatten, war unerwartet Barański mit einem schnurrbärtigen Reservisten, dem Zugführer der Haubitzen, eingetreten. Sie beendeten ihr vor dem Haus begonnenes Gespräch. »Das ist idiotisch«, sagte Barański empört. »Dieser Komödiant hat die Bauern vor der Kirche zusammengetrieben und veranstaltet eine patriotische Kundgebung.« Dann bemerkte er uns, verstummte und wurde, typisch für ihn, rot.

Ich persönlich mag Barański, ich halte ihn für aufrichtig.

Eigentlich macht Dębski alles kaputt. Er ist der böse Geist der ›Überzähligen‹. Heute ist mit ihm noch eine dumme Sache passiert.

Buchta hatte sich das Knie wundgerieben und fuhr das letzte Stück Weg auf der Protze seines Geschützes. Ich nutzte das, überließ mein Pferd samt der Aufsicht über die Gruppe Marchewka, nahm Buchtas herrlichen Kavallerieschimmel und ritt zum Batterietrupp.

Dicht vor dem Dorf, an einer Weggabelung erwarteten uns die Quartiermacher: Dębski, der Fähnrich Stumpf und ein paar Leute vom Batterietrupp. Sie waren zu Fuß, die Pferde hatten sie im Quartier gelassen. Dębski trug trotz der Hitze seinen aufgeknöpften, weiten Mantel, das Schiffchen saß ihm tief über den Augen. Er trat mitten auf den Weg und winkte uns von weitem mit der Hand, in der irgend etwas hell aufblinkte. Er schwankte leicht auf den Beinen.

Ich ritt an der Spitze, deshalb erreichte ich ihn als erster. Kein Zweifel, er war betrunken. Schweißverklebt hingen ihm die Haarsträhnen in die blaß und schief blickenden Augen; was in seiner Hand geblinkt hatte, war eine zur Hälfte mit grüner Flüssigkeit gefüllte Flasche.

Während er auf mich zukam, warf er die Beine mit übertriebener Entschiedenheit vor.

»Halt!« brüllte er heiser, obgleich alle längst still standen; dann musterte er mich forschend, aber nicht recht bei Sinnen. Endlich erkannte er mich und streckte mir seine Flasche entgegen.

»Alles Unsinn, Fähnrich«, lallte er. »Das ist echter Pfefferminzschnaps, verstanden? Los, auf die Sippschaft!«

In diesem Augenblick ritt Gorczyca heran.

Dębski wankte auf ihn zu und griff, um sich im Gleichgewicht zu halten, nach dessen Steigbügel.

»Alles in Ordnung, Herr Hauptmann... die Quartiere in Ordnung... ich begrüße Sie, hick, ich begrüße Sie mit Brot und Salz...«

Gorczycas zu schmalen, ungesunden Falten zerfurchtes gelbes Gesicht wurde plötzlich steinhart.

Er drängte sein Pferd vorwärts und wandte sich mit eisiger Stimme an Stumpf: »Sie sorgen für die Unterbringung, Fähnrich.«

Ich weiß nicht, wenn es so weitergeht, kann es schlimm werden. Dieses Sichtreibenlassen vor dem Wind muß ein Ende haben.

Die kleine Brücke dröhnte unter Schritten und Rädern. Wieder kamen sie heran. Auch hier holte uns ihre Flut ein. Zivilisten, Wagen, Ziegen – immer dasselbe. Dazwischen eine kleine Abteilung Militär. Nachrichtenleute.

Staubige zweirädrige Karren, unrasierte Soldaten mit ihren riesengroßen Kabeltrommeln und langen Stöcken zum Aufhängen der Leitungen.

Einer von ihnen humpelte den Damm herab, kniete neben uns hin und zog sich den Schuh aus. Dann wickelte er vorsichtig den schmutzigen, steifen Fußlappen mit den eingetrockneten Flecken ab.

»Sind Sie verwundet?« Kazek wurde lebhaft.

»Verwundet...« Unter der vorgebeugten Stirn leuchtete ein ironischer Blick auf. »Ja, Loch im Arsch.«

Unbeholfen kroch er zum Ufer und ließ den Fuß in das dunkle Wasser hängen. »Den Hacken hab' ich mir wundgerieben. Von Mikołów an krauchen wir zu Fuß, Pjerronna. Die Deutschen, Pjerronna, haben wir noch nicht gesehen.« Und er spuckte mit grenzenloser Verachtung in den Fluß.

Eigentlich leben wir am Rande des ungeheuren Dramas. Wir sind uns über seine Reichweite und seine Bedeutung nicht im klaren.

Das habe ich gestern abend vor dem Abmarsch aus den Quartieren erkannt. Ich war hungrig, weil nur Kaffee und Brot ausgegeben worden waren, machte mich also auf, um mir selbst etwas zu besorgen.

In der dichter werdenden Dämmerung glühten die kleinen Katenfenster, sie waren trübe von heißen Atemzügen und vom Dampf des Essens auf dem Herd. Drinnen ertönte Lärm, hier und da spülte ein Lied in lauten, abgerissenen Fetzen hinaus in die Dunkelheit.

Das Dorf bewirtete Flüchtlinge und Soldaten, so gut es konnte.

Ich suchte mir eine relativ stille Kate etwas abseits von der Straße und trat ein. Aber auch sie war voller Menschen. Lauter Zivilisten. Plumpe Bauern mit wirrem Haar. Frauen mit karierten Kopftüchern, erschöpften Gesichtern und rauhen Händen, Kinder, die bereits in den Ecken schliefen.

Manche saßen um den Tisch und aßen schweigend aus dampfenden Schüsseln, andere führten, auf den Betten, der Ofenbank und der Truhe gedrängt sitzend, mürrische Gespräche oder ruhten sich einfach aus, saßen ermattet da, wie Bauern es zu tun pflegen, erstarrt zu der reglosen, hölzernen Haltung des Christus im Elend.

Sie verstummten sofort, als ich auf die Schwelle trat. Dann murmelten sie im Chor auf meinen Gruß hin »in Ewigkeit, Amen«.

Ermutigt setzte ich mich auf den Rand der Truhe, wo man mir Platz machte. Doch schon erschien vor mir die Bäuerin, eine dralle Frau mit roten Armen und hochgewikkelten Ärmeln. Sie hatte einen Hocker mitgebracht und bat mich energisch zu Tisch.

»Eh, wo gibt's denn das? Ein Soldat in der Ecke! Kommen Sie, Sie sind doch auch erschöpft.«

Ohne zu fragen, brachte sie mir einen Teller Rührei, in dem ein Holzlöffel steckte.

Mir wurde richtig seltsam zumute, so genau, so deutlich spürte ich, daß ich dazugehörte. Man weiß es zwar, und dennoch, so ganz richtig versteht man es nicht.

Diese Entdeckung verwirrte mich. Ich aß, ohne die Augen vom Teller zu heben, bezaubert vom Klang der rundum gesprochenen, in ihrer Einfachheit so ungeheuer überzeugenden Wörter. Harte und knorrige, aber durch jahrhundertelange Benutzung abgeschliffene Wörter, die nun glatt sind wie die Sensenstiele, wie die gemaserten Hocker.

Doch dann verstummten alle Gespräche. Über Kauen und Schmatzen, über den Geruch und das Klirren des Tongeschirrs hinweg wehte eine innere Bewegung, eine Konzentration von Achtung oder Furcht.

Ich schaute hin. Aus der Nebenstube führten zwei sehnige alte Frauen eine Gestalt an den Tisch, die sich, bis über das Gesicht in Tücher gehüllt, steif und willenlos bewegte wie ein Automat.

Alle wichen ihr eilig aus. Die alten Betreuerinnen setzten sie mir gegenüber, und die Bäuerin stellte sofort einen Becher mit heißer Milch vor sie hin.

Zwischen den dicken Falten der Wolltücher bemerkte ich glänzende, dunkle Augen. Sie sahen zu mir hin, doch der Blick erreichte mich nicht, er zerteilte sich vor mir an einem unsichtbaren Hindernis, genau wie der Blick ausgestopfter Vögel, deren Augen mich als Kind beunruhigt hatten.

»Trinkt! Trinkt!« rief die Bäuerin ihr zu, als wäre sie taub. »Ihr könnt doch nicht die ganze Zeit ohne Essen bleiben.«

Heftig nahm sie den Becher beim Henkel und hob ihn dem Gesicht der Frau entgegen.

Da geschah etwas Entsetzliches. Die steife Puppe knickte in sich zusammen. Die Milch schwappte aus dem Becher, der Kopf schlug hart auf die Tischplatte, zugleich ertönte ein wildes und unbewußtes »oje«, das direkt aus dem Bauch kam. In der weißen, dampfenden Pfütze wälzten sich Kopf, Nacken und Schultern, immer noch in das weiche Gewirr farbloser Lappen gehüllt, krampfhaft auf dem Tisch, nach rechts und nach links, schneller, mit wütender Kraft, unter Schreien und Schluchzen, die die Stube bis zum Rand anfüllten.

»O Jesu! O Jesu! O Muttergottes! Mein Franek, meine Józefka! O Jesu! O Jesu!«

Andere Frauen eilten herzu, flatterig, gackerig, und vergrößerten noch die Verwirrung.

»O Maria! Jesu, Jesu! Franek, Józefka! Wo seid ihr?!«

»Die ist aus *dem* Zug«, erklärte jemand hinter meinem Rücken in einem Ton, als wäre *der* Zug etwas völlig Außergewöhnliches und in seiner Art Einmaliges.

»Ich hab' sie gesehen. Sie hatte ihre Kinder bei sich.«

Inzwischen verließen die Unglückliche die Kräfte. Der Kopf fuhr immer langsamer über den Tisch, ihre Schreie gingen über in ein gleichmäßiges, klägliches Weinen, das von Seufzern und schmerzhaftem Schluckauf unterbrochen wurde.

In der Stube lockerte sich die Spannung. Man fing wieder an zu essen, zu reden, zu dösen. Jetzt war sie wieder normal, jetzt weinte sie beinahe wie jede Bauersfrau nach dem Verlust eines Kälbchens oder eines Huhns.

»Was sie da an Menschen umgebracht haben, Männer, Frauen, Kinder... o mein Gott! Das wissen Sie nicht? Bei Brzesko, direkt vor der Bahnstation. So viele unschuldige Menschen...«

Ich lauschte den rundum geäußerten Bemerkungen, ich lernte die furchtbare Tatsache kennen und machte mich mit ihr vertraut; sie reichte weit hinaus über die Grenzen meiner Batterie und der weiß bestäubten Ränder der Straßen, auf denen wir durch das aufgewühlte Polen zogen.

Ein alter Bauer, der bisher still auf der Truhe gesessen hatte, räusperte sich plötzlich, zerwühlte mit der Hand seinen welken Schnurrbart und beugte sich zu der Weinenden hinüber.

»Hört mal«, sagte er, »Ihr habt doch nicht gesehen, daß es sie getroffen hat.« Die Unglückliche fuhr hoch, sie hörte auf zu toben; man sah, sie lauschte unter ihren Lumpen. Die Worte waren zu ihr vorgedrungen. Langsam gewann sie die Macht über ihren Körper wieder und richtete sich auf wie eine vom Gewitterregen zu Boden gedrückte Ähre.

Ich hatte ihr nun enthülltes Gesicht vor mir.

Es war ganz und gar nicht die tragische Maske einer Mater dolorosa. Ganz einfach das gesunde, gewöhnliche Gesicht einer Bäuerin mit roten Backen, die jetzt geschwollen und naß waren von Tränen und Milch und an denen wirre Haarsträhnen klebten.

Verwundert schaute sie in die Runde. In ihren Augen spiegelte sich die Mühe der Erinnerung an etwas sehr Wichtiges, das ihr in der Welle heftiger Erregungen verlorengegangen war.

Schließlich blieb ihr Blick am Gesicht des Menschen hängen, der zu ihr gesprochen hatte.

»Nein«, sagte sie, als ob sie sich über sich selbst wunderte, »das habe ich nicht gesehen.« Vorsichtig begann sie, jenes Ereignis zu rekonstruieren. »Als wir vom Gleis gefegt wurden, als die Bomben fielen, sind wir zusammen rausgesprungen. Ich hatte Józefka an der Hand, Franek hielt sich an meinem Rock fest. Wir sind in den Wald gerannt, zusammen mit den anderen Leuten. Dann fingen sie an, auf den Wald zu knallen, daß die Leute ganz und gar verrückt wurden. Alles raste zwischen die Bäume... ein Schreien und Weinen, Gott erbarm dich. Dann knallte es irgendwo in meiner Nähe, daß ich gefallen bin. Józefka riß sich los, Franek lief ihr nach... Jesus Maria... ich weiß nicht wohin. Ich bin herumgelaufen, ich hab' geschrien wie verrückt. Sie sind irgendwo ins Verderben gelaufen, in den Tod... O Jesu! O Jesu! Meine Kinder, o Jesu!« Wieder begann sie zu toben und in einem Anfall von Entsetzen zu schreien.

Die halb Bewußtlose wurde aus der Stube geführt.

Man hatte uns in Tarnów bequeme Quartiere versprochen. Jemand hatte sogar gesagt, in der Kaserne gebe es Duschen und Sprungfedermatratzen. Nach dem Nachtmarsch waren wir durchgefroren, und auch als die Sonne schon hoch stand, drang uns die Wärme nicht ins Blut. Es war eine vorgetäuschte Hitze, die zu glühen scheint, wenn man das Gesicht hebt, über den Rücken aber laufen dir die Schauder, und die Stiefelschäfte sind voller Kühle.

Von Ernüchterung bis zu den Schultern erfüllt, döste ich auf der Protze meines Geschützes und öffnete von Zeit zu Zeit die Augen, um einen Blick auf die hochgelegene Stadt zu werfen.

Sie sah aus wie der kitschige Hintergrund auf einem provinziellen Foto. Eine Straße in naiver, fast senkrechter Perspektive, die sich unnatürlich schnell verjüngte, um den

Mangel an realer Entfernung auszugleichen; an ihrem Ende, zwischen unscharfen Dächern zwei Kirchtürme, nur angedeutet über dem schmutzigen Dunst städtischer Rauchwolken. Diesen Anblick sahen wir etwa eine Stunde lang vor uns. Anfangs hatten wir ihn freudig begrüßt, die Rast war uns wie eine Straßenverstopfung vorgekommen, die sich sogleich von selber auflöst. Jetzt hatten alle die senkrecht stehende Straße und die Türme satt, jetzt waren sie zur aufdringlichen Fata Morgana geworden. Nach und nach wurde das Gedränge auf der Chaussee dichter. Unaufhörlich zogen von hinten Infanterieabteilungen heran, so erschöpft, daß ihre Soldaten einschliefen, sobald sie ihre Gewehre auf den Boden gestellt und sich mit dem Bauch gegen den Lauf stützten. In der Ferne rasselten monoton die Räder sich nähernder Troßfahrzeuge. Es war still. Das Gedränge von Soldaten ergoß sich bis über die Straßengräben, deren steile Hänge mit Hunderten von kraftlosen Körpern übersät waren. Hier und dort hoben sich noch Hände und zeigten hinüber zu den aufgetürmten Dächern und dem im blassen Himmel verschwindenden Dunst; doch wir spürten immer deutlicher, daß sich zwischen uns und der nahen Stadt ein unsichtbares, dennoch unnachgiebiges Hindernis bildete.

Als wir im Morgengrauen an den hohen Schornsteinen von Mościce vorbeigekommen waren, hatten uns zum ersten Mal Tiefflieger beschossen. Beim Kompanietrupp vorn gab es sogar ein verletztes Pferd. Diese Tatsache vermittelte uns den belebenden Vorgeschmack der Aktion und erfüllte uns mit der Hoffnung, wir würden den richtigen Krieg noch zu schmecken bekommen. Der Rückfall in die Trägheit war dann um so nachhaltiger, er nahm die Züge eines unabwendbaren Schicksals an.

Ich versuchte nicht, die Ursachen zu ergründen, die uns auf dieser Chaussee festhielten. Ich wollte schlafen. Doch von der Spitze der erstarrten Kolonne wehte plötzlich eine unbestimmte Erregung herüber. Ich sah, wie Köpfe sich lebhaft einander zuneigten, wie Hände gestikulierten. Sogar die Pferde fingen an, unruhig die Köpfe zu werfen. Ehe ich noch eine Frage stellen konnte, war die rasche Strömung des Gerüchts bis zu mir gedrungen.

»Die Deutschen sind in Tarnów«, sagte Kud zu Pyrych, der sich an ein Pferdehinterteil lehnte. »Die Deutschen sind in Tarnów«, ich vernahm ringsum dieselben Worte, mit gedämpfter Stimme, voller Unglauben und Entrüstung ausgesprochen. Die Infanteristen erwachten, zogen Riemen und Gurte ihrer Ausrüstung zurecht und pusteten mit besorgter Miene den Staub von den Schlössern der Karabiner.

Mit dem Bug seines untersetzten, ungeduldigen Schimmels die Menge zerteilend, drängte von vorn ein Melder herbei; er trug auf dem Kopf einen französischen Helm, auf seinem Bauch baumelte eine geöffnete Kartentasche. »Welche Batterie? Wo ist der Chef?« fragte er andauernd, ohne sich um die ausbleibende Antwort zu kümmern.

Inzwischen steigerte sich die Welle der Gerüchte und reicherte sich mit verdächtigen Einzelheiten und Widersprüchen an. »Die haben den Bahnhof gesprengt, da, er raucht noch.« – »Bomben sind gefallen.« – »In der Stadt sind Panzer.« – »Nein, nur Patrouillen waren da, haben sich aber zurückgezogen.«

»Dumme Gerüchte«, sagte Kazek Jesiołł und erhob sich unerwartet aus dem Straßengraben. »In der Stadt sind morgens ein paar Fallschirmspringer gefaßt worden, das war alles. Wie sollen denn Panzer auf das andere Flußufer kommen? Unsinn, und weiter nichts.«

Doch die Vision der bequemen Betten und der Duschen war schon verloschen. Irgend etwas mußte dort ja vorgehen. Wenn die Deutschen nicht dort waren, warum hielten wir? Doch wenn sie dort waren... Wieso? Hinter uns und vor uns? Erst jetzt drang der Inhalt des Gerüchts mit voller Schärfe in mich ein.

»Unsinn, Unsinn«, wiederholte Kazek hartnäckig, »ein paar Fallschirmspringer sind gefaßt worden, mehr nicht. Ich habe mit Arbeitern gesprochen, die aus der Stadt kamen.«

»An die Geschütze«, wurde von vorn gerufen. Über dem Gewimmel der Köpfe erhoben sich in kurzen Sprüngen die Silhouetten unseres Batterietrupps. Barański wuchtete sich unbeholfen in den Sattel und stieß dabei schnaufend und angestrengt ein langgezogenes »Batterie – aufgesessen!« aus. Doch die Spitze der Kolonne rührte sich nicht. Etwas näher nur ballte und drängte sich die Menge der Infanteristen zusammen, und jenseits des Grabens erschien Gorczyca auf seiner mageren, launisch über die frisch gepflügte Erde trippelnden Stute. Ihm folgte der Batterietrupp. Gleich darauf zerrten auch wir das Geschütz durch den tiefen Aushub. Die ganze Batterie zog über die Felder nach Norden und ließ die Stadt und die mit Soldaten vollgestopfte Chaussee hinter sich.

Es ist vorbei mit den ›Überzähligen‹. Ich kann es noch nicht recht glauben. Es geschah ganz unerwartet, sehr schnell und leicht und genau in einem Augenblick, da meine Widerstandskraft gegen die Sinnlosigkeit und Langeweile dieses Marsches zu zerbrechen drohte. Jetzt, glaube ich, beginnt die Probe – Feuerschein, Blitze, Sturm, Regenbogen, das märchenhaft bunte Schauspiel der Geschichte. Alles weist darauf hin, obgleich der Himmel ebenso heiter ist wie am ersten Tag. Doch dieses schöne Wetter dröhnt wie Erz. Aber genug der heroischen Übertreibung.

Gegen Mittag hielten wir in der Biegung eines weißen Weges, zu beiden Seiten standen ganz steif kleine Bäume, jeder auf dem blauen Untersatz seines Schattens. Die weiten Felder ringsum, die im elegisch sanften Rhythmus von Anhöhen und Tälern zum Horizont hin verflossen, schienen von jeglichem Leben verlassen, ausgeliefert der Stille und der Sonne an einem Tag erbarmungsloser Ruhe. Nur von vorn drang wie das Ticken einer Uhr metallisches und schläfriges Hühnergegacker herüber. Dort lag ein Städtchen, dessen graues Grün mit den blauen Flecken getünchter Wände durchsetzt war; es hing am Himmel mit durchsichtigen Rauchstreifen, die reglos, schlicht und unwesentlich schienen wie der Glaube bescheidener Leute! Und in noch weiterer Ferne hinter dem gläsern bebenden Hitzevorhang, dunkelte der waagerechte Strich eines Waldes.

Die Fahrer hatten ein Bächlein oder eine Quelle gefunden. In geduldigem Zug wanderten sie den schmalen Rain entlang aufs Feld, ohne Rufe und Schreie, und nur wenn sie auf dem Rückweg den Straßendamm hinaufstiegen, klirrten dumpf ihre Eimer, und das frisch aufplatschende Wasser lockte die ausgetrockneten Pferdenüstern an.

Oberleutnant Dębski ritt mit einigen Leuten vom Batterietrupp fort, und Gorczyca, auf dem schmalen Rasenstreifen zu Füßen eines Chausseebaums ausgestreckt, zog den Schirm der Feldmütze über sein trauriges Gesicht.

Ich setzte mich an den Grabenrand, holte ein Stück trokkenes Brot aus der Tasche und biß hinein, ohne besonders hungrig zu sein, eher um die Augen bis zu dem Zeitpunkt offenhalten zu können, da die einzig wichtige Verrichtung des Tages begann, die Fütterung.

Dyas setzte sich schweigend zu mir, mit dem besorgten und bekümmerten Gesicht eines enttäuschten Verliebten, der sich seinem Freund anvertrauen möchte. Er nahm die Brille ab, rieb sie sehr sorgfältig, hielt sie sich vor die blassen Augen, nahm sie wieder ab, hauchte und wischte, offenbar entschlossen, ihr gerade jetzt einen Idealzustand der Durchsichtigkeit zu verleihen, von dem er bislang nicht einmal geträumt hatte.

Plötzlich drehte er sich mit dem ganzen Körper zu mir um, langsam, doch so heftig, daß seine Stirn dunkelrot wurde.

»Kannst du das glauben«, begann er, wobei er mitten im Satz die Entrüstung seiner Stimme dämpfte und ihr die zurückhaltende Feierlichkeit verlieh, mit der man Bekannte vom Tode naher Angehöriger benachrichtigt, »kannst du glauben, daß die Deutschen in Krakau sind? Schon seit zwei Tagen. Seit zwei Tagen! Und niemand hat es uns gesagt. Wir hatten so viele Truppen dort... und die Befestigungen. Ach, Junge, Junge...« Wieder hauchte er und wischte und schaute gegen die Sonne, aber jedes Hauchen war ein Trauerseufzer.

Er tat mir leid, mehr als die Stadt Krakau. Doch gleich fielen mir die zwischen den Sternen aufblinkenden, exotisch gebogenen Dächer und Türme ein, die in lila Schatten getauchten Anlagen und der geheimnisvolle Ton des mittäglichen Trompetensignals, das wie eine goldene Nadel hervorstach aus dem Quietschen der Straßenbahnen, dem Bellen der Hupen und dem Klappern der Hufe auf dem Pflaster des Marktplatzes.

Die Geschichte dieser Melodie hatte mir einst mein Vater im kaffeeduftenden Schatten unter der Markise der Konditorei Noworolski erklärt. Das war sehr lange her. Jetzt aber wuchs noch genauso frisch, schön und episch ausdrucksvoll die Rührung in mir auf durch jene Geschichte vom Turmwächter, dem der Tatarenpfeil für immer den Schluß des Liedes abschnitt. Und während Dyas weiter ratlos an seinen Brillengläsern wischte, erfüllte mich die Bitterkeit erlittenen Unrechts, die kraftlose Betrübnis eines Menschen, dem man seine wertvollsten Erinnerungen geraubt hat, als er gerade fort war, und nun kann er sich nicht mehr erinnern. Niemand von uns wird etwas sagen. Wir werden wochenlang ziellos umherwandern und nicht einmal wissen, was man uns genommen hat, welche Orte, die für immer durch die Liebe der Kindheit verzaubert sind, welche Ausblicke, Melodien und Gesichter.

»Weiß es Kazek schon?« fragte ich, und wieder war es

ohne mein Zutun so, als sprächen wir von einem schmerzlichen Trauerfall in der Familie, dessen Last man vorsichtig und zartfühlend zu verteilen hat.

»Ja, ich hab's ihm gesagt«, seufzte Dyas. »Aber, weißt du, Kazek ist wie ein Kind! Er sagt: Wir holen es uns zurück! Sehr schön. Daran glaube ich auch. Aber warum haben wir es überhaupt hergegeben? Warum waren wir nicht dort? Sie sind kampflos einmarschiert. Oder ist das womöglich besser? Was weiß ich, mindestens haben sie nichts zerstört... aber... ach!«

Er erhob sich, blickte noch einmal durch die mit den Fingerspitzen gehaltene Brille, setzte sie unbeholfen auf die Nase und ging fort, wobei er sich auf seinen kurzen, krummen Beinen leicht wiegte.

Dieses Gespräch wurde, obgleich es mir den logischen Kommentar zu unserem vor einer Woche begonnenen Rückzug gebracht hatte, gewissermaßen zur Formel für meine Erschöpfung und Traurigkeit. Mit der ganzen Bitternis eigener Nutzlosigkeit bedauerte ich den Verlust Krakaus. Es war die erste Lektion, die erste Vorahnung der seltsamen Kriegswahrheit, daß man einen Verlust nur verwinden kann, wenn man ihn mit dem Protest von Blut und Zorn, mit einem sei es auch noch so hoffnungslosen, aber aktiven Protest gesühnt hat.

Der Halt auf dem sonnenverbrannten Weg, die Zugehörigkeit zu den verhaßten ›Überzähligen‹ kamen mir in diesem Augenblick wie eine an mir begangene Vergewaltigung vor, wie ein Zwang, der nicht nur das Gefühl für die persönliche Würde, sondern auch die gewöhnliche, soldatische Disziplin verzerrte. Ohne noch auf irgendwelche, von der dienstlichen Routine erzeugten Bremsen zu achten, steigerte ich meine kraftlose Verachtung und ergab mich düster befriedigt dem physisch spürbaren Prozeß der Demoralisierung. Auf der nebelhaften Karte der Erinnerung versuchte ich, die mutmaßliche Marschroute meines wahren Regiments zu finden und die Kilometer zu berechnen, die mich von ihm trennten. Halb schlafend hegte ich in mir die trägen Ansätze eines phantastischen Planes, der sich auf keinerlei bekannte Tatsachen stützte und nicht die geringsten Erfolgschancen hatte. Doch brachte mir das Erleichterung, es beschäftigte die Vorstellungskraft und schuf den schwachen Anschein einer auf den eigenen bewußten Widerstandswillen gestützten Aktivität.

Inmitten dieser bitteren Phantasien spürte ich plötzlich den aus der Ferne anwachsenden, stürmischen Rhythmus eines Galopps. Ich fuhr zusammen. Bei den ›Überzähligen‹ ritt man nie Galopp.

Vom Städtchen her raste in einer weißen Staubwolke eine lockere Gruppe Reiter auf die Batterie zu. Ich erkannte Dębskis wild flatternden Mantel und Buchtas schweren, langmähnigen Wallach. An der Spitze aber, den anderen um einige Längen voraus, ritt ein Fremder. Sogar auf diese Entfernung konnte man den Unterschied zwischen seinem Pferd und denen unseres Batterietrupps erkennen. Energisch in seinen Bewegungen, das Maul an die breite Brust gezogen, die Beine mit der Gleichmäßigkeit und Kraft einer Maschine vorwerfend, war es zweifellos ein Militärpferd, ein Vollblut-Reitpferd, das die Bürde des Wagens nicht kannte.

Die Gruppe hielt an der Spitze unserer Kolonne. Gleich danach kam von dort ein Melder: »Herr Oberleutnant Barański zu Herrn Hauptmann!« Barański sprang aus dem Graben auf, noch verschlafen, aber von vornherein verschüchtert und erregt. Er eilte mit kurzen, schnellen Schritten hin und zog sich dabei die Feldbluse zurecht, die sich bei ihm ständig wie ein lockerer Sack über dem Koppel knäulte.

Die Soldaten standen auf und trafen sich wachsam an den Gespannen. Die Fahrer hoben mit der flachen Hand den Boden der Futtersäcke an, um den Pferden die Aufnahme der letzten, schon mit Speichel durchsetzten Haferkörner zu erleichtern. Irgend etwas begann. Was? Egal! Im fernen, hitzeüberschwemmten Städtchen gackerten immer noch die Hühner und maßen die Zeit der nahenden, noch unbekannten Veränderung ab.

Bald kam Barański zurück. Schon von fern rief er uns heiser die Einleitung seines neuen Befehls zu: »Erster Zug – fertigmachen zum Abmarsch!«

Wir hatten drei Gruppen bei uns im Zug, die von Kazek, Dyas und mir befehligt wurden. Vom Batterietrupp nahmen wir noch ein paar Fähnriche ohne Funktion mit. Von ihnen kannte ich nur Stumpf. Barański trottete auf seinem hageren Klepper gehorsam hinter dem fremden Offizier her wie ein Knappe hinter seinem Ritter. Ich ritt zu ihm, um mich zu erkundigen, was los war.

»Wir sind neu zugeteilt«, informierte er mich höflich; und dann mit freudigem Aufblitzen der Augen, als würde ihm erst jetzt die wichtigste Tatsache klar: »Schluß mit den ›Überzähligen‹, Schluß und vorbei!«

Ich schaute mich nach der Batterie um, die wir ohne Abschied verlassen hatten. Die übrigen Gespanne rückten langsam auf, um die von uns verursachte Lücke zu füllen. Man hatte den Pferden nicht einmal die Futtersäcke vom Maul genommen. Genauso rücken die Droschken am Halteplatz auf, wenn die vorderste mit einem Kunden losgefahren ist. Diese schläfrige Bewegung erstarrte bereits in der alten Reglosigkeit. Im dürftigen Schatten der Chausseebäume schliefen die verstaubten Rümpfe der Munitionswagen und Geschütze ein, erstarben die unwesentlichen Gesten menschlicher Hände. Gorczyca und Dębski, Buchta und der ›Ewige Fähnrich‹, die Krakauer Droschke mit meinem Koffer, an den ich gar nicht mehr hatte denken können, mit meinen romantischen, zwischen den Wäschestücken getrockneten Nelken, das alles blieb hinter uns und glitt in die durchsichtige Tiefe der vom schönen Wetter einbalsamierten Landschaft.

Wir rollten über eine lange Holzbrücke und überquerten so den bewegten, hellen Leib des Dunajec. Das Städtchen begrüßte uns mit Totenstarre. Sogar das Hühnergackern erstickten wir durch unser stählernes Geratter. Weißer Staub senkte sich auf die blinden Fenster und drang in die schwarzen, saure Kühle ausstrahlenden Korridore. Mitten auf dem weiten Marktplatz, der sich unter der Last des roten Steinhauses mit dem Schild ›Landwirtschaftliche Handels-Genossenschaft in der Stadt Żabno‹ duckte, stand ein Brunnen, an dem sich einige vor Hitze halb ohnmächtige Bewohner angesammelt hatten. Sie stellten ihre Eimer auf den Boden und betrachteten uns unentschlossen und traurig, ihre Hände, die uns Grüße zuwinkten, hielten mitten in der Bewegung inne.

Nur die Kinder widerstanden der Verlockung nicht. Sie erreichten uns als muntere, barfüßige Gruppe, und ihre hellen Ausrufe erklangen in der heißen, echolosen Stille wie die Stimmen der Feldvögel. Hinter der letzten, grünlichen Fensterscheibe blickte uns das fanatische Gesicht eines Propheten nach, ein blasses Gespenst mit flammenden Augen und breitem Bart. Kud lachte schwer und boshaft auf und knallte mit der Peitsche über dem pfauenhaft bunten Abfluß im Rinnstein. Das Gesicht zog sich in die Tiefe seines dunklen Verstecks zurück, und nur die weißen, pathetisch ausgestreckten Hände leuchteten auf in ausdrucksvoller Warnung oder im Fluch.

Auf der anderen Seite bedeckte naher Wald weich die sanften Hügel. Wir mußten noch über eine zweite Brücke. Hinter dem kleinen Nebenfluß dehnte sich weit ein Steinfeld, das in eine Wiese mit kahlen Stellen überging und von einem Regulierungsdamm gesäumt wurde. Als wir ihn erreichten, sprangen aus dem grauen Gras und dem flachen Geröll des Steinfeldes fahle, gebückte Gestalten auf wie vom Gerassel unserer Räder aufgescheuchte Rebhühner. Ein lauernder, kurzer Lauf, ein listiger, tierischer Sprung.

Dann verschwanden sie wieder am Boden. Über dem Rand des Dammes spritzte ein schmaler, dunkler Arm auf. Noch einmal rissen sie sich hoch. Weit vorgebeugt die Halme der Karabinerläufe. Ein Sprung, ein Fall mit ausholender Bewegung der Hand, die eine nicht existierende Granate wirft. Ich erkannte die Ordnung – die ausgeschwärmten Gruppen, die spitzen Keile der sich zum Angriff entwickelnden Züge.

»Seht mal, seht mal«, rief ich den Reitern und den Kanonieren auf den Protzen zu, »eine Felddienstübung, seht ihr's?«

Und plötzlich wich der Zweifel der letzten Tage aus meinem Schädel wie der Dunst einer quälenden Migräne. Hinter diesem Fluß wurde geübt, lernte man für den Kampf, bereitete man sich bewußt und fleißig darauf vor, den Feind zu empfangen. Das war die Grenze zwischen Flucht und Verteidigung, zwischen den ›Überzähligen‹ und dem Militär. Wir hatten diese Grenze überschritten.

DIE KONZENTRATION

Was seit gestern, seit wir die ›Überzähligen‹ verließen, passierte, ist nur die Bestätigung einer höchst offenkundigen Wahrheit, die ein naiver Optimismus mit dem Nebel der Illusionen zu verschleiern sich bemüht hatte. Nicht ›Überzähligkeit‹, nicht Untätigkeit bewirken das Übel von Schwäche und Unordnung. Seine Quellen sind erheblich bedrohlicher, sie verbergen sich tiefer, sie liegen außerhalb der Reichweite zielgerichteter Anstrengung und guten Willens.

Von Anfang an entwickelten sich die Geschehnisse beunruhigend und eigenartig. Vom weißen Weg bogen wir ab in die Felder, in eine schmale Waldzunge, die von einem niedrigen Hügel herabreichte.

Im wundervoll kühlen Schatten junger Erlen und Birken saßen wir ab, lockerten die Sattelgurte und streckten uns so bequem wie möglich im dichten Grase aus. Der fremde Offizier ritt auf einem Waldweg davon. Ich setzte mich zu Barański und nahm keine Rücksicht auf die ihn überwältigende Müdigkeit, sondern fragte ihn nach den Einzelheiten unserer neuen Lage aus. Wir sind als 3. Zug dem Leichten Artillerie-Regiment Nr. 40 aus Czortków zugeteilt worden, seiner 1. Batterie Feldgeschütze, einer ausgegliederten Einheit, die ein Infanterie-Regiment in einer neu gebildeten Division unterstützt. Sonst wußte Barański selbst nicht viel. Er war aufgeregt wie ein Pennäler vor der Prüfung und bat mich, ihm zu sagen, wie man ein Geschütz einrichtet und welche Methoden des Abprotzens man bei den verschiedenen Gelegenheiten anwendet. Doch ehe ich ihm das auseinandersetzen konnte, raschelte es im Unterholz, und am Wegrand zeigte sich ein anderer unbekannter Offizier. Er stand jetzt reglos da. Ich hatte den Eindruck, er nutzte die

Überraschung aus und wollte wissen, was wir hier allein gelassen wohl täten. Dabei trug er eine forschende und spöttische Miene zur Schau und zeigte eine selbstsichere Haltung, seine schmalen zugekniffenen Augen blitzten aggressiv. Er sah sehr gut aus. Schlank, breitschultrig, mit dem dunklen Gesicht eines jungen Wikingers. Auf seinem bloßen Kopf kringelten sich dicht über der Haut kräftige Haare mit kupfernem Glanz, der jetzt im vollen Sonnenlicht fast rot wirkte. An seinem Gürtel hing drohend ein langer, geflochtener Ochsenziemer.

Barański bewegte sich unruhig; er wußte nicht, welche Handlungen und Kommandos das Reglement in einem solchen Augenblick vorschreibt. Der andere bemerkte ihn gar nicht. Die Hände auf dem Rücken verschränkt, ging er mit weichen, etwas katzenhaften Schritten an unseren Gespannen vorbei. Sein scharfer, amüsierter Blick untersuchte und kritisierte gleichzeitig die Pferde, das Gerät und die Menschen. Unter dem Einfluß dieses Blickes sprangen die Soldaten hoch, knöpften ihre Uniformen zu und stellten sich eilig auf, als hätten sie einen Befehl vernommen. Es war der Blick des echten Führers, das gefährliche Lächeln des Despoten.

Barański hielt es nicht mehr aus. Er lief ihm nach, begrüßte ihn und stellte sich vor; das wirkte so, als müßte er etwas rechtfertigen und sich entschuldigen. »Herr Kamerad, hier herrscht Gefechtsbereitschaft«, sagte der Wikinger mit heiserer Stimme. Und obgleich er es leise sagte, hörten wir es alle und beeilten uns, noch ehe Barański das entsprechende Kommando gerufen hatte, die Lederhüllen von Läufen und Schlössern zu nehmen. Er lächelte und war zufrieden, er genoß die Wirkung seiner beruflichen Autorität. Dann, nachdem unsere fieberhafte Aktivität aufgehört hatte, trat er mit einigen Schritten in die Mitte, streckte sich, hob das starke Kinn und stellte sich kurz vor: »Ich bin Oberleutnant Redycz, der Stellvertreter des Batterieführers. Gebt euch Mühe, Leute, mit mir auszukommen.«

Von diesem Augenblick an regierte er uns ebenso apodiktisch wie zuvor Dębski, nur wesentlich geschickter und leiser.

Die Geschütze wurden in ihre provisorischen Stellungen gerollt, wir erhielten aus der Feldküche ein reichhaltiges Mittagessen, ein Beschlagschmied und ein Waffenmeister kamen zur Überprüfung.

Es war fast schon wie Glück, dieses Schwinden von Unentschiedenheit und Zufälligkeit. Leider dauerte die Freude für uns Fähnriche nicht lange. Uns gegenüber erwiesen sich das Schicksal und der neue Herrscher nicht gnädig.

»Was haben Sie da alles an Dienstgraden mitgebracht, Herr Kamerad!« sagte Redycz zu Barański beim Appell der Funktionsträger, der gleich nach dem Mittagessen stattfand. Er musterte uns mitleidig und löschte durch eine geringschätzige Mundbewegung unsere kurze Begeisterung. Wir saßen im weiten Halbkreis auf dem Rasen der Lichtung, die in weichen, reglosen Schein getaucht war. »Fähnriche, Fähnriche...«, überlegte er und kaute auf einem Halm herum, dessen Ende wie die giftige Zunge einer Schlange bebte. »Ich habe, zum Teufel, meine eigenen Reserve-Unteroffiziere, die ich den ganzen Sommer über geschult habe. Die hängen bei der Batterie herum... Mehr Chargen als Kanoniere!« Seine Augen richteten sich abwartend auf Barański. »Sagen Sie was über Ihre Leute, Herr Leutnant«, stieß er plötzlich ungeduldig hervor.

Barański, ebenso eingeschüchtert und getroffen wie wir, bemühte sich nach Kräften, mit seinem Gesicht, das nicht zu lügen vermochte, Unabhängigkeit und Kühle auszudrükken. Aber seine Anstrengungen scheiterten kläglich. Er wurde rot bis an die schweren Augenlider, und sein fleischiger Mund verzog sich hilflos. Direkt angesprochen, schluckte er den Speichel hinunter und hob den Kopf mit einer Bewegung, die entschieden gemeint war, in ihrer Ausführung aber mehr an ein scheuendes Pferd erinnerte.

»Meine Leute sind gut, Herr Oberleutnant...«, brachte er heraus und wurde noch röter, »nur kann man das nicht so... denn...«

»Da haben wir's!« Der Wikinger rieb sich vor Freude die Hände, weil es ihm so leicht gelungen war, diese Verlegenheit zu bewirken. »Ich will keine guten Leute! Davon habe ich nichts. Gute Leute sind jetzt nicht geeignet.«

Ich hatte früher irrigerweise geglaubt, wenigstens im Kriege würden sich die Fähnriche nützlich erweisen. Statt dessen waren wir weiterhin das fünfte Rad am Wagen, genauso wie bei den Übungen, wie in der Kaserne, wie überall. Wozu bildete man uns aus, wozu opferte man das staatliche Geld für uns?

Die Lichtung glänzte grell in übertrieben intensivem Grün, Fliegen surrten in der unbewegten Luft. Redycz kaute auf seinem Grashalm, stieß mit dem Ochsenziemer gegen die staubigen Spitzen seiner eleganten Stiefel und betrachtete uns mit Widerwillen.

Ich begann ihn zu hassen.

»Da, aus denen läßt sich noch was machen«, sagte er und wies mit der Peitsche schräg hinter uns, »die haben wenigstens keinen Ehrgeiz zu kommandieren. Freiwillige, die kämpfen wollen. Irgendwas wird sich für sie schon noch finden.« Erst jetzt bemerkten wir zwei Jungen in PW-Uniformen und Baskenmützen, die unter einem Wacholderbusch hockten. Sie wurden beide rot und duckten sich, bereit aufzuspringen und zu laufen, um eifrig einen Befehl auszuführen. Aber Redycz wandte nicht einmal den Kopf nach ihnen um. Sein Blick blieb plötzlich an Stumpf hängen, wurde ernst und durchdringend und wachsam. Er suchte bei uns nach den silbernen Tressen der Berufssoldaten.

»Berufssoldaten!« rief er unerwartet.

Alle vier sprangen auf wie die Teufel aus der Kiste und nahmen Haltung an.

»Kämpfer«, sagte der Wikinger freundschaftlich. »Setzen! Aus euch mache ich eine Panzerabwehrgruppe. Ihr müßt eine Betonmauer sein, verstanden?« Er wurde etwas milder, und auf seinem Gesicht zeigte sich die gleiche komische Verdrießlichkeit wie bei kleinen Jungen, die Soldaten spielen. Trotz all seiner männlichen Aggressivität und Selbstsicherheit war er eben doch noch sehr jung. »Und der Rest... der Rest«, überlegte er halblaut. Dann beugte er sich ganz zu uns herüber. »Schießen werdet ihr doch wohl können, zum Teufel! Ich brauche eine Sicherung nach Süden für den Fall, daß Panzer den Fluß durchqueren.« Er sah in unsere finsteren Gesichter und zeigte dann breit lächelnd seine Zähne. »Ohne Groll, Kameraden«, sagte er in versöhnlichem Ton, »wenn man die Ehre an der Aussichtslosigkeit des Auftrags mißt, wird der eure bestimmt ehrenvoll sein.«

Ehrenvoll war unser Auftrag nur in der Theorie. In der Praxis war er langweilig und unangenehm, weil mit unverdienter Herabsetzung bitter gewürzt. Wir lagen in einer von Schlehen und Erlen überwachsenen Furche, vor uns der leicht gewellte Flecken sonnenverbrannten Brachlands, der weiße Strich des Weges und der dunkle Abhang des Hügels gegenüber. Die Sonne kroch träge über uns hinweg und drückte uns den Nacken nieder mit der reglosen Strömung schwerer Hitze. Die Lider sanken ungewollt herab; man mußte sich den Karabiner unbequem unterlegen, um nicht einzuschlafen. Wir sahen, wie die neu formierte Gruppe Stumpf in Stellung fuhr. Die Gespanne jagten aus dem Wäldchen auf den Weg und rollten im Dunst des weißen Staubs fröhlich auf den Fluß zu, wobei sie den regelmäßig gesetzten, pilzförmigen Bäumchen auswichen. Die ungleichmäßige Bewegung der Pferdebeine, das Aufblinken der Radspeichen, der komische Rhythmus der steif in den Sätteln hüpfenden Reiter – alles war von einer Sorglosigkeit geprägt, die das Herz vor Eifersucht zusammenpreßte. Sie verschwanden hinter dem Damm und überließen uns unserer Müdigkeit, der Hitze und dem Unwillen. Ich versuchte, mir beizeiten vorzustellen, was sich aus dieser Situation alles noch ergeben konnte. Über diese Brache würden die Panzer kommen, falls es ihnen gelang, den Fluß zu durchqueren. Ich konnte mir alles gut ausmalen, ihre rüttelnde, kriechtierartige Fortbewegung, ihr ungeschicktes Krängen in den flachen Gräben, ihr unerbittliches Größerwerden beim mechanischen Schnauben der Motoren und Rasseln des Blechs. Wenn sie hier auftauchen, überlegte ich mir, heißt das nicht nur, daß sie den Fluß durchqueren, sondern auch daß sie den Widerstand der dort liegenden Infanterie durchbechen werden. Das Erlenwäldchen über meinem Kopf kam mir plötzlich sehr dünn vor. Sie hatten nicht den geringsten Sinn – unsere paar Mauser... Hol's der Teufel, welch ein dummes Ende.

Der Abend brachte einen totalen Wandel der Situation und große Erleichterung für uns. Was sich ereignet hatte, konnten wir uns nicht denken, und Redycz war nicht der Mensch, der uns die Motive seiner Befehle erläutert hätte.

Ich erinnerte mich an unser kindliches Indianerspiel. Eine erregende und geheimnisvolle Stimmung. Die ganze Welt ringsum, wie ausgeweitet und still geworden von zurückgehaltenen Seufzern, streng riechend und heimlich erfüllt von verborgenen Schaudern und dem Rascheln leiser, schleichender Schritte. Früher, in jener bunten Kinderwelt hatten wir uns ähnliche ›Wigwams‹ aus Zweigen gebaut und in ihrem Schatten nur flüsternd miteinander gesprochen.

Wir tarnten unser Geschütz großartig. Ein ganzes Wäldchen junger Birken, Kiefern und Erlen. Von fern sah das aus wie eine natürliche, dem Rand des schütteren Wäldchens ein wenig vorgelagerte Baumgruppe. Innen hatten wir genug Platz, uns frei zu bewegen, über den Köpfen aber ein duftendes, schattiges Gewölbe, das wie die Scheiben eines alten Glasfensters den kühlen Glanz des Abendrots weich und fein zersiebte. Es war jetzt unser Haus, besonders erfreulich, weil anscheinend speziell für das Abenteuer errichtet.

Über das Zielgerät gebeugt, gab Marchewka eine Vorführung in Präzision und Pedanterie. Sein nach hinten gestreckter Arm bewegte sich leicht aus dem Ellbogen heraus. Erst nach rechts, dann nach links, immer wieder langsamer. Die Munitionskanoniere, deren Stirnen fast zusammenstießen, während die Adern vor Anstrengung anschwollen, schleppten den Lafettenholm des Feldgeschützes, indem sie den Sporn durch den schmalen, sandigen Aushub schoben. Marchewkas Arm erstarrte. Nur noch die Hand bebte. Noch ein bißchen. Jetzt nur noch ein Finger... noch etwas... Die Fingerspitze. Ein Millimeter, noch einer. Ja. Unvermittelt klatschte er sich auf seinen rausgestreckten Po.

Ich war der Ladekanonier. Ich brachte das Rohr in die Waagerechte und blickte neugierig in die mit dunklen Windungen glänzende Öffnung. Sie war genau auf den einsamen Birnbaum mitten im Feld gerichtet. »Fertig«, sagte Marchewka.

Wir hatten jetzt Ruhe. Es blieb nichts übrig als zu warten. Die leeren, flachen Felder und die sich scharf im kühlen Violett abzeichnende, doch jeden Augenblick weicher werdende Oberkante des Damms sogen sich voll mit dem gedämpften Schein des Grüns, das den Tag ausatmete. Der Himmel wurde wasserblau; er klarte hoch über den noch glühenden Dünsten im Westen sanft auf, um die herbstlichen Sterne in Empfang zu nehmen. Es fehlten nur die feinen, einsamen, langsamen Rauchstreifen, die gewöhnlich zu dieser Zeit von nicht richtig gelöschten Hirtenfeuern emporsteigen. Doch der versonnene, ein wenig konventionelle Zauber dieser Stunde offenbarte sich uns jetzt anders; er durchdrang unsere Herzen mit einem Schauer, dem jede träge Melancholie fehlte. Das bislang ferne und matte Husten der hinter dem Horizont verborgenen Geschütze näherte sich merklich und kroch mit ungreifbarem Beben auf dem Tau zu uns heran, manchmal schien es wie ein feines Rascheln durch das Blätterdach unserer Schutzhütte zu gleiten.

Dyas, unser derzeitiger Gruppenführer, hatte sich mit dem Rundblickfernrohr beschäftigt; er setzte sich am Eingang neben den wie eine altmodische Kommode aufgezogenen Kasten des Munitionswagens. Sein Gesicht war listig und ein bißchen verschämt. Er schob sich eine Ledertasche auf den Schoß; seine kurzen Finger hantierten am Schloß, ohne sich zum Öffnen entschließen zu können. Kazek Jesiołł, der Ladekanonier, lachte dünn wie ein Schüler im Stimmbruch. »Diesmal, Leute, kommt's zur Schlacht. Hol mich der Teufel, wenn das nicht eintritt.« Er zog den kurzen Stempel aus dem Gürtel und klopfte damit dumpf auf die Lafette.

»Hau ab, verdammt. Du bringst mir das Geschütz aus der Richtung.« Marchewka war empört. Wieder steckte er, über das Visier gebeugt, den Hintern heraus und murmelte unverständliche Flüche vor sich hin.

»Vielleicht kommt's nicht dazu...« Unsicher riskierte der Kanonier Kanter aus der dunkelsten Ecke hinter dem Munitionswagen ein Wort.

»Philosophieren Sie nicht, sondern holen Sie einen Eimer Wasser«, fuhr Dyas ihn an. »Worin wollen Sie die Hülsen kühlen?« Er öffnete die Tasche und holte kindlich-ostentativ eine flache, mit dunkler Flüssigkeit gefüllte Flasche heraus. Langsam hob er sie am Hals hoch und zeigte sie von allen Seiten, bis ein scharfer Sonnenstrahl das Glas traf und sich tiefrot glänzend darin brach.

»Wißt ihr was das ist, Leute? Das ist echter Cacao Choix. Ich denke, die Gelegenheit ist da, Brüderschaft zu trinken.«

Der Likör war sehr süß und dick. Wir tranken ihn aus einem herumgereichten Blechbecher. Auch das war sehr stilvoll, allerdings weniger ›indianisch‹. Mit einem Mal hatten wir das Bedürfnis, diesen Stil ›vor der Schlacht‹ zu verbergen, damit es nicht angeberisch aussah. Kazek, der mit seinem Enthusiasmus am meisten Schuld hatte, fing an, unanständige Witze zu erzählen. Wir aber lachten, nicht weil sie komisch gewesen wären, sondern weil er noch mehr stotterte als gewöhnlich.

Lediglich die Bedienung zog nicht gleich. Der Munitionskanonier Piontek, ein rosiger, fetter Ladenschwengel aus einem oberschlesischen Städtchen, verkündete immer wieder mit feierlicher Stimme, wir seien alle Brüder und würden einander nie und nimmer im Stich lassen, während der zweite Munitionskanonier Lilienfisch, der sich in Krakau so gefürchtet hatte, das Trinken überhaupt verweigerte.

»Alkohol schadet mir«, rechtfertigte er sich weinerlich. »Ich bin ein kranker Mensch. Ein sehr kranker Mensch. Nehmen Sie es mir nicht übel.«

Wir ließen ihn in Ruhe. Er kauerte sich hinter dem Munitionswagen auf den Boden, zog seine Brieftasche und blätterte mit hageren Fingern in irgendwelchen Papieren.

Nach Mitternacht hatte ich Wache. Ich stand, vom tiefen Schlaf noch ganz benommen, nur ungern auf. Die schwarze Laubhütte war ganz und gar voll Dunst, und die Nacht draußen schien mir dünn wie Wasser. In die Decke gewikkelt, machte ich kleine Schritte und versuchte, die Reste der klebrigen Wärme im fröstelnden Körper zu halten. Piontek, der mich geweckt hatte, zeigte mir den Weg der Wache: vom Rand der Waldzunge hinter unserer Gruppe auf dem Rain ins Feld bis zu dem als Richtpunkt gewählten Birnbaum und im großen Bogen über ein Stoppelfeld zurück. »Der Herr Leutnant hat gesagt, wir sollen auf Spione achten«, informierte er mich zu guter Letzt, »solche treiben sich hier rum.«

Langsam schüttelte ich meine Schlafbenommenheit ab, meine Schritte wurden länger, ich verfiel in den abgemessenen Marschrhythmus der Wache. Hoch über mir war der Himmel bis an seinen fernen Rand mit kalten Sternen gesprenkelt, und einer davon, ein besonders großer, blinkte, gleichsam mit Sidol geputzt, aufdringlich direkt über dem Wald. Ich spürte, wie sich mir der kühle Staub des Taus auf Gesicht und Nacken legte. Allmählich fand ich in mir jene seltsame Bezauberung wieder, die mir stets die langen nächtlichen Wachstunden verkürzt hatte. Es war ein erstaunlicher Ausflug in die Einsamkeit, in die jenseits der Grenze des Schlafs und der erdrückenden Verdichtung menschlicher Angelegenheiten brachliegende Zeit. Der Karabiner in meiner Hand war wie ein Stafettenstab, damit das Morgen nicht anders würde als das Gestern, damit die Kontinuität des von den Menschen gespielten Dramas nicht abrisse. Fern im Süden hörte ich das dumpfe Räuspern von Geschützen. Auch das war so eine strapazierte Naht, die die grellen Fetzen der Wirklichkeit zusammenhielt. Doch die träge Folge der Kriegsereignisse rollte nur mühsam ab. Der Glaube an seine Notwendigkeit schien unter dem weiten Himmel zerflossen zu sein. Beim Birnbaum blieb ich eine Weile stehen und lauschte dem fernen Rauschen des Flusses, dann ging ich mit einem unguten Gefühl im Rücken über das Stoppelfeld. Im Schatten der Bäume war ich wieder sicher vor allen Stimmen und nahe dem von monotonen Schritten gewiegten Schlaf. Schon hatte sich der Kreis meiner Wanderung zum soundsovielten Mal geschlossen, als wenige Meter vor mir ein trockener Zweig knackte und sich zwischen zwei Sträuchern ein beweglicher Schatten verdichtete.

»Halt! Wer da?« Von Piontek gewarnt, hob ich den Karabiner an die Schulter.

Der Schatten verharrte. Ich spürte, wie mich aus dem Dunkel Augen anblickten.

»Garwaczewski«, sagte nach einer Weile eine sehr junge, beinahe kindliche Stimme, ganz deutlich amüsiert und erstaunt. Doch die nichtssagende Antwort klang äußerst überzeugend. »Losung?« fragte ich schon weniger hart.

Der Schatten regte sich ungeduldig. »Kennst du mich nicht?« fragte er ungläubig und dehnte dabei singend die Wörter. »Ich hab' hier den Wagen mit dem LMG in den Sträuchern. Ich gehe pinkeln, und du willst gleich auf mich schießen.«

»Herantreten zur Identifizierung«, sagte ich trocken, ohne mich dem Automatismus der Routine widersetzen zu können. Unwillig murmelnd kam er näher und blieb direkt vor meinem Karabinerlauf stehen, die Haare zerzaust, der Mantel offen, breitbeinig schwankend vor Unausgeschlafenheit. Sogar im Dunkeln erriet man seine jugendliche Weichheit.

»Was gibt's hier zu identifizieren«, schimpfte er mit müder Stimme. »Mich kennt jeder in der Batterie… du bist wohl einer von den Neuen«, fügte er etwas munterer hinzu.

»Ja, wir sind gestern eingetroffen.« Ich ließ den Karabiner sinken; ich hatte keine Lust, mich länger aufzuspielen.

»Na, und eine Gruppe von euch ist schon abhanden gekommen«, sagte Garwaczewski und trat einen Schritt näher. »Schöne Geschichte, was?«

»Was heißt abhanden gekommen? Wie denn?«

»Weiß ich wie? Ich dachte, du kannst es mir sagen.«

Ich begriff nicht, was er meinte. Unsere beiden Geschütze standen ganz nahe in ihrem Tarnlaub.

»Ist die Pak irgendwohin abkommandiert worden?« fragte ich.

»Abkommandiert ist gut.« Er lachte ironisch. »Weißt du das wirklich nicht?« Er sah mich in der Dunkelheit mißtrauisch an.

»Ich weiß nicht, wovon Sie reden.«

»Alle sagen doch, eure Berufsfähnriche sind getürmt«, antwortete er und berührte meine Schulter. Ich trat empört zurück. »Unmöglich! Das ist eine Lüge.« Zum ersten Mal empfand ich Solidarität mit der alten ›Überzähligen‹-Batterie. Die beleidigende Unterstellung traf mich unmittelbar.

Doch der MG-Schütze schien jetzt zu zögern. »Die sind wohl zu ihrem Regiment zurückgekehrt«, sagte er nach einer Pause unsicher und versöhnungsbereit.

»Sie, wissen Sie, was Sie sagen?«

»Ich weiß nur, was passiert ist«, entgegnete er ärgerlich.

»Na und? Was ist passiert?«

»Was? Eine Sauerei. Hauptmann Jordan, unser Batterieführer, hat ihnen gesagt, sie sollen abends jemand schicken, Suppe holen. Weil niemand kam, hat er einen Melder zur Brücke geschickt. Aber an der Brücke war die Gruppe nicht. Nur Spuren von Rädern und etwas verstreutes Heu... das war alles.«

Ich stützte mich auf den Karabiner, so bedrückte mich der Zwang, aus den Tatsachen etwas zu folgern.

»Was kann da gewesen sein?« erkundigte ich mich gedankenlos.

Gawarczewski raschelte mit den Stiefeln im Gras. »Das wollte ich dich gerade fragen«, sagte er und verschwand im dichten Schatten der Sträucher.

In meiner Nähe stampften Pferde, klirrten Ketten, gingen Leute und riefen mit gedämpfter Stimme. Ich erwachte von diesem Wirrwarr und zog in unbewußtem Erschrecken den Kopf zwischen die Schultern, als würde ich sogleich in der Dunkelheit zertreten. Doch ehe ich noch begreifen konnte, was vorging, vernahm ich Dyas' scharfe, kühle Stimme: »Zum Aufprotzen, los, Leute, zum Aufprotzen!«

Ich sprang auf und knallte mit dem Kopf gegen Marchewkas Kinn; beim Fluchen erkannte ich seine Stimme. Über mir nur der freie Sternenhimmel. Jemand warf raschelnd die Zweige unserer Laubhütte auseinander. Ich packte den kalten Griff des Lafettenholms. Auf der anderen Seite beugte sich Kazek Jesiołł vor. Ich hatte nicht einmal Zeit zu fragen, was eigentlich los sei. Denn knirschend schob sich die Protze heran, Hufe stampften bedächtig auf, jemand wiederholte heiser und monoton: »Nach links, nach links, zieh nach links.«

Erst als wir auf dem rüttelnden Blechkasten durch den Graben am Weg fuhren und unter den Radreifen die Chaussee dröhnte, fingen wir an, uns nach der Ursache des eiligen Aufbruchs zu erkundigen. Niemand wußte Bescheid. Nur Marchewka behauptete, die Deutschen seien im Süden über den Fluß gegangen und in unseren Rücken gestoßen. Das klang sehr unwahrscheinlich.

Obwohl wir scharfen Trab fuhren, kam uns der Weg zum Städtchen jetzt sehr viel länger vor. Endlich hallte die erste Brücke leer unter uns. Wir fielen in Schritt. Weiche Feuchtigkeit legte sich auf unsere Gesichter. Bei der Einfahrt in die Straße der Stadt mußten wir halten. Dort lag ein Hindernis, das langsam umgangen wurde. Als auch wir uns näherten, spitzten unsere Pferde die Ohren und tänzelten, während sie zu dem dunklen Brocken hinüberschielten, der die halbe Fahrbahn versperrte. Marchewka sprang von der Protze und leuchtete mit einer Laterne. Wir sahen ein Stück verbogenes, mit unregelmäßigen Flecken bemaltes Blech, die stumpfe Kante eines Kastens, eine zerfetzte, verstaubte, sinnlos herabhängende Raupenkette.

»Einer von unseren«, sagte Marchewka. Und nach einer Weile mit bitterem Erstaunen: »O Gott, was für ein Schund!«

Einen Augenblick lang noch huschte das Licht in seiner Hand rund um das kaputte, grausige Spielzeug, dann holte er uns ein und kletterte auf seinen Platz.

»Wenigstens haben sie das Geschütz rausgenommen«, sagte er erleichtert.

Ich konnte mich an einen solchen kleinen Panzer nicht erinnern. Er mußte nach unserem Eintreffen hier zurückgelassen worden sein. Anscheinend hatte das Rückfluten unablässig angedauert und auf seiner Spur waren klägliche Überreste liegen geblieben. Wir hielten auf einem Marktplatz von großen Ausmaßen, der tiefe Löcher aufwies. Die eine, nicht bebaute Seite öffnete sich in den schon grau werdenden Himmel, und in der Mitte ragten die dunklen Skelette verlassener Marktstände auf.

Hier sah ich Hauptmann Jordan zum ersten Mal. In Begleitung eines Unteroffiziers ritt er die in Zügen haltende Batterie entlang. Bei Barański blieb er kurz stehen, und seine seltsame Silhouette überraschte mich. Er hielt sich krumm auf dem Pferde, doch in seiner gebeugten Haltung lag nichts von Unbeholfenheit, eher eine Gewohnheit oder ein langjähriger Verschleiß, der ihn die Haltung geringschätzen ließ. So nachlässig sitzen nur vorzügliche Reiter im Sattel. Unter dem tief herabgezogenen Schild der Feldmütze zeichnete sich eine lange, knochige, mit ihrer Spitze zum karikaturenhaft vorstehenden Kinn gebogene Nase ab. Eine übertriebene Ausformung des Profils kennzeichnete auch sein Pferd, dessen Kopf von der Stirn abwärts einen kräftigen Bogen beschrieb.

Neugierig wartete ich auf seine Stimme und war sicher, daß sie scharf und schnarrend sein würde. Statt dessen klangen die Worte des Hauptmanns matt, fast weich.

»Geben Sie auf Ihre Leute acht«, sagte er leise, und in diesem Satz lag keinerlei Zorn oder Verachtung.

Immer noch glaubte ich, auf den Schlaf zu warten, und als ich später steif vor Kälte die Augen öffnete, wußte ich nicht, wo ich war und konnte mich nur mühsam in der Wirklichkeit zurechtfinden. Neben mir lag Barański in seinen Mantel gehüllt und vor der weißen Wand der Schenke zusammengerollt. Er rührte sich nicht und schlief doch nicht wie Dyas auf meiner anderen Seite, aber eine sanfte Wärme ging von ihm aus. Seinen Mantel füllte er aus wie einen Ballon. Diese Wärme ließ mich wieder in eine willenlose Erstarrung versinken. Ich schmiegte mich an Barańskis ausgebuchteten Rücken und fiel in Dunkelheit.

Es war unbequem. Durch die hauchdünne Strohschicht

spürte ich jeden Pflasterstein. Bei jedem Aufwachen sah ich den Himmel leerer, kühler und farbloser. Endlich beschloß ich aufzustehen und mich auf die Protze zu legen. Mit Mühe streckte ich schmerzhaft meine gebogenen Knie. Rundum lagen Menschen auf der Erde, eingerollt wie Hunde, von Kopf bis Fuß in Decken und Mäntel gewickelt. Der Protzenkasten war kalt und vor Feuchtigkeit glatt. Ich hob gerade den Sitz, um darunter eine weitere Decke hervorzuholen, als am Rande des Platzes, an der Einmündung der Gasse, durch die wir gekommen waren, jemand laut und erschrocken aufschrie. Ich schaute hin, sogleich darauf folgten ein nervöses »Halt!« und das weiße Aufleuchten einer Lampe. In dem kurzen Lichtblitz konnte ich Bruchstücke von Rad und Rahmen eines heftig zur Seite geneigten Fahrrades, einen schräg gebeugten Körper und einen dünnen Fuß in Wickelgamaschen erkennen, der auf dem Pflaster Halt suchte. »Panzer vom Wald her!« brüllte jemand, ich weiß nicht, ob der Radfahrer oder die Wache. »Panzer vom Wald her!« wiederholte sofort eine andere Stimme. Schritte stampften eilig in der Dunkelheit, und plötzlich erwachte der ganze Platz zu chaotischer Bewegung. Ich stand auf meiner Protze, der Schauder eines unbestimmten Gefühls – teils Entsetzen, teils Freude – lähmte mich. In den Fingerspitzen spürte ich den bebenden Strom nervöser Hast. Etwas tun, schnell, schnell... Wie verhext schaute ich zur dunklen Platzecke hinüber.

»Wo ist Dyas?« Marchewkas Stimme klang im Halbdunkel phlegmatisch und sachlich wie immer. Ich ließ das Geländer los, das ich krampfhaft festhielt. Doch ehe ich antworten konnte, ertönte nahe bei mir im Baß das Kommando: »An die Geschütze!« Das war Hauptmann Jordan. Das Getrampel steigerte sich, vermischte sich mit dem Gewirr gedämpfter Rufe. »In die Speichen! Vorwärts, vorwärts!« rief Barański irgendwo hinter meinem Rücken. Wir waren viele, unsere Schultern berührten sich, als wir die taubedeckten Speichen packten. In kurzer Zeit stand quer über die ganze Weite des Platzes eine ausgerichtete Reihe von Geschützen, die lauerten, als ob sie den Atem anhielten, bevor sie ihr mörderisches Wort sagten. Die Befehle kamen immer ruhiger. »Granate... dritte Ladung... Zünder R.Y.G...« Das Beben verließ meine Schultern, wir machten automatische Bewegungen, fast willenlos, doch das Ende jeder Bewegung war eine neue Erleichterung, eine neue Bestätigung unserer Überlegenheit gegenüber der sich nahenden Gefahr. Ich knallte den Verschluß zu, trat einen Schritt zurück und preßte die Hand um den ovalen Knopf der Abzugsleine. »Fertig!« – »Fertig, fertig«, meldeten die anderen Geschütze. Über den Platz senkte sich spannungsreiche Stille, die Bereitschaft, sofort abzufeuern. Wir lauschten jetzt auf Motorengeräusche, doch aus der dunklen Gasse kam nichts. Die Sekunden dieses Schweigens stapelten sich aufeinander und wuchsen zu einer bedrückenden Last, unter der wir uns in immer größerer Anstrengung beugten. Dann gab plötzlich etwas nach. An einem weiter entfernten Geschütz putzte sich jemand laut die Nase, kratzte jemand mit den Stiefelnägeln über das Pflaster.

»Von wo kam der Radfahrer?« fragte nahebei Jordans matte, müde Stimme.

»Ich weiß nicht, Herr Hauptmann«, antwortete Redycz, »vermutlich von dem Bataillon am Fluß...« In seinen Worten schwang eine uns unbekannte Verlegenheit mit.

»Das war bestimmt Unsinn, Herr Oberleutnant. Schikken Sie eine Patrouille aus.« Sporenklirrend gingen sie fort. Ich ließ die Abzugsleine los und fiel auf den eisernen Sitz.

»Verdammt!« schimpfte Kazek, »die ganze Nacht ist hin.«

Die schiefen Hausdächer zeichneten sich als wässerige Silhouette am grau werdenden Himmel ab. Wir warteten, doch nun ohne die Sekunden zu zählen, und unsere Anspannung verwandelte sich in apathische Erschöpfung. Mein Mund sperrte sich gähnend auf, und feuchte Bäche von

Kühle rieselten mir über den ganzen Körper. Mit hochgezogenen Brauen hob ich die schweren und juckenden Lider. Die Dächer gegenüber traten als immer schärfere, immer schwärzere Konturen hervor. Schließlich ertönte träger Hufschlag, und vor der Front der Batterie erschien der gebückte Schatten eines Reiters. Es war wieder Jordan. »Abgeblasen. Fertig machen zum Abmarsch«, sagte er mit angestrengter Stimme und ritt im Schritt über den Platz fort.

Bodennebel breitete sich aus und zog sich wie ein Spinnennetz in durchsichtigen Fäden durch Gärten und hohe, die Bauernhöfe beschattende Baumgruppen. Vor uns ging über der langen Linie der Wälder als nackte, rote Scheibe die Sonne auf und warf ihre glühenden Lichtstrahlen auf das von Kühle erfüllte Land. Hier und dort glänzten über dem milchigen Dunst ferne Dächer, ihr nasses Metall leuchtete durchdringend auf, oder blutroter Glanz ließ eine Scheibe blinken. Von Ufer zu Ufer war das Land leer, getaucht in Frische und feuchtes Licht wie in ein Bad, nach dem man noch einen Hitzetag überstehen kann.

Wir ritten in langem Trab und freuten uns über den freien Weg, den bis zum Horizont nichts beeinträchtigte. Ich hatte wieder meinen Braunen unter mir. Dyas, kein begeisterter Reiter, hatte mir die Führung der Gruppe auf dem Marsch übergeben; er schlief auf der Geschützprotze, sein Kopf pendelte komisch über der Brust.

In den Schläfen pulsierte mir die Melodie eines unbedeutenden Walzers, in den sich heiter der lebendige Rhythmus des Pferdeganges und das Rattern der Räder auf dem weißen Weg flochten. Der Braune des vor mir reitenden Unteroffiziers hob den Schwanz und ließ zwei, drei dampfende, goldene Äpfel fallen.

Ich schaute mich um, immer bemüht, die Geschützprotze mit den beiden leeren Plätzen nicht zu bemerken. Nach der Geschichte mit Stumpfs Gruppe war mir der Anblick unerträglich. Rhythmisch ging ich im Sattel auf und nieder, summte meinen Walzer und atmete tief die kühle Luft. Dabei redete ich mir ein, das gehe mich eigentlich nichts an, doch die Lücke hinter mir schmerzte wie ein Splitter im Fleisch. Dyas verschwor sich, er habe sie noch während des Alarms gesehen. Sie hätten an ihren Plätzen gestanden und sich ganz vorschriftsmäßig verhalten. Vielleicht seien sie irgendwo beim Troß, vielleicht kämen sie noch. Selbstverständlich sagt man das so, aber meiner Meinung nach lohnt es nicht, sich selbst zu täuschen. Barański fand das auch. Er war furchtbar erschrocken und tief besorgt gewesen, als ich es ihm gemeldet hatte. »O Gott, was mache ich nun?« Dann aber hatte er sich aus dem Sattel zu mir herabgebeugt und gesagt: »Wissen Sie, ich wundere mich nicht darüber. Ich verstehe das. Wären die Panzer wirklich gekommen, dann wäre so etwas nicht passiert. Solidarität und Verantwortungsgefühl können nicht aus dem Nichts entstehen. Es liegt daran, daß alles weiterhin ohne besondere Ereignisse verläuft.« Er lächelte traurig. »Das ist das Schlimmste. Ich befürchte immer mehr solche Vorfälle, wenn nichts passiert. Selbst die Schwächsten halten leichter einen Kampf aus ... so scheint es mir, wissen Sie.«

Ich glaube, er hat recht. Wieder empfinden wir diese ekelhafte Stimmung der Ohnmacht, die uns schon bei den ›Überzähligen‹ gequält hat.

Lange trabten wir dahin. Dann wurde der Weg sandig und das Fell der Pferde beidseits der Sattelgurte, an den Schabracken und Strängen dunkel von Schweiß. Wir gingen in Schritt über. Ich hatte nicht einmal bemerkt, wann und wie die Nebelschwaden von den Feldern gewichen waren. Die Sonne hatte zu glühen begonnen, der Tag schwenkte ein in das ausgefahrene Gleis hartnäckig schönen Wetters, das ebenso hoffnungslos wirkte wie die endlosen Stunden unseres Marsches.

Der Weg, immer schmaler und immer schlechter, stieg jetzt zu einem kleinen Hügel an, auf dem unter üppigen Linden und Kastanien weiße Katenwände leuchteten. Da sah ich einige Leute vom Batterietrupp auf dem Feld zur Linken. Sie drängten sich unentschlossen an einer Stelle und betrachteten etwas auf der Erde; einer von ihnen glitt sogar aus dem Sattel und hockte sich in eine Furche zwischen das Kartoffelkraut. Vom Wege bog Redycz zu ihnen ab, gleich danach noch ein anderer Offizier und ein paar Unteroffiziere. Sie alle blickten hinab und zeigten sich etwas. Dann kehrten sie einzeln an ihre Plätze zurück, während andere Neugierige von der Kolonne abschwenkten und in kurzem Trab auf jenen unsichtbaren Fund zusteuerten. Ich gab meinem Pferd die Sporen und wollte ebenfalls hinreiten. Doch noch ehe ich ins Feld abbog, bemerkte ich im dunklen Kartoffelfeld eine breite Doppelspur, die sich in den Bögen heftiger Richtungsänderungen brach. Nicht nur eine, noch eine zweite, eine dritte Spur, tief eingeprägt in das fette Grün und weiterführend in das fahle Stoppelfeld. Kein Zweifel, das waren breite Panzerketten, durchschnitten von den schmalen Streifen der Verbindungsglieder. Die träge, bedrohliche Reptilienspur.

Am Ort des Auflaufs war das Feld zertreten und aufgerissen, und zwischen dem zermalmten Kartoffelkraut blinkten verstreute Mauser-Patronenhülsen am Boden.

Das Dorf begrüßte uns mit dumpfem Schweigen. Wir hielten, um die Pferde zu tränken. Hinter den im Sonnenschein blinkenden Fensterscheiben waren die Stuben dunkel und leer; aus den offenen Stalltüren wehte es sauer nach kaltem Dung. Auf einer abfallenden, mit Gänsekot gesprenkelten Wiese entdeckten wir zu unserer Verwunderung eine abgeprotzte 75-mm-Kanone oberhalb der Balkeneinfassung einer Quelle. Auf dem modrigen Grund lag blinkend das messingne Zielgerät. Rund um das Geschütz versammelten sich unsere Soldaten in dichtem, reglosem Kreis. Sie betrachteten es wortlos, ungläubig und ernst. Der Anblick der verlassenen Kanone faszinierte sie.

»Unsere?« fragte jemand unsicher.

»Was denn sonst? Die Deutschen haben solche nicht, Kaffer.«

Dyas drängte sich durch die Menge und versuchte, den offenen Verschluß zuzuklappen. Der Griff bewegte sich in seiner Hand mühsam nach oben und blieb knirschend stehen. Er strengte sich an, sein Gesicht wurde rot. »Sie haben Sand in die Gewinde gestreut«, sagte er. »Der Böller ist hin.«

Die Zuschauer traten näher heran. Manche versuchten sich noch am Verschluß. An den Brunnenrand gelehnt, stand Barański und blätterte verwirrt in einem kleinen Notizbuch. Mit einem Kopfnicken rief er mich zu sich. »Ich habe die Nummer kontrolliert«, murmelte er, ohne aufzublicken. »Es ist Stumpfs Geschütz. Wie konnte das geschehen, ich bitte Sie?«

Von Süden und Osten rückte uns der Wald immer näher. Der Weg vor uns blieb weiterhin leer, auf den Feldern sah man keine lebendige Seele. Die Geschütze waren weiß vom Staub, und die Hitze drückte unbarmherzig. In der Ferne wurde die Landschaft von einer Chaussee durchschnitten, auf der wir nur ein einziges Mal eine langsam dahinziehende Artillerieabteilung entdeckten, doch war die Entfernung zu groß, um zu erkennen, was das für Leute waren. Trotz der Hitze gingen wir hin und wieder in Trab über. Offenbar hatte Jordan es eilig. Der ganze Marsch fand schweigend statt, niemand war darauf erpicht, die letzten Ereignisse zu kommentieren.

Müde und hungrig träumte ich von einem längeren Halt. Die Rast in dem Dorf, wo wir Stumpfs Feldgeschütz gefunden hatten, war zu kurz gewesen, um die Pferde ordentlich tränken zu können.

Wir hatten die Chaussee schon fast erreicht (wieder im Trab), als der Arm des Unteroffiziers vor mir in die Höhe fuhr und mit dem schweren Flattern eines Vogelflügels wieder herabfiel. Sofort wiederholte ich das Zeichen »Halt!« Die in Fahrt geratenen Gespanne prallten beinahe aufeinander. Die Spitze der Kolonne schob sich eilig zum Wegrand in den schmalen Schatten der dort angepflanzten jungen Kirschbäume.

Ich sah, wie Hauptmann Jordan, umgeben von mehreren Offizieren, irgend etwas aufmerksam durch das Fernglas beobachtete. Alle Gesichter waren nach links gewandt, zu der Waldlisiere, die weite, leere Felder umrahmte. Ich weckte den auf der Protze dösenden Dyas. »Gib das Fernglas her.« Er rieb sich die Augen und starrte mich verwundert an. »Was ist los?«

»Ich weiß es nicht. Alle glotzen.«

Ungeschickt kletterte er von der Protze, trat in den Schatten des nächsten Bäumchens und holte das Fernglas aus dem auf seiner Brust baumelnden Futteral. Kazek und Marchewka schlossen sich uns an. Mit bloßem Auge konnte man nichts erkennen. Entsetzlich langsam stellte Dyas die Schärfe ein und schaute dann lange hin, ohne ein Wort zu sagen. »Was siehst du? Laß mich mal«, sprach ich ihn ungeduldig an. Er reagierte überhaupt nicht. Plötzlich fixierte er mit dem Glas einen Punkt, sein Gesicht erstarrte im Ausdruck der Konzentration.

»Na? Was ist da?«

»Irgendwelche Reiter«, sagte er nachdenklich. »Halt, halt... ja. Deutsche.«

»Gib her!« Ich entriß ihm das Fernglas fast mit Gewalt. »Wo?«

»Dort, wo die Chaussee in den Wald eintritt. Weiter links. Hast du sie?«

Jetzt sah ich sie deutlich. Zwei... vier... fünf. Sie ritten sehr langsam am Wald entlang und hielten häufig an, vereinten sich zu einer unentschlossenen Gruppe, zerstreuten sich wieder, verschwanden unter den Bäumen oder ritten vorsichtig hinaus auf ein Stoppelfeld. Man konnte ihre grauen Uniformen erkennen, die auf der Brust hängenden Karabiner, ja sogar die komische Form der abgeflachten Helme.

»Gib her, verdammt noch mal!« Höchst unwillig reichte ich Marchewka das Fernglas.

»Deutsche am Wald, Deutsche am Wald«, raunte es durch die Batterie. Die Kanoniere starrten wie verhext auf einen Punkt, ihre Hände überschatteten die Augen. Schon konnte ich sie ohne Glas sehen. Winzige, bewegliche Würmer flimmerten unsicher am Rand des dunklen Streifens, der den Horizont abschloß.

Plötzlich erdröhnte die Erde vom Hufschlag. Aus der Spitze unserer Kolonne jagte eine Gruppe Reiter ins Feld. Voran ritt jener gutaussehende Offizier, der uns von den ›Überzähligen‹ geholt hatte. Zunächst ritten sie Trab, dann gingen sie in kurzen Galopp über und verstreuten sich zu einer lockeren Schar. Ganz am Ende schlotterten kläglich Redycz' zwei Abiturienten. In ihren langen Zivilhosen und Baskenmützen wirkten sie, verglichen mit dem gut ausgerüsteten Batterietrupp, geradezu exotisch.

Noch einmal gelang es mir, von Kazek das Fernglas zu bekommen. Die Deutschen bemerkten den herannahenden Feind. Sie drängten sich zusammen. Es sah aus, als berieten sie, was zu tun sei. Unsere Reiter wurden langsamer. Ich bemerkte, wie sie unbeholfen die Karabiner vom Rücken nahmen und quer vor sich auf den Sattel legten. Die Entfernung zwischen den beiden Gruppen verminderte sich entsetzlich wenig. Es war ein faszinierendes Schauspiel. Ganz wie eine Begegnung früherer Plänkler. Dyas zerrte zudringlich an meinem Ellbogen.

»Gleich, einen Augenblick ...«

Die Deutschen hielten immer noch unbewegt, das Gesicht den Angreifern zugewandt. Unerwartet wendeten sie auf der Stelle und waren weg, im Walde verschwunden. Unser Batterietrupp trabte noch eine Zeitlang durch das Feld, zerstreute sich dann, irrte umher, zur Chaussee und längs der Äcker, ohne sich dem Wald zu nähern. Schließlich kehrte er sichtlich verdrossen zur Batterie zurück.

»An die Geschütze!« rief Hauptmann Jordan. Mit dem Gefühl tiefer Enttäuschung nahmen wir wieder auf der Chaussee Aufstellung.

Der Rhythmus unseres Lebens hat sich in den letzten beiden Tagen grundsätzlich geändert. Wir verbrachten die heißen Stunden des Tages halb schlafend im duftenden Kiefernschatten, lang ausgestreckt auf dem trockenen Moos, das die Sanddünen im Wald überzog. Wir hatten die Erholung sehr nötig und nützten eifrig jede Minute der trägen Ruhe zwischen den Mahlzeiten und Fütterungen, ohne uns allzusehr in die Einzelheiten unserer Lage zu vertiefen. Allein der Batterietrupp war ständig in Bewegung. Hauptmann Jordan verbrachte seine Zeit meistens im Funkwagen; er studierte die Karte, gab Meldungen auf und entsandte Patrouillen in alle Himmelsrichtungen. Dafür waren die Nächte voller Anstrengung und bedrohlicher Spannung. Am ersten Abend brachen wir schon in der Dämmerung auf. Statt die Chaussee zu benützen wie bisher, zogen wir über schmale, gewundene Waldwege mit tiefen Löchern. Die schlechten Zivilpferde unserer Gruppe schafften diesen Marsch nur mühsam. Besonders das Munitionswagen-Gespann erwies sich als sehr schwach. Der Abstand zwischen dem Geschütz und ihm vergrößerte sich unablässig. Man mußte halten und warten und dann die Kolonne im Trab einholen, was wiederum den schwer atmenden, verschwitzten Grauschimmeln die letzte Kraft abnötigte.

»Du wolltest reiten, jetzt kümmere dich darum«, verkündete Dyas stoisch von seinem Sitz auf der Protze aus, als ich versuchte, ihn für die Sache zu interessieren. Im normalen Ablauf der Dinge ergoß sich meine Erregung auf den Munitionswagen-Führer, doch konnte das den erschöpften Gäulen keine neue Kraft geben. Zudem mußte ich ihn bald in Ruhe lassen. Dieser Kanonier Funt war erst seit dem Morgen bei uns, zugewiesen durch Redycz im Austausch gegen den früheren Fahrer Cymbaluk, der die von Piontek verlassene Stelle des Munitionskanoniers bekommen hatte. Sein dunkles Gesicht mit der fleischigen Nase, den kleinen, listigen, frechen Augen und den abstehenden Ohren weckte nicht gerade Vertrauen. Anfangs nahm er meine immer ungeduldigeren Mahnungen schweigend entgegen, nur daß ein ironisches Lächeln seinen breiten Mund nicht verließ. Schließlich nach der vielleicht hundertsten Aufforderung »Aufschließen«, verstärkt durch den Zusatz »verdammt noch mal« und andere ebenso hoffnungslose Ermunterungen, kam er auf seiner mageren Rappstute zu mir geritten, kniff verständnisinnig ein Auge zu und sagte: »Herr Fähnrich, wozu das Geschrei? Schauen Sie sich doch die Pferde an. Die schaffen's nicht bis Berlin.«

Für einen Augenblick verstummte ich ratlos und wütend. Ich spürte, wie meine Backen rot wurden, zumal Funt mit großer Freude meine Verwirrung zu bemerken schien.

»Lassen Sie den Unsinn«, brachte ich endlich heraus, »machen Sie keinen Idioten aus sich und mir.«

»Ich mach' wen zum Idioten?« rief er empört, aber seine Augen blitzten vor boshafter Freude. »Wenn der Marschall Śmigły-Rydz sagt, wir marschieren nach Berlin, dann macht er keinen zum Idioten, aber wenn Funt dasselbe sagt, redet er Unsinn?«

Bitter schluckte ich meine Schlappe hinunter und überließ den Munitionswagen seinem Schicksal.

Das zunächst sandige Gelände wurde immer nasser, die Kiefern machten dicht stehenden Erlen und Birken Platz. Immer häufiger gurgelte unter den Hufen unserer Pferde Wasser in schwarzen, mit verfaulten Blättern überdeckten Pfützen. Unter den Bäumen war es fast dunkel, doch als wir eine große Lichtung erreichten, war der Himmel über unseren Köpfen vom lichten Rostrot des Sonnenuntergangs überzogen. Am Rande der Lichtung floß ein träger Bach tief zwischen den hier wieder auftretenden Sandhügeln. Nachdem die Gespanne sein morastiges Bett durchquert hatten, erkletterten sie mühsam das hohe Ufer. Das alles lief unter Flüchen und Schreien ab, deren Echo in der abendlichstumpfen Waldstille verhallte. Wie Napoleon an der Beresina hielt ich nach meinem unseligen Munitionswagen Ausschau. Alle Gruppen waren schon vorbeigefahren und warteten, zu einer Linie schräg über die Lichtung auseinandergezogen, auf uns. Endlich tauchten in der scharzen Einmündung des Weges die schwankenden Gespenster der Grauschimmel auf. »Trab, Trab«, rief ich von meiner Höhe. Das Gespann fuhr schneller, glitt den Steilhang hinab und rollte mit lautem Plantschen ins Wasser. Die Peitschen der Fahrer knallten nervös, doch die erschöpften Grauschimmel blieben mitten im Bach stecken, senkten traurig die Köpfe auf das dunkle Wasser und verzichteten auf weitere Bemühungen. Rundherum Schaumspritzer erzeugend und heiser vom Schreien zappelte Funt dort unten wie ein Hund, der ein von der Herde abgetrenntes Stück Vieh antreibt.

»Kanoniere, abgesessen!« brüllte ich. Sie hoben die Köpfe zu mir und stiegen nach kurzer Besinnung unwillig in das ihnen bis über die Knie reichende Wasser. »In die Speichen!« Kaum beugten sich ihre Rücken, da gab es irgendwo im Walde ein glitschiges Geräusch – eine riesige Schlange schien elastisch ihren langen Leib abzurollen –, und über den dunklen Baumwipfeln schnellte eine schmale Zunge giftig violett empor. Von dem unheimlichen Phänomen gepackt, vergaß ich für einen Moment alles. Das gewellte Dikkicht der Blattkronen unterhalb des Sandhügels glänzte in kaltem, bebendem Schein. Ein Streifen flüssiges Licht zersprang hoch über mir zu einer herrlichen Blume, die sich auf der Stelle wie ein Sternenregen über den Boden verstreute.

Auf der Lichtung hinter meinem Rücken vernahm ich plötzlich eine heftige Bewegung.

»Deckung, Deckung!« schrie Redycz.

Ich konnte gerade noch eine antreibende Aufforderung herausbringen, als hinter dem ersten Sandrücken ein wütendes Gebrumm ertönte und ein schwerer, kreuzförmiger Gegenstand über die Bäume gesprungen kam. Ich weiß nicht, welches Wunder den Munitionswagen im selben Augenblick auf den Rand des Steilufers schaffte. Im Galopp jagten wir über die Lichtung zu einer nahen Gruppe breiter Buchen oder Eichen, angetrieben von dem Motorengedröhn, das uns im Nacken saß. Noch ehe wir den rettenden Schatten erreichten, sprang eine zweite Maschine über den Sandhügel. Sie flog so tief, daß ich mich unwillkürlich auf den Hals meines Braunen legte. Ich sah genau die doppelten schwarzweißen Kreuze auf den Tragflächen und die dunklen Ölspuren am Ansatz der Motoren. Die roten Perlenketten der trocken rasselnden schweren Maschinengewehre durchschnitten die Dämmerung und schlugen in das dunkle Waldmassiv. Dann wurde der Lärm, der uns die Köpfe füllte, leiser, und wir hörten das nun schon ferne und ruhige Schnauben der fortfliegenden Jagdflugzeuge.

Der Angriff, der uns übrigens keinerlei Schaden zufügte, versetzte uns in eine Stimmung nervöser Wachsamkeit, die für diese Nacht charakteristisch wurde. Es war bereits ganz dunkel, als wir den Wald verließen, und die weiten, sich zu beiden Seiten des schlechten Weges dehnenden Felder wirkten völlig ausgestorben. Doch irgendwer begleitete uns unsichtbar und verfolgte mit aufmerksamem, feindlichem Auge alle unsere Bewegungen. Kaum war die lange Schlange der Batterie unter den Bäumen hervor in die offene Landschaft gekrochen, zischte in der Nähe eine neue Rakete hoch und beleuchtete uns kurz mit ihrem Licht. Ich hatte den Eindruck, sie sei direkt auf der Erde, zwischen den Feldern, nicht weiter als fünfzig Schritt vom Wege entfernt abgeschossen worden. Da ich meiner Neugier nicht Herr wurde, bog ich in das umgepflügte Feld ab und ritt im Schritt auf die Stelle zu. Ich malte mir nicht so recht aus, was ich dort finden würde – vielleicht einen in die Furche geduckten Zivilisten, vielleicht ein nicht menschenähnliches Geschöpf; eine Art abergläubische Furcht trieb mich erst recht zur Suche an. Doch ehe ich mich ein paar Dutzend Meter entfernt hatt, erklang hinter mir schwerer Hufschlag. »Wohin?« knurrte gedämpft und böse Redycz' Stimme. »Ich wollte den mit der Rakete erwischen…«, entgegnete ich unsicher.

»Nicht Ihre Sache«, zischte er. »Bleiben Sie auf Ihrem Platz.« Er hob den Arm und drohte mir mit dem Ochsenziemer. Gleich danach ritten wir in ein schlafendes Dorf ein und hielten zwischen den Flechtzäunen.

Funt kam zu mir und breitete mit beredter Geste die Hände aus. »Die kommen nicht mehr nach Berlin. Die kommen nicht mal nach Dębica. Die kommen überhaupt nicht mehr voran.«

Er hatte recht. Vom Gespann des Munitionswagens drang ein schweres Röcheln herüber; manchmal klang es fast menschlich. Das vordere Handpferd lag, teilweise schon ausgeschirrt, am Boden, und das Sattelpferd an der Stange schwenkte kläglich seinen tief herabhängenden Kopf, stöhnte und keuchte vor Anstrengung.

Wie sich herausstellte, fuhr der Troß einen anderen Weg, ein Austausch der Pferde kam vorläufig nicht in Frage. Ich befahl Funt, die beiden am meisten erschöpften Pferde auszuspannen, der Obhut des frei werdenden Fahrers zu übergeben und mit vier Pferden weiterzufahren. Redycz ordnete an, unsere Gruppe solle jetzt die Spitze bilden.

Der Marsch wurde zu einer schrecklichen Plackerei. Wenn ich hoffnungslos meinen Refrain »Aufschließen, aufschließen« hersagte, spürte ich beinahe in meinen eigenen Muskeln die Anstrengung der furchtbar strapazierten

Pferde. Wir fuhren auf einer grenzenlosen Fläche, über der tausend kalte Sterne reglos am schwarzen Himmel standen. Manchmal versanken die Räder bis zur Achse im Sand, dann hörte das charakteristische Quietschen der Munitionswagen-Deichsel hinter mir auf, und statt seiner ertönte das trockene Klatschen der Peitschen und das gedämpfte Geschrei der Fahrer. »Aufschließen«, rief ich verzweifelt, »los, noch ein Stück.« Und wenn wir wieder festen Boden unter uns hatten: »Nicht traben, weiten Schritt.« O Gott, die Kraft der ganzen Gruppe wich langsam von meinen Schultern und meiner Brust durch diesen immer wieder abreißenden Rhythmus. Im Abstand von wenigen Minuten kehrte ich um und begleitete die schwer atmenden Grauschimmel des Munitionswagens. Der Kanonier Funt begrüßte mich dann mit unfreundlichem Knurren. Die dunkle Gruppe des Batterietrupps vorn schien sich immer mehr zu entfernen und ohne Aussicht auf Wiederkehr in den gestirnten Horizont zu versickern.

»Herr Fähnrich, was ist das?« fragte mich Kud, als ich nach unzähligen Kehrtwendungen wieder das Geschütz erreichte. Mein Blick folgte seiner vorgestreckten Peitsche. »Ein Stern?«

»Eeh, so rot?«

Tatsächlich das Rot dieses Lichtpunktes war überraschend.

»Ich weiß es nicht, Kud. Irgendein Licht.«

»Es bewegt sich, Herr Fähnrich.«

»Das kommt Ihnen nur so vor.«

Der unheilverkündende rote Funke glühte ganz niedrig, unmittelbar über dem Boden. Manchmal verschwand er für eine Weile, um dann wieder mit doppelter Kraft zu strahlen. Er schien näher zu kommen und sich zu entfernen oder langsam und von fern unseren Marsch zu begleiten.

»Wir bewegen uns, deswegen scheint das so.«

»Das ist ein Panzer«, flüsterte der Vorderfahrer.

»Sind Sie verrückt geworden? Mit diesem Licht?«

»Oh, da ist noch eins.«

Das zweite Licht blinkte blutrot auf der anderen Seite, ein drittes rechts etwas weiter hinten. Wenn wir in Sandlöcher tauchten, wenn wir kleine Hügel erklommen, hoben und senkten sie sich, schwankten sie und umzingelten uns mit den vorsichtigen Bewegungen lauernder Würmer.

Die Fahrer schüttelten die Köpfe und schauten mißtrauisch zum schwarzen Horizont.

»Vorn längerer Schritt!« rief ich zornig, aber auch mich erfaßte die Stimmung unvernünftiger Nervosität.

»Oh!« rief jemand auf der Protze. Weit vor uns erloschen am Himmel die Funken einer neuen, diesmal weißen Rakete. Überall rundum lauerte im Dunkeln Leben; jemand verständigte sich mit jemandem durch unheilverkündende Signale. Über unseren Köpfen spann sich in der Leere der kalten, mondlosen Nacht das ungreifbare Netz einer Verschwörung. Doch je länger der Marsch andauerte, desto mehr verwandelte sich die Anspannung in Erschöpfung. Meine Lider wurden schwerer und schwerer. Immer aufs neue versank ich in eine betäubende Gleichgültigkeit, und erst das Gefühl, aus dem Sattel zu rutschen, brachte mich wieder voll zu Bewußtsein – meistens gerade rechtzeitig, um einer Auflösungserscheinung in der Gruppe Einhalt gebieten zu können. Einmal war es eine Zigarette, die aus der geschlossenen Hand eines Fahrers hervorleuchtete, ein anderes Mal zu lockere Stränge oder die beängstigende Lücke zwischen dem Munitionswagen und dem Geschütz.

»Aufschließen, aufschließen«, befahl ich mit einem Eifer, der aus Schuldgefühl erwuchs, »nicht schlafen, zum Teufel!«

Jedesmal beim Erwachen suchte ich nach den beunruhigenden Lichtern am Horizont. Manchmal verschwanden sie, manchmal glaubte ich, neue zu entdecken. Sie waren erst unlängst erschienen und hingen an einer bestimmten Stelle deutlich über dem Boden wie ein Wegweiser, auf den wir ausdauernd zustrebten, ohne uns nähern zu können. Sie blinkten eines über dem anderen, weiß und rot, sie lockten und weckten Hoffnungen mit dieser Farbzusammenstellung.

Dyas behauptete, es sei das Leuchtsignal des Flugplatzes in Dębica. Ich blickte sehnsüchtig dorthin. Ein Halt für uns, ein Halt für die unseligen Grauschimmel meines Munitionswagens.

Ganz unverhofft verließen wir die flache Hochebene, die kein Ende zu haben schien. Die vor uns sichtbaren Silhouetten des Batterietrupps versanken plötzlich spurlos, und gleich darauf rollte auch das Geschütz von einer sandigen Aufschüttung schnell bergab. Die fernen Lichter verschwanden. Wir befanden uns am Grund einer schwarzen Schlucht, durch die eine Straße quer zu unserem Weg verlief. Wie um die Veränderung zu unterstreichen, endete auch die uns seit so vielen Stunden umfangende Leblosigkeit. Im Schatten des Steilhangs tauchten stumm und reglos die ungreifbaren Formen irgendwelcher Gespanne auf. Sie wirkten wie in Lethargie versunken, doch drang von ihnen als warmer Hauch Pferdegeruch und der Duft verschwitzten Stoffs herüber.

»Welches Regiment?« fragten unsere Kanoniere. Niemand von den anderen beeilte sich mit der Antwort, schließlich knurrte eine verschlafene Stimme: »Leichtes Nr. 11.«

Wir zogen langsam bis zu einer Kreuzung, bogen nach Osten in die nächste Schlucht ab, durch die sich ungeordnet und schweigend Infanterie drängte. Mühsam und immer wieder stehenbleibend, bahnten wir uns den Weg. Die kühle Nachtluft war voll von feinem Staub, der die Kehle reizte und in den Augenwinkeln brannte. Doch tat es gut, sich wieder unter den eigenen Leuten zu fühlen. Dieses Land gehörte immer noch uns, und wir waren keine einsame, verlorene Batterie.

Als wir die Stauung überwunden hatten und unser Batterietrupp sich im Trab nach vorn entfernte, durchbrach lautes und wütendes Hundegebell die Nachtstille. Gleich danach fuhren wir auf breitem Weg in eine großes, trotz der späten Stunde seltsam belebtes Dorf ein. Zwischen den Zäunen murmelten zahlreiche Stimmen, Schatten bewegten sich unruhig am Wegrand. Ich ritt ein wenig vor der Gruppe und sorgte mich ausnahmsweise einmal nicht um den Munitionswagen, der bei dem langsamen Marschtempo keine Möglichkeit hatte, sich zu verspäten.

Plötzlich verstellte man mir den Weg. Eine Gruppe Menschen, die sich halblaut miteinander berieten, umgab meinen Braunen. Jemand berührte meinen Steigbügel, eine Hand erfaßte vorsichtig die Zügel.

»Herr Offizier«, erklang feierlich und erregt eine Stimme, »wir haben einen Spion gefaßt.«

Inzwischen überholten mich die Gespanne, aber dann hielt die Batterie an, und vorn hörte ich den Ruf: »Batterie – halt!« Sättel knirschten, Pferde schnaubten erleichtert. »Abgesessen!« Ich rührte mich nicht vom Rücken meines Pferdes. Meine herausgehobene Position paßte mir in diesem Augenblick außerordentlich. Ich fühlte mich sehr wichtig beim Herabsehen auf jene Bauern, die schweigend meine Entscheidung erwarteten.

»Woher wißt ihr, daß es ein Spion ist?« fragte ich.

Sie begannen alle gleichzeitig zu sprechen, beschrieben laut ein Vorkommnis in der Ortskneipe und verstummten plötzlich, nachdem sie bemerkt hatten, daß ich diese Art von Bericht nicht verstehen konnte.

»Einer soll reden«, befahl ich scharf. »Wer ist hier der Älteste?«

»Ich, der Schulze.«

Ein untersetzter Schatten schob sich vor die Menge und erzählte mir lispelnd die ganze Geschichte.

Durch das Dorf kommen jetzt viele Fremde. Dieser ging wie andere abends ins Wirtshaus, um etwas zu essen. Seine Sprechweise wirkte von Anfang an verdächtig, und als er zahlen wollte, fiel ihm fremdes Geld aus der Brieftasche auf den Schanktisch. Der Gastwirt Gawlik kennt sich mit Geld aus. Er stellte fest, daß es deutsches war. Er flüsterte den Burschen zu, sie sollten auf ihn achtgeben. Sie saßen also im Wirtshaus und paßten auf, während einer von ihnen gleich zum Schulzen lief. Der Fremde blieb im Wirtshaus. Er las Papiere, schrieb etwas, trank Tee. Dann kam jemand von draußen und sagte, Militär nähere sich dem Dorf. Da sprang er auf und wollte gehen, und als jemand ihm in den Weg trat, stürzte er zum Fenster, schlug die Scheibe ein und floh aufs Feld. Geschnappt wurde er auf der Gemeindeweide, oberhalb des Mühlbachs. »Das kann nur ein Spion sein, Herr Offizier«, schloß der Schulze seine Erzählung.

»Wo habt ihr ihn?«

»Er sitzt beim Gastwirt im Schweinestall... unter Aufsicht«, antwortete er stolz.

»Kommt mit, ich gebe euch vorläufig einen Soldaten zum Bewachen, und dann werden wir sehen.« Ich stieg vom Pferd, das der Schulze mir diensteifrig hielt, und ging, von den Bauern begleitet, zur Gruppe. »Cymbaluk! Nehmen Sie Ihren Karabiner und gehen Sie mit dem Schulzen einen Gefangenen bewachen.«

Sie verschwanden zwischen den Flechtzäunen, und ich begab mich auf die Suche nach Hauptmann Jordan. Von meiner Nachricht durchdrungen, fühlte ich mich immer noch unerhört wichtig, deshalb reagierte ich auch fast beleidigt auf Redycz' Worte, mit denen er mich anfuhr. »Wo treiben Sie sich rum, Herr Fähnrich?« schimpfte er im Dunkeln, als ich zum Batterietrupp kam. »Bei der Gruppe ist niemand, die Sattelgurte sind nicht gelockert...«

»Fähnrich Dyas ist dort.«

»Einer taugt soviel wie der andere!«

»Wir haben einen Spion«, unterbrach ich ihn mit Würde.

»Sherlock Holmes spielen, was? Wer hat ihn? Was denn für einen Spion?«

»Der Dorfschulze hat sich bei mir gemeldet, Herr Oberleutnant.« Ich fing an, ihm den ganzen Fall zu schildern und versuchte, mich durch sein geringschätziges Knurren nicht abschrecken zu lassen.

»Diesen Typ müßte man sich anschauen«, kam mir eine Stimme zu Hilfe. Ich erkannte die imponierende Gestalt des Batterietruppführers.

»Na gut«, stimmte Redycz ungern zu. »Nehmen Sie Ihren Karabiner, Herr Fähnrich, und bringen Sie den Vogel in die Kate des Schulzen. Spielen wir mal Feldgericht.«

»Jawohl«, murmelte ich gehorsam.

»Hände fesseln«, rief er mir noch im Fortgehen nach, »und wenn er zu fliehen versucht, Kugel in den Kopf.«

»Jawohl.« Jetzt befiel mich Unbehagen. Wie dumm war ich gewesen, daß ich die Bauern nicht gleich zu Redycz geschickt hatte.

Wir Fähnriche hielten Karabinertragen für unter unserer Würde. Aber einen Revolver hatte ich nicht, die einzige persönliche Waffe, mit der man die ›Überzähligen‹ versehen hatte, war – o Ironie! – die Gasmaske. Den in der Batterie erhaltenen Karabiner transportierte ich samt Patronentaschen und Bajonett unter dem Sitz der Protze. Jetzt hängte ich ihn mir, Lauf nach unten, über den Arm wie ein Jäger. Nur diese kleine Extravaganz unterschied mich von Cymbaluk, als wir gemeinsam den Gefangenen aus dem engen und stinkenden Schweinestall holten; der Mensch zitterte wie unter der Einwirkung durchdringender Kälte. Durch seinen dünnen, feuchten Jackenstoff spürte ich, wie heftige Schauder seinen Arm schüttelten.

»Herr... ich... ich unschuldig«, stammelte er gepreßt.

Die Worte kamen unter einem seltsamen Zwang aus seinem Munde, als spräche er eine fremde Sprache.

»Unschuldig? Warum ist der Kerl dann geflohen?« knurrte der Schulze.

»Das wird alles geklärt«, sagte ich.

Wir traten auf den jetzt viel benutzten und von unserem Gerät verstellten Weg.

»Cymbaluk, holen Sie ein Stück Strick aus der Protze.«

Unter meinen Fingern bebte die knochige Schulter in panischer Angst. »Herr, Herr, so wahr ich Gott liebe...«

Er tat mir leid. Die schmerzhaft gebeugten Schultern der schmalen Zivilistengestalt drückten eine Einsamkeit aus, die mich entwaffnete und unwillkürlich meine Sympathie weckte.

»Ich habe Befehl, Ihnen die Hände zu fesseln«, sagte ich und wunderte mich selbst, daß meine Stimme klang, als müßte ich mich rechtfertigen. »Sie werden verhört. Da können Sie sich verteidigen.«

Der Schulze schnaubte wütend im Dunkeln.

Nach einer Weile tauchte Cymbaluk aus dem Halblicht auf. Man hörte, wie er schwungvoll mit dem Strick gegen den Stiefelschaft schlug. »Da ist die Schnur, Herr Fähnrich. Die hält! Wir hängen den Alten an den Beinen auf.«

»Reden Sie nicht soviel. Und Sie – Ihr«, verbesserte ich mich zornig, »Hände auf den Rücken! Ruhig, verdammt noch mal! Noch geschieht Euch nichts.« In einem Gefühl von Ekel, der beinahe Haß erzeugte, band ich ihm die zitternden Handgelenke mit dem rauhen Strick zusammen. Während ich den Knoten festzog, hatte ich schon die Frage auf der Zunge, ob es nicht zu fest sei, hielt sie aber zum Glück gerade noch zurück.

Eine mitten auf dem Tisch stehende Petroleumlampe beleuchtete die Stube des Schulzen. In ihrem gelben Schein konnte ich mir unseren Gefangenen endlich richtig anschauen. Er war sehr mager und armselig angezogen. Seine abgetretenen Schuhe waren weiß vom Staub und mit Dung beschmiert. Der Kragen des ausgeblichenen pflaumenblauen Jacketts stand hoch und wurde an der Kehle mit einer Sicherheitsnadel zusammengehalten. Das bräunliche Gesicht mit stark semitischer, fleischiger Nase und hervorquellenden Augen, die jetzt starr zu Boden blickten, wies unordentliche, dunkle Bartstoppeln auf; doch die hohe und schmale, von einer senkrechten Leidensfalte durchschnittene Stirn zeigte Würde und schien sogar frei von der erniedrigenden, der Gestalt aufgeprägten Angst.

Die drei Offiziere hinter dem Tisch musterten den Gefangenen ebenso aufmerksam wie ich. Es handelte sich um Hauptmann Jordan, Oberleutnant Redycz und den Offizier vom Batterietrupp, dessen Name, wie ich jetzt erfuhr, Florczak lautete. Außer uns befand sich noch der Schulze in der Stube, der mich jetzt überhaupt nicht mehr beachtete. An die große Truhe unter dem Fenster gelehnt, blies er immer wieder laut in seinen tabakgelben Schnurrbart und ließ kein Auge von dem Hauptmann, der, in den Sessel gelehnt und mit einer von den Schultern herabfließenden Pelerine bekleidet, in der Tat majestätisch aussah.

Das Schweigen, das entstanden war, nachdem der Schulze seine Geschichte beendet hatte, wurde lastend. Plötzlich beugte der gefesselte Mann seine Oberkörper vor und streckte sich in den Schultern, wie um seine Hände von der Fessel zu befreien. Diese Geste war ungewöhnlich und voll archaischer Expressivität, sie erinnerte an Sklavenstatuen aus der Antike. »Meine Herren«, stöhnte er, »ich schwöre, ich unschuldig. Ein Versehen.«

»Hast du die Scheibe aus Versehen eingeschlagen, du Lump?« blaffte der Schulze giftig.

Florczak lachte laut auf, doch Jordan veranlaßte ihn durch einen kühlen Blick zu schweigen. »Wir werden uns gleich überzeugen«, sagte er ruhig. »Herr Oberleutnant«, er nickte Redycz zu, »bitte verhören Sie ihn.«

Redycz lächelte fein und faltete mit feierlicher Bewegung die Hände auf dem Tisch zusammen.

»Name?« forderte er zornig.

»Gut.«

»Vorname?«

»Benno.«

»Oh!« Redycz' Brauen hoben sich im Ausdruck leicht theatralischer Verwunderung.

»Jude?«

Der andere bewegte lautlos seine blassen Lippen.

»Ein Jude in Hitlers Diensten; schön, schön...« Redycz wunderte sich erneut und blinzelte mit den Augen; katzenhafte Befriedigung glänzte in ihnen.

»Herr Oberleutnant, das nicht Wahrheit. Ich alles erzählen.«

»Unterbrechen Sie mich nicht! Jetzt frage ich.«

Hauptmann Jordan blickte düster auf seine Uhr. »Wir müssen uns beeilen, Herr Oberleutnant«, sagte er. »Wir haben keine Zeit zum Spielen.«

»Papiere?« knurrte Redycz.

Gut machte eine unbeholfene Bewegung mit dem Kinn. »Hier, in Jaka.«

»Was heißt Jaka? Was für ein Polnisch reden Sie?«

Er blickte hilfesuchend zu Jordan hinüber.

»Ich nicht können dafür«, stotterte er, »ich geboren in Wien.«

»Aha!« rief Florczak triumphierend. »In Wien! Da haben wir's.«

»Ich nicht können dafür«, wiederholte der Angeklagte blaß.

»Fähnrich, untersuchen Sie ihn.«

Den Blick des Gefangenen meidend, öffnete ich die Sicherheitsnadel am Hals und hob den Jackettaufschlag. Sein Hemd war schweißnaß. Bei der Berührung durch mich bebte seine erhitzte Haut auf der Brust wie die eines nervösen Pferdes. Mit dem Handrücken spürte ich deutlich, wie sein Herz schlug.

Das war alles beschämend und ekelerregend, sprach aber auf unerklärbare Weise für ihn. Er hatte so furchtbare Angst und war so hilflos!

Aus der einen Tasche holte ich eine dicke Wachstuch-Brieftasche, aus der anderen ein blaues Notizbuch in schmutzigem Papierumschlag. Ich legte die Trophäen vor den unheilvoll schweigenden Redycz. Er öffnete die Brieftasche mit dem Ausdruck des Ekels, doch seine Finger holten geschickt und gierig den Inhalt heraus. »Oho, der Militärpaß!« rief er. »Gut, Benon, geboren in Wien 1915. Wohnhaft?« Er schaute mit inquisitorischem Blick über das Büchlein hinweg.

»In Sosnowiec, Chemiczna-Straße.«

»Stimmt.«

Inzwischen nahm sich Florczak ohne Zögern das Notizbuch und blätterte darin mit einer Miene, als wüßte er von vornherein, was er darin finden würde.

»Beruf?«

»Ich mit Holz handeln, Herr Oberleutnant.«

Hauptmann Jordan sah nach der Uhr, schüttelte gewissermaßen sein gelangweiltes Dösen ab und beugte sich lebhaft zu dem Verhörten vor.

»Erklären Sie mir, was Sie in diesem Dorf gemacht haben«, sagte er.

Gut bewegte sich unruhig. Seine Augen hefteten sich eifrig an Redycz' Hände, die langsam Banknoten, Zettel und Umschläge umdrehten und sie als kleinen Abfallhaufen neben der geöffneten Brieftasche aufschichteten. Rote Flecken erschienen auf seinen blassen Backen.

»Na?« trieb Jordan ihn an.

Mit einer deutlichen Willensanstrengung wurde er Herr über das Beben seiner Kiefer. »Ich sagen. Ich gern wollen alles sagen, Herr Oberst.«

»Hauptmann«, berichtigte kalt der Offizier.

»Entschuldigung. Ich gehen den Soldaten nach. Ich wollen anschließen. Ich gehen zu Fuß von Sosnowiec bis hier.«

Der Rittmeister nahm Redycz den Militärpaß aus der Hand und blickte schräg hinein.

»Es fehlt das Siegel der Regionalen Ergänzungs-Kommission«, stellte er fest. »Sie haben sich bei Ihrer REK nicht gemeldet.«

»Ich gewesen in Geschäften in Radomsko, Grubenholz kaufen. Ich dann wollen mich melden, aber die nicht wollen. Da ich gehen den Soldaten nach, um anschließen...«, er richtete sich auf und verzog die Lippen zu einem schmerzlichen Lächeln, »denn ich sein guter Staatsbürger, Herr Offizier.«

Da sprang der Wirt, mit seinen schweren Schuhen polternd, in die Stubenmitte. »Guter Staatsbürger«, brüllte er. »Warum ist er ausgerückt, wenn er so gern zu den Soldaten wollte? Warum hat er die Scheibe eingeschlagen, der Schuft?!« Er hob die Faust und drohte dem Juden. Jordan runzelte ärgerlich die Stirn. »Ja, warum sind Sie geflohen?« wiederholte er nach einer Weile.

»Ich...« Gut stotterte unsicher. »Ich Angst vor Bauern. Sie sich gegen mich verabreden in Schenke.«

Es klopfte an die Tür, und ehe jemand die Erlaubnis zum Eintreten geben konnte, trat eine große, noch junge Frau mit weißem Kopftuch ins Zimmer. Sie ging entschlossen auf den Tisch zu und stellte einen Tontopf mit dampfender Milch hin, wandte sich dann ohne ein Wort einem Wandbrett zu, wo sich hinter einem Vorhang aus gepunktetem Kattun die Formen verschiedener Gefäße abzeichneten. Doch ehe sie drei Steingutbecher verschiedener Größe herausholte, drehte sie sich um und umfing mit einem langen forschenden Blick den gefesselten Mann.

Diese unerwartete Störung unterbrach das Verhör und führte zu einer gewissen Entspannung. Erst jetzt konstatierte ich erleichtert die Atmosphäre einer typischen Bauernstube, den Bretterboden, den weißen Ofen, das Bett im Hintergrund, die hochgetürmten Kissen und darüber die Reihe der Heiligenbilder. Die Becher mit der Milch auf dem Tisch besänftigten den Ernst und die Strenge der Richter, ja sie gaben der ganzen Szene den Akzent einer bestimmten, diskreten Komik.

»Trinkt«, sagte die Frau mit klingender, ein wenig rauher Stimme. »Die Milch ist gut, von heute abend.«

»Geht jetzt«, knurrte der Schulze. »Das hier ist amtlich. Und wichtig.«

Sie lächelte ironisch und begab sich zur Tür. Auf der Schwelle aber zögerte sie. Noch einmal ging sie zu dem Regal, holte einen vierten Becher hervor und wischte ihn mit der Schürze ab.

»Euch auch eingießen?« wandte sie sich an mich.

Ich war sehr befangen. Meine Hände hielten den Karabiner. Neben mir stand der unselige Kerl mit den auf dem Rücken gefesselten Händen. Der Geruch der Milch preßte mir die Gurgel in einem Durstkrampf zusammen, aber allein schon der Vorgang des Trinkens kam mir in dieser Situation unmöglich vor. Ich schüttelte verneinend den Kopf. Noch einmal sah sie aufmerksam den Gefangenen an, ging dann hinaus und schloß leise hinter sich die Tür.

Redycz stellte ungeduldig den Becher fort. Er hatte einige Papiere herausgesucht und schob nun den kleinen Haufen von Geld und Briefen über den Tisch auf Hauptmann Jordan zu. Guts Kinn begann wieder zu zittern.

Hauptmann Jordan zündete sich eine Zigarette an, ergriff dann mit den Fingern einen Geldschein und betrachtete ihn eine Zeitlang. »Woher haben Sie deutsches Geld?« fragte er.

Der ruhige Ton weckte sichtlich Hoffnung bei dem Angeklagten. »Meine Schwester geflohen aus Wien. Sie mitgebracht Reichsmark und mir gegeben für Geschäft... das sehr wenig Geld«, fügte er unsicher hinzu. Jordan nickte und murmelte etwas Undeutliches. Dann nahm er die vor ihm liegenden Umschläge und schaute hinein wie in Tüten, ohne den Inhalt herauszunehmen, höchsten daß er eine Ecke des Briefbogens herauszog.

»Die Briefe sind auf deutsch geschrieben«, sagte er schließlich.

In diesem Augenblick berührte Oberleutnant Florczak mit lebhafter Bewegung seine Schulter.

»Herr Hauptmann, meiner Ansicht nach ist es schade um die Zeit. Der Fall ist klar: ein Spion in deutschen Diensten. Haben wir nicht genug Beweise? Deutsches Geld, deutsche Korrespondenz und hier« – er schüttelte das Notizbuch in seiner Hand – »zweifellos eine Geheimschrift. Ganze Kolonnen von Ziffern...«

»Das sind Rechnungen für Holz«, stöhnte Gut.

»Schweig!« Florczak warf ihm einen zerschmetternden, verachtungsvollen Blick zu. »Nichts anderes als eine Geheimschrift«, wiederholte er. »Am besten überlassen Sie das mir, Herr Hauptmann. Zusammen mit dem Fähnrich«, er blinzelte mir verständnisinnig und gnädig zu, »erledige ich das auf der Stelle.«

In der Panik, die mich befiel, kümmerte ich mich nicht einmal darum, welche Wirkung diese Worte auf den Gefangenen hatten. Ich spürte, wie ich blaß wurde. Doch der Hauptmann hob nur die Schultern. »Wir haben nicht das Recht«, murmelte er.

»Aber, Herr Hauptmann, es ist Krieg.«

Jordan wandte Florczak sein ruhiges, düsteres Gesicht zu. »Das weiß ich«, sagte er kalt. In Redycz' Augen sah ich ein boshaftes Lächeln aufleuchten. Der Hauptmann lehnte sich wieder in den Stuhl. »Wer von Ihnen, meine Herren, kann deutsch?« fragte er. Keiner der Offiziere antwortete. Ich wartete eine Zeitlang und trat dann einen Schritt vor. »Ich, Herr Hauptmann.«

Er gab mir die vier Umschläge. Sie trugen Marken des Deutschen Reiches, die mit schweren österreichischen Stempeln entwertet waren. »Lesen Sie und sagen Sie uns kurz den Inhalt.«

Zuvorkommend schob der Schulze mir einen Hocker zu. Ich setzte mich, und plötzlich überfiel mich große Müdigkeit. Eine ganze Weile schaute ich die Briefe an und konnte mich zu der Anstrengung des Lesens nicht aufraffen. Drei waren von der gleichen Hand geschrieben, in der schrägen, kleinen Schrift eines an umfangreiche Korrespondenz gewöhnten Menschen. Der vierte war sehr kurz, in flüchtiger, breitgezogener, unruhiger Handschrift. Obwohl er das späteste Datum trug – vor zwei Monaten –, begann ich mit ihm. Es handelte sich um eine Todesnachricht. ›Lieber Benno, unser lieber Vater ist gestorben. Er hat an derselben Krankheit gelitten wie Großvater, Onkel und Tante, wie Samuel und viele von uns in letzter Zeit. Diese Stadt ist nun für mich leer; ich habe hier nichts mehr zu tun. Wenn es Gott gefällt, komme ich bald zu Dir nach Polen. Esther.‹

Die Tragik dieser wenigen, schlichten Worte durchbrach meine Apathie und weckte ein Interesse, das nichts gemeinsam hatte mit der kläglichen Groteske dieses Gerichts. Fleißig machte ich mich an die weitere Lektüre. Die übrigen, sehr viel früheren Briefe stammten unzweifelhaft von jenem auf rätselhafte Weise verstorbenen Vater. Ich nahm ihren Inhalt zur Kenntnis mit dem Gefühl eines Lesers, der im voraus die letzten Seiten des Romans überflogen hat. Mich fesselte an ihnen die ideale Treue zur epischen Regel. Alles zielte hier konsequent auf den mir bekannten Epilog, auf den dramatischen Schluß hin, der durch eine lange Reihe prophetischer Analogien vorbereitet wurde. ›Die Geschäfte gehen immer schlechter wie bei uns allen. Bald wird man überhaupt nicht mehr leben können. Großvater ist sehr schnell umgekommen. Seine Krankheit zu beschreiben wäre überflüssig. Das trifft jetzt viele Leute hier. Samuel ist in der Hoffnung nach Berlin gefahren, er werde sich dort irgendwie einrichten können. Er begreift's noch nicht.‹ Die Nachrichten folgten eine nach der anderen wie die Heeresberichte aus einer belagerten Festung. ›Samuel ist krank geworden. Alle Ersparnisse sind hin. Wir dürfen nur noch unter uns handeln, aber auch das wird immer schwieriger. Dein Onkel Aron ist glücklich. Er hatte den guten Einfall, in die Tschechoslowakei zu ziehen. Vielleicht gelingt es auch uns, ihm zu folgen.‹ Dann: ›Alles vergeblich. Wir können nirgendwo hingehen. Es fehlt uns die Kraft, auf unsere alten Tage alles zu verlassen, was wir haben. Der Onkel ist krank. Vielleicht kannst Du, Benno, Dich vor der Epidemie retten. Arbeite und verdiene viel Geld. Vielleicht kommt die Zeit, wo Du unsere einzige Zuflucht wirst. Ich versuche, das Geschäft zu verkaufen, fürchte aber, auch das wird nicht gelingen. Benno, Du mußt für Dich und für uns leben...‹

»Na, was steht da?« mahnte Florczak.

Die unbeherrschte Neugier machte sein schönes Gesicht beinahe abstoßend.

»Lauter Familienangelegenheiten«, entgegnete ich. »Hauptsächlich Nachrichten über Todesfälle und Krankheiten.«

Florczak verzog verächtlich den Mund. »Seien Sie nicht naiv«, sagte er. »Das sind Decknamen. Übersetzen Sie.«

Ich begann, den Inhalt wiederzugeben, und zwar mit dem ältesten Brief anfangend. Dabei schaute ich die drei Offiziere hinter dem Tisch an und versuchte, die schweigende Gestalt des Angeklagten aus meinem Bewußtsein auszuklammern. Redycz trank gleichgültig seine Milch, Jordan ließ den Kopf sinken und schloß mit dem Ausdruck gelangweilter Geduld die Augen, allein der Batterietruppführer folgte dem Gang meines Berichts mit unverhohlener Erregung. Als ich die Tschechoslowakei erwähnte, sprang er auf und klatschte mit der Hand auf den Tisch. »Na, bitte! Ein internationales Netz!«

Jordan biß sich nur schweigend auf die Lippe. Am Ende blickte er auf die Uhr und erhob sich schwerfällig. »Meiner Ansicht nach handelt es sich mehr um einen Fall von Desertion«, sagte er. »Nun, meine Herrn, es wird Zeit für uns.«

»Und was wird mit dem Spion?« erkundigte sich Florczak unruhig.

Der Hauptmann warf ihm einen unwilligen Blick zu. »Gegen Morgen müßten wir in Dębica sein«, sagte er. »Wir werden ihn der Gendarmerie übergeben.« Erst jetzt fiel ihm die Milch ein; stehend trank er in einem Zug den Becher leer. »Fähnrich«, wandte er sich an mich, »gehen Sie zum Troß und rufen Sie Hauptwachtmeister Misiąg. Wir lassen den Gefangenen unter seiner Obhut.«

Erleichtert ging ich zur Tür und schloß sie hinter mir. Im dunklen Flur flatterte ein riesengroßer, aufgescheuchter Vogel umher. »Wer da?« Jemand kam leise näher, ich spürte im Gesicht einen warmen Atem.

»Möchten Sie jetzt Milch?«

»Sehr gern.«

Sie zog mich hinter sich her und drückte mir im Dunkel ein heißes Gefäß in die Hand.

»Was macht ihr hier mit ihm?« In ihrer Stimme lag eine merkwürdige Hartnäckigkeit.

Ich hob die Schultern. »Weiß ich nicht. Wenn er schuldig ist, wird er gehängt.« Ich war ärgerlich, ich wollte nicht mehr daran denken.

Sie verstummte für eine Weile, ich hörte, wie sie laut schluckte.

»Danke.« Ich streckte ihr den leeren Becher hin. Da ergriff sie mit starker und rauher Hand mein Handgelenk. »Sie, er ist nicht schuldig. Er hat nur nicht kämpfen wollen und ist geflohen!«

Die Dunkelheit platzt wie alter Lack, und im Dickicht der den Weg säumenden Gärten leuchten perlgrau gewundene

Spalten. Das unaufhörliche, ameisenhafte Geraschel, unterbrochen von den heftigen Erschütterungen elastischen Rauschens und dem schnellen Trommelschlag herabfallender Früchte, macht den Eindruck, als befänden wir uns im Herzen einer großen, wenn auch unsichtbaren Feuerstätte.

»Sagen Sie ihnen, sie sollen aufhören«, befiehlt Barański mit einer vor Unschuld weinerlich klingenden Stimme, »das geht doch nicht!«

Ungern nehme ich die Augen von dem bebenden Rosa, das am Ende des Weges ein dreieckiges Stück Himmel färbt. Bei den ersten Gespannen stoße ich auf Kud. »Schöne Birnen, Herr Fähnrich«, sagte er und reicht mir eine aus der randvoll gefüllten Mütze, die er vor sich herträgt.

»Kud, das geht nicht, wie sieht denn das aus?« Aber ich nehme die Birne. Sie ist kalt vom Tau, saftig und süß.

Auf dem Weg zwischen den Zäunen erreiche ich den ersten Garten, in dem sich leise dunkle Getalten herumtreiben. »Genug jetzt. Was soll das Durcheinander!« Niemand beachtet mich. Nahebei wird ein Baum geschüttelt, mit dumpfem Dröhnen fällt schwerer Hagel.

»Zurück auf die Plätze!« Ich hebe die Stimme.

»Mach dich nicht wichtig«, sagt jemand neben mir. Es ist Marchewka. Er trägt einen vollen Eimer. Ratlos kehre ich um, doch er holt mich ein, noch ehe ich den Weg erreiche.

»Du, was brennt denn da?«

»Die Brücke über die Wisłoka.«

»Stimmt es, daß in Dębica die Deutschen sind?«

»Weiß ich nicht.«

»Nimm eine Birne, sie ist gut.«

»Dann wird wohl aus der Truppenkonzentration nichts«, fügt er mit vollem Mund hinzu, »ich hab's ja geahnt, daß es so kommt.«

Nach anstrengendem Marsch verbrachten wir den Tag im gleichen Wald beinahe an der gleichen Stelle wie gestern.

Ich verschlief ihn fast ganz, und nur das hohe Grollen der Bomber hinterließ in ihm einen scharfen, klirrenden Sprung.

Die Abendkühle weckte uns auf dieselbe Weise, wie es die Morgenkühle tut. Das war nicht mehr merkwürdig. Keiner von uns fühlte sich durch die Tatsache gedemütigt, daß wir nur noch nachts weiterziehen konnten. Ich persönlich glaubte, alles werde sich grundsätzlich in dem Augenblick ändern, da wir zu der angekündigten Konzentration stießen.

Natürlich wußten wir, daß Dębica nicht mehr in Frage kam. Wir wußten aber auch, daß es einen anderen Sammelpunkt gab und daß Hauptmann Jordan imstande war, seine Batterie dorthin zu führen.

Nur Funt verhehlte seine Skepsis nicht. Und sobald wir wieder über die sandigen Waldwege fuhren, tat er sich hervor mit seinen für mich ärgerlichen Witzen über den ›weiten Weg nach Berlin‹. Ich versuchte, ihm mit kühlem Schweigen den Mund zu schließen, was ihn aber nicht im geringsten abschreckte.

Diesmal wandten wir uns, soweit man sich orientieren konnte, mehr nach Norden. Der hohe und durchsichtige Wald wurde immer wieder zerschnitten von monotonen Schneisen, deren ferne Perspektiven in der trüber werdenden Dämmerung verschwammen. Weit entfernt schnauften schläfrig Geschütze, aber auch das wischte der Abend von der Tagesoberfläche, so daß wir mit dem Quietschen unserer Räder und Geschirre bald unter den Bäumen allein bleiben.

Vor dem Abmarsch hatte ich auf einem der grünen Feldpostformulare, die ich mir vorsorglich noch in Bielitz in die Taschen gesteckt hatte, einen Brief nach Hause geschrieben. Wir werden ja wohl durch irgendeine Stadt kommen, dachte ich, Mutter sorgt sich bestimmt, irgendwo könnte jemand auf mich schießen, könnte ich mich an der Front unaufhörlich in Gefahr befinden. Darum hatte ich in dem Brief erläutert, wie wenig frontkämpferisch meine Erlebnisse waren. Wir marschieren in aller Ruhe tagelang, das Wetter ist wundervoll (ich bin ganz schwarzbraun verbrannt), alles erinnert mich an einen heimatkundlichen Ausflug.

Jetzt kam mir dieser zusammengefaltete, in der Innentasche meiner Feldbluse steckende kleine Bogen Papier nicht aus dem Sinn und ärgerte mich fast ebensosehr wie Funts dummes Gerede, das genauso verfälscht war, wie meine Stimme, wenn ich versuchte, den unverschämten Munitionswagenführer zur Ordnung zu rufen.

Im Sattel schwankend, stellte ich mir mühsam unseren kleinen Salon mit den jetzt vom schwarzen Verdunkelungspapier blinden Fenstern vor, meine Mutter, die auf dem Sofa neben der kleinen Lampe sitzt, und meine Schwester, die aus der Tiefe des Klubsessels eifrig den abendlichen Stimmen lauscht. Doch das Bild entzog sich mir hartnäckig; denn im fehlte jene Überzeugungskraft, dank derer die Formen Leben und die Gefühle überzeugende Ehrlichkeit annehmen. Plötzlich erblickte ich infolge eines unerwarteten Sprungs der Phantasie eine völlig andere Szene, die mich mit der durchdringenden Gewißheit des Hellsehens mitten ins Herz traf.

Im Gedränge einer Chaussee schiebt meine Mutter, armselig vorgebeugt wie die Frauen, die am Zaun meines Gymnasiums die Kohle aus den Armeleute-Stollen verkauften, mühsam den von meiner Schwester gezogenen Handwagen, auf dem sich Koffer und Hausrat kantig türmen. Wir hatten in unserem eleganten Hause nie einen solchen Handwagen, trotzdem sah ich ihn deutlich vor mir, seine mit einem Querholz versehene Deichsel, die kleinen, staubbedeckten Räder. Meine Schwester wirkte frisch und tüchtig in ihrem Jackett und den kräftigen, sportlichen Halbschuhen; sie rief eher fröhliche Bewunderung als besorgtes Mitgefühl hervor. Meine Mutter aber sah ich in dem abgenutzten, grauen

Mäntelchen, das sie schon seit langem nicht mehr trug, und in einem schwarzen, hohen Hut, unter dem grau werdende Haarsträhnen kläglich hervorschauten. Von der Traurigkeit dieser Vision gereizt, bemühte ich mich, den Hut durch ein Tuch mit Punkten zu ersetzen, aber es gelang mir nicht, meine Vorstellung zu beeinflussen. Das Tuch verband sich mit Sonne und Stille der Ferien, es log und paßte wie der idyllische Bericht meines Briefes nicht dazu. Nur der Hut sagte die Wahrheit, nur er war das richtige Symbol der Ratlosigkeit und Verlassenheit, der Traurigkeit und des Grauens, die ich so ganz und gar nicht in mein Bewußtsein eindringen lassen mochte.

Im ständig dichter werdenden Schatten des Waldwegs widerstrebte und erlag ich abwechselnd dem aufdringlichen Gedanken; eigentlich erlag ich immer mehr, bis ich mich schließlich ganz ergab und ihn als Gewißheit annahm. Warum sollte es anders sein? Warum sollten mein Haus und meine Nächsten so auf mich warten, wie ich sie verlassen hatte, während das gesamte Land sich aufrollte und zusammenschrumpfte wie ein Blatt Papier im Feuer? Über unseren Köpfen funkelten schon die Sterne im schwarzen, verflochtenen Netz der Kiefernzweige. Mein Brauner stolperte fortwährend über Wurzeln und schüttelte jedesmal mit lautem Geräusch die Mähne, gleichsam seine eigene Unaufmerksamkeit rügend. Diese unregelmäßigen Erschütterungen rissen mich aus den unerfreulichen Überlegungen und weckten in mir für kurze Zeit die mißtrauische Wachsamkeit des Befehlenden. »Nicht schlafen«, zischte ich aufs Geratewohl oder: »Längeren Schritt!« und sogleich spürte ich, wie meine Widerstandskraft sich regenerierte. Und während eines solchen Erschreckens fand ich plötzlich die Rettung, den Zielort für den unseligen Handwagen. »Warschau!« Natürlich. Das Haus meines Onkels in Warschau. Dort müssen sie Schutz gefunden haben. Ganz bestimmt. Dort sind sie sicher. Ich wiederholte es mir erleichtert, und allein das Wort Warschau erfüllte mich mit Vertrauen und Optimismus.

Jetzt schämte ich mich beinahe. Unter dem Einfluß persönlicher Befürchtungen war ich geneigt gewesen, diesen kaum begonnenen Krieg in den düsteren Farben der Katastrophe zu sehen. Aber es gab doch Warschau, das herrliche, kühne, starke Warschau, das sich nie fürchtet und von dem schon bald, wenn erst die Verbündeten im Westen aufbrechen, der mächtige und siegreiche Gegenschlag ausgehen wird. Ich beschloß, gleich morgen die Anschrift meines Briefes zu ändern. Dieser Beschluß vertrieb die Stimmung von Ratlosigkeit und Bedrückung fast vollständig.

»Herr Fähnrich«, krächzte Funt hinter mir, »wenn wir nicht haltmachen, wird es mit dem Munitionswagen ganz schlimm. Ich sage ja nichts mehr, aber auch mit einem Pferd muß man Erbarmen haben...«

Was sollte ich ihm antworten? Den beiden Paaren asthmatischer Grauschimmel konnte die Vision Warschau keine neue Energie einhauchen.

»Wir machen in Kürze halt«, murmelte ich ungeduldig und verscheuchte meine Zweifel wie eine aufdringliche Fliege.

Und schon hörte ich zu meinem Erstaunen vor mir ein halblaut gesprochenes »Achtung«. »Achtung...«, wiederholte ich und zog die locker hängenden Zügel an.

Vor uns öffnete sich, um einen Ton blasser, ein Tor aus Baumästen. »Haaalt!« Am Waldrand warteten wir, lauerten schweigend wie ein Tier, das sich nicht zum Verlassen seines Schlupfwinkels entschließen kann. Dann rückten die Gespanne der Reihe nach auf. Wir erreichten eine gepflasterte Chaussee, über die ein kühler Zugwind fegte wie durch einen leeren Korridor. Irgendwo in der Nähe rauschte und schmatzte die Strömung eines unsichtbaren Gewässers. Wir näherten uns ihm immer langsamer, blieben alle Augenblicke stehen und hielten schließlich ganz.

Doch stiegen wir nicht von den Pferden, von vorn kam auch keinerlei Befehl.

»Du, erkundige dich mal, was da los ist«, sagte Dyas.

Ungeschickt in den Sattel gekauert, hielt Barański nahe am Grabenrand.

»Die Wisłoka«, erklärte er mir mit schläfriger Stimme. »Natürlich ist die Brücke abgebrochen.«

Rundum herrschte absolute Stille, hinter unserem Rükken im Süden aber geschah etwas, das wir im Walde nicht hatten bemerken können. Jetzt drehten sich alle Köpfe in diese Richtung und verfolgten die bedrohlichen Zeichen eines stummen Dramas am Himmel. Breite, blasse Blitze spalteten den Horizont und verloschen in elastischen Krämpfen, zunächst bläulich und lange in riesigen Flecken bebend, dann schleimig und dicht über dem Boden welkend. Erst nach einer Weile entdeckten wir, daß die Chaussee unter diesen Blitzen bebte wie eine gespannte Saite und den Rhythmus dieser schweigenden Entladung an uns weitergab.

»Die Schlacht«, sagte andächtig einer der Fahrer. In diesem Augenblick rollte das Gespann vor uns einige Meter vorwärts, und in das gleichmäßige Wasserrauschen mischte sich Rädergeratter und das chaotische Dröhnen von Blechkisten. Wir schlossen auf, blickten aber hinter uns zum Himmel, der gerade in einem grausam weißen Lächeln die Zähne fletschte. Nach jedem Aufleuchten war die Dunkelheit tiefer. Gebannt starrten wir dorthin und horchten angestrengt, weil wir hofften, ein fernes Echo dieser gespenstischen Dinge aufzufangen. Doch gurgelte nur das Wasser irgendwo rechts unter uns, wo fleißig mahlende Radspeichen es mühsam beiseitedrängten. Wieder rollte ein Gespann rasselnd hinunter, und wieder rückten wir einige Schritte nach. Die Geräusche der Durchquerung wurden leiser; sie erreichten uns als gedämpftes Plätschern, als ob ein großer Kahn auf dem Wasser schaukelte. Dann lärmten im Dunkeln heisere, gereizte Stimmen, klatschten Riemen, gluckste lebhafter das aufgerührte Wasser.

Ganz nahe hörte ich Redycz' Stimme: »Nach rechts!« rief er. »Paß auf, du Idiot! Halt die Pferde!«

Barański berührte mich in der Dunkelheit. »Wir müssen sehr aufpassen«, sagte er mit Angst in der Stimme. »Die Böschung ist furchtbar steil und voll von den Trümmern des gesprengten Pfeilers. Die Bedienung sollte besser absitzen.«

Die Silhouette des Munitionswagens vor mir drehte sich und verschwand, als hätte die Erde sie verschluckt. Nur der trockene Hufschlag und das Rasseln des Eisenzeugs folgten dem Schatten wie eine plötzlich abgehende Lawine. »Der Nächste!« rief Redycz. »Los, nach rechts. Wenn ihr umwerft, dann...« Ich vernahm seine Drohung nicht mehr. Mein Brauner rutschte mit eingeknickter Hinterhand den steilen Schutthang hinunter, und das betäubende Geratter des Geschützes drohte mir den Kopf zu zermalmen. Mit vollem Schwung landeten wir im schwarzen Wasser. Kalte Spritzer nahmen uns klatschend den Atem. Jemand auf der Protze fluchte wütend. Die entsprechende Szene aus einem Kriegsfilm fiel mir ein, genauso ein Flußübergang der Artillerie. Ich wunderte mich, meine Zunge schien sich des vergessenen Geschmacks eines eigenen Erlebnisses zu erinnern.

Die Pferde senkten jetzt die Köpfe und tranken mit vorgestülpten Lippen, sie seufzten und bissen auf die Kandaren. Während wir sie großzügig gewähren ließen, warf ich einen Blick auf den schwarzen Rücken des Damms. Über ihm blitzte es gerade, heftiger und greller als bisher. Von vorn rief uns Barański, und von der Chaussee näherte sich das Geratter unseres Munitionswagens. Wir fuhren weiter.

Das Ufer fiel steil ab. Mitten im Fluß preßte das Wasser mir die Stiefelschäfte zusammen wie eine kalte Zange. Die Strömung war stark, die Paare des Gespanns zogen sich zu einer beunruhigend schrägen Linie auseinander. Ich fühlte deutlich, wie mein Pferd sich unsicher über den Kies des

Flußgrundes tastete. Es wurde abgetrieben, leistete mühsam Widerstand und warf den Kopf hoch. Plötzlich versank ich bis zum Gürtel. Die Beine des Pferdes ruderten unter mir im Leeren. »Nach rechts, nach rechts!« rief ich den Fahrern zu. Mein Pferd machte einen Sprung und erwischte festen Grund. Schon erreichten wir das Ufer, und der schwache Windhauch, den wir zuvor nicht bemerkt hatte, hüllte uns jetzt in kalte Feuchtigkeit. Vor uns dunkelten schüttere Kiefern auf der Sandfläche; sie standen vor dem mondhellen Himmel wie auf einer flachen Leinwand.

Das Geschütz rollte zwischen die Bäume und hielt neben den anderen Gespannen. Ich kehrte um zum Fluß. Ein Fahrzeug durchquerte ihn, aber es war nicht der Munitionswagen. Erst nach einer Weile entdeckte ich ihn weit unterhalb der Furt. Die Rücken der Grauschimmel ragten nur knapp aus dem Wasser, und die dunklen Silhouetten der Fahrer waren eigenartig verkrampft. Mit hochgezogenen Beinen saßen sie im Sattel wie Flüchtlinge, die vor der ansteigenden Flut des Hochwassers auf den Dächern Schutz suchen. Ein einsamer Reiter watete mühsam schräg auf das Ufer zu. Es war Funt. Wassertriefend blieb er vor mir stehen. Er schnaufte, seine Feldmütze saß ihm auf dem Hinterkopf.

»Nichts zu machen«, sagte er, »sie haben keine Kraft mehr.«

Alle Gruppen waren bereits auf dieser Seite. Die Troßfahrzeuge fuhren jetzt durch den Fluß. Als ich zum Geschütz kam, um die Pferde zu holen, zog sich die Batterie auf dem Sandweg schon in Marschkolonne auseinander. »Versuchen Sie, so schnell wie möglich aufzuschließen«, mahnte mich Barański, »und verirren Sie sich nicht...«

Nach halbstündiger Plackerei erreichten wir ausgekühlt und naß endlich das Ufer. Das Kiefernwäldchen war leer. Die noch schmale Mondsichel legte weiche und rußdichte Schatten auf die Erde. Drüben bebte der Himmel noch in fernen Blitzen, doch wirkten sie jetzt kraftlos und blaß wie über das Wasser gerufene Drohungen. Marchewka bückte sich auf dem Weg und suchte mit seiner verlöschenden Taschenlampe. »Hier sind die Spuren. Fahrt hinter mir her, ich werde euch leuchten.«

Als Motoren aufheulten, zog Dyas seine große, silberne Uhr aus der Tasche und blickte mit geröteten Augen auf das Zifferblatt.

»Pünktlich, die Biester«, sagte er, »fünf Uhr.«

Unter riesigen Kiefern versteckt, sahen wir die Flugzeuge nicht, wußten aber ohnehin, daß es nicht unsere waren. Im Wald lagerte noch die Dämmerung. Die verdünnte und abgekühlte Nacht sickerte schnell zwischen das trockene Unterholz und die hohen Stämme, deren endlose Reihen uns in immer weiteren Kreisen umgaben. Ihre dick gezeichneten, vor dem kühlen, graurosa Schein flach wirkenden Silhouetten kehrten übertreibend ihre Knorren hervor. Oben war es schon hell. Durch die verschränkten Äste blickten kleine Wölkchen in lichtem Weiß kokett auf uns herab; sie ähnelten jungen Fischen in der durchsichtigen Tiefe eines Teiches.

Es gelang mir, Dyas zum Umsteigen auf das Pferd zu veranlassen. Nun fuhr ich auf der Protze und brauchte mich erfreulicherweise nicht um alles zu kümmern, was bei den Gespannen vor sich ging. Der Weg war schwer, er führte durch feinen Sand und über die Wurzeln des Waldes. Unsere Gruppe aber hatte nach einer halben Nacht die Batterie eingeholt. Jetzt zogen vor uns zum Glück lange Infanteriekolonnen, und das Marschtempo war schneckenhaft langsam geworden. Die Protze schüttelte mich hart auf den Unebenheiten, das Eisengeländer preßte sich mir ins Kreuz. Ich war unter diesen Umständen nicht in der Lage zu schlafen, wie der neben mir schwankende Marchewka. Doch streckte ich erleichtert nach dem langen Ritt meine Beine über den Rand des Trittbretts aus.

Immer greller drang der Tag mit langen Lichtstreifen – der von uns hochgewirbelte Staub glühte darin rot auf – in die Waldestiefe. Diese herabhängende Wolke von hellem Staub wuchs über uns und wurde immer dichter, je mehr das Gelände zum Rücken einer riesengroßen Sanddüne anstieg. Schließlich wurde »Pferde führen!« befohlen. Erschöpft schleppten wir uns den Weg entlang, schluckten Staub und wateten bis zu den Knöcheln im Sand. Der Anstieg dauerte sehr lange. Das Fell der Pferde wurde trotz der Morgenkühle dunkel vom Schweiß.

Kaum befanden wir uns auf dem Hügelrücken, erblickten wir eine kleine Menschengruppe, die uns am Rande des Waldschattens entgegenkam. Es waren Zivilisten, Männer und Frauen, erschöpft und mit Bündeln beladen wie alle, die wir auf unserem Marsch getroffen hatten. Ein Junge schob emsig sein Fahrrad, auf dessen Gepäckträger er einen Koffer geschnürt hatte.

»Wohin geht ihr?« fragte ich, als wir auf gleicher Höhe waren.

Er strich mit der Hand eine Haarsträhne aus der Stirn und starrte mich verständnislos an.

»Wir fliehen aus der Stadt«, sagte er langsam.

»Aus welcher Stadt?«

»Aus Kolbuszowa.«

»Warum? Wohin?«

Er schwieg eine lange Weile und blinzelte unsicher, ehe er dann eine Antwort herausbrachte. »Es hieß, die Deutschen kämen...«

Das empörte mich. »Unsinn! Ihr wißt einfach nicht mehr, was ihr tut vor Angst. Wir sind doch gerade auf dem Wege dorthin. Kehrt lieber um.«

Mit dem Bauch gegen den Rahmen des Fahrrades gestützt und in tiefes Nachdenken versunken, blieb er stehen. Ich blickte über die Schulter zurück und bemerkte, wie er sich mit den anderen beriet; seine Hand wies auf unsere Geschütze. Anscheinend jedoch vermochte er nicht, sie zu überzeugen, denn nach einer Weile setzten sie ihren Weg fort.

Wir trafen jetzt immer häufiger Zivilisten. Von den spöttischen Zurufen der Soldaten verfolgt, huschten sie beschämt seitlich vorbei. Sie glaubten uns nicht, sie wollten sich wohl auf unsere Karabiner und Geschütze nicht verlassen. Es waren nicht sehr viele. Keine in blinder Panik fliehende Menge, wie sie uns am anderen Dunajec-Ufer den Weg verstellt hatte. Mehr die Vorhut der Vorsichtigsten, die beizeiten in Richtung der von langer Hand ausgewählten, abseits der großen Ereignisse liegenden dörflichen Schlupfwinkel aufbricht.

Immer noch wateten wir zu Fuß neben dem Gespann, als ich am Wegesrand im Walde eine einsam wandernde, sich von allen Flüchtlingen unterscheidende Gestalt bemerkte. Vor Staunen blieb ich sogar stehen. Ein Briefträger in brauner Uniform. Er marschierte, die Ledertasche über die Schulter gehängt, in dienstlich frischem Tempo. Anderes Gepäck hatte er nicht bei sich, wie ich bei genauem Hinschauen feststellte. Ja, er wirkte nicht wie ein Flüchtling. Eilig zog ich meinen Brief aus der Tasche und trat ihm in den Weg. Ich überraschte ihn dermaßen, daß er sofort mechanisch seine Hand nach dem grünen Vordruck ausstreckte. Doch gleich zog er sie zurück, hob die Brauen und bewegte schweigend seinen gezwirbelten Schnurrbart.

»Geben Sie das irgendwo auf«, redete ich ihm zu, »die Post geht doch wohl...« Er machte einen völlig verdutzten Eindruck.

»Vielleicht geht sie, Herr Fähnrich«, stotterte er, »hier aber nicht. Weiß der Himmel wo.«

»Und in Kolbuszowa?«

Er zuckte die Achseln. »Weiß ich nicht, Herr Fähnrich. Die Verbindung ist unterbrochen. Vielleicht wird sie wiederhergestellt...«

Noch einmal schaute ich forschend seine Tasche an. Er bemerkte es und schob sie verlegen nach hinten.

»Na? Nehmen Sie den Brief nicht an?«

Er machte eine ratlose Handbewegung und warf einen halb traurigen, halb ironisch lächelnden Blick in das Gewirr der Kiefernzweige über meinem Kopf.

»Links frei machen!« rief es von hinten. Lauter werdendes Motorengebrumm näherte sich, bis plötzlich ein niedriger, militärischer Geländewagen an mir vorbeirasselte, eine Wolke weißen Staub aufwirbelte und um die nächste Wegbiegung verschwand. Die aufgerichtete Silhouette eines jungen Offiziers blieb in meinem Gedächtnis haften. Er stand mit der Hand auf die Frontscheibe gestützt, und sein Gesicht wirkte unter der Maske des Staubs statuenhaft unempfindlich gegen den Zugwind der heißen Luft. Dann wurde der Maschinenlärm stärker, die ganze Chaussee begann zu zittern wie ein in Schwung geratener Transmissionsriemen. In langer Kolonne überholten uns gut getarnte Lastwagen und Zugmaschinen auf Ketten, die schlingernde Munitionswagen und schwere, mit welkendem Grün geschmückte Geschütze hinter sich herzogen. Ich drückte meinen Braunen gegen das Gespann und verschlang mit begeistertem Blick diesen an uns vorbeirollenden Zug der Stärke. Ich kannte sie, mehrfach hatte ich sie bei Paraden gesehen, die motorisierte Brigade aus Stryj. Jetzt war sie bei uns. Eine herrliche Truppe! In den offenen Wagen hüpften gleichmäßig die beiden Reihen Helme der Bedienung, gleichsam ein Teil der rasenden Maschinerie. Die Fahrer drehten die Köpfe zu uns um. Auch ihre Gesichter waren grau vom Staub; darin zeichnete sich das grüßende Lächeln in harten, fast schmerzlichen Rillen ab.

»Die haben's gut«, seufzte Kud neidisch. »Die fahren wie die Herren.«

Immer noch fuhren sie dröhnend und rasselnd an uns

vorbei, alle einheitlich, ohne Fehl, ohne das kleinste Zeichen der Erschöpfung. Im Vergleich mit ihnen wirkten wir klein und kümmerlich.

Hinter der Wegbiegung rief plötzlich jemand meinen Namen. »Paweł, Paweł!« Außer einem Kopf streckte sich auch eine Hand aus dem Autofenster und winkte mir fieberhaft zu. Zunächst konnte ich unter der Staubschicht die Gesichtszüge nicht erkennen, doch das Oval der hinausgelehnten Backe sprach lebhafter zu mir als Mund und Augen. Jurek, mein Schulkamerad, der beste Freund beim Schuleschwänzen in früheren Zeiten.

»Nach Kolbuszowa?« rief ich ihm nach.

Er gab mir irgendwelche Zeichen. Er hatte nicht verstanden.

»Nach Kolbuszowa?« schrie ich durch das Dröhnen der Ketten und Motoren. Er schüttelte den behelmten Kopf und legte die Hände vor dem Mund zusammen.

»Weiter!« drang es schwach zu mir. »Wie-der-sehn...« Er verschwand im Gerassel des Zuges aus Eisen und in der Wolke von Benzindunst und Staub.

»Wenn die doch bei uns blieben«, meinte Pyrych schwärmend, »ja, dann fühlte man sich wohler.«

»Die beste Truppe«, sagte respektvoll der Vorderfahrer.

»O ja, eine Macht, eine Macht!« stimmte Pyrych zu. »Haben wir viel davon, Herr Fähnrich?«

Verlegen hob ich die Schultern. »Ich weiß nicht.«

»Und warum sind sie nicht an der Front?«

»Wahrscheinlich wirft man sie irgendwo anders hin; der Plan...«

Unverhofft kam mir Kud zur Hilfe. »An der Front haben sie genug davon. Hier wird nur herumgefahren, was übrig ist.«

Vorsorglich begab ich mich zurück zur Protze.

»Hast du gesehen, Paweł? Die werden zurückgenommen«, sagte Marchewka. »Nun ja, hat man nur ein einziges gutes Messer unter lauter Schrott, weiß man nicht, wo man es verwenden soll. Die ganze Armee müßte so aussehen, verdammt!«

Das Städtchen schien sauber, ja sogar fröhlich. In der Tat, es war fröhlich und lebhaft wie keines bisher. Die Leute lachten uns von den Bürgersteigen entgegen und winkten uns freundlich zu, während flinke Schulmädchen in Satinschürzen und weißen Kragen uns Krüge voller Himbeersaft und Wasser brachten. Sie beeilten sich sehr, um alle zu versorgen, sie rannten mit roten Backen durch die Pforten der kleinen Gärten hin und her und trippelten neben den Pferden, bis man ihnen das leere Glas zurückgab. Trotzdem konnten wir die hier und dort ausgeschlagenen Scheiben, die langen Hiebe der MG-Garben an den weißen Wänden der wohlhabend aussehenden Häuser und die zerrissenen, unordentlich zum Boden herabhängenden Telegrafendrähte nicht übersehen.

Unweit einer Straßenecke bemerkte ich einen roten Briefkasten an der Mauer. Ich ritt auf den Bürgersteig. »Funktioniert hier die Post?« fragte ich ein mit leerem Krug zurückkommendes Mädchen. Sie zeigte sich auf kokette Weise besorgt. »Leider nein, mein Herr. Nach dem Fliegerangriff geschlossen.« Doch als ich die Hand mit dem Brief zurückzog, strahlte sie mich vertrauensvoll an. »Macht nichts, werfen Sie ein. Jetzt kommt sie sicher wieder in Gang. Bestimmt.« Dieses ›jetzt‹ bewirkte, daß ich für einen Augenblick die Illusion hatte, wir marschierten vor und nicht zurück.

Am Eingang zum Marktplatz mußten wir halten und längere Zeit in der Hitze warten, während Hunderte von Männerstimmen ringsum summten. Die Straße war mit Infanterie vollgestopft; der Kommißgeruch von Wolle, Leder und Schweiß stand als regloser Dunst in der Luft.

Schließlich fuhren wir weiter, aber eigentlich traten wir auf der Stelle, ein Halt folgte auf den anderen und irritierte uns. Es verging noch mehr als eine halbe Stunde, bis wir in die Mitte des Marktplatzes gelangten. Der große, quadratische Platz war überfüllt von einer graugrünen Masse Soldaten. Doch ließ sich eine gewisse Ordnung erkennen. Schmale Schneisen trennten die einzelnen Einheiten voneinander. Die Infanteristen saßen meistens am Boden. Neben den Artillerie-, Troß- und Ponton-Abteilungen sahen ihre Bataillone aus wie vom Sturm niedergedrückte Felder.

Autos, Wagen und Gerät aller Art füllten die anliegenden Straßen. Hier und da stiegen über dem Gedränge träge Rauchsäulen der Feldküchen auf.

Dies war die Konzentration, zweifellos. Das Ende unseres Umherirrens, der Anfang einer realen Kriegshandlung. Langsam fuhren wir durch ein schmales Spalier auf die andere Seite des Platzes. Im Gedrängel stieß jemand meinen Braunen an. Hauptmann Jordan schob sich mühsam an die Spitze der Batterie, dicht hinter ihm Redycz, die offene Kartentasche vor der Brust. Jordan trieb sein Pferd mit den Sporen an, ohne nach vorn zu schauen. Er hatte sein Gesicht, das düsterer war als sonst, über die Schulter zurückgewandt, um dem Oberleutnant ungeduldig etwas zu erklären. »Die Idioten!« hörte ich im Vorbeireiten. »Schauen Sie nur.« Seine Hand beschrieb einen weiten Halbkreis über den Köpfen der Menge. »Ich mache hier nicht halt; ich bin doch nicht dämlich. Im ersten Dorf hinter der Stadt, aber nicht hier.«

Wir gelangten in die gegenüberliegende Gasse, die bald auf einen breiten, von schmalen Feldern gezeichneten Hügel führte. Die Häuser traten hier immer weiter auseinander, zogen sich vom Weg zurück, getrennt durch Wiesengrün und Himmelsblau, sie wirkten eher dörflich als städtisch mit ihren Gärten und Scheunen.

Bald endete auch das Pflaster, die Straße ging in einen breiten, ausgefahrenen Weg über. Hier war wesentlich mehr Platz, aber wir fuhren nur ganz langsam bergauf, um unsere vom langen Marsch und von der Hitze erschöpften Pferde zu schonen.

Die an die Stadt grenzenden Felder waren zu beiden Seiten voller Militär, ganze Kompanien streiften in Gruppen zwischen verstreut stehenden Gebäuden umher. Auf den parallelen Wegen wanderten Infanterie- und Troßabteilungen. Sehr viele, merkwürdig viele. Die Soldaten blickten mit freudiger Ungläubigkeit in die Runde. Überall geschah Interessantes.

Im Feld links war ein Auflauf entstanden, der immer neue Schaulustige den Hang hinablockte. Marchewka packte die Neugier. Er stieg von der Protze und lief querfeldein. Als er uns nach einer Weile wieder eingeholt hatte, leuchteten seine Augen, und seine sommersprossigen Backen glühten rot vor Erregung.

»Wißt ihr was«, rief er und kletterte wieder auf seinen Sitz, »dort liegt einer mit gespaltenem Kopf. Dicht daneben ist ein Bombentrichter, dem aber hat's die Rübe halbiert zusammen mit dem Helm. Ganz exakt, wie mit dem Hackmesser. Man sieht das Gehirn und alles!«

Unser Schweigen machte ihn etwas befangen, er blickte uns eine Weile forschend an, hinter seinen nicht geschlossenen Lippen blitzten gelbe Hasenzähne.

»Na und?« Er wunderte sich. »Ihr könnt's euch ansehen. Geh, Paweł. Ich sage dir, wie mit dem Hackmesser. Als hätte jemand eine Rübe halbiert.«

Ich zuckte ärgerlich die Schultern. »Laß dich ausstopfen, du Idiot.«

»Na, na, nur nicht so heftig. Was hat dich gebissen? Fühlt sich wohl wichtig, weil er zu Pferde sitzt!« Er suchte unter seinen Kameraden auf der Protze Unterstützung, bekam sie aber zu seiner größten Verblüffung nicht. Nur Kazek, der wie üblich blinzelte und stotterte, versuchte, es ihm auseinanderzusetzen. »Na, w-w-weil du dich so dämlich freust, als hättest d-d-du einen Grund...«

»Seht mal!« Plötzlich wurde Dyas lebendig. »Da bringen sie einen Deutschen!«

»Wo, wo?«

»Da drüben!«

Auf dem Rain neben einem kargen Obstgarten führte eine Gruppe Soldaten mit den orangefarbenen Mützenbändern der Gendarmerie einen hochgewachsenen Mann in grauem, fast wie Zivilzeug aussehenden Anzug. »Ein Zivilist«, sagte Kud und drehte sich im Sattel um, »sicher ein Spion.« Dyas hob sein Fernglas an die Augen. »Kein Zivilist, ein Flieger.«

»Wird er erschossen?«

»Wieso! Gefangene erschießt man nicht.«

»Wenn er Fallschirmspringer ist, wird er erschossen«, rief Marchewka.

»Er muß kein Fallschirmspringer sein. Morgens war ein Luftangriff, vielleicht wurde er abgeschossen.«

Die Patrouille bog ab in Richtung Stadt und verschwand hinter einer großen Scheune. Jetzt wimmelte es auf beiden Seiten des Weges von Kavallerie. Sie floß in breiter Welle heran, ihre Pferde zertraten die Stoppel- und die von der Sonne versengten Kartoffelfelder. Es waren schöne Truppenteile. Die schwadronsweise nach Farben sortierten Pferde gingen leicht und launisch wie bei der Parade. Die nagelneuen französischen Helme glänzten matt, die Schabracken und Sättel kamen frisch aus den Magazinen und strahlten von fern wie Gold. Die Faust gegen den Oberschenkel gestützt, reckten sich die Reiter auf den Rücken ihrer Pferde in anachronistischer Anmut und Eitelkeit. Sie sahen nicht wie auf dem Rückzug aus. Vielleicht lagen Siege hinter ihnen, von denen solche Verirrten wie wir noch nichts gehört hatten. Schnell ritten sie an uns vorbei, und als sie hinter dem Hügelkamm verschwunden waren, erreichten uns von dorther unerwartet die Klänge eines im Chor gesungenen Liedes.

Auf der anderen Seite fiel der Weg sanft zu einem großen Dorf ab, hinter dem sich dunkel ein Waldrand erstreckte. Die letzten Reihen der Ulanen versickerten bereits zwischen den in Grün gehüllten Katen. Der Weg vor uns war beinahe leer. Doch ehe wir die ersten Zäune erreicht hatten, entdeckten wir etwas sehr Ungewöhnliches. Auf dem Stoppelfeld gleich hinter dem Graben erhob sich eine merkwürdige Konstruktion, eine große Laubhütte aus welkenden jungen Birken. Zwischen den dünnen Zweigen zeigte sich deutlich eine eckige, graugrüne Tragfläche.

»Seht mal, ein getarntes Flugzeug!«

»Ein PZL«, stellte Dyas fest. »Na, endlich. Aber wozu steht er da so blöd herum?« Ich bog zu der Maschine ins Feld ab. Sie stand allein und seltsam ungeschickt auf ihren hohen, gespreizten Rädern. Ich umritt sie langsam, verwundert, weil jede Bewachung fehlte. Erst als ich gegenüber dem Propeller hielt, begriff ich. In dem breiten Rüssel des Motors öffnete sich ein großes gähnendes Loch, an dessen Rändern das in scharfe Fetzen gerissene Blech glänzte. Der untere Teil des Propellers hing, in der Mitte abgeschnitten, als kraftloser Stumpf von schwarzem stinkendem Öl überzogen, zur Erde hinab. Es war ein PZL-Jagdflugzeug gewesen.

Wir standen neben einer beschnittenen Hecke, in die jetzt zahlreiche Breschen gerissen waren. Aus einem dieser Löcher kam gerade Kanter; er trug zwei leinene Futtersäcke mit Tomaten und Gurken. »Das ist das Schloß irgendeines Grafen«, informierte er mich und wies mit dem Kopf über die Schulter auf eine Gruppe riesiger Weißbuchen und Pappeln. »Aber der ist geflohen, Herr Fähnrich. Der Gärtner läßt uns ernten, nur haben andere schon das Beste abgerissen. Was für ein schöner Garten! Richtig traurig anzusehen! Die Ulanen haben alle Beete zertreten, diese Trampel.«

Andere brachten Obst, und Pyrych trug sogar eine ganze

Mütze voll Pfirsiche. Mit hochgebundenen Strängen kauten die Pferde, auf die Gehöfte verteilt, ruhig ihr Futter. Viele Soldaten schliefen im Schatten der Bäume am Weg. Über allem lag eine Stimmung heiterer Ruhe und Sicherheit.

Die Kavallerie zog weiter, doch wir blieben nicht die einzigen Soldaten im Dorf. Während ich den Weg entlangschlenderte, traf ich unverhofft meinen früheren Zugführer aus Bielitz. Mir war nie klar gewesen, ob ich ihn eigentlich mochte, jetzt aber freuten wir uns ehrlich.

»Ah, Strączyński! Was machen Sie denn hier?« rief er.

»Ja, was wohl? Ich warte wie alle. Ich bin Ladekanonier, und manchmal vertrete ich den Gruppenführer, zu mehr habe ich's im Krieg nicht gebracht.«

Ich dachte, er würde jetzt ein halbes Lachen aufsetzen wie immer, wenn er vermutete, daß etwas Lustiges gesagt worden war, doch er ließ den Kopf sinken und musterte verlegen die Spitzen seiner verstaubten Schuhe. Jetzt bemerkte ich, daß sein früher fast kindliches Gesicht gewissermaßen eingetrocknet war und daß um seinen Mund der Ausdruck trauriger Strenge lag.

»Immerhin besser als ich«, sagte er nach einer Weile. »Ich hänge ohne jede Zuweisung in der Luft. Und das seit Kriegsbeginn.« Seine blaßblauen Augen schauten mich von unten her an. »Wissen Sie, daß unsere Batterie nicht mehr existiert?«

Ich wußte, daß so etwas im Krieg vorkommt, aber es war meine Batterie, in der ich jeden Kanonier und jedes Pferd kannte. Ungläubig hing mein Blick an der vorgebeugten, von Falten durchfurchten Stirn des Leutnants.

»Wo ist sie zerschlagen worden?« fragte ich.

Er hob unwillig die Schultern. »In Teschen auf dem Bahnhof. Beim Verladen... verstehen Sie?«

Ja, ich verstand. Er war einer jener jungen Offiziere, die ihren Beruf als schönes Abenteuer ansahen. Sein Eifer und seine Begeisterung waren Gegenstand unablässiger Spötteleien im Regimentskasino gewesen. Ich weiß noch, wie er vor einem Jahr das kleinmütige Nachgeben der Tschechen bedauerte. »Warum schlagen sie sich nicht? Warum?!« rief er zornig, als seine Kameraden sich küßten und rundum in Hochrufe ausbrachen. Man nahm ihn nicht ernst, aber jeder gab zu, im Krieg sei so einer der beste.

Als er jetzt, vom unverdienten Schicksal dermaßen gedemütigt, vor mir stand, schien mir das Los der Batterie ein gegen ihn persönlich gerichteter Schlag gewesen zu sein.

»Machen ließ sich da nichts?« nahm ich den Faden unsicher auf.

Er schüttelte den Kopf. »Es war ein einziger Moment. Eine Viertel-, höchstens eine halbe Stunde. Der größte Teil der Leute und des Geräts war bereits in den Waggons. Ach, es lohnt nicht, davon zu reden!« Er winkte ab. »Ich habe hier unsere Leute von der 2. Abteilung getroffen. Sie stehen hinter der Kirche. Dort sind Fähnrich Sieroń, Oberleutnant Twardy, Kalina... Kommen Sie, wir wollen mit ihnen reden, weiß der Teufel, wann wir sie wiedersehen.«

Ich versprach hinzugehen und suchte Barański, um mich bei ihm abzumelden.

Auf der Wiese am Abhang hinter der Kirche traf ich zwanzig Minuten später meinen Leutnant aber nicht mehr an; dafür andere, den asketisch aussehenden Sieroń, den pickeligen und mädchenhaft schlanken Leutnant Bandrowski, den Adjutanten Twardy mit dem dicken, brutalen Gesicht und dem entwaffnend sanften Ausdruck seiner grauen Augen. Von den Geschützen, die im Schatten der Weiden am unweit vorbeifließenden Mühlbach standen, kam immer wieder jemand heran, und ich sah zu meiner Freude unerwartet ein von der Regiments-Reitbahn her bekanntes Soldatengesicht nach dem anderen wieder.

Der Oberleutnant Twardy reichte mir ein Kochgeschirr. »Guter Wein, trinken Sie.« Wir saßen im sonnenwarmen Gras, und in der Luft hing bitterer Kamillengeruch. Es fiel uns schwer, über das stereotype »Was gibt's?« hinauszugelangen, Sieroń entlockte meiner Befangenheit den Bericht über meine Kriegserlebnisse. Danach wurden die anderen etwas lebhafter, und ihre eigenen Erfahrungen gewannen im Vergleich dazu Glanz und Bedeutung. Sie waren alle drei im Olsagebiet und bei Pleß gewesen und hatten Tage hartnäckiger, verbissener Kämpfe hinter sich. Ich fragte sie nach allen Bekannten, und allmählich erschienen die unauflöslich mit der Kasernen-Langeweile verknüpften Gesichter in einem neuen ungeahnten Licht, versehen mit dem lapidaren Kommentar einer Tat, gegen die alles Frühere gleichgültig wurde.

Oberleutnant Juraszek, der schlimmste Hund im Regiment, von allen Untergebenen gehaßt und verflucht, hatte irgendwo in Oberschlesien mit seinen Geschützen den Rückzug gedeckt. Er hatte fast alle seine Leute verloren. Ein Ohr war ihm abgeschossen worden, der linke Arm von einem Granatsplitter zerfetzt. Trotzdem hatte er das letzte Geschütz selbst geladen und abgefeuert, bis er über die Lafette gestürzt und bewußtlos geworden war. Man hatte ihn aus der Stellung getragen, seine Uniform war steif gewesen vom geronnenen Blut.

Hauptwachtmeister Bałaj, berühmt wegen seines Diensteifers und seiner Schießkünste, der beste Kunstreiter im Korps, der im Galopp eine Fünf-Złoty-Münze vom Boden aufheben konnte, hatte sich am Tage des Kriegsausbruchs unerwartet eine Kugel durch den Kopf geschossen.

Der kleine Lojzek Majewski, der Benjamin unseres Fähnrichs-Jahrgangs, war auf der Beobachtungsstelle ›geblieben‹, wo er die Aufgabe des Beobachtungs-Unteroffiziers erfüllt hatte. Niemand konnte genau angeben, was eigentlich geschehen war. Die deutsche Infanterie war dem Punkt schon so nahe, daß ein Gefecht mit Handfeuerwaffen stattfand, ehe die Pferde herangeführt werden konnten. Dann sprangen alle in den Sattel und rasten zur Batterie. Lojzek schaffte es noch, sein Pferd zu besteigen. Es war Gala, eine schöne braune Stute mit weißem Stern und einem hochweißen rechten Vorderfuß. Ich kannte sie genau, denn ich hatte des öfteren auf der Reitbahn mit meinem Hintern ihren Rücken gedrückt.

Sieroń war Zeuge gewesen. Er sah nur, wie die Stute sich plötzlich aufbäumte, die Hufe hochwarf und mit der wehenden Mähne ihren im Sattel vorgebeugten Reiter ins Gesicht klatschte. Ein zweites Mal schaute er sich nicht um, Lojzek kam nicht mehr zum Sammelpunkt.

Sie erzählten mir das, wie man häusliche Geschichten jemandem erzählt, der lange verreist gewesen ist. Es war keine feierliche Regimentsgeschichte, die von erfahrenen Veteranen des ›letzten Krieges‹ salbungsvoll berichtet wird, auch noch keine große Geschichte, und die Namen der Menschen und Orte klangen unverbindlich, noch frei von der Schulbuch-Klassifikation. Auf das Ungewöhnliche der Geschehnisse verwiesen nur Rückgriffe in die bekannte Vergangenheit wie »So ein Waschlappen, wer hätte das gedacht!« oder »Der Kerl war ja schon immer so verbissen!«

Sie bewirteten mich mit Wein und behandelten mich mit einem Anflug von Mitleid. Ja, für mich war alles verloren. Ich werde nie mehr zu ihnen gehören, für mich wird das Regiment stets ein trauriges Viereck von Kasernengebäuden bleiben, angefüllt mit dem Echo lauter Kommandos und ordinären Gelächters.

Sogar das Schicksal meiner früheren Batterie schien mir jetzt ein besserer Beweis der Kriegskameradschaft zu sein als alles, was ich bislang erlebt hatte.

Fiebrig erregt kehrte ich zu meiner Gruppe zurück und hätte beinahe Cymbaluk nicht erkannt, der mir entgegentrat. »Herr Fähnrich, beeilen Sie sich. Herr Leutnant Barański sucht Sie.«

»Was ist los?«

»Wir sind zur Panzerabwehr bestimmt.«

Irgend etwas in mir erbebte in unruhiger Hoffnung. »Gefechtsbereitschaft?«

Cymbaluk lächelte beruhigend und vertraulich.

»Gott sei Dank, noch nicht, aber es gibt prima Klöße im Quartier. Gehen Sie hin, sonst sind alle weggegessen.«

Eng um den kleinen Tisch am Fenster gedrängt, aßen wir aus einer großen Tonschüssel. Die Klöße waren heiß, glatt von Fett und hart wie Gummi. Plötzlich erbebten die kleinen, trüben Fensterscheiben heftig, und das Stubeninnere ballte sich, als wollte der reglose Mief gleich die engen Wände sprengen. Gleichzeitig mit dem dumpfen Dröhnen der Einschläge erhob sich draußen das Geschrei vieler erregter Stimmen und das Getrampel eilig laufender Schritte. Wir sprangen auf, ein Hocker fiel krachend zu Boden. Die Hausfrau, die gerade am Herd Milch in Becher füllte, goß daneben. Es zischte auf der Herdplatte, der Gestank von Verbranntem erfüllte die Stube. »An das Geschütz!« rief Dyas und riß die Tür auf. Mit einem Sprung nahmen wir den dunklen Flur. Die heiße Mittagssonne und die grelle Reglosigkeit der Malven vor dem Hause überraschten mich mit ihrer fröhlichen Ruhe. Auch andere zögerten kurz an der Pforte des kleinen Gartens und blickten ungläubig zum Himmel. In diesem Moment bollerte eine neue Serie von Explosionen. Sie klangen lauter und trockener als in der Kate, aber nicht mehr so nahe. Wir rannten auf den Weg. Die ungeordnete Bewegung hatte sich schon etwas gelegt. Eine Menge Soldaten und Bauern wimmelte durcheinander. Die Leute zeigten auf etwas mit ausgestreckten Händen und rissen die Köpfe hoch wie Straßengaffer. Drei in der Sonne aufblitzende Flugzeuge zogen gerade eine langsame Kurve über dem Hügel, der uns Kolbuszowa verdeckte. Von unten wuchs ihnen ein schmutziger Rauchballen entgegen. Er kroch immer breiter hinter dem kahlen Buckel hervor, stieß seitlich dicke Triebe aus und verdünnte sich oben zu einem durchsichtigen, grauen Vorhang. Von fern nahten ohne Eile und in pedantischer Ordnung drei weitere Bomber.

»Deckung! In den Schatten!« rief jemand von hinten.

Wir traten unter die große, am Weg wachsende Kastanie. »Flugzeuge...«, sagte Dyas unsicher. »Was können wir da tun? Sie schmeißen die Stadt zusammen und Schluß. Wir können nur zuschauen.«

Der Knall neuer Explosionen galoppierte über die Erde. Als die zweite Heinkel-Kette wendete, ertönte das schnelle, gleichmäßige Kläffen von Geschützen. In diesem Augenblick kam Barański, rot vor Erregung und außer Atem, zu uns gesprungen. »Panzerabwehrgruppe – Geschütz in Stellung!« schrie er. »Schnell! Dort an der Gutshofhecke. Schnell!«

Wir rannten zum ausgespannten Geschütz, das hinter uns am Zaun stand. Die Bedienung des Munitionswagens hatte ihre Kiste schon mitten auf den Weg geschleppt. Es ging leicht, der Weg fiel steil ab, so leisteten die Radspeichen unseren Händen trotz des Sandes keinen Widerstand. »Aus dem Weg!« Wir schafften im Laufen die paar Dutzend Meter, die uns vom Dorfeingang trennten. Ein Versteck, eine Deckung gab es da nicht. Wir stellten unser Feldgeschütz mitten auf den Weg, den Lauf auf jenen Hügel gerichtet, wo jetzt die Gestalten durcheinanderrannten. Barański holte uns ein, kniete neben Marchewka nieder und wischte sich mit dem Taschentuch die verschwitzte Stirn. »Nur Ruhe, die Herren, nur Ruhe«, sagte er und holte schwer Atem. »Ich komme wieder zu euch. Nur Ruhe.« Er stand schwerfällig auf, schaute unentschlossen nach der Einstellung des Rundblickfernrohrs und ging plötzlich mit schnellen Schritten davon.

Der Rauch über dem Hügel wuchs jetzt zu einer hohen Säule, wurde dünner und verschwamm grau am leuchtenden Himmel. Wir vernahmen keine Schüsse mehr, nur der Lärm der herbeilaufenden Menge wuchs. Immer mehr Silhouetten erschienen am Horizont, einzelne Troßwagen rasten blindlings dahin und holperten über die unebenen Furchen.

»Sie fliehen, die Hurensöhne«, murmelte Kazek. »Sie fliehen, die Schufte.«

Die erste Welle der Fliehenden erreichte bereits die Zäune. Rund um uns verdichteten sich das Getrappel, der saure Stoffgeruch und die pfeifenden Atemzüge.

»Aus dem Weg!« rief Dyas mit hoher Stimme. »Nicht ins Schußfeld gehen!«

Ein Infanterieoffizier blieb einige Schritte von unserem Geschütz stehen, warf uns über die Schulter hinweg einen flüchtigen Blick zu und gestikulierte mit den Armen. »Halt, Leute! Stehenbleiben, 1. Zug! Her zu mir alle.« Die Männer in den rostfarbenen Mänteln gruppierten sich um ihn, schauten sich unruhig nach den Schüssen um, die nun schon einzeln und wie ungewollt fielen. Nach einer Weile zogen sie als lange Reihe an der Hecke hinaus ins Feld, warfen sich in eine flache Furche und richteten ihre Karabinerläufe auf den Hügel.

Vor uns galoppierte ein Paar schwere Artilleriepferde den Weg heran. Stricke und Riemen des Geschirrs flogen um sie, die Decke unter dem Sattel des Fahrers hatte sich verschoben und flatterte wie ein Wimpel der Panik. Der Fahrer selbst, der auf dem Nacken seines Pferdes hockte, schien nichts vor sich zu sehen.

Wir sprangen hoch und verließen den Schutzschild. »Halt! Halt!« schrien wir alle zusammen. Die Tiere rannten genau auf uns zu, sie stampften mit ihren großen Hufen und schäumten aus den Mäulern.

Plötzlich machte Marchewka einen Satz zurück und riß vom Bock des Munitionswagens den Karabiner. »Halt, du Schuft!« brüllte er und legte an. »Halt, oder ich schieße!« In diesem Moment hockten wir uns im Schutz des Schildes nieder. Röchelnde Atemzüge stöhnten über unseren Köpfen, zwei braune Bäuche und zwei Paar Hufe reckten sich in einer Staubwolke und fielen zu Boden. Die Tiere traten auf der Stelle und warfen schnaubend die Köpfe hoch. Der Fahrer beugte das rote, schweißglänzende Gesicht mit den dümmlich glotzenden Augen zu uns herab.

»Panzer... Panzer«, stammelte er.

Marchewka stand schon neben ihm. »Runter, du Mistvieh«, befahl er. »Steig ab, hörst du nicht?« Wieder zielte er mit dem Karabiner auf ihn, als er den Kanonier zögern sah. Der glitt eilig aus dem Sattel.

»Führ jetzt deine Gäule zur Batterie und melde dich bei Oberleutnant Barański.«

»Ich bin von der 5. Schweren, Herr Fähnrich«, stöhnte der Soldat.

»Das geht mich einen Dreck an. Jetzt gehörst du mir. Los, beeil dich, wenn dir dein Fell lieb ist.«

Wir beobachteten ungläubig staunend, wie Marchewka den Karabiner wegstellte und dann ruhig das Zielgerät überprüfte.

»Die passen genau zum Munitionswagen«, sagte er nach einer Weile. »Ein bißchen schwer sind sie, aber sie können ziehen.«

Die Felder vor uns waren bereits fast leer, nur auf den Rainen stiegen schmale Schützenreihen den Hügel hinab. Die Schüsse verstummten völlig. Auf unseren Plätzen kniend, beobachteten wir die breit zerfließenden Rauchschwaden.

Hinter unserem Rücken erklang Hufschlag und Rädergerassel. Die Protzen kamen und mit ihnen Barański auf seiner hageren Stute. »Ihr fahrt am Schluß der Batterie«, sagte er zu Dyas, »als Sicherung. Die Panzer sind in Kolbuszowa, sie könnten uns verfolgen.« Sein unruhiger Blick streifte über das Feld. »Richtung: der Wald hinter dem Dorf. Im Trab aufschließen.« Er wendete und ritt schnell den Weg hinan.

Der neue Fahrer hieß Cięciała. Er war ein stumpfer, bis in die tiefste Seele eingeschüchterter und vollkommen temperamentloser Bauer. Aus seinen chaotischen Erzählungen erfuhren wir unvollständig, was sich in Kolbuszowa ereignet hatte. Hauptmann Jordan hatte die Sinnlosigkeit einer so großen Truppenkonzentration an ein und derselben Stelle richtig eingeschätzt. Die deutschen Bomben trafen den Marktplatz wie einen Ameisenhaufen und richteten ein unbeschreibliches Chaos an. Die Leute trampelten sich gegenseitig nieder. Die Einheiten gerieten dermaßen durcheinander, daß keine Rede davon sein konnte, die Ordnung wiederherzustellen. Und in diesem Augenblick kamen die Panzer. Sie fuhren allein, ohne Infanterieunterstützung, feuerten aus der Nähe und bahnten sich ihren Weg durch die von Panik befallene Menge. Die tagelang und mit soviel Mühe komplettierte Division zerfiel in einem einzigen Moment. Sie zerstreute sich in alle Himmelsrichtungen, versuchte nicht einmal, Widerstand zu leisten, und ließ den größten Teil ihres Geräts zurück. Die Abteilungen, die wie wir dem Massaker glücklich entgangen waren, irrten nun auf eigene Faust umher, ohne Verbindungen und ihrer eigenen Findigkeit überlassen.

Natürlich wußten wir nicht, ob der Panzerverband, der die Konzentration zerschlagen hatte, eine vorgeschobene Spitze war oder Teil einer größeren Streitmacht, die den Umkreis bereits beherrschte. Die zweite Möglichkeit wurde immer wahrscheinlicher. Abends erreichte uns von allen Seiten das Echo ferner Detonationen, und ein paarmal ratterte ein Maschinengewehr so nahe, daß die Pferde an der provisorischen Haltestange – man hatte Schnüre zwischen den Bäumen gespannt – scheuten. Ulanen, die im selben Wald lagerten, sicherten uns. Seit wir das Biwak aufgeschlagen hatten, verließ Hauptmann Jordan den Funkwagen nicht mehr. Die Lederhaube des Funkers auf dem Kopf, wiederholte er monoton immer neue Decknamen und unterbrach sich nur zu kurzen Gesprächen mit dem Batterietrupp-Offizier Florczak. Obwohl wir schon seit einigen Stunden haltmachten, hatte der Batterietrupp seine Pferde noch nicht abgesattelt. Zu zweit oder dritt ritten sie immer wieder im Trab in verschiedene Richtungen oder kehrten auf den Waldwegen zurück, hielten am Funkwagen und überbrachten Jordan Meldungen.

Uns übrige ließ man einstweilen in Ruhe. Erst als der Sonnenuntergang mit langen, grellen Streifen den Wald durchzog, rief der Hauptmann die Zugführer und die Funktionsträger zur Befehlsausgabe. Ich ging an Dyas' Statt hin; er lag auf einer Decke zusammengekauert und war krank von den harten Klößen und der Flucht über das umgepflügte Feld auf der Protzenkiste. Der Funkwagen stand auf einer kleinen Lichtung, wo sich auch die schmalen, grasüberwachsenen Wege gabelten. Jordan saß, den Mantel um die Schultern gehängt und die Feldmütze nachlässig aus der Stirn geschoben, auf dem niedrigen Trittbrett des Fahrzeugs. Roter Schein breitete sich über sein strenges Gesicht, das ein wenig metallisch glänzte. Seine Augen waren eingesunken, die unrasierten Backen von dunklen Furchen gezeichnet.

Wir traten nach dem Dienstalter vor ihm an; er wies uns mit einer Handbewegung auf das zertretene Gras der Lichtung, ohne daß auch nur das geringste Lächeln sein Gesicht erhellte. Wir setzten uns im Halbkreis zu seinen Füßen.

»Meine Herren«, sagte er mit gedämpfter Stimme, »ich möchte Ihnen die Lage erklären. Sie ist schwierig.« Er betrachtete uns der Reihe nach und schien auf Fragen zu warten. Dann rückte er seine Mütze zurecht und prüfte mit kaum merklicher Bewegung, ob sein Kragen zugehakt war. »Die Panzer, die unsere Konzentration zersprengt haben, sind die Vorhut eines starken Panzerkorps. Kolbuszowa und Dzikowiec sind erobert, die Straße nach Norden ist besetzt. Informationen, die ich eingeholt habe, weisen darauf hin, daß wir in diesem Wald eingeschlossen sind.« Wieder unterbrach er sich, wir aber schwiegen alle. Das Wort ›eingeschlossen‹ hatte uns mit seinem bedrohlichen, unbestimmten Inhalt hypnotisiert. Unwillkürlich fuhr ich bei einem lauten Schrei, der vom Troß herüberhallte, zusammen. Wir beobachteten gespannt das Gesicht unseres Anführers. Es war ruhig und trotz der Erschöpfung voller Entschiedenheit.

»Leider«, fuhr Jordan fort, »ist es mir nicht gelungen, Kontakt mit dem Oberkommando zu bekommen. Ich weiß aber, daß am San eine feste Verteidigungslinie errichtet wird. Ich möchte, daß Sie das alles wissen, denn der Entschluß, den ich gefaßt habe, macht Ihr volles Verständnis erforderlich.« Er legte plötzlich den Kopf schief und hob fragend seine dichten Brauen. Das Weiße seiner Augen erglänzte im glatten, roten Widerschein.

»Sind Sie mit mir der Ansicht, meine Herren, daß es, solange wir noch nützlich sein können, unsere erste Pflicht ist, unsere Geschütze und die Munition um jeden Preis zu retten?«

Wieder schwiegen wir, nur daß Redycz nach einer Weile langsam und nachdenklich sagte: »Jawohl.«

»Es bleibt uns, meine Herren, nur ein Weg, ein sehr schwieriger, über Dämme und sumpfiges Gelände. Der Zustand unserer Pferde ist kläglich, und die Zeit wird knapp. Jeden Augenblick können die Deutschen uns auch diesen Ausweg versperren. Ich habe beschlossen, den Troß zu opfern.«

Eine unruhige Bewegung belebte den Kreis der auf dem Boden sitzenden Gestalten.

»Es geht nicht anders«, sagte Jordan mit erhobener Stimme. »Der Durchzug der gesamten Batterie ist ein zu großes Risiko.« Er blickte auf die Uhr. »In einer Viertelstunde ist das Abendbrot fertig. Aber wir werden es nicht essen. Nur die Leute vom Troß gehen hin. Ich habe schon alles mit Wachtmeister Górski besprochen. Um eine Panik zu vermeiden, muß alles ganz still verlaufen. Wachtmeister Górski läßt vertrauenswürdige Leute bei den Wagen. Sie, meine Herren Funktionsträger« – er nickte dem grauen Ende unseres Halbkreises zu – »müssen diesen Augenblick nutzen. Sie nehmen sich jeder einige Fahrer und tauschen im Troß alle schwachen Pferde aus. Wenn es geht, können Sie sogar die passenden Paare wählen. Außer natürlich bei den Munitionswagen, denn die fahren mit uns. Erledigen Sie das so schnell wie irgend möglich. Wir brechen auf, bevor die Troßmannschaften mit dem Essen fertig sind.«

Er erhob sich, und wir standen alle gleichzeitig auf. Dichter, goldener Glanz lag, vom Schatten der Bäume quer gestrichen, flach über dem Boden. Wir gingen noch nicht auseinander, jeder schien ein letztes Wort zu erwarten, das allen Zweifeln ein Ende gesetzt hätte. Barański bewegte seine Kiefer, ohne etwas sagen zu können, während ein verlegenes Lächeln seine Backen überzog.

Jordan schaute noch einmal auf die Uhr und trat dann einen Schritt vor. »Wachtmeister Górski«, sagte er, »wird sich bemühen, auch den Troß irgendwie hinauszuführen. Vielleicht gelingt es ihm.« Er hob den Kopf und warf uns allen einen fast heiteren Blick zu. »Wichtiger aber ist, daß Geschütze und Munition am San eintreffen. Solange sie noch zu etwas nütze sein können.«

Ich vermochte weder zu schlafen noch richtig wach zu werden. Ich bebte vor Kälte auf der vom Tau glanzlos gewordenen Protze, meine Beine waren in den Stiefeln erstarrt, ein dumpfer Schmerz sprengte meinen Kopf. Während wir über die zerfahrene Chaussee trabten, war mein Schlafbedürfnis so stark, daß ich mich nicht dazu aufraffen konnte, meine Stellung zu ändern. Halb betäubt spürte ich die schmerzhaften, in unregelmäßigen Abständen erfolgenden Schläge des Eisengeländers gegen meine Schläfe, kauerte aber weiterhin unbequem am Sitzrand; die Erschöpfung hatte mir die Macht über den eigenen Körper genommen.

Das war nun die Erholung, um die ich wenige Stunden früher so verbissen mit Dyas gekämpft hatte. Er wollte das Pferd nicht nehmen, widersetzte sich und stritt mit mir bei dem kurzen Halt nach Verlassen des Waldes. Es fielen scharfe Worte, so laut und heftig, daß Barański sich zur Intervention genötigt sah. Vielleicht hätte ich nachgegeben, wenn es um meinen braven Braunen gegangen wäre. Doch den hatte ich gestern, gleich zu Beginn des Marsches verloren. Wir waren über eine kleine Brücke gefahren, an der Stelle, wo die lange Reihe der Dämme begann. Die vermoderten, locker liegenden Balken verschoben sich unter den Hufen; darum fuhren die Gespanne einzeln und äußerst vorsichtig. Funts ängstliches Zaudern veranlaßte mich zu einer riskanten Umkehr wegen des Munitionswagens. Ich schrie ihn an, er solle sich nicht fürchten, sondern mutig vorangehen. Doch noch ehe ich meine Belehrung beendet hatte, nagelte er mich von oben her mit einem ironischen und triumphierenden Lächeln fest. Die Hinterbeine meines Braunen versanken zwischen den Balken bis an den Bauch.

Er riß sich noch einmal hoch, verzichtete dann aber sofort auf weitere Befreiungsversuche. Ich klopfte ihm beruhigend den Hals, er schnaubte ganz leise, seine Nüstern bebten dabei wie von verhaltenem Weinen. Mit Riemen und Stricken gelang es uns sogar ziemlich schnell, ihn herauszuziehen, aber ich wußte, daß er nicht mehr weiter gehen würde. Auf dem verstaubten Fell bahnte sich das Blut träge dunkle Wege bis hin zu den Hufen. An einem Schenkel war ein Hautdreieck weg, wie ein Stück abgerissener Überzugsstoff; das glatte rosa Fleisch lag frei. Ich sattelte eilig ab. Die Hinterhand war seltsam eingezogen; er zitterte am ganzen Körper, eingeschüchtert und schweigend wie ein hoch fieberndes Kind. Genau wie ein Kind wirkte es auf mich, dieses kleine, zottige Pferd, das hilflos und demütig litt. Es war über alles Erwarten menschenähnlich, so daß ich mir merkwürdig vorkam, als ich ihm in die großen, halbgeschlossenen Augen blickte. Aber ich hatte keine Zeit zum Abschied. Der Tag verlosch mit ungeheuer übertriebenen Farben. Die Sumpfwiesen, die sich als breiter Gürtel vor uns öffneten, dampften in goldenem Licht. Darin neigten sich die Baumschatten schräg gleich gespannten Saiten, wurden immer länger und streiften mit ihren Enden bereits den Rand der kleinen Brücke. Ich schaffte es nur noch, ihm mit dem Handrücken über die warmen, weichen Nüstern zu fahren, ehe Pyrych es mit einem rauhen, aber mitleidigen »Na!« fortführte. Der Schuß, den ich einige Minuten später hörte, klang so leer und schwach, daß ich ihn ebensogut nicht hätte zu hören brauchen oder für den Anprall eines Steins gegen einen morschen Stamm hätte halten können. Das alles war sehr unerfreulich. Sehr. Vielleicht kam daher meine negative Einstellung zu der schmalen, grauen Stute mit dem gänseartig biegsamen Hals. Es war ein Pferd aus dem Troß, ziviler Herkunft und jetzt für alle Fälle frei mitgeführt. Fast erleichtert stellte ich bald fest, daß alle meine Vorurteile nur zu berechtigt waren. Die Stute blähte sich beim Satteln auf, so daß ich mich auf den Dämmen ständig mit einem herabhängenden Sattelgurt und einer rutschenden Decke plagen mußte. Außerdem trippelte sie, biß die Gespannpferde und legte Anzeichen unbestreitbarer Hysterie an den Tag.

Stundenlang trabten wir über die nicht enden wollenden Dämme. Erst im Abendlicht, dann im reglosen, wäßrigen Mondenschein. Die Sümpfe überzogen sich mit einer niedrigen, opalisierenden und dünnen Nebelschicht, die uns bis vor die Füße flutete. Unser Weg wurde zum schmalen Steg durch die weißen Flächen eines riesengroßen Sees. Rundum, bis an die fernen Ränder schwarzer Wälder lag eine lauernde, kühle Stille, in der das Klatschen der Riemen und das Klirren der Ketten nichtig und leer verhallten. Einmal stieg, leichenhaft bläulich im Mondschein, am Horizont die scharfe Linie einer Rakete auf. Ich spürte, wie der Sattel rutschte, zog den Riemen fester, war aus dem Trabrhythmus geraten und fiel im unpassenden Moment auf den mageren Rücken der Stute, womit ich sie zu irritierten und irritierenden Sprüngen veranlaßte. Das wiederholte sich stets aufs neue. Wir konnten uns nicht miteinander abfinden, sie und ich. Ich wußte, sie zahlte mir meine Antipathie mit gleicher Münze heim.

Als ich beim ersten Halt wund und wütend abstieg, um den Sattelgurt festzuziehen, erklärte sie mir offen den Krieg. Kaum hatte ich mich unter ihren Bauch gebückt, drehte sie sich blitzschnell um und biß mich in den Rükken. »Verdammte Hexe!« Ich trat sie zornig in den Bauch. Ausschlagend und besinnungslos wiehernd sprang sie fort und stürzte sich mit den Zähnen auf Kuds Wallach. Dumpfe Peitschenhiebe erklangen, Getrampel und Getöse unterbrachen für eine Weile die Totenstille der Sümpfe. Durch die reglose Batterie ging das Zischen gedämpfter Flüche. Dieser Zwischenfall, der unmittelbar meine Eigenliebe verletzte, prägte unsere wechselseitigen Beziehungen endgültig. Ich war überzeugt, die graue Stute trippele und blähe sich absichtlich auf und treibe alle ihre Faxen aus purer Bosheit.

Dyas döste nur dem Anschein nach die ganze Zeit auf der Protze, er begriff die Situation sehr genau. Bis jetzt hatte er nie meinen braven Braunen besteigen wollen, wie denn erst diese Teufelin! Aber meine wachsende Gereiztheit gab mir das Übergewicht über seine schläfrige Opposition. Als wir die Dämme hinter uns hatten und auf der Chaussee hielten, drang ich mit einer solchen Wut auf den Tausch, daß es mich selbst verwunderte.

Später sah ich, daß er unentwegt auf seinen alten Platz lauerte, und war entschlossen, ihn bis zum Äußersten zu verteidigen.

Nach langen Stunden erschöpfenden Trabs ging die Batterie in Schritt über, der trotz aller Ermahnungen der Funktionsträger immer langsamer wurde. Die Stahlreifen ratterten über ungleichmäßiges Pflaster. Die Protze wurde in kleinen Bewegungen hart geschüttelt. In meinem Kopf klingelte es von diesen metallischen Stößen wie in einem leeren Topf. Gedrückt von der Last des schlafenden Jesiołł konnte ich mich nicht einmal strecken. Alle diese Unbequemlichkeiten schienen mir jedoch ein kleineres Übel als das haßerfüllte Ringen mit der hysterischen Stute.

Die Nacht ging zu Ende; man brauchte nicht die Augen zu öffnen, um sich davon zu überzeugen. Von überall zog durchdringende Kühle herbei, die Leere nutzloser, für den Blick des Menschen nicht bestimmter Stunden. Die Spannung der Flucht war verflogen, geblieben nur das willenlose Mißbehagen der Erschöpfung, der Vorwurf gegen den unweigerlich heraufziehenden Tag, der uns höchstens neue Anstrengungen und neue Enttäuschungen bringen konnte. Zu dieser Tageszeit spürte ich besonders deutlich die Sinnlosigkeit des Krieges und meine eigene Nichtigkeit in dem chaotischen Drama.

Dazu wieder erwacht zu sein, erschien mir wie ein demütigender, gegen meine Schwäche gerichteter Zwang. Unwillig und ohne Erstaunen begrüßte ich die verschwommenen Umrisse großer Bäume, die sich aus dem Dunkel an die Wegränder schlichen. Sie tauchten einzeln auf, in gleichmäßigen Abständen, jeder schwärzer als der vorangehende, jede Silhouette kräftiger und plastischer. Die Trübung wich langsam aus meinen Augen. Sie füllten sich mit grauen, weichen, flirrenden Flecken, die die Konturen der Gegenstände verwischten; aber bald verflüchtigten sie sich wie Rauch, den ein kalter Luftzug verweht. Ringsum dehnte sich die Welt, leergefegt, unbewohnt und unbequem. Bald brach sich das Gerassel unserer Räder als hohles Echo, und beidseits der Chaussee zeigten sich niedrige, seltsam hingekauerte, in schwarze struppige Gebüsche und wilden Wein gehüllte Häuschen.

»Wir sind in Nisko«, hörte ich neben mir Dyas' Stimme. »He, Paweł! Nisko – umsteigen.« Ich schloß die Augen und sagte kein Wort. Eine Weile fluchte und stöhnte er, dann klapperten die Hufe der Stute lebhafter – er war zur Spitze geritten. Als ich aufblickte, fand ich die Szene bereits zurechtgestellt, noch ohne Farben und Leben, aber fertig für Lärm und Geschehen des nächsten Akts. Wir fuhren auf einen geräumigen Platz von unregelmäßiger Form, den verschieden hohe Bauten umgaben. Links dämmerte ein großes Gebäude, das sich im Baumschatten mit einer unsinnig palastartigen Fassade breitmachte. Nahe der Ecke ragte aus dem formlosen Klumpen eines Beets töricht ein spitzer Obelisk empor. Marchewka und Jesiołł erwachten schließlich. Sie gähnten, gaben gedämpfte, zitternde Heultöne von sich, rieben sich die geschwollenen Hände und drehten das schmerzhaft erstarrte Genick nach allen Seiten.

»Das ist Nisko«, stellte Marchewka fest, um unsere Zweifel zu zerstreuen. »Ich kenne es. Das Freiheitsdenkmal ... Uuu ... In dieser Straße rechts wohnt ein prima Mädchen. Gleich kommt der Fluß mit der Brücke.« Wir hielten.

Wieder klingelte der Schritt der Stute in der Nähe. Ich ließ den Kopf sinken und stellte mich schlafend. Sie blieb neben mir stehen und trottete dann unentschlossen weiter zum Munitionswagen. Ich muß jedoch, vom Stillhalten überwältigt, wirklich eingeschlafen sein, denn erst ein heftiges Rütteln riß mich aus der Dunkelheit. Es war nun ganz hell, der glatte Himmel schimmerte in durchsichtigem Rosa. Mein erster, heimlicher Blick ging nach links. Die Stute trippelte neben dem Gespann, aber auf ihr schwankte – Cymbaluk. Am Wege standen kleinere, ländliche Häuser locker verstreut zwischen kleinen Feldern und Gärten. Vor uns spannte sich der Bogen der Brücke. Im Fluß tief unten glänzte die glatte Widerspiegelung der Morgenröte, auf der anderen Seite erhob sich ein sanfter Hang mit gelben Sandflächen und einem noch dämmrigen Wald hoch oben. Wir gingen in Trab über, und gleich füllte sich die Sandschlucht unter uns mit dem Getöse unserer Räder. Die Brücke hatte viele Löcher; sie war an einer Stelle eingedrückt und neigte sich gefährlich. An ihrem Ende sahen wir schon von fern eine weiß-rote Fahne; sie wehte auf hoher Stange neben einer einsamen Kate, deren weiße Wände sich jetzt heller röteten. Auf dem Weg vor der Gartenpforte standen staubige Geländewagen und Motorräder, und auf der Bank vor dem Eingang zum Korridor dösten zwei in Mäntel gehüllte Melder. Als die Spitze unserer Batterie gegenüber dem Häuschen anhielt, sprang einer von ihnen hoch und rannte auf den Weg. Jetzt konnten wir erkennen, daß zahlreiche Drähte und Kabel aus den Fenstern der Kate hingen und sich auf Reihen von schiefen Telefonstangen in verschiedene Richtungen verzweigten.

Nach einer ganzen Weile öffnete sich die Flurtür, und ein dicker, roter, strubbeliger Major in offener Uniformjacke trat heraus. »Welches Regiment?« rief er und humpelte durch den kleinen Vorgarten zur Pforte. Hauptmann Jordan saß ab und ging ihm entgegen. Sie trafen sich am Wegrand. Ohne ein Wort zu verstehen, sahen wir zu, wie der lebhaft gestikulierende, halb angezogene, groteskerweise nur mit einem einzigen weichen Pantoffel beschuhte Vertreter des Stabs dieses Verteidigungsabschnitts unserem Anführer irgendwelche wichtigen Informationen erteilte.

Durch die Batterie lief das Gerücht, unsere Einheit sei als letzte über die Brücke gekommen. Man habe diese gestern unterminiert, und sie werde jetzt jeden Augenblick in die Luft fliegen. Wir warteten horchend auf die Explosion und empfanden die Verzögerung als abträglich für unser Prestige der ›letzten Mohikaner‹.

Mittlerweile zogen auf dem Weg ununterbrochen Versprengte vorüber, keine Truppenteile mehr, sondern ungeordnete Gruppen von Soldaten aller Waffengattungen, stoppelbärtig und schmutzig, auf die seltsamste Weise bewaffnet oder gänzlich ohne Waffen. Unsere Stellung am Waldrand berührte die Chaussee, deshalb sahen wir alles, was darauf vorging. Wir sollten eine richtige Artilleriestellung bauen, aber die Offiziere waren beim Befehlsempfang, und wir warteten tatenlos, erschöpft und hungrig. Anfangs riefen wir den Marodeuren allerlei Fragen zu, auf die sie selten und ungern antworteten. Es war unmöglich, sich aufgrund der Ortsnamen und Regimentszugehörigkeiten, die von ihnen genannt wurden, ein Bild der militärischen Lage zu machen. Es gab unter ihnen auch Verwundete. Diese erregten uns am meisten, doch reagierten sie im allgemeinen nicht auf unsere Rufe. Höchstens fragten sie nach einer Verbandsstelle, und wenn wir sie nicht informieren konnten, warfen sie uns bittere Blicke zu, bissen die Zähne aufeinander und schleppten sich weiter. Der klägliche Reigen dieser Abgerissenen wurde für Marchewka zum komischen Schauspiel. An die Wurzeln einer aus der Erde gerissenen Kiefer gelehnt, suchte er unter ihnen nach Opfern für seine nicht eben wählerischen Anpöbelungen. Das war eine Kunst um der Kunst willen, denn niemand beachtete ihn.

Ich nutzte den Augenblick der Entspannung, nahm die graue Stute und ging tiefer in den Wald zu Hauptwachtmeister Misiąg, der sich um die Reservepferde kümmerte. Nach langem Handeln gelang es mir, sie gegen einen großen braunen Wallach umzutauschen, dessen Brust von den Strängen abgescheuert war, ein starkes und langbeiniges Tier mit einem schönen kleinen Kopf. Misiąg machte große Umstände; er behauptete, es sei ein ungarisches Rassepferd, und ermahnte mich mürrisch, es nicht zugrunde zu richten. Dicht neben den wenigen geretteten Munitionswagen und der provisorischen Haltestange hatte zusammengewürfeltes Militär sein Biwak aufgeschlagen. In der Hauptsache waren es Infanteristen, doch fehlten auch Vertreter anderer Waffengattungen, ja sogar Zivilisten nicht. Man hatte sie von der Chaussee herbeigetrieben, anscheinend um eine neue Einheit aufzustellen. Sie saßen ungeordnet unter den Bäumen, schüttelten Steinchen aus ihren Schuhen und wikkelten sich ihre Fußlappen neu. Ein paar Offiziere trieben sich zwischen ihnen umher und machten sich Notizen. Ich zäumte mein neues Reitpferd und wollte gerade zu meiner Gruppe zurückkehren, als Barański auf mich zukam. Bei der Befehlsausgabe für die Offiziere hatte man den Entschluß gefaßt, die Batterie zu reorganisieren. Nicht nur unser Zug war unvollständig. Neue Fälle von Desertion, neue Lücken waren festgestellt worden. Jetzt bot sich die Gelegenheit, alles auf den normalen Stand zu bringen. Leute gab es genug. Viele Versprengte und Zivilisten meldeten sich freiwillig und baten um Zuweisung. Jesiołł sollte als Gruppenführer zur 6. Gruppe gehen, und wir bekamen drei Männer, die sofort eingewiesen werden mußten. Am besten sollte ich sie gleich in die Stellung bringen.

Die drei Männer, die Barański mir bald darauf zuteilte, waren Zivilisten aus Oberschlesien und machten schon beim ersten Hinschauen den Eindruck einer untereinander vertrauten Gruppe. Es stellte sich bald heraus, daß sie Schwäger waren, obwohl zwei aus Karwina und einer aus Kattowitz stammten. Der dicke Sławik war Steiger, der ungeschlachte Galosz mit seinen dichten, schwarzen Bartstoppeln Kirchendiener und hatte, wie er sofort aussagte, infolge seiner Rückgratverkrümmung nie beim Militär gedient. Den dritten Schwager kannte ich von irgendwoher. Sein asketisches Gesicht und die starken Brauen waren meinem Gedächtnis nicht fremd, nur das schwarze Spitzbärtchen kam mir deplaciert vor. »Dr. Kurek«, stellte er sich höflich vor.

Natürlich! Er war einmal mein Truppführer bei den Pfadfindern gewesen. Auch er erkannte mich und teilte mir gerade seine Freude über diese Begegnung mit, als Redycz zwischen den Bäumen auftauchte. »Herr Barański«, rief er, »Sie sollen einen Doktor in den Zug bekommen haben. Ist das ein richtiger Doktor oder ein Veterinär?«

Kurek ging steif auf Redycz zu und verneigte sich würdevoll vor ihm.

»Ich bin Doktor der Rechte, Herr Oberleutnant«, sagte er.

»O verdammt!« fluchte Redycz. »Und ich dachte, Sie könnten zu was nütze sein.« Dann zu Barański: »Was machen Sie mit einem Doktor der Rechte?«

»Ich wollte ihn zur Geschützbedienung einteilen«, antwortete Barański unsicher.

»Dafür ist er zu klug«, fauchte Redycz, »für das Geschütz braucht man Kerle mit dicken Eiern.«

Der arme Dr. Kurek hörte sich diesen Wortwechsel aufmerksam an. Mehrfach öffnete er den Mund zu einem Protest, dann wieder warf er mir verärgerte und fragende Blicke zu. Doch Redycz ließ ihn nicht zu Wort kommen.

»Keine Sorge, Doktor«, sagte er, »es findet sich schon eine Beschäftigung für Sie, die genau zu Ihrer Ausbildung paßt. Und Ihnen, Herr Fähnrich, gebe ich noch jemand, denn Cymbaluk kommt zum Batterietrupp. Bleiben Sie noch einen Augenblick hier. Oh, ein neues Pferd? Zu gut für einen Reservisten. Aber meinetwegen, nur lassen Sie es nicht hungern.«

Er entfernte sich schnell in Richtung auf die Chaussee und schlug unterwegs mit seinem Ochsenziemer gegen die Baumstämme.

»Der ist scharf«, sagte Sławik verängstigt.

»Nicht so schlimm, wie es scheint«, beruhigte ich ihn. »Halten Sie mal mein Pferd.« Ich gab ihm die Zügel, die er mißtrauisch mit den Fingerspitzen faßte, und setzte mich unter eine dicke Kiefer in das von der Morgensonne schon angewärmte Heidekraut. Ein paar Schritte entfernt bei den Haltestangen aus Schnüren säuberten Troßmänner die abgezehrten Klepper. Sie klopften ihre Striegel an den Bäumen aus, es klang ähnlich wie das Hämmern der Spechte. Plötzlich sprang ich auf und ging zu ihnen. »Spyćko!« Der Soldat richtete sich hoch und lehnte seinen Rücken gegen die magere Hinterhand eines haarenden Grauschimmels. Seine Augen, zwei schmale Spalten, glänzten in Resignation und Leiden unter gelb geschwollenen Lidern.

»Was tun Sie hier?«

»Ich bin bei dem Paar vom Munitionswagen geblieben«, antwortete Spyćko.

»Hat niemand Ihre Augen untersucht?«

.»Der Hauptfeldwebel hat mir gesagt, das kommt vom Wasser«, stotterte der Kanonier.

»Was weiß der schon«, rief ich, weil ich meinen Zorn nicht beherrschen konnte. »Man hätte...« Ich biß mir auf die Zunge. Was hätte man? Solche gesunden Kerle wie Piontek wählten straflos und ohne jeden Skrupel ihren eigenen Weg. Wenn dieser Arme sich statt ihrer verdrückt hätte? Aber auch dann hätte er nicht für sich sorgen können. Solange er hier war, hatte seine stumpfe Passivität mindestens den Anschein der Pflichterfüllung. Und ich hatte nicht das Recht, ihn in Versuchung zu führen. »Bei den anderen Einheiten gibt es bestimmt Ärzte«, sagte ich. »Wir werden hier länger stehen. Bitten Sie, daß man Sie hinschickt.«

Er murmelte sein stereotypes ›Jawohl‹ und machte sich wieder ans Striegeln seines Pferdes.

Inzwischen kehrte Redycz von der Chaussee zurück und brachte einen Infanteristen mit, der eine längliche Kiste auf der Schulter trug. »Ich habe bei den Marodeuren was Feines ergattert«, sagte er. »Eine Panzerbüchse 38. War noch überhaupt nicht in Gebrauch. Mobilmachungsgeheimnis. Stell das ab, Bruder.« Er hob den bereits losgemachten Dekkel ab. »Leider keine Gebrauchsanweisung«, fuhr er fort. »Die Schlaumeier haben sie woanders eingepackt, damit niemand zu früh Bescheid weiß. Wir müssen selbst kombinieren.« Aus Werg und eingefettetem Papier wickelte er einen merkwürdigen Karabiner mit sehr langem Lauf und komplizierter Zielvorrichtung. »Na gut. Nehmen Sie noch den Schützen Cwalina in Ihre Gruppe.« Er wies mit der Hand auf den Infanteristen. »Der war Munitionsträger beim SMG und wird Ihnen mehr helfen als der Doktor der Rechte.«

Die Schwäger waren bedrückt, weil sie getrennt wurden. Doch kaum hatten wir angefangen, die Artilleriestellung zu bauen, erschien Dr. Kurek bei uns. Auf seinem Bauch baumelte eine große Ledertasche, in der Hand hielt er fächerförmig geordnete grüne Karten. »Postdirektor bin ich geworden«, sagte er mit verlegenem Lächeln. »Und Briefkasten zugleich.« Dabei klopfte er mit der flachen Hand auf die Tasche. »Wer Lust hat, an seine Frau oder Verlobte zu schreiben, her zu mir. Ich nehme auch Geldüberweisungen, Telegramme und Pakete an.«

»Darf man wirklich schreiben?« fragten die Soldaten mißtrauisch.

»Man darf und muß. In zwei Stunden fährt der Kurier nach Sandomierz. Dort funktioniert alles normal. Die Post geht jetzt täglich ab.«

Wir wählten eine geräumige halbkreisförmige Grube am Waldrand. Dyas maß pedantisch mit einer Schnur die Schanze und die Gräben aus. Für die Bedienung sollten Unterstände gebaut werden, alles wies darauf hin, daß wir hier Wurzeln schlagen würden. Über das Vorfeld zogen sich bis zum Fluß, den man von hier aus nicht sehen konnte, weite, abfallende Kartoffeläcker. Die Stellungen waren gut, sie beherrschten das ganze Tal und die Furt. Zu beiden Seiten entstanden ähnliche. Auf den Spaten gestützt, beobachtete ich innerlich bewegt den Kiefernwald und sah mit dem Auge der Phantasie bereits die von Granaten zerfetzten, spitz zum rauchverhangenen Himmel aufragenden Baumstümpfe. In die Erde gewühlt, würden wir hartnäckig aushalten und vielleicht nach vielen Tagen wieder nach Westen aufbrechen. In den Geschichtslehrbüchern würde man dann die trockenen, mit Angriffsdaten und Regimentsnummern gespickten Beschreibungen der Kämpfe am San lesen, die den Umschwung in diesem Krieg bewirkt hatten. Und wenn ein Mensch diese Zeiten erlebt hat, werden die Worte für ihn nicht leere Klänge sein. Sie werden die Glut der Septemberhitze enthalten, den Duft des Nadelwaldes, den Schmerz erschöpfter Schultern und die Ledertasche des bärtigen Dr. Kurek. Schon war ich begierig auf diese satte, reiche Zukunft, in deren strengem Licht sogar unsere bisherige Flucht ihre sachliche Erklärung fände.

Inzwischen herrschte auf der Chaussee wahnwitziger Verkehr. Laut ratternd fuhren jetzt große Gutswagen vorbei, randvoll beladen mit aller möglichen Habe. Hinter ihnen wurden Herden von Kühen, Pferden und Schafen getrieben. Neben steifen Kutschern saßen steife, bärtige Gutsherren. Ihre dicken Frauen drückten Handtaschen an die Brust oder aber ihre geliebten Schoßhündchen. Braungebrannte, kernige Gutsfräulein, frisch vom Klavier und Tennisplatz kommend, wandten uns ihre vom Abenteuer erheiterten Gesichter zu und winkten auffordernd. Sie sahen sich ähnlich wie Schwestern, trugen, nachlässig und distinguiert frisiert, eine Außenrolle und wirkten jungenhaft elastisch. Marchewka formte die Hände vor dem Mund zum Trichter und forderte sie auf, bei uns zu bleiben, doch in dem allgemeinen Durcheinander hörten sie das nicht.

Erst nach der Mittagszeit endete dieser Reigen. Dann hörten wir von der Brücke her eine dumpfe Explosion. Bald darauf versiegte die Flut, der weiße Belag der Chaussee wurde sichtbar. In dem Bewußtsein, daß jene Explosion das Signal für echte Kriegshandlungen sei, beendeten wir eilig das Tarnen. Zur Bestätigung unserer Vorahnungen erschienen Flugzeuge am hellen Himmel. Auf der anderen Seite der Straße feuerte unsere Flak. Im blassen Blau erblühten weiße Rauchwölkchen, immer neue, einmal niedriger, dann wieder mal höher, im allgemeinen weit entfernt von den ruhig gleitenden Maschinen. Plötzlich tauchte eine von ihnen weg, glänzte auf wie eine Plötze im durchsichtigen Wasser und beschrieb zwei Windungen. Aus ihrem Schwanz spritzte ein länger werdender schwarzer Rauchstreifen.

»Treffer, Treffer!« riefen wir, vollführten Luftsprünge und klopften einander auf die Schultern wie Pennäler bei einem Fußballspiel. Ungeschickt torkelnd fiel das Flugzeug hinter dem Wald herab. Unterwegs verlor es irgendein glänzendes Teilstück, das zu Boden stürzte und die Form eines dunklen Brettchens annahm. Bei der nächsten Drehung der kreuzförmigen Silhouette fehlte ein Arm. Sie bebte, stürzte dem abgerissenen Flügel schräg nach und durchschnitt den Horizont mit graubraunem Strich.

Das Ergebnis erfüllte uns mit so viel Optimismus und Vertrauen, daß wir nicht einmal über den uns quälenden Hunger klagten. Seit dem Morgen lebten wir von der Reserveportion Brot aus Dzikowiec und von Blaubeeren. Wir wußten, daß unsere Feldküche zusammen mit dem Troß auf der anderen Seite des San geblieben war, aber Barański hatte uns gesagt, wir bekämen eine neue von dem Infanteriebataillon, das wir unterstützten. Anscheinend kam das jedoch nicht voran, denn abends erhielten wir die Erlaubnis, auf den Feldern Kartoffeln aufzulesen und sie uns in den Gruppen zu kochen. Wir hatten nicht einmal Salz, um uns dieses Abendessen zu würzen; dennoch verzehrten wir es bei guter Stimmung, voller Hoffnung für die Zukunft.

In dieser Nacht entfiel glücklicherweise auf mich die erste Wache. Ich mußte vor allem auf Raketen achten, denn die am Fluß liegende Infanterie konnte jeden Augenblick von uns Feuerschutz anfordern. Der Mond war ziemlich groß, und in seinem Licht warf der Wald dichte, rußschwarze Schatten über unsere Stellung. In meinen Mantel gehüllt, spazierte ich am Feldrand hin und her, sah mir die Sterne an und lauschte dem unregelmäßigen Schnarchen, das von den Geschützen herüberhallte. Dicht neben dem Graben unserer Geschützbedienung lagen in einer mit Zweigen zugedeckten Vertiefung die beiden Abiturienten, denen Redycz die prächtige Panzerbüchse 38 anvertraut hatte. Sie besaßen nur fünf Geschosse, gierten aber nach Panzern und hatten mich extra gebeten, sie im Falle eines Falles zu wecken. Ich glaubte nicht sehr an diese Notwendigkeit. Ruhe überkam mich, als spürte ich nach langer Wanderung endlich im Rücken eine solide Hauswand. Bei der Nachbargruppe hielt der aktive Soldat Ruppenthal Wache. Ich traf ihn alle paar Minuten. Wir tauschten mit gedämpfter Stimme kurze Bemerkungen über die schöne Nacht aus und entfernten uns wieder mit gleichmäßigen Schritten in verschiedene Richtungen. Ruppenthal war ein ganz junger Bursche. Er galt in der Batterie als Haudegen und wollte Berufssoldat werden.

»Schlimm ist nur, daß ich von deutschen Kolonisten abstamme«, sagte er, als unsere Wege sich zum wer weiß wievielten Mal trafen. »Daß ich keine höhere Schulbildung habe, ist ja wohl im Krieg nicht so wichtig?« fragte er mich. Und als ich etwas Undeutliches vor mich hinmurmelte, »Stimmt es, daß man im Krieg ohne Abitur und Fähnrichschule Offizier werden kann?«

Ich versicherte ihm, es sei bestimmt so, der Krieg sei doch der beste Prüfstein für praktische Erfahrungen. Viele von unseren höheren Offizieren, ja sogar von unseren Generälen hätten nie ein Abiturzeugnis in der Hand gehabt. Diese Mitteilungen trösteten ihn sehr. »Das heißt, im Kriege gibt es mehr Gerechtigkeit als in Friedenszeiten«, sagte er. »Im Kriege sieht man gleich, ob einer ein Kerl mit dicken Eiern ist oder ein Schlappschwanz. Im Frieden gibt das keiner zu. Der Bruder unseres Hauptwachtmeisters Misiąg zum Beispiel ist Oberst im Stab, weil er die Schulen beendet hat, und er selber ist seit zwanzig Jahren Hauptwachtmeister, obwohl er den *Virtuti Militari* besitzt. Ich würde auf einen solchen Orden pfeifen, wenn ich bis zum Lebensende keine Sterne bekäme.«

Ich tröstete ihn damit, daß er ja nach dem Kriege sein Abitur machen könne. Doch der Kanonier Ruppenthal war der Ansicht, dann sei es schade um die Zeit.

Um diese These zu stützen, fehlte es ihm nicht an Beispielen. Der Lehrer in seinem Dorf sei zwar ein gebildeter Mann, dennoch verachteten ihn alle, selbst das dümmste Kind lache über ihn, und er klage ständig über sein schlechtes Gehalt. Der Schulze brauche keine Schulen vorzuweisen – er sei Legionär gewesen, das genüge. Der Starost sei auch Legionär und der Oberförster ebenfalls.

Ruppenthal beobachtete genau. Man konnte ihm die Schlüsse nicht übelnehmen, die er aus dem zog, was er sah. Nach seiner Meinung führte der Weg zu allen Erfolgen über das Militär. Doch war auf diesem Wege ein Hindernis errichtet worden. Sicher, weil der Vorrat an Legionären langsam zu Ende ging und man sich eine neue Vorbedingung ausdenken mußte. So verstand Ruppenthal den Sinn des Abiturs. Sein objektiver Wert interessierte ihn nicht. Nur als Stufe zur Karriere interessierte es ihn. Jetzt blickte er hoffnungsvoll in die Zukunft. Wieder tat sich eine gute Aussicht für ›Kerle mit dicken Eiern‹ auf, zu denen sich der junge Kanonier nicht ohne Grund zählte.

Am blassen Himmel zeigte sich keine einzige Rakete, und kein noch so ferner Schuß trübte die Stille.

»Na, dann ist unsere Wache zu Ende«, sagte etwas später Ruppenthal, als wir uns wieder trafen. »Ich wünsche Ihnen eine gute Nacht, Herr Fähnrich.«

Ich weckte Cwalina und legte mich dann in eine Vertiefung hinter der Stellung, in die ich noch am Tage eine Garbe Stroh von den Protzen herübergeschleppt hatte. Doch trotz der Bequemlichkeit konnte ich nicht einschlafen. Erst störte mich das Schnarchen der Kameraden, dann kam es mir vor, als ob jemand tiefer im Wald mit monotoner, leiser Stimme redete. Natürlich war das Unsinn, also zog ich mir die Decke über den Kopf, kniff die Augen zu und wartete darauf, daß die angenehme Wärme sich zum Schlaf verdichtete. Doch die imaginäre Stimme murmelte unaufhörlich, dann wurde sie zu Musik, die zwar leise war wie ein Atemzug, aber in der taufeuchten Luft doch rein erklang. Ich deckte mich ab, setzte mich und spitzte die Ohren. Nein, das war keine Einbildung. Ganz deutlich hörte ich Musik. Ich konnte sogar erkennen, was gespielt wurde. Die Marseillaise. Ich stand auf und ging durch die von blassem Mondlicht durchwebte Dunkelheit auf die Klänge zu. Manchmal glaubte ich, sie seien verstummt, manchmal, sie ertönten ganz in der Nähe. Ich stolperte über Beine. Jemand stöhnte und fluchte gedämpft im Schlaf. Die Musik verwandelte sich wieder in eine Stimme. Jetzt vernahm ich klar die eilige, elegante Kadenz französischer Rede. Ich blieb reglos stehen und schaute mich aufmerksam um. Die Stimme schien aus der Erde zu kommen. In der halblauten Rede wiederholten sich hartnäckig die Wörter *la ligne Maginot* und *drôle de guerre*. Plötzlich bemerkte ich unten im dunklen Blaubeer- und Heidekrautgestrüpp nur wenige Schritte weiter rechts eine schwache, bläuliche Helligkeit. Ich war an der Quelle. In der tiefen Höhle eines umgestürzten Baumes, unter der schrägen Decke des mit Steinen und trockenem Lehm durchsetzten Wurzelwerks beugten sich die kräftigen Schultern und Köpfe zweier Menschen konzentriert über ein bebendes Lichtchen. Sie hatten Kopfhörer auf den Ohren, ein weiteres Paar lag auf der Kiste mit dem Feldempfänger. Der Empfang war so gut, daß die Töne aus den Kopfhörer herausdrangen wie aus einem gedämpften Lautsprecher. Ich erkannte Redycz' Nacken und seine harten, lockigen Haare. Der zweite hob sein Gesicht in meine Richtung, als ich auf ein trockenes Ästchen trat. Es war Hauptmann Jordan.

»Wer da?« fragte er und richtete seinen Blick auf die Dunkelheit neben mir.

»Fähnrich Strączyński, Herr Hauptmann. Wache soeben übergeben.«

»Können Sie außer deutsch noch eine Sprache?«

»Französisch und englisch.«

Ohne ein Wort schoben sich die Offiziere auseinander und machten mir Platz. Ich setzte mir den freien Kopfhörer auf. Der redegewandte Franzose erzählte begeistert von einer Tournée des Ensembles der *Comédie Française* zu den Befestigungsanlagen der Maginot-Linie. Für die Soldaten sei das eine ungewöhnlich angenehme Abwechslung in ihrem derzeitigen Leben. Vor allem Molière sei enthusiastisch aufgenommen worden.

»Der Schlag soll sie treffen, die Lumpen«, sagte Redycz wütend und manipulierte an den Knöpfen des Apparats. Pfeifen und Krächzen ertönte und dann das eilige, zerhackte Zwitschern des Morsealphabets.

Redycz übersprang das ungeduldig, ebenso das feierliche

Rauschen einer Symphonie. »*According to the German press, the Polish government left Warsaw*«, sagte eine matte, tiefe Stimme. Hauptmann Jordan schaute mich fragend an. Die Stimme verlor sich im ruhigen Largo der Streichinstrumente, aber Redycz fand sie wieder und hielt sie mit einigen feinen Fingerbewegungen fest.

»*...in the region of Kutno the big defensive battle is being fought stubbornly further. Today the Poles continued successful counter-attacks against the German armoured divisions. The spirit of the Polish army...*« Die Stimme wurde schwächer; das ersterbende Flüstern verhallte in der Nachtstille. Ich übersetzte den Offizieren das Gehörte.

»Sagt er, bei Kutno kriegten die Schwaben Senge?« fragte Redycz. »Aber das mit der Regierung ist Unsinn, ist deutsche Propaganda, sonst nichts. Versuche mal, Warschau zu kriegen.«

Mit großer Spannung warteten wir auf Warschau. Doch aus den Kopfhörern knatterte es nur oder gurgelten abgerissene Sätze in den unterschiedlichsten Fremdsprachen. Dann hörte man gleichmäßiges Stampfen, als schritten Hunderte von Nagelstiefeln im Rhythmus des Parademarsches. Rund um diesen Rhythmus herrschte matter, erregter Lärm, hallten einzelne, leer klingende Rufe. Dann wurde alles übertönt von ingrimmigem, düsterem, aggressivem Trommelschlag.

»*Ja, das sollten Sie sehen*«, sagte unverhofft ein Sprecher, und Lärmen, Stampfen und Trommeln traten sofort zurück. »*Lodz mit Hakenkreuzfahnen geschmückt!*« In seinen Worten schwang der ekstatische Tonfall des Triumphs. »*Die volksdeutsche Jugend begrüßt unsere tapferen Soldaten...*« Jetzt wurde die Stimme gedämpft, der Straßenlärm flutete stürmisch und heiser heran. Aus dem Durcheinander formte sich ein neuer Rhythmus, das durchdringende Bellen eines im Chor skandierten Schreis: »*Wir-dan-ken-un-srem-Füh-rer! Wir-dan-ken...*«

Jordan bewegte sich unruhig. »Was ist das, Herr Fähnrich?«

»Die Deutschen marschieren in Lodz ein.«

»Unmöglich!« rief Redycz. »Das ist ein verdammter Betrug!« Er drehte wütend am Ausschaltknopf. »Wir müssen unbedingt Warschau kriegen.« Durch neue Pfeif-, Schnarr- und Zwitschertöne drängte sich für einen Augenblick glokkenhaft rein eine Phrase aus einer Mazurka von Chopin. Redycz schnaubte verächtlich. Aber Hauptmann Jordan legte ihm leicht die Hand auf die Schulter. »Warten Sie«, sagte er, »lassen Sie uns das hören.«

Das über Lodz erzählte ich niemandem und tat gut daran, denn am nächsten Tag kam Redycz extra in meine Gruppe, um mir zu sagen, London habe diesen Betrug demaskiert. Angeblich sei es eine Platte vom Einmarsch in das Sudetenland gewesen, die man mit entsprechendem Kommentar abgespielt habe, um den polnischen Widerstandswillen zu schwächen. Soviel ich wußte, sprach weder Redycz noch sonst jemand in der Batterie englisch. Ich weiß daher nicht, auf welche Weise die Sendung verstanden worden war. Auf jeden Fall war es eine tröstliche Nachricht, obwohl ich zugeben muß, daß das gestern Gehörte mich sehr besorgte und beunruhigte.

Trotzdem ließ die in unserer Stellung herrschende optimistische Stimmung wieder nach, weil man uns befahl, den Abmarsch vorzubereiten. Wir rissen also die so fleißig eingegrabenen Faschinen heraus, warfen die Tarnung ab und machten die Geschütze fertig für den Weg.

Gegen zehn Uhr zeigte sich wieder Leben auf der Straße. Aus ihren Vorposten am Fluß zogen Infanterie-Kompanien heran und wirbelten viel Staub auf, Motorradfahrer rasten vorüber, von den Waldwegen rollten lange Troßkolonnen auf die Chaussee. Die legendäre Infanterieküche bereitete ein reichhaltiges Frühstück, und jeder faßte noch ein halbes

Kommißbrot, das ich auf sträflich leichtsinnige Weise bald veräußerte. Ein Schütze schlug mir einen Tausch vor: eine Flasche Rotwein gegen die Portion Schwarzbrot. Ich willigte in der Hoffnung ein, wir würden uns von der Küche des befreundeten Bataillons nicht mehr trennen. Doch stellte sich der Wein als sehr schwache Mischung mit drei Vierteln Wasser heraus, und Dyas und Marchewka, die ich voller Stolz bewirtete, entschieden einmütig, es handle sich um einen ekelhaften Krätzer.

Lange standen wir auf der Stelle und warteten, bis sich die Stauung aufgelöst hatte, die infolge von Kompetenzschwierigkeiten bei unserer vorläufigen Führung entstanden war. Um mir die Langeweile zu vertreiben, besuchte ich Jesiołł in seiner neuen Gruppe. Gemeinsam sahen wir uns die temperamentvollen Szenen an, die sich auf der Chaussee abspielten. Ein Major der Infanterie mit apoplektisch hochrotem Gesicht versuchte, in dem unbeschreibbaren Wirrwarr Ordnung zu stiften. Seine Stimme übertönte den Marschtritt, das Quietschen der Räder und den Lärm der Troßsoldaten, doch eine Folge seiner Aktivität war nicht zu erkennen. Wir hatten ihn gerade vor uns. Er ballte die Fäuste und lief mit den kleinen Schritten seiner kurzen Beine auf einen Fahrer zu, der sich zwischen den zweirädrigen SMG-Wagen hindurchdrängeln wollte.

»Was?! Wie fährst du denn, du trübe Tasse?« brüllte er. »Wo fährst du lang, du Sohn des unbekannten Soldaten?«

Der Fahrer, ein düsterer Bauer mit blassem, bärtigem Gesicht und zornig zusammengekniffenen Augen, trieb hartnäckig seine Pferde an, biß sich auf die Lippen und tat so, als hörte er das Geschrei des Offiziers nicht.

»Halt, du sturer Bock!« rief der Major. »Hörst du nicht, daß ich mit dir rede?«

»Was wollen Sie von mir, Herr Major?« entgegnete der Troßfahrer. »Ich habe meinen Befehl, ich muß aufschließen.«

Der Major faßte ihm in die Zügel und riß die Pferde zurück, die scheuten und sich aufbäumten. »Das ist ein Befehl, verstehst du? Aufsässiger Lümmel, zum Teufel!«

»Von wegen Lümmel!« schrie der Soldat. »Selber einer.«

»Was hast du gesagt, du Hurensohn? Ich werd's dir zeigen, ich werd'...« Er ließ die Zügel los und öffnete mit zitternder Hand die auf seinem Hintern hängende Pistolentasche.

»Los, hüh, meine Kleinen!« rief der Fahrer und knallte mit der Peitsche.

Rundum hatte sich eine größere Menge von Zuschauern eingefunden, die den Verkehr zusätzlich behinderte. Der Major verfiel in Raserei. Er hörte auf, sich mit dem Schloß der Revolvertasche abzuquälen, sprang auf den Wagen zu und versuchte, dem wütenden Soldaten die Peitsche zu entwinden. Sie rangen eine Weile, schließlich befreite der Fahrer seine Peitsche aus der Hand des Angreifers und warf mit dem Stiel dessen Mütze in den Staub des Weges. Der Offizier bückte sich nach ihr, und als er sich mit einem wütenden Sprung wieder aufrichtete, glänzte in seiner Faust matt der Revolver. Kazeks Finger gruben sich in meine Schulter. Wir hielten beide den Atem an. Doch zwischen den SMG-Karren tat sich gerade eine Lücke auf, und der Wagen rollte rasselnd hinein. Der Major rannte hinterher. »Ich knall' dich ab, ich knall' dich ab, du Lump!« rief er mit dünner, überkippender Stimme. Doch er schoß nicht, sondern fluchte nur und drohte mit seinem Revolver eine ganze Weile, um dann verschwitzt, die Mütze in die Stirn gezogen, in der Menge zu verschwinden, während die vorbeimarschierenden Infanteristen spöttisch lachten.

Kazek ließ meine Schulter los und spuckte vor Wut aus. »Idiot, Kretin, Vieh!« sagte er. »Aber er hätte ihn erschießen müssen! Wo es schon so weit gekommen war... Blödmann! Ich schäme mich um seinetwillen, verdammt!«

Gegen Mittag kam Funt mit geheimnisvoller Miene zu mir geritten und öffnete eine seiner Satteltaschen. »Heute mittag gibt's Eier«, sagte er. »Mögen Sie Eier, Herr Fähnrich?«

»Ich kann Ihnen einige abkaufen«, sagte ich und versuchte, mich zu erinnern, wieviel Kleingeld ich noch im Portemonnaie hatte.

»Nicht so gräflich, Herr Fähnrich!« Funt lachte. »Hab' ich amtlich gekauft.«

»Was heißt amtlich?«

»Wissen Sie nicht? Hab' Quittung gegeben.«

»Aber die Leute kriegen doch keinen Groschen für Ihre Quittung.«

Funt warf mir einen mitleidigen Blick zu. »Versteht sich«, stimmte er zu. »Das wissen die genau, daß sie nichts kriegen, aber sie tun sich freuen, daß im Krieg Ordnung herrscht.«

Ich diskutierte nicht mehr mit ihm, weil ich hungrig war und im Brotbeutel nur noch die Flasche mit dem Rest des unseligen Weines hatte. Wir fuhren die ganze Zeit durch den Wald. Zum Füttern aber hielten wir an seinem Rand, wo sich eine riesige Lichtung mit welligen Sanddünen öffnete, auf denen armseliges Gras wuchs. Die gepflasterte Chaussee war schon längst in einen breiten, von vielen hundert Rädern und vielen tausend Schuhen und Hufen aufgerissenen Landweg übergegangen. Wir machten neben dem Weg im Schatten weniger Kiefern halt. Vor uns zogen in ununterbrochener Reihe verschiedene Truppenteile durch den dichten, in der Hitze bebenden Staub. In einiger Entfernung auf den Sanddünen lagerten andere Einheiten, aber auch einige Gruppen Zivilisten.

Funt mußte einen tüchtigen Vorrat an Eiern ergattert haben und dazu noch Speck, denn er bedachte die ganze Gruppe mit einer reichlichen Portion Rührei. Irgendwo im Gebüsch hatte er es insgeheim und geschickt gebraten, ohne dabei die Pflichten eines Munitionswagenführers zu vernachlässigen.

»Halten Sie sich an mich, Herr Fähnrich«, sagte er, als wir die Sattelgurte vor dem Abmarsch festzogen. »Bei Funt werden Sie nicht zugrunde gehen, das ist mal sicher.« Er war ungeheuer selbstzufrieden, Energie und Verlangen nach neuen Taten sprengten ihn. Ehe wir wieder abrückten, verkrümelte er sich irgendwohin. Ich hatte den Verdacht, er sei zu weiteren ›amtlichen‹ Einkäufen abgezogen, obwohl in der ganzen Umgebung kein einziges Haus zu erkennen war. Doch bald darauf sah ich ihn über die Lichtung auf die Kolonne zugaloppieren. Er hüpfte und bewegte die Ellbogen wie ein sattellos reitender Knecht, seine abstehenden Ohren leuchteten rot. Schon von weitem bemerkte ich, daß er lachend seine langen einzelnen Zähne zeigte.

»Ein Ding, ein tolles Ding!« rief er und holte die Gruppen ein. »Dort sitzt wer, der bei mir in der Kneipe über dem Schanktisch hing. Ich hab' 'ne Kneipe in Kołomyja«, fügte er erläuternd hinzu. Und weil er sah, daß ich immer noch nicht begriff, was er meinte, wies er mit der Hand auf eine ferne Baumgruppe, die links vom Wege einsam aufragte. In ihrem Schatten fand etwas wie ein Festtags-Picknick statt. Zwischen den Kiefernstämmen glänzte ein großes, schwarzes Auto. Daneben im Gras lagerten auf einer ausgebreiteten Decke einige ziemlich unvollständig bekleidete Personen, soweit sich das aus der Entfernung erkennen ließ. Hell leuchtete das Weiß der Servietten, und die Sonne entfachte glitzernde Funken im Glas der Flaschen. Auch drangen undeutliche Laute herüber, die kläglichen Reste einer vom Grammophon zerkauten Musik.

»Da, der, von dem man nur die Füße mit den grünen Socken sieht«, Funt zeigte in freudiger Erregung auf ihn. »Der Kerl hing bei mir überm Schanktisch, so wahr ich Gott liebe. Sie glauben mir nicht? Ich bin extra hingeritten, um mir das Auto anzusehen, und hab' ihn gleich erkannt. Sogar gegrüßt hab' ich ihn, weil er 'ne Regierungsperson ist. Und er hat mir mit der Hand zugewinkt.«

»Vielleicht Präsident Mościcki«, warf Marchewka interessiert ein.

»Nein, der da hat keinen Schnurrbart«, entgegnete Funt. »Was weiß ich? Vielleicht Pieracki?«

»Quatsch. Den Pieracki haben sie schon längst abgemurkst.«

»Na, dann 'n andrer. Ich kenn' mich da nicht so aus. Mir hat der Kommissar befohlen, verschiedene Bilder aufzuhängen. Mal den, mal 'n andern. Ich hab' sie aufgehängt, aber von der Politik versteh' ich nichts. Meine Brüder, die wüßten was. Einer ist beim Bund, einer bei den Chaluzim, einer beim Ozon, und einer – Nuhym – ist Kantor in der Synagoge, aber auch sehr politisch. Mich kümmert das nicht. Zu mir kamen Polen, Juden und Ukrainer, ich bin mit allen gut ausgekommen. Aber ich möcht' wissen, was das für einer ist. Reiten Sie mit mir hin, Herr Fähnrich?« schlug er vor. »Wir sind im Nu zurück.«

Doch lag die würdige Idylle schon ein ganzes Stück Weg hinter uns, und Sträucher hatten die grünen Socken verdeckt.

»Keine Lust«, antwortete ich. »Was zum Teufel habe ich davon?«

Endlich traten die Wälder zurück und umrahmten nur noch in der Ferne den Horizont. Die Sonne stand schon tief, sie war vorzeitig rot geworden hinter dem Vorhang schwerer Rauchschwaden. Zur Linken brannte der Wald, soweit das Auge reichte, aber man sah kein Feuer, grauer Dunst nur spann sich in waagerechten Schichten und verschmierte schmutzig den blassen Himmel. Vor uns entfaltete sich eine weite, flache, sandige und unfruchtbare Gegend, hier und da durchsetzt von Gruppen ärmlicher Katen und kümmerlichen, in der Hitze grau gewordenen Kartoffelfeldern. Wie Nebel lag über der gesamten Ebene eine Staubdecke, die von dem stundenlang andauernden Truppendurchzug stammte. Der nicht durch Gräben begrenzte Weg verlor sich vollends. Die Abteilungen flossen in breiter Welle dahin und zertrampelten die Äcker, Banden von Marodeuren und Zivilisten begleiteten als formlose Masse zu beiden Seiten den eigentlichen Strom.

Wir führten die Pferde am Zügel, weil sie ohnehin nur mit äußerster Anstrengung durch den tiefen Sand wateten. Zwischen den Zähnen knirschte uns der feine Staub. Er saß uns in Kehle und Augen, jeder Atemzug sog ihn in unsere Lungen. Er schmeckte ein bißchen nach Asche, denn das Feuer hatte die ganze Luft mit heißem Brandgeruch erfüllt. In Glut, Staub und Rauch schleppte sich die Batterie, Fuß vor Fuß setzend, bei der allgemeinen Ebbe dahin wie durch eine traurige Vorhölle ohne großartige Effekte des Grauens. Wo die Landstraße einen weiten Bogen beschrieb, trennte ich mich mit einigen anderen von der Kolonne, um den Weg abzukürzen und etwas freier zu atmen. Kazek Jesiołł, Marchewka und ich bogen ab zu einer Kate, weil wir hofften, dort etwas Milch zu bekommen. Doch die Kate stand leer. Nur im Garten, dessen unordentliche Beete der Sand überwehte, scharrten ein paar Hühner zwischen vergilbten Stengeln und am Boden verwelkenden Kohlblättern. In dem flachen Brunnen stand am Grund nur eine trübe Pfütze. Wir schöpften ein wenig lauwarmes und mulmiges Wasser in unsere Feldflaschen, doch die wenigen Schlucke verschärften nur unseren Durst. Eine Weile ruhten wir uns auf dem Holzstapel hinter dem Hause aus. Kurz danach erschienen, vom Brunnen angelockt, zivile Flüchtlinge auf dem Gehöft, unter ihnen eine dicke Oberschlesierin in Spitzenhaube und schöner geblümter Schürze. Sie zog einen vielleicht fünfjährigen, stolpernden und vor Erregung weinenden Jungen an der Hand hinter sich her.

»Warum fliehen Sie mit dem Kind?« fragte Marchewka. »Was können sie Ihnen tun?«

»Ja, mein Sohn, du kennst die Deutschen nich«, antwortete die Frau. »Mein Mann war im Aufstand. Jetzt isser in den Kriech gegangen, kann aber nich zurück. Ich geh' auch nich zurück, erst mit den Polen. Du kennst die Deutschen nich, und ich wünsch' dir nich, daß du sie kennenlernst.«

Auf dem Rückweg zur Batterie hielten wir noch bei den Autos an, die im Sand neben dem Weg festsaßen. Schon vorher im Wald hatten wir einzelne, von den vorbeiziehenden Abteilungen in den Graben geschobene Autos gesehen. Hier aber stand eine ganze Kette, die Räder bis zu den Achsen eingesunken, die Karosserien mit einer dicken, grauen Staubschicht überzogen, darunter ein Militär-Lkw mit Tarnanstrich, zivile Lastautos unterschiedlichen Typs und verschiedener Größe sowie einige Personenwagen. Ganz am Ende eine große Luxuslimousine mit zerschlagener Frontscheibe und eingedelltem Kotflügel.

Marchewka, der sich damit auskannte, öffnete die Motorhaube und sah nach dem Motor. »Reinsetzen und losfahren«, sagte er, »nur das Benzin fehlt.« Doch selbst wenn Benzin dagewesen wäre, hätte man sich nicht ›reinsetzen‹ können, denn wie auch bei anderen Autos hatte jemand das Leder der Sitze herausgeschnitten. Die Sprungfedern schauten traurig aus dem verstaubten Roßhaar hervor und bebten bei jeder Berührung.

»Haben sich die Schufte für ihre Schuhe rausgeschnitten«, sagte Kazek. »Einfälle gibt's!« – »Schade um die Maschinen«, bedauerte Marchewka. Am meisten tat es ihm leid um jenen vornehmen Cadillac mit Warschauer Nummernschild, weißen Reifen und einem Stander vorn. Damit mußte ein hohes Tier gefahren sein, vielleicht ein Minister. Mein Gott, oft hatten wir respektvoll zugesehen, wie solch ein Riesenviech sich geräuschlos über den Asphalt schob, hier aber steht es plötzlich im Sand, herrenlos und weggeworfen wie ein Stück Dreck. Du könntest ihn mitnehmen, wenn du's könntest! Vielleicht hat sich da noch gestern, dachte ich und schluckte Staub, ein würdiger Hintern auf den bequemen Polstern gewiegt; vielleicht haben noch vor wenigen Tagen die Portiers wichtiger Institutionen vor den lackglänzenden Türen ergeben die Mützen gezogen. Diese Gedanken wirkten wohl beunruhigend, enthielten aber auch den herben Humor, der unweigerlich das Abblättern aller Vergoldungen begleitet. Oberleutnant Barański jedoch, neben dem ich die nächste halbe Stunde ging, sah die Dinge in einem schärferen Licht. Was ich ihm von Funts Entdeckung heute und von den wegen Benzinmangels verlassenen Autos berichtete, fügte nur Einzelheiten zu dem grauenvollen Bild der historischen Katastrophe, das er vor mir entwickelte. »Ich bin Historiker«, sagte er, »und muß die Dinge deshalb nolens volens aus einer gewissen Distanz sehen. Meine Wissenschaft genießt nicht das Privileg, Experimente im Labor vornehmen zu können, deshalb sind die Umstände, unter denen wir uns zur Zeit befinden, wenn man so sagen darf, für mich eine besondere Gelegenheit. Aber selbstverständlich ist eine Erfahrung dieser Art unverhältnismäßig teuer und schmerzlich. Sehen Sie, in der Praxis ist es wesentlich besser, sich mit der Betrachtung der herrlichen Friedensfassade eines Staates zu begnügen, obwohl sie nur eine symbolische Attrappe ist wie der gemalte Hintergrund bei einem Jahrmarktsfotografen. Das, was wir heute sehen, erfährt man sehr viel ungefährdeter aus der Theorie der Lehrbücher. Und dennoch ist es ein erregendes Schauspiel, Herr Kamerad. Der historische Prozeß ohne die Verpackung von Zeitungsphrasen. Man hätte meinen können, die Zeiten der Völkerwanderung, der Ausrottung ganzer Nationen seien unwiederbringlich vorbei...« Er wies mit der Hand nach links in den fernen Feuerstreifen, dessen Rauchsäulen von der Sonne mit einem häßlichen, grellen Rot getränkt wurden. »Ich kann das nicht genau ausdrükken«, sagte er nach einer Weile und musterte die Kanoniere, die neben uns gingen, mißtrauisch. »Das polnische Staatsgebäude«, fuhr er fort und dämpfte seine Stimme etwas,

»schien trotz seiner Konstruktionsfehler und der in ihm herrschenden Unordnung ein solides Bauwerk zu sein. Und nun genügt so wenig, seine Fassade…«

»Herr Oberleutnant«, unterbrach ich ihn, »Sie sprechen, als hätten wir den Krieg schon verloren…«

Er wurde rot, seine Lider flatterten. »Ich möchte nichts auf längere Sicht präjudizieren«, versicherte er mir eifrig. »Ich meine nur das Tempo der Geschehnisse angesichts der modernen Kriegstechnik und auch das, was sich bei der sozialen Dynamik unserer Zeit unzweifelhaft ergeben wird. Unser Krieg ist nur das Fragment eines kolossalen Geschehens. Ich fürchte, bald wird ganz Europa, ja vielleicht nicht nur dieses, genauso aussehen.« Wieder streckte er die Hand aus, wies über die ganze Ebene mit dem Ameisengewimmel wandernder Menschen und den Wolken von Staub, der jetzt im Fieber des Abendrots glühte. »Alle auf Hochglanz geputzten Beschläge fallen ab, zerfetzen wie das Leder an den Sitzen der Ministerlimousinen. Ja, so ist es. Man wird genau sehen können, was darinnen ist. Verrostete Sprungfedern und schmutziges Roßhaar, das der Wind fortträgt, wohin er will.«

»Sie prophezeien ja Schreckliches, Herr Oberleutnant«, sagte ich mit einem unangenehmen Krampf in der Kehle.

»Ich ziehe nur Schlüsse…« Er hustete und wischte sich mit dem Handrücken den Staub aus den Augenwinkeln. »Übrigens kann man in der Geschichte nie mit absoluter Gewißheit sagen, was eine ungünstige und was eine günstige Prophezeiung ist.«

Während das Abendrot im letzten Purpurschein verglühte, fuhren wir wieder in einen Wald ein. Wir schleppten goldenen Staubdunst hinter uns her, auf den jetzt Kiefernstämme ihre durchsichtigen Schattenstreifen legten. Die rauhe Borke wurde glatt im heißen Licht, sie glänzte klebrig und harzig rot.

Immer noch gingen wir zu Fuß neben den schweißdunklen Pferden. Funt führte mein ungarisches Reittier zusammen mit seiner schwarzen Stute.

Dieser lange Tag, der jetzt so ausdrucksvoll verlosch, als ob er ein Tag des Sieges oder der Niederlage gewesen wäre, hatte mich sehr müde gemacht; infolge von Barańskis Ausführungen fühlte ich eine Bitterkeit in mir, die weit über die prosaischen Probleme unserer Batterie hinausreichte. Ich sehnte mich nach Dunkelheit und Kühle, nach dem Schlaf, der nach einem derartigen Marsch meistens einem tiefen, stillen Wasser gleicht. Ich hatte keine Lust mehr, mit irgendwem zu reden und irgendwelche Besonderheiten zu betrachten. Aber auch die anderen schleppten sich apathisch mit gesenkten Köpfen dahin und stolperten über herausstehende Wurzeln.

Ich entfernte mich von der Gruppe, ging schneller und verdrückte mich zwischen die Büsche. Die Erledigung der körperlichen Bedürfnisse war auf dem Marsch immer ein Problem. Man mußte der Einheit weit vorauseilen, um sie nicht hinterher einholen zu müssen, was natürlich sehr anstrengend war. Ich begab mich also möglichst weit nach vorn, wobei ich Pontons überholte und Radfahrer, die mühsam ihre beladenen Fahrräder schoben. So hatte ich einen Vorsprung vor der Batterie, der mir eine gute Weile Ausruhen in der stillen Senke neben einem Wacholderbusch erlaubte. Während ich so in seliger Einsamkeit wartete, gelangte ich zu der Überzeugung, Barański sei ein ängstlicher Zivilist, ich aber ein Hysteriker, der unter dem Einfluß der erstbesten Geschichte oder bei einer anderen Deutung bereits einer Psychose erlag. Noch waren keine zwei Wochen Krieg vergangen, noch hatten wir kein einziges Mal im Feuer gestanden und den Feind gesehen, und schon urteilten wir über das Schicksal des Feldzugs, unseres Staates, Europas.

Meine Überlegungen wurden von Schritten auf dem Weg

unterbrochen, der parallel zur Straße auf der anderen Seite meines Verstecks verlief. Ich schaute hinter dem Wacholderbusch vor, und trotz der soeben angestellten nüchternen Reflexionen kam mir der Anblick, der sich meinen Augen bot, wie eine weitere Besonderheit des Kaleidoskops dieses Tages vor. Im blutig verdämmernden Abendrot, im durchstrahlten Staubdunst wurden die goldglänzenden Geräte des Pathos durch den Wald getragen: übertrieben gebogene Posaunen und Trompeten, stumpf klingelnde Tschinellen. Auch fehlte nicht das federbuschgeschmückte Pony mit der großen Pauke auf dem Rücken. Plötzlich richtete sich in dem benachbarten Gebüsch eine Gestalt auf, ein Soldat, der sich dort offenbar zum gleichen Zweck wie ich hingehockt hatte, denn während er auf die Kapelle zuhinkte, zog er sich die Hosen hoch.

»He, ihr da! Spielt 'n Marsch!« rief er und schnallte sich den Gürtel zu. »Wofür kriegt ihr euer Geld, verdammt? Los, spielt 'n Marsch!«

Doch die schmutzigen, verschwitzten Musiker reagierten auf diese Ansprache mit gleichgültigem Schweigen.

Schüsse vertrieben unsere Schläfrigkeit. In der Nachtstille wirkten sie nah, trotz ihres dumpfen Tons. Es waren Karabinerschüsse, sie fielen vereinzelt, ohne jede Ordnung, wie aus Versehen. Wir wußten, vor uns war wieder eine Chaussee; voranmarschierende Infanterie hatte sie bereits erreicht. Wir rissen die Augen weit auf, um etwas zu sehen, doch nicht einmal das Mondlicht drang durch den Wald. Das Gelände wurde etwas feucht, unter unseren Füßen lagen glatte Rundhölzer, mit denen der Weg befestigt war. Die Erde strahlte durchdringende Kühle aus.

»Leg den Schal um«, flüsterte in der Nähe Sławik. »Leg den Schal um, du Trottel, sonst erkältest du dich.«

»Ich weiß nicht, wo er ist«, antwortete Galosz mit weinerlicher Stimme.

»Im Mantel, in der Tasche. Warte, ich binde ihn dir zu.«

Von der Spitze der Batterie ritt jemand heran. Die Hufeisen polterten weich und vorsichtig über die Balken.

»Ist Oberleutnant Barański hier?« erklang Jordans Stimme.

Die Schüsse, die gerade verstummt waren, krachten von neuem, aber näher und in nervöser Eile. Dann dröhnten sie wieder einzeln und langweilig wie auf dem Schießstand.

»Nehmen Sie Leute von Ihrem Zug und gehen Sie zur Chaussee. Der Batterietrupp ist auf deutsche Diversanten gestoßen. Wir müssen uns den Weg öffnen.«

Im Dunklen suchte ich meinen Karabiner auf der Protze. Das Schloß ließ sich vor Rost und Staub kaum bewegen. Während ich mit den andern am Wegrand vorbeiging, rieb ich es eifrig mit dem Taschentuch ab, was in dieser Dunkelheit natürlich zu nichts führte. Die Karabiner der anderen waren bestimmt in keinem besseren Zustand. Ja, ja, über den Ausgang des Krieges zu philosophieren, ist kein Kunststück. Aber man steckt, verdammt noch mal, mitten drin, man nimmt an ihm teil, das ist das Wesentliche. Daran muß man immer denken.

Inzwischen verstummte die Schießerei. Wir überholten die zu wachsamer Reglosigkeit erstarrte Batterie, und bald zeichnete sich zwischen den Bäumen ein hellerer Querstreifen ab. Unentschlossen hielt Barański uns an; er wußte nicht, was er tun sollte. »Man müßte den Graben besetzen und den Waldrand gegenüber beschießen«, dachte er halblaut. »Eine Patrouille«, flüsterte ich ihm zu. »Schicken Sie eine Patrouille vor.«

Wir gingen zu dritt, Marchewka, Cwalina und ich. Die asphaltierte Chaussee war leer in beiden Richtungen, sie spannte sich wie eine Saite im schwarzen Rahmen des Waldes. In den Graben geduckt, hielten wir sorgsam Ausschau, den Finger am Abzug, lauernd wie Katzen. Nicht das geringste Geräusch trübte die Stille, aber uns schien sie die unheilverkündende Stille eines Hinterhalts zu sein. Vor Erregung hielten wir den Atem an. Schließlich konnte Marchewka nicht mehr. »Hol's der Teufel!« murmelte er und stieg hinaus auf die Chaussee. Eine Weile stand er da wie benommen; dann lief er, schwer mit den Stiefeln aufstampfend, unmittelbar vor unseren Karabinerläufen hin und her. »Kommt raus, Leute«, sagte er. »Wieder so ein Unsinn.« Wir gingen in den Graben auf der anderen Straßenseite, der ebenso leer und dunkel war wie der erste. Cwalina stolperte, sein Gewehr fiel rasselnd zu Boden. Kühner geworden, unterhielten wir uns beinahe laut. Plötzlich klapperten Hufe über die Chaussee. Wir warfen uns flach in den Schatten. »Deutsche«, flüsterte Cwalina. Man sah bereits die sich schnell nähernde Reitergruppe. Ihre Silhouette verschwamm im Dunkel der Bäume, sie ritten eng beieinander. »Verflucht, die haben uns auf der falschen Seite überrascht«, zischte Marchewka. Doch im gleichen Augenblick erklang es über unseren Köpfen in der singenden Lemberger Tonart: »Scheint's sind sie in den Wald geflitzt, Herr Oberleutnant. In solcher Finsternis find't sie nicht mal der Teufel.«

Unser Batterietrupp kehrte zurück.

»Ich glaube nicht an Deutsche«, sagte Marchewka auf dem Rückweg zur Batterie. »Vielleicht ist der ganze Krieg so, nur scheinbar.«

Bevor wir in Janów einfuhren, standen wir lange neben den schweigenden Reihen eines Infanterieregiments. Dr. Kurek, der sich auf die Protze unseres Munitionswagens gesetzt hatte, behauptete, es sei das I.-R. Nr. 73 aus Kattowitz, nur die Oberschlesier könnten derart Disziplin halten. In der Tat, die ausgerichteten und bewegungslosen Kompanien schienen zu warten, bis sie bei der Parade an die Reihe kämen. Die Helme glänzten im feuchten Mondlicht ganz gleichmäßig, einer neben dem anderen, die Tornisterriemen lagen glatt auf den geradegezogenen Mänteln, die Karabiner standen im ›Rührt euch‹ neben dem Fuß, unter demselben Winkel vorgeneigt. Niemand redete, niemand rauchte. Dabei hatte das Regiment, wie Dr. Kurek versicherte, schwere Kämpfe und ernstliche Verluste hinter sich.

Wir musterten die Oberschlesier voller Hochachtung. Das nennt sich eine Truppe!

Früher als sie fuhren wir weiter, und bald blieb dieses Beispiel für Disziplin und Ordnung im Nachtdunkel hinter uns zurück. Im Städtchen roch es nach frischen Brandstätten. Beiderseits der verstopften Straße ragten schwarze Schornsteinsilhouetten zwischen Trümmern auf, von denen trotz der Kühle eine unter der Asche verborgene Glut Wärme ausstrahlte. Der beschädigte Kirchturm wies zu den Sternen über dem durchsichtigen Dachskelett. Näher am Stadtkern dunkelten noch die soliden Mauern quadratischer Mietshäuser, aber viele Fenster gähnten leer, und unter den Hufen unserer Pferde knirschten Glassplitter.

Wir schoben uns sehr langsam vorwärts. Die Straße war voller Fahrzeuge jeder Art und auf der Stelle tretender Menschen. Auf den Bürgersteigen und an den Hauswänden saßen und lagen Gestalten, glühten die Fünkchen der Zigaretten. Über allem hing gedämpfter, verschlafener Lärm. Schließlich hielten wir auf einem Platz und bekamen den Befehl abzusitzen. Redycz ging an unserer Kolonne entlang und sagte mit wütender Stimme unablässig: »Nicht auseinanderlaufen, verstanden? Nicht auseinanderlaufen. Wenn jemand sich rumtreibt, trete ich ihm in die Eier, daß er sich vollscheißt.«

Gehorsam setzten wir uns neben den Gespannen aufs Pflaster. Ständig kroch jemand zwischen uns hindurch, drängte sich in diese oder jene Richtung, trat uns auf die Füße, genau wie im engen Gang eines Eisenbahnwagens dritter Klasse. Trotzdem verfiel ich in einen unbequemen

Halbschlaf und wußte nicht, was los war, als jemand mich an der Schulter schüttelte.

»Paweł, hilf mir, zum Teufel«, sagte Dyas erbittert. »Immer treiben sich die Kerle irgendwo herum. Ich habe nicht mehr die Kraft, sie zu suchen. Fünfmal bin ich losgerannt. Jetzt sind wieder Kud und Cięciała weg. Geh sie holen, wir kriegen sonst Ärger.«

»Soll doch Funt gehen, es sind seine Fahrer.«

»Funt gehorchen sie nicht. Außerdem hat der Teufel auch diesen elenden Juden geholt. Geh, Paweł, sei ein guter Kamerad.«

Ungern stand ich auf. Die Kälte schüttelte mich, alle Knochen schmerzten. Der Mond war untergegangen, der ganze Platz lag in undurchdringlicher Dunkelheit. »Wo soll ich sie denn suchen? Es ist finster wie im Arsch.«

Von der Aussichtslosigkeit meiner Aufgabe überzeugt, drängte ich mich tastend zwischen den Gespannen durch, trat auf die am Boden liegenden Körper und stolperte über den schwarzen Marktplatz wie durch einen Dschungel. Drüben war kein derartiges Gedränge. Dort standen Feldküchen, in deren Herden ein bißchen rote Glut leuchtete. Sie wurden umdrängt, Taschenlampen blitzten auf. »Kud, sind Sie hier?« fragte ich aufs Geratewohl. Aber selbstverständlich bekam ich keine Antwort.

Ich bog in eine enge Gasse ein, in der hitzige Stimmen erklangen. Weiter hinten leuchtete dicht am Boden das gelbe Licht eines Fensters im Souterrain. Dunkle Gestalten beugten sich hinunter und knurrten Schimpfworte als Antwort auf weinerliches Frauengezeter, das aus dem Keller kam.

»Halt die Fresse, olle Jüdin! Dir passiert ja nichts. Einem polnischen Soldaten nichts zu gönnen, du Hure!«

»Räuber, kein Soldat«, lamentierte die unsichtbare Frau. »Meine armen Kinderchen hungern, und der nimmt's mir weg, der ungute Mensch. Ersticken sollste an mei'm Unglück. A schwarzes Jahr soll über diesen Soldaten kommen!«

»Schnauze halten«, erklang eine andere Stimme. »Wie soll ich's dir wiedergeben, wenn de dich eingeschlossen hast. Da haste deine beschissene Butter! Mach das Fenster auf, ich werf' sie dir rein. Friß se selbst auf mit deinen Itzigs.«

»Da kommt wer«, sagte warnend die erste Stimme, als ich auf dem Fußweg über Ziegel stolperte. Beide Schatten verschwanden spurlos. Ich beugte mich zu dem Fenster hinab. Eine feuchte Kellerstube mit einem Küchenherd in der Ecke. Ein verwühltes Bett, schmutzige Federbetten und Kissen. Darauf saß eine hagere Frau mit gelbem Gesicht, ungekämmt, das Hemd auf der welken Brust geöffnet. Hinter ihr schauten ängstlich wuschelige Kinderköpfe hervor.

»Was haben sie Ihnen getan?« fragte ich.

Sie hob den Kopf und fing wieder an zu zetern. »Laßt mich in Ruhe, ihr Verdammten! Ich will nichts. Geht weg von 'ner armen, einsamen Frau.« Sie beugte sich vor und blies die Kerze auf dem Tischchen neben dem Bett aus. Im Dunklen hörte ich weiter ihre Schimpfereien und Klagen.

Ich kehrte zurück zum Marktplatz. Mittlerweile waren die Feldküchen verschwunden. Wagen verstellten den Weg. Ich mußte sie umgehen und stieß schließlich auf eine in Viererreihen stehende Infanterieabteilung, die sich zum Abmarsch rüstete. Hier spielte sich eine Szene ab. Neben der Kolonne schrie jemand zornig: »Wo haben Sie das geklaut? Ach, Sie! Abschaum, der Uniform nicht würdig! Soldat? Ein Schwein, kein Soldat! Was haben Sie noch im Rucksack? Ich frage Sie was, hören Sie?« Ein langer, weißer Lichtkegel blitzte auf. Hände hoben einen offenen Tornister hoch und schüttelten ihn wütend. Ganz kleine Kinderschuhe fielen heraus und schlugen auf das Pflaster. »Nicht genug, daß der Feind die Häuser dieser Leute bombardiert hat, Sie, die Beschützer, rauben ihnen noch ihre Habe«, sagte der Offizier bitter.

»Es lohnt nicht, das so einem auseinanderzusetzen, Herr Kamerad«, mischte sich eine andere Stimme ein. »Das Vieh begreift's sowieso nicht. Dem Schuft gehört eine Kugel in den Kopf, und die Sache ist erledigt.«

Ich gelangte auf die andere Seite des Platzes, wo unsere Geschütze stehen mußten. Doch sie waren weg, und die Mauern über den Bürgersteigen wirkten auch irgendwie verändert. Müdigkeit nahm mir alle Energie. Ich setzte mich auf ein paar Stufen, die nirgendwohin führten. Über mir schwankte an einem stehengebliebenen Mauerstück ein Blechschild, ein vielstrahliger Stern vor dem langsam ergrauenden Himmel. Nur einen Augenblick, dachte ich und lehnte den Kopf gegen die kalte Betonschwelle. Die Batterie, Janów Lubelski und der ganze Krieg hörten für mich auf zu bestehen.

Die Teiche waren anscheinend erst vor kurzem abgelassen worden. Im dichten Schlamm wimmelten Hunderte von zitternden Fischen; große Karpfen warfen sich platschend in den flachen Pfützen. Die Kanoniere wateten bis zu den Knien im Schlick und schleppten volle Futtersäcke herbei. Den ganzen Damm entlang brannten kleine Feuer, und Fischgeruch vermengte sich mit herbstlichem Rauch. In der Ferne husteten Geschütze, und der Himmel im Osten war umsponnen vom Flor der Brände. Dort irgendwo lag Tomaszów. Ich wußte das, weil ich vor wenigen Stunden an einer Straßenkreuzung mit Wegweisern vorbeigekommen war: im Osten Tomaszów, im Süden Biłgoraj.

»Wir warten auf Sie mit dem Mittagessen, verehrter Herr«, begrüßte mich Marchewka.

Ich hatte seit gestern keinen Bissen im Mund gehabt. Begehrlich schaute ich zu dem Teich und den Feuern hinüber.

»Karpfen auf jüdische Art mit Zwiebeln«, sagte Marchewka. »Es kann auch Schleie oder Karausche sein, wenn's beliebt.«

»Gab's keinen Ärger?« fragte ich unruhig.

»Der Herr Gruppenführer war so gnädig, auf deinem Pferd zu reiten, und Herr Dr. Kurek saß auf der Protze, dem Anschein nach war also alles in Ordnung.«

»Aber Kud und Cięciała?«

»Sind da. Grade schuppen sie Fische ab. Außerdem«, fuhr er fort, »gab es wichtige organisatorische Änderungen. Wir gehören nun zum Leichten Artillerieregiment Nr. 6 in der 6. Division, sind also keine verlassenen Waisen mehr. Das hier ist das Vereinigungs-Festmahl. Komm, Bruderherz, gleich wird man uns zu Tisch bitten.«

Vor unserer Batterie erstreckte sich die lange Reihe irgendwelcher Trosse, dann wieder Artilleriegespanne bis ans Ende des Damms und weiter. Ich trat an das Feuer hinter unserem Geschütz, wo Dyas und Galosz sich an einem Kochgeschirr mit siedendem Wasser zu schaffen machten, setzte mich auf den grasbewachsenen Wegrand und lehnte mich sehr erschöpft gegen ein verstaubtes Rad. Als ich im Morgengrauen auf den Stufen der ausgebombten Apotheke erwacht war, hatte ich einen leeren Platz vor mir gehabt, nur irgendwelche Autos schoben sich langsam vorbei. Im dichten, weißen Nebel sah ich undeutlich ihre Umrisse. Erschrocken sprang ich auf. Die Batterie war spurlos verschwunden. Ich rannte los und tröstete mich mit der unbegründeten Hoffnung, der Abmarsch sei eben erst erfolgt, ich würde sie am Stadtrand einholen. Eines stand für mich fest, ich mußte nach Osten gehen. Nachdem ich die letzten Häuser von Janów hinter mir hatte, verließ ich, ohne zu zögern, die nach Norden abbiegende Chaussee. Auf dem Weg marschierten im milchigen Dunst Infanterieeinheiten. Ich überholte sie und erreichte eine lange Artilleriekolonne. Es war das Leichte Artillerieregiment Nr. 11. Ich ging weiter, die Unruhe beschleunigte meine Schritte. Der Nebel fiel, ein reiner, leuchtender Tag mit unvermeidlicher Hitze schwoll an wie ein Ballon. Gegen Mittag erreichte ich die Kreuzung mit dem Wegweiser und fing an, mich mit dem Gedanken abzufinden, daß ich meine Einheit verloren hatte. Ich ging in Richtung Aleksandrów, weil wir bisher nie von der östlichen Hauptrichtung abgebogen waren. Im Norden dröhnten Geschütze. Ich glaubte, auch im Süden welche zu hören. Aber wo waren die Deutschen schließlich nicht? Jetzt, an das Rad gelehnt, konnte ich noch immer nicht die Verwunderung abschütteln, daß ich den Anschluß doch gefunden hatte.

Der Halt sollte kurz sein, man ließ uns nicht absitzen. Vom Pferderücken herab sahen wir über den Zaun in einen unordentlichen Bauernhof, der von der Kate zur Scheune abfiel. Ein Hauptmann von der Intendantur des Leichten Artillerieregiments Nr. 6 ging dort zornig auf und ab wie ein Löwe im Käfig und scheuchte die Gänse und die im Mist wühlenden Ferkel auf. Er war untersetzt und hatte einen dicken, roten Nacken und krumme Beine. Der Bauer in grobleinenen Hosen und weit offenstehendem Hemd stand still und folgte ihm nur mit den Augen.

»Zum letztenmal sag' ich's Ihnen im Guten«, donnerte der Hauptmann. »Das ist kein Kauf, das ist eine Requirierung. Sie haben die Pflicht zu Leistungen für die Armee, die Sie verteidigt. Wenn die Deutschen kommen, wird nicht lang gefackelt. Die nehmen, was sie wollen, zünden die Kate an und fertig. Also los, machen Sie die Scheune auf. Ich habe keine Zeit, mit Ihnen hier rumzuspielen.«

»Ich hab' kein' Hafer«, sagte der Bauer immer wieder hartnäckig, »die Ulanen ha'm alles weggenomm'n.«

»Wenn du keinen hast, kannst du keinen geben«, sagte der Hauptmann. »Wir werden uns gleich überzeugen.« Mit der roten Faust packte er den Kragen des Leinenhemds und stieß den Bauern energisch auf die Scheune zu.

»Ich hab nichts, Herr, ich hab' keine Ähre«, jammerte der Bauer, riß sich los und sprang einige Schritte zurück. Sein

Gesicht blieb dem Offizier zugewandt; der senkte den Kopf wie ein angreifender Stier und drang mit geballten Fäusten auf ihn ein. So umkreisten sie den Misthaufen. Ein richtiger Hahnenkampf.

»Mach auf, Bauer, verstanden?«

»Ich hab' nicht, Herr, ich hab' nicht, so wahr ich Gott liebe.«

Aus der Kate stürzten drei Weiber, blieben in der Tür stehen und mischten sich mit schrillem, unverständlichem Kreischen ein. Das brachte den Hauptmann vollends auf.

»Machst du jetzt auf oder nicht, du Schuft?« Ich...« Er sprang vor und holte von unten aus. Es krachte dumpf, die nackten Füße des Bauern zappelten in der Luft.

»O Jesu! O Gott!« Die Weiber sprangen herzu und hockten sich hin wie aus Lumpen gemachte Marionetten. Ihr Lamento mischte sich in das Knurren des Hauptmanns und den dumpfen Hall der Schläge. Dann flitzten zur Abwechslung die Offiziersstiefel vor, treffsicher und spitzig. Ratsch, ratsch, ratsch, traf er die sich am Boden windende grobleinene Puppe.

»Ich mach' auf, Herr, ich mach' auf! Jesus Maria, ich mach' auf«, winselte der Bauer.

Ich wandte den Kopf ab und sah ängstlich zu unseren Fahrern hin. Denn der dicke Hauptmann trat ja einen wie sie. Doch entdeckte ich staunend, daß ihre Gesichter eine boshafte Befriedigung ausstrahlten.

»Recht geschieht dem Hurensohn«, sagte Kud. »Wollte das Militär betrügen.«

Inzwischen trugen die Leute vom Troß schon die prallen Hafersäcke aus der Scheune.

»Und wenn sie ihm das letzte Körnchen wegnehmen täten, das wär' gerecht«, behauptete Pyrych.

»Nicht einmal der Kampf für die gerechte Sache ändert etwas daran«, sagte Oberleutnant Barański, während seine

Stute neben mir hertrippelte, »der Krieg ist böse, unheilvoll und ungerecht.«

»Und ich dachte, Herr Oberleutnant, solche Kleinigkeiten interessieren Sie nicht«, sagte ich mit einer Boshaftigkeit, von der ich wußte, daß sie unfair war. »Ich dachte, für Sie zählen nur die ›historischen Prozesse‹.«

Er fühlte sich von diesen Worten nicht getroffen, ja er bemerkte die Ironie gar nicht. »Man darf nicht nur Historiker sein. Ich bin auch – und vor allem – Mensch. Daher das scheinbare Paradox. Bei aller Liebe zum Frieden, hören Sie, würde ich mich nie als Pazifisten bezeichnen, eben weil ich Historiker bin... Ja, die Geschichte darf nicht emotional an die Dinge herangehen. Oder sollte sie es? Wichtig ist angeblich nur das Ergebnis. Sieg oder Niederlage. Die politischen, ethnischen, sozialen Folgen. Gewiß. Auf dieser Welt erfolgt keine Geburt schmerzlos. Dennoch schließe ich nicht aus, daß wir immer noch Barbaren sind, deren Denkweise sich seit den Zeiten der Vandalen und Goten grundsätzlich nicht geändert hat. Im Bereich des Praktischen spielen bestimmte Werte für uns nicht die geringste Rolle. Ich kenne eigentlich nur einen einzigen Fall: Im dritten Jahrhundert vor Christus gab es in Indien einen gewissen Aschoka, den Kaiser eines riesigen Reiches. Er ist wohl der einzige Herrscher, der in einem in Stein gehauenen Edikt einen für ihn siegreichen Feldzug verdammte. Er verkündete, alle Eroberungen seien die Leiden und Gewalttaten nicht wert, die dabei unvermeidlich auftreten. Er schwor auch, er werde hinfort keine Kriege mehr führen.«

»Na und? Hat er den Schwur gehalten?« fragte ich.

»Das weiß man nicht mit Sicherheit«, antwortete Barański. »Seine Regierungszeit ist weitgehend unbekannt, es fehlen die Quellen.«

Eine Weile ritten wir schweigend nebeneinander her. Wir lauschten den Geschützen, deren Stimme jetzt ziemlich nah war und als Donner hinter dem schwarzen Wald zur Linken dahinrollte. Nahebei schwelten die traurigen Brandruinen eines Dorfes. Entlang der angesengten Balken flackerten noch blasse Feuerzungen wie Gasflammen an defekten Leitungen. Das dunkle Rot des Abends konnte ferner Feuerschein oder Abendrot sein.

»Aber Ihr Aschoka hat den Krieg wenigstens gewonnen«, sagte ich. »Hinterher konnte er sich Skrupel gestatten.«

»Anscheinend«, stimmte Barański zu. »Er war ein sehr mächtiger Herrscher und regierte vom Himalaya bis zum Dekkan und vom Arabischen Meer bis zum Golf von Bengalen. Doch eine solche Macht konnte auch das größte Hemmnis sein. Immerhin, es ist möglich, daß man damals einen anderen Prestigebegriff hatte... Hören Sie, wie sie feuern? Ganz nahe. Wir sind im Kampfgebiet.« Er gab seinem Pferd die Sporen und trabte an die Spitze des Zuges.

Von den verbrannten Häusern kam Funt hergeritten. Sorglos zertrat er die Beete und hielt sich mit einer Hand den vorgewölbten Bauch.

»Wissen Sie, Herr Fähnrich, was immer stehenbleibt, wenn ein Haus brennt?« fragte er. »Der Ofen.« Er blinzelte mir verständnissinnig zu und öffnete seinen Mantel. Unter ihm trug er zwei große, runde Brotlaibe. »Prima gebacken, Herr Fähnrich. Feuer war ja genug.« Die Kruste allerdings war ein bißchen hart und verkohlt, ich verbrannte mir die Finger. Als ich ein Stück abgebrochen hatte, fand ich darin einen vom Rauchgeruch durchsetzten lehmigen Klitsch. Trotzdem schlang ich das Brot gierig hinunter. »Bravo, Funt«, sagte ich, »du bist ein Schlauberger wie selten wer.«

Wieder Nacht, blaß zwischen den wenigen Baumstämmen, erschüttert vom Aufblitzen ferner Detonationen. Unser Zug wurde zusammen mit der Panzerbüchse in der Stellung des Infanterie-Regiments Nr. 20 am Ostrand des Waldes postiert. Barański ordnete Panzerbereitschaft an. Die Geschütze wurden geladen. Hatten die Deutschen uns etwa bereits im Rücken umfaßt?

Die Infanteristen haben sich flache Gräben ausgehoben. Sie schlafen oder reden mit gedämpfter Stimme. Weil ich mich auf Wache langweile, bleibe ich an einer solchen Grube stehen und höre zu.

»Das hat mir der Bäcker in Janów erzählt«, murmelt eine Stimme. »Es war unmittelbar vor dem Fliegerangriff. Ein ganzer Haufen von Zivilisten, Fuhrwerken und Autos hatte sich eingefunden; die Truppe kam nicht durch. Da sperrte die Polizei ab und ließ niemanden weiter. Keiner wagte es, die Chaussee zu benutzen, ehe die Truppen nicht vorbei waren. Plötzlich aber kommt so ein Kerl im Auto und macht Radau, ich muß fahren, ich transportiere die Kasse einer oberschlesischen Hütte und muß sie abliefern. Er stieg aus dem Auto und schrie die Bullen an. Er zog seine Brieftasche und zeigte irgendwelche Papiere. Und plötzlich fällt ihm aus der Brieftasche eine rote Armbinde mit Hitlers Hakenkreuz.«

»Da hast du's!« warf eine andere Stimme ein.

»Warte. Wie der Sergeant von der Polizei das sieht, überlegt er nicht lange, sondern zieht seinen Revolver und rums, da liegt die Leiche.«

»Gut so!«

»Nein. Warte. Da springen die anderen Leute raus, denn in den Autos von der Hütte waren noch mehr Menschen, und ein schrecklicher Skandal entsteht. Wie sich zeigte, war der Kerl gar nicht Deutscher, sondern Führer der Werkswache, denn die Hütte stand dicht an der Grenze. Noch vor Kriegsausbruch hatten deutsche Diversanten die Hütte überfallen. Er hat sie alle geschnappt und einem als Andenken die Armbinde abgenommen. Ein prima Kerl soll er gewesen sein, ein guter Pole. Wie es hieß, hatte er eine Frau und mehrere Kinder. – Pech, nicht wahr? Ein dummes Ende.«

»So ist der Krieg. Heute ist jeder nervös.«

»Die Polizisten sehen überall nichts als Spione. Einen aus unserem Dorf haben sie eingesperrt, weil er die Tauben von seinem Dach verscheuchen wollte. Er hatte einen Lappen an einem Stock befestigt und wedelte damit herum, die aber sagten gleich, er gebe Zeichen. – Hörst du, wie's kracht?«

»Klar, hör' ich's.«

Aber die Schüsse werden immer träger. Über den Gräben und Geschützstellungen lagern Schnarchgeräusche und tiefe, erschöpfte Atemzüge. Die beiden Abiturienten schlafen fest in der kleinen Vertiefung unter einem Strauch. Einer hat die Backe an den Kolben seiner Panzerbüchse gedrückt. Ob sie je den ersehnten Panzern begegnen werden?

ALEKSANDRÓW

Die Feuerstöße der Maschinengewehre zertraten in heftigem Galopp die weiche Kühle des Morgens, trocken rasselnd, nah, ganz nah. Sie knatterten durch die Fetzen der feuchten Dämmerung, durch den vom heftigen Echo bebenden Wald.

Im Trab kehrten wir zurück an den Westrand des Waldes, auf demselben Weg wie gestern. Aus irgendwelchen Gründen fiel mir Mozarts *Türkischer Marsch* ein. Er unterlegte den stürmischen Rhythmus der Schüsse und das schnelle Rotieren der Radspeichen. Am Wegrand zog im Gänsemarsch mit langen Schritten eine Kompanie Infanterie in Helmen und mit Handgranaten im Gürtel vorbei. Die Schützen trugen ihre Karabiner waagrecht in der herabhängenden Hand. Es sah aus wie eine Patrouille am Nationalfeiertag. Plötzlich erklang über unseren Köpfen ein Rauschen, und gleich darauf dröhnten im Wald die Einschläge. Unsere Pferde scheuten. Ehe wir die dunkle Rauchwolke erblickten, hallte von fern das trockene Echo des Abschusses herüber. Tief über den Hals seines Pferdes gebückt, kam uns ein Reiter entgegengeprescht. Es war Redycz. Wenige Schritte vor uns brachte er seinen braunen Wallach zum Stehen. »Batterie, Galopp – marsch!« schrie er, machte auf der Stelle kehrt und raste an der Spitze des Zuges los. Wie sich nun herausstellte, konnte mein großartiger Ungar nicht galoppieren, doch hielt er in seinem weiten Trab gut mit allen anderen mit.

Der Wald wurde lichter, schon sah man zwischen den Stämmen Felder an einem sanften Hang. Neue Einschläge krachten hinter uns. Von links antwortete ihnen das nahe, durchdringende Gebell von 7,5-ern. Am Waldrand ließ Redycz uns plötzlich anhalten. Rechts vom Wege erhob sich ein sandiger Hügel, oben stand in einer Gruppe schlanker Birken und Eschen eine ärmliche Kate mit einem einstürzenden Zaun ringsum.

»Die Stellung der Gruppe 5«, sagte Redycz und wies auf das Gehöft. »Direktes Richten! Ziel: der rechte Rand des Dorfes Aleksandrów und die Chaussee. Sie unterbrechen jeden Verkehr auf der Chaussee. Der Feind unterhält dort Verbindung mit seinem linken Flügel. Die Gruppe 6 geht etwas tiefer in Stellung, schon im Walde. Herr Oberleutnant Barański, Sie nehmen die Gruppe 6 und folgen mir.« In die letzten Worte mischte sich ein schmerzlicher, besinnungsloser Schrei, ein Klageruf aus jener Kate. ›O Gott‹, dachte ich, erstarrte im Sattel und krampfte die Finger um die Zügel. Ich sah, wie Galosz auf der Protze den Kopf in die Schultern zog und die Augen schloß.

Der Schrei wiederholte sich, er wirkte tierisch in seiner Verzweiflung. Auf der Türschwelle erschienen zwei gebückte Soldaten. Sie gingen rückwärts und zogen ein sich wehrendes, laut quiekendes, nacktes... Ferkel hinter sich her.

In Dyas erwachte der Anführer. Er stieg von der Protze, ging zu Fuß vor den Pferden her und wies uns ein. Wir fuhren auf den Hof und protzten neben dem Misthaufen hinter der Kate ab. Der Rand des Dorfes Aleksandrów lag wie auf dem Handteller vor uns. Genauso die Chaussee. Sie trat zwischen den letzten Häusern hervor, bezeichnete als weißer gerader Strich den Rücken des langen Höhenzuges und verlor sich im Nordosten hinter dem vorgeschobenen Flügel des schwarzen Waldes. Zwei oder drei Kilometer trennten uns von ihr. Das war keine Landschaft mehr, sondern eine artilleristische Ansichtsskizze. Die schematischen Gebäudesilhouetten, die Feldstreifen, die im Halbkreis auf das Dorf zuliefen und in der Perspektive immer schmaler wurden. Der Kirchturm, von dem aus die Seitenstriche zu messen waren, die einzelnen Bäumchen in gleichmäßigen Abständen am Weg und über allem eine stolze Wolke, als hätte sie ein sentimentaler Zeichner in Übererfüllung seiner Programme dazugesetzt.

Die Schießerei verstummte. Rechts sah man, wie unsere Infanterie sich im Schutz einer muldenförmigen Geländevertiefung auf den Feldwegen vorschob.

Fieberhaft machten wir das Geschütz fertig. Cwalina, der vor der offenen Kiste des Munitionswagens kniete, stellte einige Granaten auf Vorrat bereit und schmierte ihre Führungsringe mit Vaseline ein.

»Ballern wir zum Anfang einmal ins Dorf?« fragte Marchewka, wartete aber die Antwort nicht ab. Er beugte sich eilig über das Rundblickfernrohr und machte den Munitionskanonieren antreibende Zeichen. Wir alle bemerkten es auch. Zwischen den Häusern des Dorfes Aleksandrów kroch auf die Chaussee hinaus ein dunkles, kantiges, vorn und hinten schräg abgeschnittenes Auto – ein Panzerspähwagen?

»Panzergranate«, kommandierte Dyas, »Aufschlagzünder, Libelle zweihundert, Entfernung zwanzighundert...« Er zögerte, unterbrach den Fluß des Kommandos und sprang erregt zu mir heran. »Nimm vierundzwanzighundert, nein, vierundzwanzighundert-fünfzig, vierundzwanzighundert-fünfundsiebzig. Staszek, fertig?«

»Wart mal«, knurrte Marchewka phlegmatisch, »ich erledige ihn genau... Seitenvorhalt...«, er murmelte vor sich hin, »fünf Strich... mehr... mindestens zehn...«

Ich bekam eine Gänsehaut vor Ungeduld. Das Auto entfernte sich vom Dorf, es passierte einen Baum nach dem andern.

Das Kommando »Weg vom Geschütz!« habe ich nicht gehört. Ich sprang fort, ohne den Mund zu öffnen, und riß am Abzug. Ein scharfer Schmerz fuhr mir in die Trommelfelle, bohrte sich in die Schläfen. Der nächste Sekundenbruchteil dehnte sich wie Gummi. Mit hungrigem Blick hingen wir an dem schwarzen Käfer. Wir verschluckten uns, als eine weiße Explosion ihn einen Moment lang vor dem dumpfen Echo des Einschlags unseren Blicken entzog. Der Flederwisch der Detonation breitete sich langsam aus, nahm die Form eines schlanken Blumenkohls an, verwelkte... »Treffer!« brüllte Dyas plötzlich. Wir sahen ihn wieder. Der schwarze Käfer stand still, er war um die Hälfte kürzer, vermutlich stand er quer zur Chaussee. Kleine, bewegliche Figuren verließen ihn und liefen mit insektenhafter Panik fort.

»Unmittelbar vor den Kühler«, rief Marchewka. »Bestimmt hat er was abgekriegt. Und das beim ersten Schuß!«

Dyas bewunderte unser Werk durch den Feldstecher, konnte aber vor Aufregung die Gläser nicht richtig einstellen. Wieder rasselten die Maschinengewehre los, noch wütender als zuvor.

Da erklang hinter unserem Rücken Redycz' rauhe Stimme: »Was ist denn los? Wozu der Jubel?«

»Melde gehorsamst, wir haben ein Panzerauto vernichtet«, krähte Dyas vor lauter Freude mit ganz dünner Stimme. »Beim ersten Schuß, Herr Oberleutnant.« Redycz hob das auf seiner Brust baumelnde Fernglas an die Augen.

»Ihr seid mit Schimmeln in eine ungedeckte Stellung gefahren«, nörgelte er und beobachtete gleichgültig die Chaussee. »Wie die Kinder, verdammt noch mal. Keinen Augenblick darf man euch allein lassen. Immer diese Verwegenheit! Oder wollt ihr, daß der Feind gleich weiß, wo er euch zu suchen hat? Da ist er ja«, stellte er ruhig fest und setzte das Glas ab.

»Mit was für einer Granate haben Sie geschossen?«

»Panzergranate, Herr Oberleutnant.«

Redycz zog sich mit einer unerwarteten Bewegung den Helm in die Stirn, schlug sich in den Nacken und rief gedämpft: »Verflucht! Ihr habt hier Bienen.« Seine Finger tasteten nach dem Stachel, und seine Laune wurde noch schlechter. »Panzergranate!« polterte er los. »Eine gewöhnliche eiserne wäre mehr als genug gewesen. Von den Panzergranaten haben wir nur wenige Stück pro Geschütz. Womit wollen Sie auf Panzer schießen, wenn Sie bei jedem Scheiß damit rumaasen? Hol der Teufel solche Arbeit!«

Der Erfolg unseres ersten Schusses war reiner Zufall gewesen. Jetzt beschossen wir seit mindestens einer Viertelstunde ergebnislos ein feindliches SMG unterhalb der Chaussee. Rechts von uns in dem niedrigen Buschwerk ließ sich mehrmals Jesiołłs Geschütz vernehmen, verstummte aber sogleich. Nur fern am Waldrand die getarnten Gruppen des Zuges von Oberleutnant Herbst. Links, auf der anderen Seite des Weges, dröhnte mit monotoner Regelmäßigkeit unser erster Zug, und noch weiter weg konnte man das Leichte Artillerie-Regiment Nr. 6 hören, das Salven schoß. Über unsere Köpfe hinweg rauschten die Geschosse eines Schweren Artillerie-Regiments.

Der mittlere Teil des Dorfes Aleksandrów brannte bereits. Dicker schwarzer Rauch kroch, von der Sonnenglut niedergehalten, auf der Erde dahin. Zum Himmel erhoben sich nur durchsichtige, graubraune, zitternde, in weißlichen Wolken zerfließende Fetzen. Die Deutschen schossen vorläufig ziemlich träge. Sie tasteten mit ihren Granaten das Vorfeld ab, wo in den Furchen unsichtbar unsere Infanterie lauerte; manchmal gaben sie schwere, dröhnende Schläge auf den Wald hinter unserem Rücken ab. Das unaufhörliche Krachen der Explosionen und das Knattern der Maschinengewehre betäubten uns nicht mehr. Sie waren wie der Lärm einer mit Volldampf arbeitenden Fabrik, in dem man sich konzentrieren und seine volle Aufmerksamkeit der eigenen Maschine widmen kann. Sogar der anfangs so erschrockene Galosz reichte jetzt ruhig die Granaten zu und schloß nicht mehr bei jedem Abschuß die Augen.

Ab und zu glaubte ich, jenes widerspenstige SMG zu sehen, ein winziges Stück Schwarz im Feld unterhalb eines der Chausseebäumchen. Aber nur Dyas hatte einen Feldstecher. Er maß mit ihm die Entfernung unserer Einschläge vom Ziel, und in seiner Stimme schwang bei den Kommandos der ständig wachsende Unterton der Irritation.

»Fünfzehn weiter, zweiundzwanzighundert!«

»Links, zu kurz!« schimpfte er wütend, als eine graue Fontäne schön steil aus der Erde aufwuchs.

»Zehn weniger; vierundzwanzighundert!«

Während ich im Augenblick des Rückstoßes wegsprang, bemerkte ich, wie eine Gestalt, in der ich Jesiołłs erkannte, vom Wald her unseren Sandhügel heraufstieg. Er rief schon von weitem etwas, doch dröhnten mir die Ohren so stark, daß ich nichts verstand. Zudem diktierte Dyas neue Angaben. Ich war zu sehr beschäftigt mit dem Einstellen der Entfernung, um den Sinn der abgerissenen Worte zu erfassen, die mich erreichten.

»Beim Stellungswechsel... unter die Räder... beide Beine...«

Sławik schlug lärmend mit dem Stempel nach; er knallte den Riegel zu. »Weg vom Geschütz!« das neue Krachen unterbrach kurz jeden Kontakt mit der Umwelt. Diesmal war der Schuß in der Richtung gut, aber zu weit. Eine sportliche Erregung beherrschte uns alle. Auch Jesiołł kniete hinter dem Geschütz nieder. Wir luden schnell, und die nächste Explosion fiel in den bebenden Nachhall der vorigen. Die neue Rauchwolke riß irgendwelche schwarzen Teilchen mit sich, die in weiten Bögen zur Seite fielen. Man sah dies auch ohne Glas, und keiner von uns zweifelte daran, was es war. Wir lachten und schrien triumphierend, aber erst als Sławik sich wunderte, »wie diese Pierronnas durch die Luft fliegen«, begriff ich richtig, welcher Art das von uns soeben vernichtete Ziel eigentlich war. Doch raffte ich mich zu keiner Reflexion auf, versuchte es nicht einmal, sondern wunderte mich nur flüchtig, das war alles. Die Kurbel drehen, den Riegel vorschieben – darin liegt kein Zorn. Die Freude am Tun, an den präzis ausgeführten Bewegungen. So einfach ist der Krieg, deshalb so leicht...

Das Feuer der deutschen Artillerie schob sich näher. Das Feld vor dem Walde bebte immer heftiger unter den schweren Reihen der Einschläge.

Im Augenblick der Untätigkeit und Entspannung rückte die Angst heran, ein leichtes Würgen in der Kehle, als fehlte die Luft nach schnellem Lauf, und ein zartes, Übelkeit erregendes Kitzeln unter den Rippen.

»Was ist nun mit Barański?« fragte Dyas.

Da fiel mir Jesiołłs Anwesenheit wieder ein, ich wandte mich beunruhigt zu ihm um.

»Sein Pferd ist ausgerückt«, sagte Kazek und nahm seinen Bericht wieder auf. »Er wollte im Galopp auf den Lafettenschwanz springen und ist runtergefallen. Beide Beine gebrochen. Er ist ins Lazarett gebracht worden. Meine Stellung ist jetzt dort auf der anderen Straßenseite. Von der ersten aus hatten wir überhaupt kein Schußfeld.« Er bog sich zur Erde, und wir machten alle tiefe Verneigungen vor der Saite mit dem dunklen Pfeifton, die sich am Himmel über unseren Köpfen spannte. Es krachte irgendwo hinter uns, es roch scharf nach Magnesia.

»Redycz läßt euch sagen, ihr sollt weiter den Rand des Dorfes bearbeiten und Ziele, die auf der Chaussee auftauchen. Wenn es etwas Neues gibt, kommt er selbst oder schickt jemand vom Stab. Also, macht's gut, ich renne zurück.«

Ich sah nicht einmal, wie er wegging, denn wieder krachte es in der Nähe. Dann schwiegen die Geschütze beider Seiten eine Zeitlang, das leere Knattern der Handfeuerwaffen füllte aber die Lücke.

Erst jetzt machte ich mir den Verlust klar. In dieser mit gleichgültiger Roheit und der Schlauheit der Gestrandeten gepanzerten Menschenansammlung war Oberleutnant Barański mir nahe gekommen. Ein Band, das mich mit der Batterie verknüpfte, schien zerrissen. Ich bemühte mich, den Sinn dieses Verlustes zu erfassen, eine Lehre herauszufinden, die Barańskis unauffällige, ängstliche Klugheit mir für mein weiteres Kriegsschicksal mitgäbe. Die Geschütze nahmen das unterbrochene zornige Gespräch wieder auf. Der glutheiße Himmel hallte wie ein Riesen-Gong, und der Qualm der Einschläge mischte sich aufreizend mit dem bitteren Aroma der Kiefern und dem süßlichen Geruch des Misthaufens.

»An das Geschütz!« rief Dyas. »He, Galosz, komm raus aus dem Schuppen!« Es ist nicht nur mein persönliches Abenteuer, dachte ich, öffnete den Verschluß und versuchte, das Getöse, die Glut und die Gerüche als Teile des mächtigen Elements Geschichte zu erkennen, die den Verstand jedes Menschen und das Genie der größten Heerführer überragt. Aber, beansprucht von den notwenigen Handgriffen und der Wirklichkeit vor meinen Augen, konnte ich in dem umstürzenden Zaun, in dem Misthaufen, in den roten Gesichtern meiner Kameraden, ja nicht einmal im Krachen der Granaten jenes Pathos finden, das die schäumende Strömung der Historie begleiten müßte.

In dem kleinen Schweinestall aus Weidengeflecht, der sich an die Rückwand der Kate lehnte, herrschte Dämmerung, durchwirkt von schmalen, welligen Lichtstreifen. Kühl war es hier und feucht vom nassen, mit verwelkten Blättern und Stroh vermischten Dung. Dyas und ich saßen auf dem gestampften Fußboden. Wir hielten den Atem an und duckten uns unwillkürlich bei jeder Erschütterung, unter der die Balken des Verschlages nachzugeben und sich krachend zu biegen schienen. Erdklumpen und abgerissene Zweige trommelten auf das Strohdach und raschelten dort, große Rauch- und Staubfontänen warfen plötzlich ihren Schatten auf das Quadrat des Eingangs und verdunkelten immer wieder die hellen Streifen der Spalten in der löcherigen Wand. Die unablässig von Tunneln der Leere durchlöcherte Luft heulte in allen Tonarten und durchdringenden Pfiffen wie eine Höllenorgel.

Noch vor wenigen Minuten hatte ich dem erschrockenen Galosz gesagt: »Keine Angst vor dem Pfeifen. Was man hört, ist schon vorbeigeflogen. Töten tut nur eine Granate, die man nicht hört.« Dies jetzt aber war stärker als ich. In Nacken und Schultern spürte ich das Gewicht der über uns vorbeirasenden Geschosse und preßte mich, ohne auf irgend etwas zu achten, in den weichen Mist, sobald sie bedrohlich murrend und zischend über das dünne Strohdach hinwegsausten. Manche – vermutlich die schweren Kaliber – schienen langsamer zu fliegen, sich mühsam einen Weg durch die Hitze zu bahnen, und rauschten bei ihrem gedrehten Lauf wie Stoffballen.

Nach jedem Einschlag erhoben wir erleichtert die Köpfe, lächelten uns an und bestärkten uns gegenseitig in dem illusionären Sicherheitsgefühl, das auf dem instinktiven Glauben an die Unzerstörbarkeit unserer Jugend basierte.

»Sie haben uns gefunden, die Schufte«, sagte Dyas. »Wenn sie sehen, daß wir nicht schießen, werden sie uns wieder in Ruhe lassen.«

Doch als der Beschuß für eine Weile verstummte, füllte trockene Langeweile die Zeit; eine unerträgliche Leere sog spürbarer am Herzen als die Angst, die in abwehrender Anstrengung alle Kräfte von Geist und Körper mobilisiert und dadurch den Eindruck von Aktivität und Stärke erweckt hatte. Die Welt wurde einsam und häßlich, jeder Atemzug sinnlos, jeder Gedanke untermischt mit der schlotternden Furcht vor der Zukunft, die sich plötzlich auftat wie ein schwarzer Abgrund. Wir sahen unser Geschütz kläglich und allein am Zaun stehen und die Soldaten der Bedienung sich im Schatten der Scheune auf der anderen Seite des Hofes ducken. Deutlich kam uns unsere Untätigkeit zum Bewußtsein, und erst die nächsten Explosionen brachten das Gefühl der Rechtfertigung mit sich.

Während einer dieser Pausen rannten wir zum Geschütz. Dyas rief die Bedienung zusammen. Wir nahmen unsere vorgeschriebenen Positionen ein, machten uns ans Korrigieren der verschobenen Einstellungen und ans Reparieren der Aushebung für den Erdsporn. Doch ehe wir soweit waren, das Feuer wieder aufzunehmen, kochte und krachte es rund um den Sandhügel, und der heiße Windstoß der Explosionen warf uns zu Boden. Durch Rauch und Blitz der Einschläge bemerkte ich, wie eines von Oberleutnant Herbsts Feldgeschützen am Waldrand in einer grauen Staubwolke hochgewirbelt wurde, einige Meter zurückflog und schräg niederfiel mit hilflos nach unten gerichtetem Lauf, als hätte man einem exotischen Tier das Genick gebrochen. Gleich darauf erreichte uns von dorther ein Entsetzens- und Schmerzensgeschrei. Geduckte Silhouetten huschten zwischen die Büsche, jemand kroch unter den Bäumen über den Sand und reckte einen Arm empor wie ein Schiffbrüchiger, der auf hoher See um Hilfe ruft. Galosz und Sławik rannten mit wenigen Sätzen wieder zur Scheune. Kanter folgte ihnen, wie ein Kleinkind kriechend.

»Zurück!« brüllte Dyas, doch im gleichen Moment zersprang dicht über uns die Luft wie ein übermäßig aufgeblasener Ballon, und um unsere Ohren schwirrten giftig zischende Splitter.

»Deckung!« schrie Dyas, obwohl das überflüssig war, denn wir flogen auseinander wie vom Sturm verweht. Ich fand mich zu Füßen unseres Hügels unter einer riesigen, bereits beschädigten Kiefer wieder. Ehe ich mich hinducken konnte, kam mir die Stelle furchtbar gefährlich vor. Ich sprang zum nächsten Baum in dem Augenblick, als die von einem neuen Einschlag abgerissenen Zweige pfeifend herabfielen. Es packte mich ein erregendes, fast fröhliches

Staunen, daß ich überlebt hatte, und das Gefühl des Grauens wich der heiteren Frechheit des Spiels. Ich kehrte zurück zum Sandhügel und zu dem Schweinestall aus Weidengeflecht, wo Dyas in einer Ecke saß und sich konzentriert vornüberbeugte.

»Ich schreibe dir meine Adresse auf«, sagte er und schaute von seinem Notizbuch hoch. »Für alle Fälle solltest du mir auch deine geben. Man weiß ja nie...« Er verschluckte sich unter dem Eindruck eines neuen Pfeifens und einer neuen Explosion. Kleine Moosfetzen, trockene Halme und dumpf riechender Staub fielen uns auf den Kopf.

»Ich gebe dir auch die Anschrift meiner Verlobten. Ihr Foto habe ich in meiner Brieftasche. Brieftasche und Uhr nimm an dich, falls...« Es warf uns rückwärts in den Mist, und Dyas' Zettel flog raschelnd irgendwohin.

»Erst zu weit, jetzt zu kurz«, sagte ich, als der Schock vorbei war. »Sie haben uns in der Zange, die Schufte, gleich trifft's unser Geschütz.« Eine Zeitlang saßen wir reglos. Das Krachen der Einschläge verschob sich weiter nach rechts, doch uns kam es vor, als richtete in der Ferne der Lauf einer feindlichen Kanone seinen hungrigen Rachen direkt auf uns, ganz ohne Eile, mit der ruhigen Sicherheit mathematischer Berechnung. Der ferner rückende Schlachtenlärm kam uns jetzt fast wie Stille vor.

Schließlich zogen wir wortlos aufs neue unsere Notizbücher und tauschten verschämt die beschriebenen Blätter aus. Wir kniffen die Augen zusammen und gingen dann hinaus in das grelle Licht mit dem Gefühl von Menschen, die in der Toreinfahrt ein Gewitter abgewartet haben und sich nun vergewissern wollen, ob dem Wetter wieder zu trauen ist.

Ich machte mich auf, die Batterieführung zu suchen, weil ich neue Instruktionen einholen wollte. Während ich mich unterwegs nach unserer Kate umsah, entdeckte ich Redycz, der gerade in Begleitung einiger Leute vom Batterietrupp den Sandhügel hinaufstieg. Er sah höchst ungewöhnlich aus, denn er hatte auf dem Kopf einen deutschen Helm – grau, an den Seiten abgeflacht und mit einer schräg abfallenden Traufe versehen. Das war wirklich etwas Besonderes, und die Kanoniere starrten ihn mit offenem Mund und bewunderndem Lächeln an. Redycz befand sich in ausgezeichneter Stimmung. Der Batterietrupp hatte Gefangene gemacht, als er ein bis zum Dorf reichendes Gehölz links vom Weg erkundete. In unserem Abschnitt war es den Deutschen zwar gelungen, die polnische Infanterie aufzuhalten, doch unser linker Flügel machte angeblich gute Fortschritte. Das Hauptgewicht der Aktion hatte sich dorthin, nach Süden verlagert. In der Tat war die Feuerintensität im Bereich der Stellungen des Leichten Artillerie-Regiments Nr. 6 erheblich gewachsen, während bei uns zur Zeit relative Ruhe herrschte. Doch mußten wir mit der Möglichkeit eines Panzerangriffs von der Chaussee her rechnen. Der Oberleutnant hatte die beiden Abiturienten mit ihrer mythischen Panzerbüchse mitgebracht und befahl ihnen, sich auf der anderen Seite der Kate in dem mit Bienenstöcken vollgestellten Gärtchen einzugraben. Sie sollten mit uns zusammenwirken und meinem Befehl folgen, denn ich war jetzt Gruppenführer. Dyas hatte sich als sehr vorausschauend erwiesen: Er hatte mir das Kommando überlassen zusammen mit seiner Brieftasche, seiner Uhr und dem Foto seiner Verlobten. Das hatte sich vor etwa einer halben Stunde auf ziemlich dumme und sogar beschämende Weise ereignet. Die Lawine, die uns so wirksam zum Schweigen gezwungen hatte, war vorbeigezogen. Wir hatten unsere Stellung besetzt, um das Feuer wieder aufzunehmen. Wir zielten sorgsam auf ein großes weißes Haus, vor dem, wie Dyas mit einem Blick durch den Feldstecher behauptete, Melder auf Motorrädern hielten. Im Augenblick des Abschusses warf uns etwas zu Boden, betäubte uns und traf uns mit durchdringendem Pfeifen. Marchewka riß es die Mütze vom Kopf und zerfetzte ihm die Feldbluse. Benommen erhoben wir uns, und ich sah, daß Dyas, an die Wand gelehnt, beide Hände vor das Gesicht preßte. »Was ist dir, Mietek?« fragte ich. »Ich bin verwundet«, entgegnete er erschreckt und gleichsam verärgert. Er nahm die Hände vom Gesicht, da schoß das Blut hinter ihnen hervor. Wir sprangen zu ihm. Seine Backen und Brauen waren gespickt mit den Glassplittern seiner Brille, die schief und leer auf seiner Nase baumelte. »Meine Augen, meine Augen«, stammelte er und preßte fest die Lider zusammen; doch bald stellte sich heraus, daß er sehen konnte und daß seine Verletzungen zum Glück ziemlich oberflächlicher Art waren.

Erst nachdem er zur Verbandsstelle gebracht worden war, hatten wir Zeit, über das Geschehene nachzudenken. Systematisch kontrollierte Marchewka das Geschütz, schaute in den Lauf und durchsuchte die nächste Umgebung unserer Stellung. Dicht vor dem Geschütz stand eine junge Birke, deren dünne Zweige uns kümmerlichen Sichtschutz gaben. An einem der Zweige war unsere eigene, mit einem Aufschlagzünder vom Typ R. Y. G. versehene Granate explodiert.

Wir rechneten nun mit Redycz' Schimpf und Spott, doch zu unserer großen Verwunderung widmete er dem Zwischenfall kein einziges Wort. Auf dem Rücken des vorgebeugten Cwalina breitete er eine Karte aus, fuhr abwechselnd mit dem Finger auf ihr hin und her und blickte in die Umgebung.

Es war gerade Mittag. Über den Feldern und dem Wald, über dem Dorf, dessen Rauchsäulen am Himmel verwehten und das jetzt mit klarer, heller Flamme brannte, hing ein unbeweglicher, mit Pulverdampf durchsetzter Gestank. Das Dröhnen der Einschläge klang stumpf in der toten Luft, und die senkrecht einfallende Sonne drückte glühend auf Schultern und Nacken. Durch die Furchen der grauen Kartoffeläcker kamen in Reihe die Infanteriegruppen zurück. Sie trugen ihre Karabiner nachlässig auf den Schultern wie Sensen. Fast mochte man glauben: Im Gebüsch am Wald erwarten sie die Frauen mit dem Essen in Zwillingstöpfen. Manche stützten sich auf die Schultern von Kameraden und schleppten sich kraftlos, mit schwankend herabhängenden Köpfen voran. Zur Linken, längs des Weges galoppierte eine Reitergruppe in einer hellen Staubwolke.

Redycz schien das alles nicht zu bemerken. Immer wieder hob er das Fernglas an die Augen, betrachtete die Stelle, wo die Chaussee hinter dem vorgeschobenen dunklen Waldzipfel verschwand und kehrte dann wieder zur Karte zurück.

»Sehen Sie«, sagte er und zeigte mir eine schnurgerade Linie durch die mit schwarzen Zeichen versehene grüne Waldzunge, »irgendwo hier, fast auf der Achse unserer Stellungen, steckt die verdammte Batterie, die uns so zugedeckt hat. Ich habe versucht, einen Beobachtungspunkt zu finden, von dem aus man sie erreichen kann, aber daraus ist nichts geworden. Die haben sich in ein Loch verkrochen und sind fein raus. Es sind Haubitzen. Nur von hier, von diesem Hügel aus gibt es gewisse Chancen, sie zu erreichen. Deshalb müssen Sie ihr Feuer provozieren, damit wir sie orten können.«

Ich lächelte nicht sehr begeistert. »Ich habe keine Karte«, sagte ich.

»Macht nichts. Das Anfangskommando legen wir gemeinsam fest, und später haben Sie ja Ihr Gefühl.« Er holte ein Dreieck aus seiner Kartentasche und maß auf Cwalinas geduldigem Rücken die Entfernung. »Es werden etwa dreißighundert sein. Sie können sogar mit zweiunddreißighundert anfangen. Hier in diesem Dreieck muß man herumtasten... Wenn die anfangen, Ihr Feuer zu erwidern, versuchen Sie, ob man es nicht vom Dach aus sieht.

Aber vorsichtig; einen Beobachter haben sie mir auf dem Dachboden schon weggeputzt. Ja, und wenn sie Ihnen sehr zusetzen, melden Sie sich bei der Batterieführung mit der Bitte um Erlaubnis zum Stellungswechsel.«

Zur Vervollständigung der Gruppe bekam ich Dr. Kurek, dessen Ledertasche und Postdrucksachen schon für alle zu Symbolen völlig illusorischer Dinge geworden waren. Mit Ausnahme von Marchewka und Kanter gab es jetzt in der Bedienung keinen einzigen ausgebildeten Artilleristen. Darum mußte ich anfangs sowohl die Funktion des Geschützführers als auch die des Ladeschützen übernehmen. Den ersten Schuß feuerten wir genau auf den Waldzipfel unterhalb der Chaussee, dann schoben wir uns nach rechts, verlängerten die Entfernung von zweiunddreißighundert auf vierzighundert Meter und brachen dann stufenweise ab. Unsere Granaten explodierten für uns unsichtbar im verdeckten Gelände, über der dichten Masse der Bäume zeigten sich nur graue Rauchfahnen und verschwammen träge zu einer tief hängenden Wolke. Das war langweilig und ziemlich deprimierend. Uns allen setzte der Hunger zu, und die zunehmende Schwüle machte jede Bewegung zur beschwerlichen Anstrengung. Die ersehnte, erregende Mühe des Kampfes verwandelte sich in öde Schufterei. Aber plötzlich krachte es im Felde vor uns – und wieder – und immer näher in schräger Linie zum Weg. Sechs Einschläge in fast gleichen Abständen. Das waren sie – eine ganze Batterie von sechs Geschützen, die systematisch von links her in Abständen schoß. Die Langeweile war verflogen, ein gefährliches, gleichsam erregendes Gespräch wurde aufgenommen.

Ich befahl Marchewka, weiter mit derselben Entfernung zu schießen, und ging Redycz' Weisung entsprechend in die Kate. Vom dunklen Flur aus führte eine Leiter auf den Boden. In einer Pfütze rutschte ich aus und fuhr mit dem seltsamen Gefühl von Ekel und abergläubischer Furcht zusammen. Es war Blut. Mitten in dem nassen Fleck blinkte etwas im Licht eines durch das löcherige Strohdach einfallenden

Sonnenstrahls. Ich beugte mich vor. Eine große silberne Taschenuhr mit zerschlagenem Glas. Die reglosen Zeiger hatten auf dem Zifferblatt eine Stunde festgehalten, die für niemand mehr eine Bedeutung hatte: elf Uhr und sieben Minuten. Zu diesem Zeitpunkt war der namenlose Beobachter gefallen, sicher im gleichen Augenblick, als Dyas und ich in dem kleinen Schweinestall unten Schutz suchten.

Schnell stieg ich hinauf. Das von Granatsplittern zerfetzte Dach war fast durchsichtig. Mit Dyas' Fernglas suchte ich fleißig nach Mündungsfeuer im fernen Wald. Eine neue Geschoßserie flog als rauschender, breit gefächerter Schwarm weit über unsere Stellung hinweg. Auf dem Boden roch es nach Staub, getrockneten Kräutern und dumpfer Hitze. Ich konnte nichts entdecken, nur überzog sich fern am Horizont der Himmel von unten her mit einer schwarzen Haut, vor der sandige Felder, Bäume und ungeordnet verstreute Häuser sich mit grellen Farben abhoben. Dieser Anblick kam mir ungewöhnlicher vor als die Rauchschwaden der Einschläge und Brände.

Auf dem Rückweg schaute ich nach den Abiturienten. Sie hatten mittlerweile Uniformen ergattert, einer hatte sich sogar die weiß-rote Schnur des Einjährigen angenäht. Jetzt lagen sie mit aufgeknöpften Feldblusen auf dem Rücken, die Arme unter dem Kopf.

»Wir wollen ein bißchen dösen, Herr Fähnrich«, sagte der mit der Schnur, »man langweilt sich.« Er ließ seine großen, weißen Zähne sehen und blickte mich unter dichten Brauen kindlich frech an. Er machte sich nichts aus dem Kanonendonner und forderte naiv Bewunderung für seine eines alten Soldaten würdige Kaltblütigkeit.

Zwischen der deutschen Batterie und uns entstand ein Kontakt voll enervierender Spannung. Sobald wir für eine Weile zu schießen aufhörten, deckten sie uns mit ihrem überlegenen Feuer zu, das erst schwächer wurde, wenn wir das

Tempo unserer Kanonade steigerten. Sie nahmen uns nun in die Zange und trafen rund um die Kate; es fiel schwer zu begreifen, warum sie uns noch nicht vernichtet hatten. Marchewka behauptete, sie könnten mit ihrer Libelle die unscheinbare Höhe unseres Hügels nicht erfassen. Wie dem auch war, der hitzeflimmernde Himmel und die versengte, sandige Erde waren von Vernichtung erfüllt. Sie schlossen uns ein in der engen Muschel von Getöse und Gepfeife und Erschütterung, in der nur unablässige Aktivität eine Art Unempfindlichkeit gegen die würgend andrängende Panik garantieren konnte. Der Lauf unseres Feldgeschützes verbrannte uns die Finger. Wir feuerten zwölf Granaten pro Minute und kamen bei dieser Geschwindigkeit zu einer unbewußten, fast glücklichen Gedankenlosigkeit. Der Munitionswagen wurde schnell leer, überall gähnten Öffnungen wie bei einer ausgegessenen Sonnenblumenscheibe. Hauptmann Jordan hatte versprochen, uns Munition zu schicken. »Schießt, bis der Befehl widerrufen wird«, hatte er bei dieser Gelegenheit gesagt. »Die Infanterie hat gebeten, die feindliche Batterie zu binden, solange sich das machen läßt.«

Wir schossen also, verlangsamten aber allmählich das Tempo und hofften auf den Wagen mit der Munition. Erhitzt, die Köpfe vom Dröhnen wie geschwollen, die Arme schwer vor Müdigkeit, unterbrachen wir schließlich das Feuer, um den Lauf zu reinigen und zu kühlen. Sofort wankte die Welt wieder von Einschlägen. Wir hatten uns bereits an dieses Chaos gewöhnt, unsere Bewegungen hatten jene abgemessene Ruhe angenommen, die wie eine bis zum Äußersten gespannte Membrane dem Druck der rasenden, jagenden Impulse standhält.

In den seltenen ruhigen Momenten spürten wir die schmerzliche Anstrengung dieser Spannung. Das alles war schwierig, aber es machte uns stolz; es gab uns das starke, erhabene Gefühl der eigenen Härte.

Eine der Granaten explodierte dicht hinter der Kate und überschüttete uns mit Staub, Zweigen und Splittern des zerfetzten Zauns. Ich sah, wie Sławik, der gerade mühsam den Rohrwischer in der Laufmündung herumdrehte, erbleichte und für einen Augenblick zur Reglosigkeit erstarrte, dann aber sofort seine Arbeit wieder aufnahm, ohne den Kopf zu senken und den Stiel aus den Händen zu lassen. Wie ein bebender Buckel wölbte sich auf meinem Rücken die Erwartung der nächsten, noch näheren Explosion. Hinter der Hausecke ertönte ein Schreckensruf. Mit einem Gesicht, so blaß, daß Brauen und Bart wie angeklebt wirkten, gestikulierte Dr. Kurek chaotisch und zeigte auf etwas für uns Unsichtbares hinter dem Gebäude.

»Schnell, Herr Fähnrich, schnell! Zu Hilfe! Die Jungs ...«

»Kanter, Galosz, geht hin!« rief ich. Eine unüberwindliche Abneigung, die Furcht vor Blut und Tod hatte mich erfaßt. Ich wollte um jeden Preis den Mythos von der Unzerstörbarkeit des Lebens aufrecht erhalten. Doch konnte ich nichts dagegen tun, daß ich zwischen dem Pfeifen und Krachen unruhig auf ein Stöhnen, einen Schmerzensschrei lauschte. Ich übergoß den Lauf mit Wasser aus einem kleinen Eimer und war bemüht, mich ganz dieser Tätigkeit zu widmen. Vom Garten drang aber kein Laut herüber. Nach einer Weile erschien Kanter und machte eine hilflose Handbewegung. »Ich komm nicht ran, Herr Fähnrich«, sagte er. »Die Bienen stechen.«

»Ist einer verwundet?«

»Beide, Herr Fähnrich, aber einer ist ausgerückt. 'ne dicke Blutspur bis zum Weg. Der andre, der hat 'n kaputten Kopf, der stirbt.«

»Die Bienen stechen euch, ihr Scheißkerle!« schrie Marchewka und hörte auf, an der verstellten Libelle zu hantieren. »Ein Mensch stirbt, und ihr habt Angst vor Bienen!« Mit einem Sprung befand er sich bei Kanter und zog ihn mit. Ich lief ihnen mit zusammengebissenen Zähnen nach.

Der winzige Garten, dessen grellfarbene Georginen und Astern vor kurzem noch dem Grauen des Krieges Hohn gesprochen hatten, war jetzt ein trauriges, umgewühltes Brachland, ein Müllhaufen umgestoßener und zerbrochener Bienenstöcke, über denen in Hitze und würgendem Pulverdampf als summende Wolke ein Schwarm wütender Insekten kreiste. Zwischen zerdrückten Stachelbeersträuchern lag am Boden einer flachen, sandigen Grube die schrecklich gekrümmte Gestalt mit dem Arm über dem Kopf wie zum Schutz gegen Stiche. Kragen und Ärmel der Feldbluse waren schwarz von Blut. An dem halb abgerissenen Kragenspiegel glänzte weiß und rot die Einjährigen-Schnur.

»Umdrehen«, sagte Marchewka. Aber kaum war er ein paar Schritte auf den Verwundeten zugegangen, sprang er schon zurück und gestikulierte wild. Der Abiturient am Boden stöhnte dumpf und bewegte seine Schulterblätter.

Das lähmende Gefühl des Grauens verließ mich blitzschnell. Ich rannte in die Kate und riß aus dem in der Stubenecke liegenden Strohsack eine Handvoll Stroh. »Galosz! Stroh, Lumpen, Papier her! Holt, was ihr findet!« Wir legten rund um den Verwundeten einen Kranz von allerlei Abfall. Gebückt schritt ich ihn ab und steckte ihn überall in Brand. Gleich danach konnten wir an den dermaßen Umräucherten ohne weiteres herantreten. Jemand holte aus der Kate eine rosa Bettdecke. Wir legten den unglücklichen Abiturienten darauf und trugen ihn in den Hof unweit der Scheune. Er war bewußtlos. Eine Seite des Kopfes und eine Gesichtshälfte waren ein einziger Brei aus Blut und nassen Haaren. Über der Stelle, wo die Schläfe gewesen war, traten weiße Gehirnwindungen zickzackförmig hervor. Das übrige Gesicht war von Bienenstichen verschwollen. Ich zwang mich, ruhig hinzuschauen, doch im Herzen stieg ein böser, egoistischer Groll gegen diesen sterbenden Jungen auf, weil er einen so schlimmen und entsetzlichen Anblick bot. Es fiel mir ein, wie wir vor einigen Tagen, noch ehe wir Janów erreichten, mitten im Walde in einem Flüßchen, das eine sonnenüberstrahlte Wiese teilte, gebadet hatten. In einem etwas tieferen Abschnitt hatten die beiden Abiturienten das Crawlen vorgeführt und gegenseitig mit dem Sekundenzeiger der Armbanduhr die Zeit gemessen. »Der wird mal ein guter Schwimmer«, hatte Kazek in prophetischem Tone gesagt, weil er selbst beim Sportclub Cracovia war. »Sieh dir mal den Schwung an, die Beinarbeit, die großartige Figur.« Die Erinnerung preßte mir die Kehle zusammen. Der sonnengebräunte Sportler hatte mit der schrecklichen Puppe zu unseren Füßen nichts gemein. Freuden und Leiden, Leben und Tod waren mir in der Theorie immer wie eine unzertrennbare Einheit vorgekommen. Was ich aber jetzt sah, machte den Eindruck einer fremden, unbekannten Daseinsform. Ich begriff plötzlich, obwohl ich es nicht in Gedanken fassen konnte, daß meine bisher gemachten Erfahrungen leere Worte ohne Leben waren und das, was ich in ungetrübter Selbstsicherheit mit ›Schmerz‹ oder ›Tod‹ bezeichnet hatte, keine Spur eines wirklichen Inhalts besaß.

Neben dem Verwundeten kniend, bemühte ich mich, ihm etwas lauwarmes Wasser aus der Feldflasche in den Mund zu gießen. Über Backe und Bart liefen ihm feuchte Rinnsale, vermischt mit rosa Schaum. Er begann leise zu röcheln, auf seinen Lippen zeigte sich noch mehr Schaum. Rülpsend und stöhnend erzeugte er klebrige Blasen.

Ich hob den Kopf zu den Kameraden, die mich im Kreis umstanden. Die Stille in der Luft wurde mir bewußt. Der Feind hatte das Feuer eingestellt. Nur im linken Flügel, jenseits des Wegs donnerten noch die Geschütze, doch schien uns ihre Stimme beruhigend fern.

»Kanter, holen Sie die Sanitäter«, sagte ich. Cwalina und Kurek traten mir gegenüber auseinander, und zwischen ihnen tauchte Funts verschwitztes, lächelndes Gesicht auf. Er blickte ruhig nach unten, sein Lächeln verzog sich töricht und erstarrte zu einer sinnlosen Grimasse. Schnell blinzelte er, schluckte, hob dann die Finger an den Mützenschirm und meldete mit heiserer Stimme:

»Herr Fähnrich, ich hab Munition gebracht.«

Ich rannte von Baum zu Baum, ließ mich beim Krachen naher Einschläge zu Boden fallen und kaute die ganze Zeit auf dem süßen Wachsklumpen, der in meinem Mund kaum Platz fand. Mit unseren Bajonetten hatten wir die Waben aus den zerstörten Bienenstöcken geschnitten; sie waren unsere erste Mahlzeit seit dem Morgen. Die schwarze Wolke, die ich im Süden entdeckt hatte, überzog nun den halben Himmel, und fernes Donnergrollen mischte sich unter die Stimmen der Geschütze und steigerte den Schlachtenlärm.

Die Sonne aber brannte immer sengender, kein Lufthauch vertrieb den Staub, der über dem Wald hing.

Die Stellung des Batterieführers befand sich jenseits des Weges im dichten Buschwerk auf einer anderen Sanddüne. Irgendwo dort stand auch Jesiołłs Geschütz. Ich hörte, wie es feuerte, um uns in dem hoffnungslosen Zweikampf mit den deutschen Haubitzen beizustehen. Nach langem Zögern hatte ich mich entschlossen, um die Erlaubnis zum Verlassen unseres Hügels zu bitten. Wir hatten unsere letzten Schüsse liegend abgegeben, während unablässig Granatsplitter gegen den Schutzschild unseres Feldgeschützes trommelten. Galosz und Kanter versagten völlig. Bei der Bedienung des Geschützes konnte man nicht mehr mit ihnen rechnen. Weder Bitten noch Drohungen konnte sie dazu bringen, die Scheune zu verlassen.

Ich fand einen schmalen Weg durch das junge Kiefern- und Tannendickicht. Für einen Augenblick blieb ich stehen, um bedauernd das Wachs auszuspucken. Ich sog gerade den letzten Saft heraus, als vor mir Zweige knackten und Stimmen ertönten. Die kleinen Besen dunklen Nadelwerks schoben sich raschelnd beiseite, und drei Gesichter, eine seltsame Pyramide bildend, erschienen im Grün, zwei seitlich vorgebeugt, rot und vor Anstrengung schwitzend, das dritte über ihnen grau unter unrasierten Bartstoppeln. Hauptmann Jordan hielt die vorgebeugten Nacken von Redycz und Florczak umfaßt. Er saß auf ihren verschränkten Händen. Sie sahen mich und blieben stehen. Ich bemerkte, daß das rechte Bein des Hauptmanns unnatürlich herabhing und daß der Stiefelschaft bis zur Fersenkappe aufgeschnitten war. Jordan warf mir unter zusammengezogenen Brauen einen fragenden Blick zu.

»Das ist der Führer des 5. Geschützes«, erklärte Redycz.

»Stehen Sie neben der Kate auf dem Hügel?« fragte der Batterieführer.

»Jawohl, Herr Hauptmann.«

Die Winkel seines blassen Mundes lächelten. »Wie heißen Sie?«

»Fähnrich Strączyński.«

»Sie haben eine dieser Haubitzen ausgeschaltet«, sagte er und hörte nicht auf, angestrengt zu lächeln. »Die schießen nur noch fünf Granaten auf einmal ab. Sie haben schwer zu tun, nicht wahr?«

Ein Weilchen blickten wir uns schweigend an. Auch die beiden anderen Offiziere lächelten.

»Jawohl, Herr Hauptmann. Ich wollte um die Erlaubnis zum Stellungswechsel bitten...« Und plötzlich fügte ich unwillkürlich hinzu: »Aber eigentlich ist das nicht nötig. Wir werden schon noch bis zum Abend durchhalten.«

Regenrauschende Dunkelheit umschloß uns überall, nur an der Feldküche glotzte das gelbe, tränende Auge einer Stalllaterne in die Finsternis. Von Zeit zu Zeit leuchteten die dichten Regenstreifen gläsern auf im grünen Zucken eines Blitzes oder im weißen Feuer eines Granateinschlags. Doch die Schüsse fielen selten, einzeln und zufällig wie Drohungen, die nach einer Prügelei von fern herüberhallen.

Die durchnäßte Uniform klebte kühl am Körper, Rinnsale liefen kitzelnd über den Rücken. Wir bekamen heißes Schweinegulasch mit Kartoffeln und Kohl. Sein schwerer Duft bewegte schmerzhaft den leeren Magen. Am Kessel stand der Hauptwachtmeister Misiąg, das schmutzige Licht der Laterne beleuchtete ihn fantastisch von unten.

»So was habe ich noch nicht gesehen, bei Gott«, redete er im schwarzen Chaos des wellenförmig anwachsenden Rauschens. »1920 war ich an der Front. Es wurde auch ganz schön geballert, aber das hier – laßt mich in Ruhe, das ist nicht zu vergleichen. Ich gebe offen zu, den ganzen Tag habe ich den Kopf nicht aus dem Wagen gesteckt.«

Auf seiner Brust, die unter dem offenen Umhang gut zu sehen war, zeichneten sich zwei Reihen Ordensbänder als waagerechte Linien ab.

Niemand antwortete ihm. Die Leute waren zu müde, um ihre eigenen Erlebnisse zu kommentieren. Außerdem waren das Abendessen und der Regen in diesem Augenblick die größten Sensationen. Das erste warme Abendessen seit vielen Tagen, der erste Regen nach glutheißen Wochen.

»Ist Fähnrich Strączyński hier?« fragte jemand unweit der Schlange. Ich erkannte Jesiołłs Stimme. »Hier bin ich, was willst du?«

»Paweł, du mußt mir helfen. Ich habe noch immer nicht aufgeprotzt. Die Pferde können nicht in meine Stellung kommen, ich habe drei Verletzte, ich schaffe es nicht allein.«

»Gut, warte, bis ich gegessen habe.«

Kaum hatte ich mir nach dem Gulasch den Mund abgewischt, nahm ich Sławik, Cwalina und Kanter mit. Wir begaben uns gemeinsam an den Waldrand. Unterwegs hielt uns Oberleutnant Herbst an, dessen Zug man uns an diesem Abend unterstellt hatte. Er leuchtete mir mit einer Taschenlampe in die Augen. »Sie suche ich gerade«, sagte er. »Das AR 6 muß Munition gebracht kriegen, dorthin.« Er wies mit der Hand auf die nahe Wegmündung. Dieses Dort war eine durchsichtige, bebende Wand von beweglichem Rot, die ihren düsteren Feuerschein in die Regennacht warf. Es handelte sich um das zum Dorfrand vorgeschobene Waldstück, das unser Batterietrupp erkundet hatte und um das morgens erbittert gekämpft worden war. Ich hatte nicht gewußt, daß dort die Stellungen des AR 6 lagen. Jetzt betrachtete ich den Wald mit Hochachtung und Grausen. Das Feuer flackerte wie eine glitzernde Hülse an den Bäumen, deren krumme Silhouetten sich grell vom Hintergrund abhoben. Flammen sprangen waagerecht von Stamm zu Stamm, und aus den Kronen zuckten hohe Funkengarben. Das Feuer breitete einen flimmernden Schein über die angrenzenden Felder. Etwa anderthalb Kilometer trennten uns von ihm. »Man kommt schwer hin«, sagte Herbst, »die Deutschen ballern auf den Weg. Darum brauche ich einen Mutigen.«

Wie zur Bestätigung seiner Worte explodierte im Bereich des Feuers violett blitzend eine Granate; dann krachte näher bei uns eine andere, deren weißer Funkenregen den Wald schräg aufspaltete. Kanter und Sławik hockten sich in den Graben.

»Ich will gerade Fähnrich Jesiołł beim Aufprotzen helfen«, sagte ich und merkte beschämt, daß ich gar nicht mutig war. Wenn er darauf besteht, kann ich ja mit der Munition hinfahren, dachte ich. »Später könnte ich ...«, fügte ich hinzu.

»Nein, da muß sofort jemand fahren«, antwortete Oberleutnant Herbst. »Wissen Sie denn niemand mit starken Nerven?«

»Fähnrich Marchewka«, schlug ich vor.

»Meinetwegen auch Marchewka.«

Links krachten neue Einschläge. Aus der Dunkelheit tauchte Jesiołł auf. »Komm schnell, Paweł«, rief er. »Die knallen wieder auf meine Stellung. Sie zertrümmern noch mein Geschütz, und, was noch schlimmer ist, inzwischen fressen die anderen unser Gulasch.«

Das Gewitter verzog sich erst gegen Morgen, und der neue Tag löste sich nur mühsam aus weißen Nebelschwaden. Schwere Tropfen liefen raschelnd von den Blättern. Herbstkühle, die plötzlich den schier endlosen Sommer vertrieben hatte, durchdrang uns. Während wir die Geschütze aufstellten, zitterten wir in unseren nassen Mänteln und Stiefeln. Diesmal bezog die ganze Batterie ihre Stellungen auf einer feuchten Wiese am südöstlichen Waldrand. Vorläufig war das eine neblige Insel mit unbestimmten Konturen, aber durch den dichten Dunst vor uns schien schon das blasse, ferne Licht, langsam traten die schlanken Schatten junger Birken und feuchtglänzender Erlen hervor. Unsichtbare Vögel zwitscherten irgendwo mit wachen, scharfen Stimmen.

Hinter unserem Rücken verlief ein tiefer, mit Schilfrohr bestandener Graben, und ein hoher, grasbewachsener Wall trennte uns vom Rest der in Weiß gehüllten Welt. Darauf schob sich lautlos eine Infanteriepatrouille vorbei. Die flachen Silhouetten der Soldaten erschienen wie Gespenster; sie zogen einzeln dahin und verschwanden auf dem Weg zu ihrem geheimnisvollen Ziel. Eine große Stille lag über dem Wald. Das Klirren eines an den Sporn schlagenden Spatens, das abgerissene Murmeln der Gespräche, das Quietschen der Räder einer vorrollenden Kanone blieben bedeutungslos. Sie sickerten gleichgültig in die Feuchtigkeit und Kühle; unsere Tätigkeiten schienen nicht mehr Einfluß auf den Tag zu haben als das Umherfliegen der Spechte und Häher.

Die Stelle wirkte so sicher und abgelegen, daß der Kampf für uns jeden Anschein von Realität verlor. Wir warteten auf den versprochenen Kaffee und das schöne Wetter, das sich irgendwo über uns vorbereitete und mit der weichen Vorahnung von Gold und Himmelblau durch die milchige

Decke drang. Der Nebel fiel schnell, verlor seine Dichte und verkroch sich schwadenweise im Wald. Nach dem Frühstück, das die Fahrer uns aus der Protzenstellung brachten, wurde es gänzlich hell, die zaghafte Wärme der noch tiefstehenden Sonne legte sich uns auf den Rücken und ließ feinen Dunst aus dem feuchten Wollstoff aufsteigen. Rechts, wo sich der Korridor des Waldweges öffnete, auf dem wir im Dunkeln hergekommen waren, türmte sich eine üppige Baumgruppe von Eichen und Buchen auf; man sah das Bruchstück eines hohen, malerisch überwachsenen Zauns. Vor der Pforte stand ein großer Soldat mit aufgepflanztem Bajonett Wache. Anscheinend war in dem bisher unsichtbar gebliebenen Gebäude, das ein Herrenhof oder eine Försterei sein mochte, die Divisionskommandantur untergebracht. Hinter dem Wall öffnete sich, von fernem, schwarzem Wald umrahmt, der weite Raum der Felder. Unsere Wiese verengte sich nach links wie ein in das Birkengehölz geschlagener Keil, was uns den Horizont im Süden und Westen verdeckte. Während ich mich mit der sorgsamen Neugier eines Soldaten umschaute, der sich auch das kleinste Detail des Schlachtfeldes merken will, träumte ich gleichzeitig von bezaubernder Ferienstille in diesen weiten Wäldern, von der Anmut warmer, nicht durch das Dröhnen der Geschütze gestörter, nicht vom bitteren Geruch verlöschender Brände durchsetzter, nicht vom dumpfen Entsetzen vor dem unbekannten Morgen vergifteter Sonnentage. Der Reiz banaler Dinge wie schüchterne Flirts im Sommerduft, einsame Spaziergänge auf weichen Waldwegen, Bücherlektüre, die den Abend mit dem Rauschen ferner Abenteuer und Länder füllt, offenbarte sich mir in den bezaubernden Farben einer unerreichbaren Exotik.

Irgendwo hinter dem Birkenhain ratterte kurz ein Maschinengewehr. Ein anderes antwortete weiter rechts, und als wäre sein Knattern der Auftakt zu dem bisher noch schlafenden Kampf, folgten ihm dumpf einzelne Schüsse.

Doch der Motor des Kampfes kam nicht auf Touren. Eine Weile noch krachte es unregelmäßig zwischen den Bäumen, dann kehrte Stille ein, eine wachsame, von anschwellender Feindseligkeit unterminierte Stille.

Auf dem Wege näherte sich ein Geräusch, und alle Köpfe wandten sich in diese Richtung. Gefangene wurden zum Quartier des Stabes gebracht. Sie standen in langer Reihe am Zaun, bewacht von untersetzten, behelmten Infanteristen, die mit gespreizten Beinen und gesenkten Karabinern wenige Schritte entfernt auf sie achtgaben. Die zerknitterten blaugrauen Uniformen wirkten seltsam fremd. Wir kannten sie von Abbildungen, von farbigen Instruktionen, die vor Kriegsausbruch den Regimentern zugestellt worden waren, und betrachteten sie jetzt mit demselben ungläubigen Staunen, mit dem man einen seltenen, nur von der Bildtafel im Naturkundebuch her bekannten Käfer anschaut.

Unser Geschütz war dem Weg am nächsten, das erste von rechts, so sahen wir alles am besten. Die Deutschen wurden einzeln durch die Pforte geführt. Anscheinend verhörte man sie, um die Truppenverteilung des Feindes herauszufinden. Sie gingen verstört und blaß wie zur Hinrichtung.

»Als ich gestern mit der Munition in dem Waldstück war«, sagte Marchewka, »habe ich einen ganzen Haufen ihrer Leichen gesehen. Sie sind großartig ausgerüstet. Jeder Soldat hat einen Umhang, der ihm als Zelt dienen kann; ihre Brotbeutel sind vollgestopft mit Zigaretten und Fressalien. Unsere Leute vom AR 6 haben sich den Bauch mit Schokolade vollgeschlagen. Stellt euch vor, Schokolade im Krieg! Das heißt für seine Männer sorgen.«

Eine Weile herrschte befangenes Schweigen. Tatsächlich, was konnten wir dem entgegenhalten?

»Sie sind reich, sie können sich das erlauben«, knurrte Sławik. Im Ton seiner Stimme lag kein Neid, nur Ablehnung.

»Reich ist der Teufel«, fügte Cwalina allen Ernstes hinzu.

»So ist das eben auf der Welt, das Böse geht mit dem Reichtum Hand in Hand.«

Dr. Kurek musterte das dunkle, hagere Gesicht des Kanoniers 3 mit ironischem Interesse.

»Daß sie Schokolade haben, beweist noch gar nichts«, sagte er, »ihre Zivilbevölkerung hungert...«

Es raschelte in den Birken vor uns, und ein Telefonist trat auf die Wiese; der Apparat baumelte ihm auf dem Bauch, in der Hand trug er die Kabeltrommel. Er zog die Leitung bis an den Wall, schloß den Apparat an, drehte sofort die Kurbel und rief monoton jemanden. Oberleutnant Florczak, der als Batterieoffizier fungierte, nahm ihm den Hörer ab. »Hier ist die Batterie«, schrie er, »hört ihr mich? Ja, alles in Ordnung. Ich gebe gleich die Grundrichtung durch.« Er klappte den Apparat zu und machte sich mit Winkelmesser und Kompaß zu schaffen.

An der Stelle, wo der Wall im Waldesdickicht verschwand, zeigten sich graue Gestalten von Infanteristen. Die Patrouille, die wir im Morgengrauen gesehen hatten, kehrte zurück. Die Schützen hatten die Mantelschöße in die Koppel gesteckt, von ihren Schuhen und Hosen troff morastige Feuchtigkeit, als wären sie durch Sumpf gewatet.

»Was machen die Schwaben?« fragte Florczak, als der Fähnrich, der an der Spitze marschierte, auf gleicher Höhe mit ihm war.

»Sie waschen sich«, entgegnete der Patrouillenführer. »Sie haben Wassereimer vor die Häuser gestellt und waschen und rasieren sich wie für einen Empfang.«

»Oder wie fürs Begräbnis«, knurrte Florczak wütend. »He, Bruder, schlag mir den Stab dort neben dem Baumstumpf ein.« Das galt dem hinter ihm stehenden Unteroffizier. Die Patrouille ging weiter ihres Weges, und wir sahen einander mit schweigender Befangenheit in unsere schmutzigen, stoppelbärtigen Gesichter.

Geschossen wurde jetzt wie auf dem Truppenübungsplatz. Ruhig, ohne Eile, und sorgfältig stellten wir die Geschütze nach den Angaben ein, die uns vom vorgeschobenen Beobachtungspunkt telefonisch durchgesagt wurden. Die Schlacht brodelte vor uns mit verworrenem Lärm, aber bisher hatte niemand unsere Stellung beschossen, so daß wir uns, obwohl wir ständig Salven abfeuerten, gewissermaßen außerhalb des Geschehens fühlten. Nackt bis zum Gürtel, führten wir im Takt der Kommandos, die wie Befehle eines Ballettmeisters klangen, rhythmisch unsere Bewegungen aus. Von Zeit zu Zeit unterbrachen wir das Feuer. Die Kanoniere wischten sich die schweißbedeckte Stirn ab und setzten sich in den bescheidenen Schatten der Lafetten und Schutzschilde. Kazek kam zu kurzen, unbedeutenden Gesprächen zu mir. »Es schießt sich gut«, sagte er, »die Leute haben sich eingespielt.« Oder: »Wir werden braun, Paweł. Und wir trainieren nicht übel. Schau mal.« Er bog den Arm, und unter der braunen Haut wölbte sich der gespannte, harte Bizeps des Sportlers.

Nach dem Vortag war diese Arbeit eine Erholung, doch barg ihre gefahrlose Gleichmäßigkeit auch eine gewisse Langeweile. Einzig und allein Sławik konnte dabei seinen patriotischen Leidenschaften freien Lauf lassen. »Das ist für Karwina«, sagte er und stopfte mit dem Stempel die Kartusche in das offene Schloß. Und etwas später: »Das ist für Kattowitz, für Krakau, für Posen, für Lodz! Da habt ihr's, Pierrona, freßt das!«

Die Litanei der Städtenamen war erschreckend lang. Sławik nannte sie in ehrlichem Zorn, mit jener tiefen Wahrhaftigkeit des Gefühls eines nicht intellektuell blasierten Menschen, die ohne die geringste Befangenheit deklamatorische Leerformeln benutzt. Doch lag in diesen Ausrufen nicht die Bitterkeit der Niederlage. Vielmehr schwang darin die Hoffnung, beinahe Gewißheit, unsere Salven würden die Erfolge des Eroberers auslöschen.

Wir wußten, daß wir einen Angriff des Infanterie-Regiments Nr. 20 vorbereiteten, weil wir aber nichts sahen außer dem dichten Vorhang eines Birkenwaldes, hatten wir keine Ahnung von dem, was auf dem Vorfeld geschah und ob unsere ganze Schießerei irgendeinen Nutzen brachte.

Da ertönten hinter unserem Rücken zahlreiche Schritte weich im Grase. In lockerer Ordnung kamen Infanteristen. Helme, aufgepflanzte Bajonette, Handgranaten am Koppel, die Gesichter von innerer Erregung geprägt. An ihrer Spitze marschierte ein Major mit unbedecktem, lockigem, kurz geschnittenem Haar, graumeliertem Bart, dunklem Gesicht und vorspringender Nase. Manche Soldaten trugen lange Bretter, die vermutlich die Überquerung eines Sumpfes erleichtern sollten. Der Angriff begann.

Wir hatten gerade den Befehl erhalten, das Feuer zu unterbrechen, und konnten uns alle nach dem neuen Anblick umdrehen.

»Helft uns, Leute«, rief ein Schütze. »Haltet feste drauf, daß wir vorankommen.«

»Wenn ihr uns im Nacken kitzelt, machen wir kehrt und pieken euch mit den Bajonetten«, schrie ein anderer.

»Keine Sorge«, antworteten die Kanoniere, »wir lassen euch nicht im Stich, das steht fest.«

»Denkt daran, Leute: für Krakau«, schrie Sławik mit blitzenden Augen.

»An die Geschütze!« ertönte Oberleutnant Florczaks tiefe Stimme. Mit neuer Energie eilten wir auf unsere Plätze. Jetzt waren wir keine Zaungäste mehr, sondern nahmen am Spiel teil.

Wir erhielten Antwort. Die Einschläge deutscher Granaten erschütterten den Birkenwald. Wir hörten, wie sie gleich großen, wütenden Ebern sich unweit vor uns in das Dikkicht wühlten. Bald würden sie uns erreichen und uns in Rauch, Pfeifen und Todesangst hüllen. Bisher war ich geneigt gewesen, diesen Tag leicht zu nehmen. Ich hatte geglaubt, gestern hätten wir auf einer höheren Stufe gestanden, unsere Existenz am Rande der Vernichtung hätte den Klang eines edleren Erzes gehabt. Jetzt wußte ich, wieviel lieber es mir wäre, wenn das alles nur Erinnerung geblieben wäre.

Über die kleine Wiese kamen Verwundete, der ans Ufer geblasene Schaum des Angriffs. Manche mit eigener Kraft, Blut und Uniformfetzen prahlerisch herzeigend, andere auf die Schultern leichter verletzter Kameraden gestützt. In den Gesichtern der meisten glühte krankhafte Erregung. Viele gestikulierten leidenschaftlich und erzählten mit erhobener Stimme ihre Erlebnisse.

»Als erster bin ich auf das MG losgesprungen«, rief ein Infanterist, dessen Arm, um den Nacken eines Kameraden mit verbundenem Kopf gelegt, kraftlos baumelte. »Ich hab' ihnen die Handgranate genau in die Mitte ihrer Bodensenke geschmissen. Deren SMGs bellen nicht wie unsere, sie bullern, so wie Wasser im Topf kocht.«

»Wir waren bereits im Dorf«, prahlte ein anderer. »Ihr schießt gut. Was da an getroffenen Autos steht!«

Immer mehr Infanteristen erschienen auf dem Wall. Zwei Sanitäter mit Rotkreuz-Armbinden schleppten mühsam eine schwere Trage. Von dem einen Ende hing schwankend der lockige Kopf des dunklen Majors herab, der so selbstsicher an der Spitze des Bataillons marschiert war. Sein weit offener, blutloser Mund schien ein wildes, schweigendes Lied gen Himmel zu singen.

Dr. Kurek klatschte den trüben Inhalt des Kochgeschirrs auf den Boden. »Sauerei«, sagte er. »Den ganzen Tag kämpfen die Soldaten mit leerem Magen, und dann kriegen sie solch ein ekliges Abwaschwasser. Schlimmer als Abwaschwasser – einfach Wasser mit ein paar verfaulten Kartoffelschalen drin.«

»Morgens wurde doch ein Schwein geschlachtet«, sagte Cwalina. »Ich habe selbst gehört, wie Kud das erzählte.«

»Ja, ja«, bestätigte Sławik. »Die Fahrer sind alle Ukrainer, Pierronna. Alles haben sie aufgefressen und uns nur noch das Wasser gebracht, mit dem die Töpfe ausgewaschen wurden.«

»Der Koch vom AR 6 ist ein Deutscher«, fügte Kanter hinzu. »Ich kenn' ihn, Herr Fähnrich. Der macht das aus Bosheit.«

Ich versuchte, die dünne Suppe zu trinken. Sie war völlig ohne Geschmack. Wenige nicht weich gekochte Kartoffelstücke und einige rohe Kohlblätter schwammen darin herum.

»Das müssen Sie Oberleutnant Herbst zeigen«, riet Dr. Kurek mit gerunzelter Stirn. »Das ist doch ein Skandal!«

Aber die Offiziere hatten die Stille, die sich in der Stellung ausbreitete, genutzt und waren in die Försterei gegangen. Der Nachmittag hatte keine Abkühlung gebracht. Die Sonne brannte schräg hernieder und sog gemeinsam mit dem Hunger alle Kraft aus den ermatteten Körpern. Kein Hauch bewegte die glasige Luft über der Wiese.

Die drei Schwäger hockten im Gebüsch hinter dem Munitionswagen und berieten sich murmelnd. Nach einer Weile kam Sławik auf mich zu. »Herr Fähnrich, so kann das nicht weitergehen«, begann er, und seine fetten Backen zitterten vor Empörung. »Das kommt, weil wir Oberschlesier sind. Ist ein Ukrainer vielleicht ein besserer Pole als wir? Solch Sauzeug essen wir nicht. Wenn schon Gleichheit, dann für alle. Gehen Sie hin, Herr Fähnrich, und sagen Sie denen, daß sie richtiges Essen bringen und nicht so 'n Schweinefraß.«

»Na, hören Sie mal, die ganze Batterie hat dasselbe gekriegt«, entgegnete ich, »nicht nur ihr. Schauen Sie her« – ich zeigte ihm mein eigenes Kochgeschirr. »Was reden Sie da? Es kommt im Krieg vor, daß man hungert.«

»Sie halten zu den Fahrern, Herr Fähnrich«, knurrte er und ließ sich in seiner Gereiztheit nicht überzeugen.

»Um Gottes willen, Sławik, Sie reden wie ein Kind. Sie wissen doch selber, das ist Unsinn.« Er ging mürrisch fort und hob ostentativ die Schultern.

Bei allen Gruppen lärmte es von bitteren, verärgerten Gesprächen. Der Kampfeseifer der Batterie war spurlos verschwunden, obwohl die Infanterie das Dorf Aleksandrów im Sturm genommen hatte.

»Warum schießt ihr nicht, verdammt noch mal?!« brüllte Redycz in der Dunkelheit.

»Die Leitung ist doch unterbrochen«, entschuldigte sich Florczak.

»Ich habe euch einen Melder mit dem Befehl geschickt.«

»Hier war kein Melder. Weiß der Teufel, wo der sich rumtreibt.«

Krachende Einschläge auf dem Feld hinter dem Wall übertönten das weitere Gespräch. Zuckende weiße Blitze rissen für einen Augenblick die tanzenden Gespenster der Kanonen und der Menschen aus der Finsternis. Wieder flogen schaurige Pfeifgeräusche über uns hinweg, wieder spürten wir im Genick das Gewicht des vorbeiziehenden Todes.

»Wo sind denn die Beleuchtungsgeräte?« vernahm ich erneut Redycz' Stimme, als die Nacht sich ein bißchen beruhigt hatte. »Schicken Sie sofort jemanden in die Protzenstellung. Misiąg müßte über die Geräte Bescheid wissen.«

Neue Einschläge erschütterten den Wald, dann belferten hinter den Birken wütend die Maschinengewehre. Wir saßen am Boden und lauschten im Dunkeln wie Mäuse unter dem Fußboden. Die Geräusche, nach denen wir im Laufe des Tages das Schlachtgeschehen zu unterscheiden gelernt hatten, vermischten sich jetzt zu einem unverständlichen, chaotischen Getümmel, das uns umgab und aus ganz verschiedenen Richtungen auf uns zukam. Unser untätiges Warten zog sich unendlich in die Länge. Langsam hörten wir auf, uns zu fürchten. Eine Müdigkeit befiel uns, die nicht einmal der unaufhörliche Beschuß zu zerstreuen vermochte. Schließlich erklang nach einer unbestimmbar langen Zeit wieder Redycz' zornige Stimme. »Für dies Durcheinander wird sich jemand verantworten müssen«, schrie er. »Das riecht nach Feldgericht. Herr Oberleutnant Florczak, Herr Oberleutnant Herbst, wir schießen im Dunklen weiter, dasselbe Kommando!«

Der kleine, untersetzte Herbst erschien bei uns wie ein Geist. »Streichhölzer, meine Herren, Streichhölzer«, wiederholte er ständig. »Dasselbe Kommando. Leuchten Sie sich mit Streichhölzern.« Längs der Batterie flammten kleine Irrlichter auf. Am linken Flügel schoß das erste Geschütz, als hätte jemand an einer riesigen Metallsaite heftig gerissen. Dann füllte sich die ganze Wiese mit Gedröhn und Geheul. Wir schossen gänzlich ohne Ordnung, nervös und blindlings, wir stießen aneinander, stolperten über die Lafetten und verbrannten uns die Finger an den Flämmchen. Vor meinen Augen tanzten Bruchstücke der Messingtafel des Zielgeräts, Umrisse vorgebeugter Köpfe und Dr. Kureks magere Hand, die sich immer wieder um den blutrot aufleuchtenden Verschluß ballte.

Mittlerweile beschoß der Feind immer heftiger das Feld in unserem Rücken. Ich fand keine Zeit zu überlegen, weshalb er das tat. Plötzlich zerrte mich jemand am Ellbogen. »Schauen Sie mal«, stammelte Kanter mit erstickter Stimme. Ich sah mich um. Mitten auf der dunklen Ebene brannte ein Wagen wie ein lodernder Strauch. Durch den flackernden Kreis des roten Feuerscheins galoppierten andere Troßfahrzeuge, gebeugte Silhouetten von Menschen und Schatten jagender Reiter rasten in seltsamen Sprüngen dahin. Die blendenden Fontänen der Explosionen enthüllten auf phantastische Weise immer neue Szenen dieser Flucht. Der Anblick faszinierte uns mit seinem Schrecken. Jetzt wandten wir uns fast ständig zwischen zwei Schüssen um, immer stärker überzeugt davon, daß auch wir in Kürze denselben Weg würden nehmen müssen.

»Ein wahres Feld des Todes«, sagte Dr. Kurek, und obwohl der Ausspruch so salbungsvoll klang, wirkte er in diesem Augenblick nicht komisch.

»Unsere hauen ab«, hieß es am Geschütz.

»Es werden Trosse verlegt«, sagte ich in einem Moment relativer Stille. Ich täuschte mich, ich glaubte, das sei noch nicht der definitive Rückzug. Aber gleich darauf erblickte ich im Licht der weißen, zuckenden Blitze ungeordnet davonjagende Artillerie-Gespanne.

»Schießen, schießen! Immer mit demselben Kommando«, rief irgendwo in der Nähe Oberleutnant Herbst. Die letzten Streichhölzer klapperten in meiner Schachtel. Auch den anderen mußten sie schon ausgehen, denn unser Feuer wurde schwächer; es entstanden immer größere, schwarze Pausen. In einer von ihnen vernahm ich das Quietschen der vorfahrenden Protzen und warf noch einmal, den Krampf der Angst in der Kehle, einen Blick auf den wilden Strudel des Rückzugs.

Auf dem Feldweg, der die Achse unseres Marsches schräg kreuzte, näherten sich Panzer, eigentlich ein großer Panzer und zwei klappernde Kleinkampfwagen. Die Motoren röchelten laut, sie schienen mit letzter Kraft zu arbeiten. Der von ihnen aufgewirbelte Staub legte sich als lange, goldschimmernde Wolke auf die Stoppelfelder und den noch nicht gemähten Hafer. Aus den Türmen ragten – unförmig in ihren Schutzhelmen – die Köpfe der Kommandanten heraus. Sie wurden geschüttelt und schauten sich in der heiteren Welt um wie Gänse, die staunend aus den Körben hervorblickten.

Wir sahen zu, wie sie sich näherten, wie sie ihre Fahrt verlangsamten, um unsere Kolonne durchzulassen. Eigene Panzer, ein völlig ungewohnter Anblick.

»Jetzt kommt ein Gegenangriff«, sagte Dr. Kurek tief überzeugt.

»Ihr werdet sehen, heute noch rücken wir nach Westen vor.«

»Nach Berlin«, ergänzte Funt, der gerade hinter mir neben dem Geschütz herritt. Doch Dr. Kureks Optimismus fand unter den Mannschaften mehr Echo als Funts Ironie. Anfänglich betäubt und entsetzt durch die nächtliche Flucht, versuchten die Leute jetzt, eine positive Erklärung für das Geschehen zu finden.

»Das war nur ein Schachzug«, erläuterte Marchewka und stocherte sich unbefangen zwischen den Zähnen.

»Wir haben ihnen doch bei Aleksandrów Senge verpaßt.«

Man stimmte eifrig zu. Aleksandrów! O ja. Das war prima. Wir spürten es alle. Jener Morgen des 15. September, als wir auf dem Sandhügel neben der Kate Stellung bezogen hatten, war für uns der eigentliche Kriegsbeginn. Eine Rückkehr zur jämmerlichen Routine der ziellosen Märsche kam mir unmöglich vor.

Ohne das Ende unserer Kolonne abzuwarten, fuhren die Panzer neben dem Weg weiter. Langsam kriechend überholten sie uns. Sie bebten und schleuderten mit ihren flachen Hinterteilen über den ausgedörrten Ackerboden. Zusammen mit dem Staub stieg uns heißer Benzingeruch in die Nase. »Nach Berlin, Leute, nach Berlin!« schrie Funt, doch die Panzersoldaten konnten ihn sowieso nicht verstehen.

Unsere Marschrichtung wies immer deutlicher nach Süden. Niemand sprach mehr von einem Gegenangriff. Wir sprachen überhaupt nicht mehr. Mit vibrierendem, tiefem Gepfeif flogen die Geschosse der schweren deutschen Artillerie über unsere Köpfe hinweg, explodierten auf den Feldern und ließen die Erde beben. Irgendwo rechts von uns, hinter einer sanft gewellten Hügelkette, brach in unregelmäßigen Abständen das Knattern von Maschinen- und Handfeuerwaffen los. Vermutlich hielt dort unsere Infanterie den vorandrängenden Feind auf.

Die Gesichter der Kanoniere waren konzentriert. Nach jedem Einschlag wandten sie die Köpfe ab, sie dämpften diese Bewegung mit sichtbarer Anstrengung.

Wir fuhren hinunter in die tiefliegenden Wiesen eines Dorfes, das sich mit schmalen Feldstreifen einen kahlen Geländerücken hinanzog. Der Weg verlief auf der Höhe und beschrieb unten eine weite Schlinge. Längs der Flechtzäune und dem von alten Weiden überschatteten Bach spazierten in aller Ruhe Hühner und Gänse, ohne sich vom Krach aus der Ruhe bringen zu lassen. Die Menschen dagegen konnten ihre Panik nicht verbergen. Man sah sie nur von hinten zwischen den Katen, wie sie hin- und herliefen, Bündel auf dem Rücken trugen, diese ins Feld warfen und schnell in ihre Häuser zurückkehrten, um neue Lasten zu holen. Auf den weiten Stoppelfeldern türmten sich, hundert Meter von den Gebäuden entfernt, die kläglichen Haufen ärmlicher Habe. Diese fast gleichen, aus einfachen Brettern zusammengeschlagenen Kommoden, Truhen, Tische und Betten zeigten nun, aus dunklen Stuben ins volle Licht des sonnigen Tages geschleppt, ihre erschütternd kantige Häßlichkeit, ihre wackelige Armseligkeit. Mein Blick fand immer wieder zu ihnen zurück; ich wunderte mich, daß diese Sachen für wertvoll genug galten, um gerettet zu werden.

Das Feuer der deutschen Geschütze verstummte eine Zeitlang, danach explodierten die Granaten plötzlich über dem Dorf, nahe dem mit Truppen verstopften Weg. Wir waren immer noch unten im Tal, schoben uns im Schritt auf die Brücke zu, die den Bach zwischen den Wiesen überquerte. Vom Hügelhang trennte uns eine sanfte Linkskurve, die die letzten, im Tal hockenden Gehöfte umrundete. Vorläufig fühlten wir uns völlig sicher, doch jede Sekunde, jeder Schritt brachte uns unweigerlich jener Stelle näher, die sich der feindliche Beobachter als Ziel erwählt hatte. Vor uns rollten die Gespanne des Artillerie-Regiments Nr. 6 und sein Troß in langer Schlange bergan. Sie krochen mühsam Schritt für Schritt, blieben stehen und zogen sich auseinander. Die Einschläge, vorerst zu weit, näherten sich immer mehr dem Punkt, wo der Hang in den runden Rücken des Hügels überging. Dort standen zu beiden Seiten des Weges zwei Pappeln, ein weithin sichtbares Tor.

Marchewka verfolgte mit gerunzelter Stirn und zusammengebissenen Zähnen die Fontänen von Rauch und Staub. Sein Gesicht zeigte die eifrige Aufmerksamkeit eines Beobachters auf dem Truppenübungsplatz. »Zu weit, zu weit«, murmelte er, »immer zu weit.« Wir fuhren über die Brücke, kamen an den letzten Häusern des Dorfes vorbei und merkten, wie das Gelände unter den Hufen unserer Pferde anzusteigen begann.

»Seht mal«, rief Galosz plötzlich, »seht mal, Zigeuner!« Schräg über den Hang, über Stoppelfelder und Äcker rollten zwei schwer beladene Wagen. Am Ende des einen blähten sich riesige rote Federbetten und bildeten einen beunruhigend grellen Fleck in der Monotonie der aschfarbenen Landschaft. Mehrere Frauen mit glänzendschwarzen, unter den Kopftüchern hervorlugenden Zöpfen gingen eilig nebenher; ihre bunten Röcke fegten über den Boden. Dunkle Männer in Lumpen trieben die Pferde an, ein Haufen bräunlicher, nackter Kinder sprang rundherum und kreischte mit hohen Stimmen.

Marchewka lachte laut. »Zigeuner, bei Gott, Zigeuner!« Da krachte es ganz nahe, und eine große, blaugraue Fontäne sprang hinter der zweiten Pappel hoch. Die dem Einschlag nächsten Gespanne rasten im Galopp los und prallten auf die anderen; die Kolonne des AR 6 riß auseinander und wurde schmaler, auf dem Weg entstand eine breite Lücke. Man sah, wie die hinten nachfolgenden Troßwagen in nervöser Eile unter dem Geschrei der Chargen aufschlossen. Ein neuer Einschlag verdeckte für einen Moment beide Bäume. »Zu kurz«, sagte Marchewka, »gleich müßten sie treffen.«

Ich schaute mich nach den Zigeunern um. Ihr Anblick bestrickte und verwunderte mich. Was hatten diese exotischen Nomaden mit unserem Krieg zu schaffen? Sie rannten jetzt heftig gestikulierend, schlugen erbittert auf ihre hageren Klepper ein, stießen kehlige, unverständliche Rufe aus. Ein Federbett fiel zu Boden, ein Halbwüchsiger hob es auf, warf es sich über den Kopf und rannte in langen Sätzen hinterher. Seine dünnen Beine blinkten grotesk unter dem unförmigen, roten Rumpf.

Wir gingen in Trab über. Die beiden Pappeln ragten jetzt direkt vor uns auf. Die ersten Gruppen unserer Batterie fuhren zwischen ihnen hindurch – unter hastigem Rasseln und klatschenden Peitschenhieben. In Erwartung der Explosion schlossen wir die Augen und zogen instinktiv die Köpfe ein. Sie überraschte uns noch vor der fatalen Stelle. Im blind machenden Luftzug, in der Staubwolke, die mich mit ihrem scharfen Rauchgeruch würgte, geriet ich aus dem Rhythmus, fiel heftig mit dem Hintern auf den Sattel, wurde hochgeworfen und taumelte zur Seite. Ein Lachen, das die unerwartete Entspannung kennzeichnete, preßte mir die Kehle zusammen. Diesmal hatten sie noch nicht getroffen. Wieder zu kurz.

Doch ehe ich mich vollends gefangen hatte, kam mir ein bohrender Lärm, ein vielstimmiges Klagegeschrei zum Bewußtsein, das seitlich herüberhallte. Ich drehte den Kopf. In der dünner werdenden Rauchwolke bemerkte ich links vom Wege eine Gruppe wild zappelnder Gestalten und einen großen, flachen zinnoberroten Fleck nahe dem Graben. Darüber erhob sich, die Konturen verwischend und die allgemeine Unruhe noch vergrößernd, eine dichte, weiße Daunenwolke.

Hinter dem Dorf Długi Kąt erreichten wir wieder Wälder. Hier packte die rundum schwelende Schlacht auch unsere Batterie. Es war allerdings eine seltsame Schlacht, die sich in einer beunruhigenden Öde abspielte und jeder kämpferischen Erregung entbehrte.

Vor uns und bis zum Horizont beulte sich das Gelände zu nackten und langweiligen Hügeln. Die heiße Luft zitterte und flimmerte darüber wie flüssiges Glas. Durch diese Schicht erreichten uns alle Töne gedämpft wie Stimmen, die man im Halbschlaf vernimmt. Irgendwo vorn war unser Beobachtungspunkt, von dem aus Redycz mit seinen Katzenaugen den Ablauf der für uns unverständlichen Ereignisse verfolgte. Noch weiter vorn kämpfte unsere Infanterie, aber niemand wußte, ob sie sich verteidigte oder angriff. Wir selber hielten am Rande eines alten Kiefernwaldes. Acht Geschütze, denn morgens hatte sich uns eine Batterie des Artillerie-Regiments Nr. 40 angeschlossen. Ihr Führer, der elegante Oberleutnant Semenowicz mit trockenem, blassem Gesicht und den selbstsicheren Bewegungen des Berufssoldaten lenkte das Feuer von der Stellung aus. Ihn erregte die Langsamkeit unserer wenig aufeinander eingespielten Bedienung. Nach jedem Kommando schaute er abwartend und kühl zu Oberleutnant Herbst und dann zu mir herüber und verzog verächtlich seine schmalen Lippen. Außer diesem stummen Tadel trieb uns nichts zur Eile an. Niemand beschoß unsere Stellungen, die ferne Schlacht grummelte schläfrig wie ein Gewitter, das sich am Rande eines heißen Tages sammelt und kraftlos, ohne sich zu hinreichendem Zorn aufgerafft zu haben, wieder vergeht. Herber Kieferndufft mischte sich mit metallenem Pulvergeruch. Wir waren hungrig. Der Hunger näherte sich mit stumpfem Stachel der Kehle, er nahm den Armen die Kraft. Wir warteten ungeduldig auf das Ende der Schießerei wie auf das Ende einer Übung, bei der eine Trillerpfeife oder eine Trompete zur Pause ruft.

Mittlerweile entsandten wir Salve um Salve hinter den zweiten in der Sonne schlummernden Hang. Die Geschosse verschwanden ohne Antwort, und nur die sich ändernden Kommandos bezeugten, daß es dort ein bewegliches und lebendiges Ziel gab. Bei dieser eintönigen Mühe blieb die Zeit stehen. Die weiße Sonnenscheibe hing wie ein Kreis durchsichtiger Haut im Scheitelpunkt des Himmels – reglos und in der eigenen Glut schmelzend.

Schrapnells wurden angefordert, und jetzt sahen wir direkt über dem Horizont ihre grauen Explosionswolken. Dann wurde unerwartet das Feuer unterbrochen. Oberleutnant Semenowicz rief die Zugführer zu sich. Sie berieten etwas und blickten mit besorgten Mienen in ihre Notizbücher. Oberleutnant Herbst kam bald zu uns zurück und ließ sich von den einzelnen Gruppen den Stand der Munition melden. Es war nicht viel. Von den am häufigsten verwendeten Granaten Modell 17 gab es nur noch wenige. Als die Offiziere sich erneut um das Telefon versammelt hatten, ließ sich der Feind plötzlich vernehmen. Ohne Kommando stürzten wir an die Geschütze und vergaßen Erschöpfung und Hunger. Der Wald hinter uns rauschte eine Zeitlang unter einer Welle von Dröhnen und Krachen. Zwischen den Stämmen zischten nach Magnesia riechende Rauchstreifen. Gespannt warteten wir auf einen Befehl. Die zweite und dritte Salve hallte in gebrochenem Echo zwischen den Kiefern. Dann setzte Stille ein, nur auf dem fernen Vorfeld ratterten hartnäckig die Maschinengewehre.

»An die Geschütze!« rief Semenowicz endlich, obwohl wir alle längst auf unseren Plätzen standen. Nachdenklich diktierte er die Worte des neuen Befehls, monoton wiederholten sie die Zugführer. Ich gab sie meiner Geschützbedienung weiter und freute mich darüber, daß diesmal Zeit genug sein würde, alle Tätigkeiten auszuführen. Doch als die Ansage der Entfernung an die Reihe kam, verstummte die Stimme des Batterieoffiziers. Die Kanoniere erstarrten unsicher mitten in der Bewegung; sie glichen dabei einem lebenden Bild, das das instruktionsgemäße Laden des Geschützes illustrieren soll. Die Stille zog sich unnatürlich in die Länge. Wir hörten, wie der anämische Schlachtenlärm zerfaserte, erstarb, immer mehr nach Süden abdriftete. Die deutsche Artillerie ließ sich wieder vernehmen, diesmal aber irgendwo weit links von uns. Wir fingen an zu begreifen, daß unser Anteil an den Vorgängen nicht mehr wichtig war, unsere Anspannung zerrann in diesem Bewußtsein. Der Hunger wurde wieder zum dominierenden Gefühl.

Inzwischen nahm Oberleutnant Semenowicz den Hörer aus der Hand des Unteroffiziers, kniete nieder, sprach in die Muschel. Er nickte und schüttelte den Kopf, schaute in sein Notizbuch und vergaß offensichtlich die schußbereiten Kanonen. Plötzlich stand er auf und schloß mit dezidierter Bewegung die Kartentasche, die ihm offen auf der

Brust baumelte. »Fertigmachen zum Stellungswechsel!« rief er.

Auf dem Weg aber, der tiefer in den Wald führte, standen die Gespanne in langer Kolonne, wieder begann das Warten. Wir glaubten, wir führen los, sobald Redycz mit dem Batterietrupp von der Beobachtungsstelle einträfe. Als dann alle zur Stelle waren, wir aber weiterhin warteten, ging das Gerücht von Mund zu Mund, wir bekämen sicher ein Mittagessen. Die Hoffnung zerstreute zwar die Langeweile, steigerte aber noch die Ungeduld. Schließlich ordneten die Zugführer das Antreten in Gruppen an und führten uns in eine mit Blaubeeren bewachsene Mulde, wo zwischen schütter stehenden riesigen Bäumen die wenigen Bauernwagen hielten, die zur Zeit unseren Troß bildeten. Unsere Vermutungen steigerten sich zur Gewißheit. Es gibt Mittagessen, Misiąg muß etwas besorgt haben. In Doppelreihe auf dem schmalen Pfad angetreten, schnupperten wir wachsam und hielten begehrlich nach dem Rauch der Feldküche Ausschau. Der Hauptwachtmeister Misiąg erschien vor der Front. Ernst ging er auf seinen dünnen, stelzenartigen Beinen hin und her, unter dem Arm das schwarze Buch, dem man von weitem die Öde des Kasernenrituals ansah. Die Leute betrachteten ihn ungläubig, sie warfen einander mißtrauische Blicke zu. Ein Appell? Wir hatten beinahe schon vergessen, daß es so etwas gab.

Doch wir irrten uns nicht. Nach einer Weile tauchte Redycz auf, und Oberleutnant Florczak meldete ihm die Batterie. Dann kam die Reihe an Hauptwachtmeister Misiąg. Ehe er sich daran machte, den Tagesbefehl zu verlesen, schaute er uns mit bohrendem, unfreundlichem Blick an und suchte aus Gewohnheit nach abgerissenen Knöpfen, unrasierten Gesichtern und schmutzigen Stiefeln. Er mußte dabei eine verblüffende Entdeckung gemacht haben, denn seine spitzen Schultern hoben sich plötzlich unbeherrscht und von selbst wie bei einem kalten Schauder. Schnell senkte er den Kopf, schlug das Buch auf und rettete sich so in die ungefährliche, wennngleich unreale Welt der Routine.

Der Inhalt des Befehls verwunderte uns wegen des Fehlens jeder praktischen Bedeutung. Es war die Rede davon, daß wir in das AR 6 eingegliedert worden seien, was jeder längst wußte, und daß die 5. und 6. Gruppe infolge des Verlustes zweier Geschütze in die 3. und 4. umbenannt worden seien. Weiter wurden wir informiert, Oberleutnant Redycz sei zum Batterieführer und Oberleutnant Florczak zu seinem Stellvertreter und zum Führer des 1. Zuges ernannt worden. Durch das salbungsvoll klingende, mit falschen Akzenten durchsetzte Stottern des Hauptwachtmeisters hindurch vernahmen wir das Echo des fortdauernden Kampfes. Es lag darin etwas Verdächtiges, eine seltsame Vermischung von Wirklichkeiten, deren Sinn wir nicht erraten konnten. Aber kein Essensgeruch erreichte unsere Nasen, nur die Kiefern schwitzten ihr herbes, aromatisches Harz aus.

»Wegen Desertion angeklagt«, las Misiąg, »wurden...« Es folgte eine lange Liste von Namen, unter denen Stumpf, Lilienfisch und Piontek nicht fehlten. »Die Genannten werden sich, sobald die Feldgendarmerie sie verhaftet hat, vor einem Feldgericht verantworten müssen.« Ferner warnte man uns vor Spionen, Provokateuren und Gerüchtemachern, man erinnerte uns an die Pflicht, militärische Geheimnisse zu wahren. Als er fertig war, blickte der Hauptwachtmeister auf und blinzelte wie jemand, der aus dem Schlaf erwacht. Doch die langjährige Gewohnheit beherrschte ihn mit ihrem gebetsartigen Rhythmus, und die äußeren Umstände hatten keine Macht über ihn.

»Abtretender Dienst, übernehmender Dienst, Appell, Strafappell...«, rezitierte er dröhnend. »Nicht nötig«, knurrte Redycz. »Bitten, Beschwerden – vortreten!« Redycz winkte resignierend ab. Eine Weile standen die Glieder still, bis schließlich zur allgemeinen Verwunderung ein Kanonier aus dem ersten Zug vortrat und verzweifelt seine verstaubten Hacken zusammenknallte. Redycz ging langsam auf ihn zu, die Brauen hochgezogen und den Kopf leicht zur Seite geneigt wie jemand, der nicht gut hört. Der Ochsenziemer an seinem Gürtel tanzte giftig bei jedem Schritt. Der Soldat wurde rot bis über die Ohren. »Herr Oberleutnant«, sagte er mit befangen krächzender Stimme, »melde gehorsam, daß wir weder Frühstück noch Mittagessen bekommen haben und es mit der Versorgung überhaupt ganz schlecht steht.«

»Ist das alles?« fragte Redycz. »Sonst keine Beschwerden?« Er ging mit langem, schleichendem Schritt die Front ab und blickte den Leuten der Reihe nach in die Augen. Im zweiten Glied gab es gedämpftes Gemurmel, aber niemand trat vor oder redete. Der Offizier kehrte zu dem schweigenden Kanonier zurück und blieb mit rückwärts verschränkten Händen vor ihm stehen.

»Nur Sie allein beschweren sich«, sagte er, »obwohl keiner in der Batterie heute was gegessen hat. Ich auch nicht. Glauben Sie vielleicht, ich hätte einen Sack voll Konserven und fräße mich heimlich voll? Glauben Sie das? Ich frage Sie was.«

»Melde gehorsam, Herr Oberleutnant, das glaube ich nicht«, brachte der Kanonier heraus. »Aber der Herr Hauptwachtmeister...«, fügte er nach einer Weile hinzu, während er puterrot wurde.

»Was ist denn mit dem? Haben Sie eine Beschwerde über ihn?«

»Ach, es lohnt nicht, darüber zu reden, Herr Oberleutnant.«

Plötzlich verschwand in Redycz' Gesicht das kühle Lächeln, seine Augen wurden zu schmalen Schlitzen. »Wenn es nicht lohnt, darüber zu reden, dann lohnt es auch nicht, das Maul aufzureißen!« rief er. »Behalten Sie Ihre Anzeigen für sich! Sie haben anscheinend vergessen, daß Krieg herrscht. Warum, verdammt noch mal, beschwert sich keiner über den Munitionsmangel? Wir haben heute unsere Infanterie nicht richtig unterstützen können, weil die Munitionswagen leer sind, aber darum kümmert sich keiner. Der Wanst, das ist das Wichtigste!« Unvermittelt beruhigte er sich, sein Gesicht wurde sanfter, fast freundlich. »Zurücktreten«, befahl er dem Kanonier und wandte sich dann an die ganze Batterie: »Ich verspreche euch, daß ihr heute Essen und Munition bekommt. Ein so prima Mittagessen, daß keiner diesen Tag vergessen wird, und so viel Munition, wie wir aufladen können. Damit ihr nicht denkt, der Krieg ist aus...« Er brach ab wie vor Schreck. Er schien im letzten Augenblick ein Wort zurückgehalten zu haben; das drehte er nun lautlos eine Weile zwischen den Lippen hin und her und änderte dann sichtlich seine Absicht. »Rührt euch«, kommandierte er, weil er sah, daß wir immer noch stillstanden. Er wischte sich mit seiner dunklen Hand über die Stirn, nahm dann den Helm ab und strich die kastanienbraunen, vom Helm zerdrückten Haare glatt. »Hört zu, Leute«, begann er in einem Ton ganz ohne offizielle Rauheit, »jeder von euch sieht, daß nicht alles glatt geht. Nun ja, dagegen können wir nichts machen. Wir können uns nur Mühe geben, daß es in unserer Abteilung kein Durcheinander gibt, sondern daß Disziplin und Kameradschaftlichkeit herrschen. Man hat uns gelehrt, zu gehorchen und zu kämpfen. Man hat für uns Geld ausgegeben, nicht damit wir einmal im Jahr auf einer Parade vorbeimarschieren, sondern damit wir im Falle der Gefahr unser Land verteidigen. Dieser Fall ist eingetreten. Aber wozu lange darüber reden! Jeder versteht, daß es hier nicht nur um unsere Soldatenpflicht geht. Ich möchte euch nur eines sagen: Solange man an die Gerechtigkeit der eigenen Sache glaubt, ist alles andere unwichtig, und der Kampf wird einfach und nötig wie das Atmen.« Er verstummte, und auf seinem Gesicht zeigte sich etwas wie Verwunderung. Er schüttelte den Kopf und richtete sich auf, wie um einen Befehl zu geben. Doch mußte noch ein Gedanke ihn bewegen, denn er ließ uns nicht wegtreten, sondern sprach nach einer Weile weiter, jetzt mit einer Irritation, die bei jedem Wort wuchs.

»Im heutigen Tagesbefehl habt ihr sehr Unangenehmes gehört. Ich hoffe, die Batterie hat sich inzwischen vom Abschaum gereinigt, von den Schuften und Verrätern, die es bei ihr gab. Das Feldgericht wird sich mit ihnen beschäftigen. Das Feldgericht...« Er bekam ganz dunkle Backen, seine Oberlippe hob sich in wütendem Krampf und entblößte seine glänzenden Hundezähne. »Im Krieg kann man sich solche Formalitäten nicht immer leisten«, sagte er mit gepreßter Stimme. »Auch ich kann das Feldgericht sein, wenn's nötig wird. Ich will hier niemanden anschauen. Merkt euch das, ich kann mit dem Betreffenden Schluß machen!« Von der Welle des Zorns mitgerissen, hob er sich auf die Zehenspitzen. Dann zog er einen Kamm aus der Tasche und kämmte sein elastisches, dichtes Haar, während er bei jeder Bewegung die Augen schloß wie eine Katze, die gestreichelt wird. »Und das ist für mich auch nichts Neues«, schloß er mit einem Lächeln voll böser Prahlerei. Dieses Lächeln wirkte so überzeugend, daß ich mich unwillkürlich schüttelte. Ein gebeugter Rücken fiel mir ein, unrasierte Backen in warmem Halbdunkel. Wie hieß er doch? Gut, Benon Gut! Ob er...?

»Hauptwachtmeister, lassen Sie wegtreten!« knurrte Redycz.

Redycz hielt Wort. Die Hitze des Tages hatte sich noch nicht gelegt, als wir in einem sandigen Wäldchen haltmachten, um Munition zu fassen. Im grünen Tunnel eines Nebenweges stand eine lange Kolonne von requirierten Bauernwagen, die sich unter der Last der Granaten bogen. Unweit, auf einer von niedrigen Kiefern beschatteten Lichtung, rupften unsere Fahrer große, weiße Gänse. Man roch den bitteren, trockenen Rauch, der sich unsichtbar zwischen den Bäumen hindurchwand, und im Gebüsch bei den Feldküchen pfiff jemand vergnügt vor sich hin.

Oberleutnant Herbst war zur Befehlsausgabe gegangen, wir lagen, weitere Befehle erwartend, im warmen, duftende Schatten. Niemand von uns wußte, was für einen Wochentag wir hatten, es herrschte aber Sonntagsstimmung; nahe seiner Befriedigung, wurde sogar der Hunger zu einer ruhigen und feierlichen Beschwerlichkeit.

Fähnrich Garwaczewski, dessen LMG irgendwo am Rand eines Lupinenfeldes stand, kam herzu, um ein Auge auf die Essensvorbereitungen zu werfen. »Siehst du«, sagte er und blieb neben dem Busch stehen, unter dem ich lag, »mit dieser Gruppe war doch etwas nicht in Ordnung. Ich hab's gleich gesagt...«

»Du hattest damals genau dasselbe Recht zu reden wie heute«, entgegnete ich, verärgert durch seine schülerhafte Rechthaberei. »Der Fall ist ungeklärt, und ihr beschädigtes Geschütz, das wir gefunden haben, beweist überhaupt nicht, daß sie desertiert sind. Man darf nicht voreilig urteilen.«

Ohne Groll gab er mir recht. Ihm war nicht an seiner eigenen Unfehlbarkeit gelegen oder an der boshaften Befriedigung über die Missetaten anderer. Er mochte nur Sensationen und Geheimnisse. Zu Hause las er bestimmt Karl May und wünschte sich, daß der Krieg den aufregenden Abenteuern im Wilden Westen nahekam. Weil er sah, daß das Thema der vermißten Gruppe unserem Gespräch nicht genug Nahrung gab, kramte er ein anderes, vielversprechend nebelhaftes hervor.

»Weißt du eigentlich, was passiert ist?« fragte er und musterte mich mit seinen grauen, runden Augen, die auf naive Weise meine Neugier hervorzulocken versuchten. »Irgend etwas Wichtiges muß passiert sein. Warum kommen sie so plötzlich mit der Disziplin? Und jetzt hocken sie rund um den Funkwagen und beraten. Als ich vorbeiging, haben sie alle geschwiegen. Und nur hergestarrt, bis ich weg war. Von weitem habe ich dann gehört, wie sie sich stritten. Redycz hat geschrien und Florczak gekollert wie ein Truthahn. Außerdem waren da einige fremde Offiziere und Semenowicz und ein Major auf einem Motorrad. Da geht Seltsames vor... Diese Gänse sind auch sehr verdächtig...« Er schnupperte mit der Nase und kniff listig die Augen zu. Plötzlich erhellte sich sein kindlich-ungeformtes Gesicht zu einem Entdeckerlächeln. »Eine Offensive! Du wirst sehen. Die Deutschen haben sich bestimmt zu weit vorgewagt, jetzt stecken wir sie in den Sack und hauen ihnen eins auf den Kopf!«

Zweige raschelten, aus dem Dickicht kam Oberleutnant Herbst. Er stampfte mit seinen kurzen Beinen energisch auf, als zerträte er mit jedem Schritt einen ekligen Wurm. Seine schrägen Augen glänzten zornig, die Kiefer preßte er zusammen. Mit rauhem Befehl ließ er den Zug antreten und befahl uns, eine Reihe zu bilden und die Munition von den Bauernfuhrwerken in unsere Munitionswagen zu laden. Wie sich herausstellte, lagen die Granaten völlig durcheinander; Geschosse für Haubitzen neben solchen für Feldgeschütze. Man hatte das alles irgendwie in den Wagen gelegt, ohne jeden Schutz, nicht einmal gegen den Staub, der knirschte, wenn man das glatte Eisen anfaßte. Wir mußten sorgsam auswählen und versehentlich aufgenommene Stücke wieder hinlegen. Es war eine mühselige Arbeit, wir verfluchten den Wirrwarr beim Nachschub und blickten immer ungeduldiger zu den Fahrern hin, die über den weißen Federhaufen sorglos tratschten. Oberleutnant Herbst ging als Aufsicht an der Reihe auf und ab, wirkte aber reichlich zerstreut. Mehrfach blieb er stehen und räusperte sich, wie um eine Ansprache vorzubereiten, doch dann glitten seine Augen über unsere Köpfe hinweg, mieden die Blicke der Soldaten. Vom Gedanken an das nahende Mittagessen beanspruchtund vom gleichmäßigen Rhythmus unserer Bewegungen gefesselt, achteten wir nicht auf sein Verhalten. So bemerkte ich nicht einmal, daß der Oberleutnant neben mir halt machte, und seine Stimme erklang völlig überraschend dicht neben meiner Schulter. »So, jetzt können wir ballern, daß es eine Freude ist«, sagte er. »Von heute ab läuft alles ganz anders.« Ich schaute ihn an, weil ich spürte, daß er auf eine wichtigere Eröffnung zusteuerte. Er lächelte unsicher, wandte sich plötzlich an die ganze Reihe und erklärte mit unnatürlicher Lebhaftigkeit: »Eine gute Nachricht, Leute. Die Bolschewiken kommen uns zu Hilfe.«

Die Last der Granate, die Dr. Kurek nicht rechtzeitig aus meiner Hand entgegennahm, zog meine Arme zu Boden.

Die ganze Reihe erstarrte.

»Hat Rußland den Deutschen den Krieg erklärt?« fragte Dr. Kurek nach einer Weile verblüfften Schweigens.

Oberleutnant Herbst machte eine unbestimmte Handbewegung. »Die Russen haben unsere Grenze überschritten und marschieren gegen die Deutschen«, antwortete er mit vorgeneigtem Kopf. »Die Russen und die Deutschen sind Todfeinde«, setzte er mit erhobener Stimme und überzeugt aufleuchtenden Augen hinzu.

»Vielleicht rührt sich jetzt das Aaszeug, die Franzosen im Westen«, sagte Marchewka.

»Das heißt, Herr Oberleutnant, daß deren Nichtangriffspakt gebrochen ist?« fragte eindringlich Dr. Kurek.

Man sah, Herbst fühlte sich unwohl. Er lachte halb prustend auf und hob verächtlich die Schultern. »Ach, Pakte!« rief er. »Wir hatten ja auch einen Pakt mit Hitler.«

Die Fahrer ließen ihre Gänse im Stich und liefen herbei, um die Neuigkeiten zu hören. Dem Ausdruck ihrer Gesichter konnte man schwer entnehmen, was sie davon hielten. In der Menge überschnitten sich gedämpfte, chaotische Kommentare: »Weiß der Teufel, was daraus wird... Die kriegen eins aufs Dach, wirst sehen... wißt ihr, wieviel Millionen das sind? Die Russkis«, stachelte Funt sie an, »die kenn' ich. Ich möchte jetzt nicht in Hitlers Hosen stecken.«

»Los, Leute, an die Arbeit.« Herbst wurde ungeduldig. »Genug mit dem Gerede. Kanter, Sie haben die Granate in den Sand gelegt, Sie Unglücksmensch. Und ihr macht, verdammt, endlich die Gänse fertig, Tempo, Tempo!« Er drehte sich um und ging eilig fort wie auf der Flucht.

Eine Zeitlang arbeiteten wir schweigend, doch es ging uns nicht von der Hand. Die Reihe schmolz zusammen, im Gebüsch bildeten sich Gruppen, die mit gedämpfter Stimme diskutierten. Als schließlich die letzte Granate den letzten freien Platz in einem Munitionswagen gefüllt hatte, begab ich mich in den Schatten einer jungen Kiefer am Rand der Lichtung und streckte mich auf den angewärmten Sand. Herbsts Nachricht hatte mich verwirrt; zwischen Entsetzen und Hoffnung schwankend, wendete ich sie um und um.

»Sie glauben das nicht, Herr Fähnrich?« krächzte plötzlich über mir Funts Stimme. Ich setzte mich auf und sah unwillig den Munitionswagenführer an, der, ohne sich durch meinen Blick stören zu lassen, neben mir in die Hocke ging.

»Sie glauben das nicht, Herr Fähnrich«, wiederholte er, diesmal bestätigend, »und auch die Offiziere glauben das nicht, und viele Mannschaften glauben es auch nicht, und der Herr Oberleutnant Herbst ist weggelaufen, um nicht gefragt zu werden...«

»Was wollen Sie, Funt?« unterbrach ich ihn schroff.

Er hob seine Hand, ließ Sand und trockene Kiefernnadeln durch die Finger rinnen und runzelte ernsthaft die Stirn.

»Warum nicht darüber sprechen?« fragte er. »Wenn sowas geschieht, braucht der Mensch das Sprechen und Fragen und Wissen, was die anderen denken.«

Ich wollte ihn anschnauzen, wir seien hier beim Militär und nicht in einem Abgeordnetenklub, aber etwas in seinem jetzt von Spott ganz freien Blick schloß mir den Mund. Unwillkürlich spürte auch ich das Bedürfnis nach Gespräch und hörte auf, mich über Funt zu ärgern.

»Glauben Sie das denn, Funt?« fragte ich.

Er zog die Knie an und setzte sich im Sand bequem hin.

»Warum soll ich das nicht glauben?« antwortete er. »Ich glaube lieber an die Russkis als an die Franzosen und Engländer. Auf die Franzosen und Engländer können wir warten, bis wir tot sind.« Er lächelte. »Man hat Sie zu Hause und in der Schule mit den Bolschewiken geschreckt, Herr Fähnrich. Uns alle hat man mit den Bolschewiken geschreckt, da fürchten sich die Leute, aber weiß jemand, was ein Bolschewik ist?«

»Ja, Funt, aber...« Ich zögerte, ob ich ihm meine Zweifel enthüllen durfte, »...aber marschieren sie wirklich gegen die Deutschen?«

»Denken Sie vielleicht, Herr Fähnrich, man läßt sie so ans Ende der Welt marschieren? Ich bin ein einfacher, ungebildeter Jude«, fuhr er mit einer Bescheidenheit fort, die wie Prahlerei klang, »aber das versteht doch jeder, der seinen Kopf benützt. Sie dürfen sie nicht weiter marschieren lassen. Sie werden sie schlagen, Herr Fähnrich. Schlagen werden sie sie.«

Seine Augen strahlten eine so starke Überzeugung aus, daß mir das Herz in der Brust leichter wurde.

»Hoffen wir...«, fing ich an.

»Man muß eine Hoffnung haben, Herr Fähnrich«, griff er meine Worte eifrig auf. »Ohne Hoffnung kann der Mensch nicht leben.«

Seit einigen Tagen waren die Nächte durchdringend kalt und vom Vollmond erhellt. Morgens wateten wir in dünnem Nebel, und überall troff kalter Tau. Riesige Spinnennetze, die sich unter silbrigen Tropfen bogen, hingen zwischen den Baumzweigen. Obwohl die Blätter noch nicht gelb geworden waren und die Hitze tagsüber den Boden zu

Staub austrocknete, enthielt die Luft schon resignierende, herbstliche Stille – ein merkwürdiger und trauriger Hintergrund für den Lärm, der jede Stunde des Krieges erfüllte.

Mein Ruhm als Sprachkenner, durch das Abhören der Meldungen in der Stellung bei Nisko erworben, hatte mir den Zutritt zum Radiowagen geöffnet. Seither war es mir gelungen, mehrere Nachtmärsche bequem auf dem gefederten Sitz dieser Kutsche zu verschlafen, die unmittelbar hinter dem Batterietrupp fuhr. Doch hatte das auch seine schlechten Seiten. Ich konnte mich nicht wie die anderen sorglos der Hoffnung auf einen Gegenangriff hingeben oder mein Vertrauen in die Fatamorgana der polnischen Staatlichkeit setzen; sie erleidet zwar Niederlagen, dauert aber fort in der abstrakten Kraft ihrer Autorität, die mit dem funktionierenden Apparat der Ämter und Stäbe versehen und auf die Bündnisse und die Sympathie der größten Weltmächte gestützt ist. Die leisen, in den Hörern summenden Stimmen trugen dazu bei, daß in meinem Kopf ein absolut chaotisches Bild entstand. Polen sah aus wie ein angebissenes Stück Schweizer Käse. Ich vermochte nicht zu begreifen, was die gesunden Teile noch zusammenhielt. Ich wußte, Oxhöft verteidigte sich noch und Hela, an der Bzura hielten die verbissenen Kämpfe an. Doch wurden in den Berichten auch Warschau und Modlin erwähnt, ja es war sogar die Rede von einem deutschen Vorstoß auf Lemberg. Offenbar war jener Glaube an die gute Sache, jener scheinbar abgenutzte Slogan, dessen sich Redycz bei seinem Tagesbefehl bedient hatte, realer als die von Stabsoffizieren ausgearbeiteten Pläne.

Am Abend nach den Mitteilungen des Oberleutnants Herbst ließ ich die Gruppe unter der Obhut Marchewkas, der nach jedem bißchen Führung gierte, und lief zur Spitze der Kolonne, um einen Platz auf dem Ledersofa vor den Radioapparaten einzunehmen. Doch beugte sich mir unter dem Verdeck Redycz' zorniges Gesicht entgegen. »Ihr Platz ist bei Ihrer Gruppe«, sagte er, »ich will kein Herumlungern in der Batterie.« Einen Augenblick lang hatte ich Lust, ihn um eine Bestätigung der sensationellen Nachrichten zu bitten, aber die abstoßende Kühle seines Blicks veranlaßte mich, mein Vorhaben aufzugeben. Ich begriff, der ›Glaube an die gute Sache‹ mußte ihm und mir und uns allen genügen. Zudem hatte sich die ganze Geschichte mit einer Verschwörung des Schweigens umsponnen. Jeder behielt seinen Verdacht, seine Ungewißheit oder seine Begeisterung für sich. Es gab keinen anderen Ausweg als den, sich noch fester an die unmittelbare Wirklichkeit um uns her zu halten, solange die ersehnte Hilfe von außen sich nicht mit Motorengedröhn aus irgendeiner Himmelsrichtung offenbarte. Außerdem verengte der Alltag mit seinen vielen Mängeln nachhaltig unser Blickfeld. Weder der Tagesbefehl noch die Gänse zum Mittagessen waren üblich geworden, gleich am nächsten Tag hielt der Hunger wie zuvor in der Batterie Einkehr. Bis zur Mittagszeit hatten wir nichts im Munde als Staub, zudem plagte uns der Durst; denn alle angetroffenen Brunnen waren von den vorausgehenden Einheiten bis zum schlammigen Grund leergeschöpft. Erst gegen 2 Uhr nachmittags hielten wir an einem kleinen Bach, der an einem mit jungem Wald bewachsenen Wall entlangfloß. Funt, der die Lage schon auf eigene Faust erkundet hatte, warnte uns, auf die Feldküche zu rechnen. Überall rundum flammten im Gebüsch kleine Feuerchen auf, man bereitete sich irgendwelche Beutestücke unbekannter Herkunft zu. Die Schreie der Offiziere, der Rauch verrate uns den Fliegern, fruchteten nichts. Sie mußten schließlich ihre Versuche aufgeben, denn aus dem nahen Waldstück erhob sich eine schwere, schwarze, nach Öl stinkende und bestimmt auf viele Kilometer sichtbare Wolke. Von dorther kommende Infanteristen erzählten, die Panzersoldaten hätten ihre Fahrzeuge angesteckt, weil ihnen der Brennstoff für die Weiterfahrt fehlte.

Insgeheim schickte ich Kanter und Sławik ins nächste

Dorf, in dem ich zuvor ein paar Hühner zwischen den Zäunen hatte herumlaufen sehen. Auch hatte ich ihnen befohlen, Kartoffeln zu roden. Noch vor wenigen Tagen wäre mir so etwas nicht eingefallen, jetzt aber kannte ich nicht die geringsten Skrupel. Die Sache kam mir natürlich und berechtigt vor. Wir warteten ungeduldig auf diese ›Lebensmittelpatrouille‹, die unerträglich lange ausblieb. Von den Katen schallte wütendes Hundegekläff und schrilles Frauengekreisch herüber. Schließlich hielt ich es nicht mehr aus und ging hin, um mich zu erkundigen, was dort vorging. Meine Abgesandten traf ich am Feldrand. Schweigend und verstört kehrten sie mit leeren Händen zurück.

»Waschlappen, verfluchte, nicht mal ein dummes Huhn könnt ihr fangen!« rief ich, weil ich spürte, wie schmerzhaft mein Magen sich verkrampfte.

»Das kommt durch ihn«, sagte Sławik und zeigte mit dem Finger auf Kanter. »Wir hatten einen prima Hahn geschnappt, aber er hat ihn wieder laufen lassen.«

Der kleine Munitionskanonier stand mit hängendem Kopf vor mir. Die rötlichen Bartstoppeln auf den Backen reichten ihm fast bis an die Augen. Ich erinnerte mich, in der Kaserne war dieses Gesicht rund und frisch gewesen, jetzt sah es elend aus, gelblich, mit tiefen Kerben beidseits des Mundes. Die ganze Gestalt hatte etwas von einem armseligen Esel mit gewölbter Stirn.

»Was soll das heißen, zum Teufel?« sagte ich, erzürnt durch den ungewollten Zustrom von Sympathie.

»Sie hat so geweint, die Frau«, erläuterte er, ohne den Blick zu heben. »Unsere Soldaten haben ihr alles weggenommen, und ihr Mann ist im Krieg wie wir, Herr Fähnrich.« Seine Stiefelspitze kratzte eine Furche in den Sand. »In Zivil war ich Schuhmacher«, fügte er ohne Zusammenhang, mit einem feinen Unterton von Stolz hinzu. »Ich war ein guter Schuhmacher. Nicht so einer, der betrügt oder stiehlt. Bei mir ließen die Offiziere der ganzen Garnison ihre langen Stiefel machen. Die haben gesagt: Kanter ist ein ehrlicher Kerl. Er ist Jude, aber er ist ein ordentlicher Mensch.« Seine Stimme bebte. Er richtete sich auf und warf mir einen dunklen, feuchten Blick zu.

»Ich will solchen Hahn nicht essen, Herr Fähnrich«, fuhr er fort. »Ich eß lieber nichts, als daß Leute meinetwegen weinen.«

Ich betrachtete ihn und konnte nicht glauben, was ich sah. In den Augen des Kanoniers standen Tränen. Ganz deutlich Tränen, und sein Mund verzog sich traurig und kindlich. Sławik lächelte mich nachsichtig und verständnisvoll an. Ich hob die Schultern und ging zurück zu unserer Gruppe. Die anderen schlurften hinter mir her, sie raschelten zwischen den Büschen. Ich hatte große Lust, mich umzuschauen und Kanter ein freundliches Wort zuzuwerfen, konnte mich aber nicht dazu aufraffen. Ich schämte mich, ich hatte den Eindruck, hier der ›guten Sache‹ näher zu sein als je zuvor. Das war bestimmt übertrieben. Der Kampf ging um die großen Dinge. Um die Unabhängigkeit, um das politische Dasein der Nation. Doch intuitiv empfand ich noch einen anderen Sinn des Kampfes. Die große stählerne Maschinerie würde starten und alles vernichten, was weich und sanft war, in ihrem harten Dröhnen würden alle Stimmen verstummen, die dem Gerassel der Panzerbleche nicht glichen. Jenseits der Betonmauern des Staates lebten jedoch Menschen, und ihr Herz erfüllte ein Mitleid, das Regierungen und Stäbe nicht kannten. Vielleicht stand das Recht auf der Seite der Menschen, vielleicht mußte man sie vor allem retten.

Über unserem Feuerchen hatte Marchewka einen Rost aus Stöcken konstruiert. Darauf briet etwas, es roch nach angesengter Haut. Der unübertreffliche Funt hatte beizeiten am Erfolg der ›Patrouille‹ gezweifelt und die Versorgung selbst in die Hand genommen. Wir hatten ein Huhn, zwei sogar, eines für die Fahrer und eines für die Bedienung.

Sie waren beinahe fertig, da hörten wir hinter der Kieferngruppe rechts lautes Motorengeräusch und das Krachen einzelner Schüsse. Ganz niedrig am Himmel erschien eine große, breite Libelle. Das Flugzeug stürzte direkt auf uns zu, es wackelte ungeschickt mit den Tragflächen, sein Motor hustete ungleichmäßig in schmerzhaften Anstrengungen. Wir eilten zu den Protzen, um unsere Karabiner zu holen. Rundum schoß es von allen Seiten. Hinter dem Wall ratterte Garwaczewskis LMG einen langen Feuerstoß. Neben mir schoß Kud. Sein klotziges Gesicht strahlte in unbewußter Erregung.

»Nicht schießen, nicht schießen!« brüllte Herbst, stolperte im Laufen über Sträucher und drohte wütend mit den Fäusten. Rot vor Zorn, lief Redycz hinter ihm her. »Nicht schießen, ihr Idioten, es ist einer von uns!« – »Nicht schießen!« wiederholte ich und packte Kud bei der Schulter. Die Maschine streifte unsere Köpfe mit ihrem breiten Schatten und dem heftigen Luftzug ihres Propellers. Auf den Flügeln sah man das polnische Schachbrett und das Zeichen des Roten Kreuzes. Das Flugzeug neigte sich abwechselnd nach beiden Seiten und gab uns mit den kantigen Pranken verzweifelte Zeichen. »Nicht schießen, nicht schießen!« Doch die Schießerei dauerte fort. Flugzeug und Feind, das war ein Begriff.

Dann Krachen, das Knacken zerbrechender Zweige, heiseres Brüllen. Die Schüsse verstummten. Wir jagten zur Absturzstelle, stießen dabei Kochgeschirre um und traten auf Feuerstellen. Das Flugzeug hatte sich mit dem Motor schräg in den Sand gewühlt, war aber wie durch ein Wunder nicht in Brand geraten. Aus der Kabine mit den zerrissenen Zellophanscheiben rappelte sich der Pilot. Er taumelte, berührte die Erde und stützte den Rücken kraftlos gegen den Rumpf. Sein Gesicht war leichenblaß, seine Kiefer bebten wie in einem heftigen Fieberanfall. Der linke Arm hing im zerfetzten Ärmel am Körper herab, das Blut tropfte. Wirr betrachtete er die immer dichter werdende Menge ringsum. Plötzlich hörte der Mund auf zu zittern, und in seinen Augen sammelte sich Haß. Wütend spuckte er dem Nächsten vor die Füße. »Was habt ihr getan, ihr Hundesöhne?« schrie er.

Kazek Jesiołłs Geschütz kam aus der vorgeschobenen Panzerabwehrstellung und protzte neben uns, bei einer hohen Kiefern- und Tannengruppe ab. Es war schon dunkel. Wir hatten die Mäntel angezogen, aber die Kühle des dichten Taus drang durch den Wollstoff. Unsere Zähne klapperten, und wenn wir den Stahl berührten, erstarrten uns die Hände. Das Mondlicht durchdrang kaum das Dunkel der riesengroßen Zweige über unseren Köpfen.

»Warum habt ihr geschossen?« fragte ich Kazek.

Er lachte. »Redycz hat mir gesagt, wenn ich eine weiße Leuchtkugel sehe, soll ich in ihre Richtung schießen. Wenn's eine rote ist, dann nicht, das ist für die Infanterie. Wir haben so lange gewartet, daß die Kerle schließlich im Graben eingepennt sind. Ich habe auch ein bißchen gedöst. Plötzlich weckt mich ein Idiot: ›Eine Leuchtkugel.‹ – ›Welche Farbe?‹ frage ich. ›Violett‹, sagt er. Und daraus sollte ich schlau werden! Ich ballerte auf alle Fälle los, da zischten drüben alle möglichen Farben. Ich war völlig durcheinander und knallte, was das Zeug hielt. Was sollte ich sonst tun? Bis Herbst gerannt kommt, mich anschnauzt und mir befiehlt, zu euch abzurücken.«

Der unsichtbare Horizont vor uns bebte im weiten Bogen vom dumpfen Rülpsen der Explosionen. Durch die Bäume rechts sickerte der rosa Widerschein einer Feuersbrunst. Von Zeit zu Zeit ratterten nervös Maschinengewehre. Diese Geräusche näherten sich uns wie das Gebell einer Hundemeute, die ein Tier verfolgt. Unerwartet krachten Karabiner ganz nahe in den Stellungen der Infanterie, die unsere Batterie deckte. Ein heftiger, stürmischer Hagel von Schüssen ertönte und verstummte sogleich. Gedämpfte Schreie erreichten uns, dann trampelte jemand in der Dunkelheit. »Sanitäter, Sanitäter!« wurde auf der anderen Seite des Wegs gerufen. Was vorgefallen war, konnten wir nicht erfahren, denn die Gefechtsbereitschaft fesselte uns an die Geschütze. Erst eine halbe Stunde später brachte Oberleutnant Herbst uns die Nachricht: Stumpf war mit sechs von seinen Leuten zurückgekehrt. Da sie die Parole nicht kannten, hatten unsere Vorposten auf sie geschossen. Stumpf hatte eine Verletzung am Mund, sie war aber vermutlich nicht ernst. Von Żabno an waren Stumpfs Leute der Batterie nachgeeilt. Fünfmal waren sie den Deutschen begegnet, einmal hatte eine deutsche Patrouille sie, während sie in einer Scheune schliefen, umstellt, sie waren wie durch ein Wunder entkommen. Zwei Fahrer und einen Kanonier hatten sie in einem Gefecht mit den Panzern verloren, deren Spuren wir in dem verlassenen Dorf gesehen hatten.

Bald darauf erschien einer von Stumpfs restlichen Leuten, der Berufsfähnrich Sojka. Aus seinem Mund vernahmen wir die übrigen Einzelheiten dieser seltsamen Geschichte. Es hatte an jener Dunajec-Brücke begonnen, wo Stumpfs Leute den Übergang sperren sollten. Dort traf ein Major auf dem Motorrad ein, rief Stumpf zu sich und sagte ihm, er sei vom Divisionsstab und habe den Befehl, alle zurückhängenden Einheiten abzurufen. Da sie die Maßnahme nicht begriffen, erklärte ihnen der Major, die Deutschen hätten weiter oberhalb den Fluß überschritten, alle polnischen Truppenteile seien in größter Eile zurückgegangen, um eine Einkreisung zu vermeiden. Stumpf wollte unbedingt mit der Batterie Kontakt aufnehmen, aber es gab kein Telefon; der Major schreckte mit den Deutschen und drohte mit dem Feldgericht wegen Ungehorsams. Schließlich fügten sie sich. Der vermeintliche Stabsoffizier zeigte ihnen auf der Karte den Weg der Batterie, auf dem sie dann genau vor die Panzer gerieten. Erst später erinnerten sie sich, daß er eine weiche Mütze alter Fasson getragen und ein ungewöhnlich hartes

Polnisch gesprochen hatte. Aber vielleicht war er nur ein Reservist aus dem Posenschen. Sie ärgerten sich und verfluchten ihre eigene Leichtgläubigkeit, doch wer konnte so eine idiotische Situation voraussehen.

Ich hatte große Lust, Garwaczewski zu suchen und ihm das alles zu berichten. Aber nun krachten Granaten in den Wald, und Herbst schickte uns an die Geschütze.

Nicht weit entfernt mußte ein neuer Brand ausgebrochen sein, denn blutroter Schein leuchtete durch die Bäume. Rechts von uns knatterten Maschinengewehre und Karabiner. Die Steigerung des Feuers ließ einen Zusammenstoß auf kurze Entfernung vermuten. Erregung befiel uns. Wegen der Dunkelheit und des nicht einsichtigen Geländes konnten wir uns keine Vorstellungen von der Lage machen. Jeden Augenblick konnten zwischen den schwarzen Stämmen die abgeflachten Helme der deutschen Infanterie auftauchen; Karabinerkugeln flogen bereits mit feinem Singen über unsere Köpfe hinweg. Herbst verteilte Schachteln mit Streichhölzern; sie sollten die abhanden gekommenen Beleuchtungsgeräte ersetzen. Wir blieben auf unserem Posten und warteten sehnlich auf den Moment, da der Knall unserer eigenen Geschütze die ansteigende Unruhe übertönen würde. Doch anscheinend war der Kampf zu chaotisch geworden, als daß man unser Eingreifen riskieren wollte. Das Gefecht konzentrierte sich, es wurde lauter und kam näher, an immer neuen Punkten brach Kampfgetöse auf. Über die Baumwipfel hinweg flogen giftig zischende Leuchtkugeln und hüllten unser Versteck in kaltes Licht. Trocken klatschten Geschosse gegen die Stämme, und Fäden von heißem Rot kennzeichneten ihren Weg im Dunkeln. Plötzlich krachten die Geschütze des AR 6, das auf der anderen Wegseite stand. Sie dröhnten in wütendem, orkanartigem Sturmfeuer und füllten die Luft mit entsetzlichem Getöse und Geheul. Alle anderen Stimmen sanken zerschmettert und unwichtig auf den Grund der Nacht. Endlich setzte eine

Pause ein. Es erwies sich, daß die Schlacht sich mit ihrem Grausen schnell entfernte. Jetzt waren wir an der Reihe. Die Streichhölzer wurden nicht gebraucht, denn der Mond stand tief und leuchtete schräg unter die Zweige der Fichten. Wir schossen zugweise auf kurze Entfernung und legten unser Feuer langsam mehr nach rechts. Völlig in unsere Arbeit versunken, bemerkten wir nicht einmal, wie sich über der niedrigen Schonung, die unser Vorfeld bildete, die Dunkelheit zum kühlen Grau des Morgenlichts verdünnte.

»Hört mal, die Schwere feuert von hinten«, sagte Kazek in einem kurzen Augenblick der Erholung. Tatsächlich, über die Bäume hinweg galoppierten schwere Geschosse, doch ihre Einschläge klangen nahe, nicht weiter weg als die Linie unserer Infanterie. »Was soll denn das wieder?« wunderte sich Jesiołł. »Sie brechen noch mehr ab, um Gottes willen.«

Da ließ sich das seit einiger Zeit schweigende AR 6 mit einer neuen Salve vernehmen. Unsere Gesichter wurden lang vor Erstaunen. Seine Feuerrichtung war Osten. Nun gab es nicht den geringsten Zweifel mehr: wir waren eingeschlossen. Die Deutschen feuerten von allen Seiten. Bei Sonnenaufgang wechselten auch wir das Ziel. Die Geschütze wurden um 180 Grad gedreht. Wir gruben die Sporne tief ein und feuerten steil aus der Waldmitte, umgeben vom Sturm der immer zielsicherer einschlagenden feindlichen Granaten.

»Na, ihr habt's ihnen aber gegeben«, sagte der Dorfschulze von Narol. »Ich dachte schon, die bleiben auf ewig hier, so hatten sich die Hundesöhne breitgemacht. Aber dann sind sie getürmt! Im Laufschritt. Es ist keine Stunde her, da stand in meiner Kate noch ein deutscher Oberst. Nehmt, die Herren, nehmt!« – er schüttelte einen flachen Korb mit kleinen, getrockneten Birnen – »mehr hab' ich nicht, um euch zu bewirten.« Er redete uns ermunternd mit freundlichen, blauen

Augen zu, er klopfte den Pferden auf den Nacken. »Jetzt verfolgt ihr sie?«

»Versteht sich«, antwortete Redycz von der Höhe seines großen Wallachs herab. Seinen Mund verzog ein ironisches Lächeln, das der Schulze anscheinend für den Ausdruck des Triumphes nahm; er schlug ihm sogar vor Begeisterung auf den Schenkel. »Ja, ja, das polnische Heer!« rief er aus. »Wenn das erst zuschlägt, dann schlägt es.«

Redycz machte auf der Stelle kehrt – fast hätte das Hinterteil seines Pferdes den Schulzen umgestoßen – und ritt weiter, zum Troß hinüber. Es war noch sehr früher Morgen, die Tageszeit, da man am stärksten die Erschöpfung in den Knochen spürt. Wir gähnten und bebten im Sattel vor Kälte. Gegenüber den mit Flechtzäunen umgebenen Katen dunkelte der Wald, ein durchdringender Kellerhauch wehte herbei. Neben uns auf dem Weg drängten sich zerstreute Gruppen von Infanteristen, arme Kerle mit SMGs, einzelne Troßwagen. Auf rüttelnden Bauernwagen mit Rotkreuzfahnen wurden Verwundete transportiert. Manche schleppten sich nebenher, die Hand an der Wagenrunge, offenbar in der Furcht, der rettende Wagen könne ihnen bei der erstbesten Gelegenheit entwischen. Andere lagen hilflos im Stroh, sie stöhnten und ächzten bei jedem Schlagloch. Das war zumeist die Ernte der letzten Nacht. Wir entdeckten auch Stumpf. Er saß neben einem der Fahrer und winkte uns zu. Wir konnten aber nicht erkennen, ob er lächelte, denn sein Gesicht war von einem Ohr zum anderen verbunden.

Wir erhielten Befehl, abzusitzen und die Sattelgurte zu lockern, gleich darauf rief Redycz die Zugführer zum Troß, um Zigaretten zu fassen. Es war die erste Zuteilung, sie machte in der Batterie ungeheuren Eindruck. Als Nichtraucher verteilte ich meine hundert Machorkazigaretten unter die Soldaten der Gruppe. Nach Funts Ansicht war das ein höchst unvernünftiges Vorgehen, »weil solche Zigarette, Herr Fähnrich, das ist jetzt Geld«. Noch mehr freute uns, daß ein mit Proviant beladenes Intendanturauto neben uns stecken blieb. Die Fahrer halfen, den plumpen Kasten aus dem Sand zu schieben, und bekamen dafür eine große Scheibe Speck und ein Säckchen Mehl. Der Speck stank schon ein bißchen, aber Marchewka sagte, da könnte man halt nichts machen, Speck sei kein Veilchen, er ziehe es sogar vor, wenn er etwas ›reifer‹ sei. Außerdem brachte der Schulze uns noch Zwiebeln. So legten wir in der Protze eine kleine Speisekammer an, deren Verwaltung ich Dr. Kurek anvertraute, damit er nicht sagte, ich schikaniere die Oberschlesier.

Nun neigten wir schon dazu, die optimistischen Prognosen des Schulzen für bare Münze zu nehmen. Er behauptete, für jene Strolche habe sich das Blatt jetzt gewendet. Das Gefühl für Humor verließ uns trotzdem nicht, und wir blieben dabei, gleichzeitig ein wenig über uns zu spotten. Schließlich hatte sich unsere Marschrichtung nicht geändert, und der Verlauf der Schlacht mußte jedem dieselben besorgten Gedanken aufdrängen. Als wir aufbrachen, verstummten jedoch alle Zeugnisse skeptischer Vernunft im Angesicht dessen, was sich unseren Augen darbot. Das Denken in den Kategorien von Kriegssituationen mag eine besondere Gabe von Generälen und Politikern sein. Der einfache Soldat möchte die Ergebnisse seiner Handlungen unmittelbar sehen und formt danach seine Kampfmoral. Diesmal lagen die Ergebnisse auf der Hand. Der Feind hatte am Weg eine Menge Gerät zurückgelassen, in den Gräben Munitionskisten, kaum angebrauchte Patronengurte von Maschinengewehren, Helme, Verbandzeug, Rollen mit nagelneuem Kabel. Die kleine Wiese hinter dem Dorf konnte als Muster für ein Bild mit dem Titel *Schlachtfeld* dienen. In der Mitte standen zwei rauchgeschwärzte Panzer und glotzten uns mit ihren weißen Doppelkreuzen leichenhaft an. Weiter entfernt, am Rand eines kümmerlichen Erlenhains, zeigte eine völlig zerstörte Batterie das Chaos ihrer Reste, in das der Paroxysmus verzweifelten, menschlichen Wollens sie versetzt hatte. Der entscheidende Schlag mußte sie im Moment des Aufprotzens getroffen haben, die Geschütze standen nämlich in verschiedenen Richtungen, manche schon mit den Schwänzen in die Haken der Protzen gehängt. Rundum lagen tote Pferde, ihre geblähten, harten Bäuche oder erstarrten Beine gen Himmel gerichtet. Schöne Pferde! Braun, glänzend, etwas schwer und mächtig gebaut, mit kurz geschnittenen Schwänzen und Mähnen. Sie trugen nagelneue, noch ganz rote Geschirre, die anscheinend für den Krieg wie für eine Parade aus den Mobilmachungsmagazinen hervorgeholt worden waren. Gelb glänzten im zertrampelten Gras verstreute Patronenhülsen, ein Telefonkasten lag unter den Rädern eines vom Granateinschlag zerdrückten Munitionswagens. Die Deutschen hatten ihre Toten und Verwundeten wegschaffen können, aber der Boden war bedeckt mit blutigem Verbandmaterial, mit Uniform- und Wäschefetzen, die man von den verletzten Körpern gerissen hatte. Respektvoll und schweigsam betrachteten wir alles. Solch ein Gerät! O Gott, und unsere Zeitungen besaßen die Unverschämtheit, von Panzern aus Pappe zu schwatzen!

Gleich hinter der Wiese öffnete sich eine lange, schattige Lindenallee. Ehe wir in sie einfuhren, zerriß der Himmel über uns mit dem bekannten Rauschen, und in das feuchte Brachland zur Rechten schlug eine schwere Granate. Ein Blindgänger. Er genügte indessen völlig, wir schüttelten das Gefühl eines illusionären Triumphes sofort ab. Auf den Blindgänger folgten Einschläge ganz in der Nähe, die große Rasenplacken bis auf den Weg schleuderten. Unsere Kolonne beschleunigte die Gangart, der Marschrhythmus wurde unterbrochen, ein gefährlicher Stau drohte. Wir wurden wieder verfolgt; die Treibjagd, deren Ring wir bei Nacht durchbrochen hatten, begann von neuem, noch ehe wir es schafften, Atem zu holen.

Trotz des zunehmenden Feuers ließ Oberleutnant Herbst meine Gruppe warten und befahl mir, die von hinten nachdrängenden Troßfahrzeuge vorbeizulassen. Danach erhielten wir einen ungewöhnlichen Befehl: Abstand nehmen und während des Marsches das Feuer eröffnen. In der Praxis sah das so aus: Abprotzen, ein, zwei Schüsse auf der Achse unseres Weges, Aufprotzen, hundert Meter im Trab und wieder dasselbe. Ich bezweifelte, daß dieses Zurückbellen irgendeinen realen Nutzen haben könnte, doch unser Verhalten störte den Feind merklich, nach einiger Zeit verstummte seine Artillerie. Wir führten unsere Aufgabe geschickt und mit einer gewissen sportlichen Befriedigung durch. Die letzten Tage waren eine erstklassige Schule für die Bedienung gewesen. Einzig das Aufspringen auf die fahrenden Wagen gelang nicht allen, und der dicke Sławik mußte zweimal zu Fuß hinter dem Geschütz herrennen. Wir durchfuhren auf diese Weise die gesamte Allee, bis an ihrem Ende Oberleutnant Herbst uns endlich befahl, das Feuer zu unterbrechen und aufzuschließen. Der Weg führte hier zwischen hohen, im leichten Morgenwind raschelnden Maisfeldern hindurch. Wir trabten weiter, denn die Kolonne hatte sich schon ganz erheblich von uns entfernt. Plötzlich umgab uns ein durchdringendes Schwirren als giftige Fortsetzung dumpfer Abschüsse. Von rechts, aus dem Mais feuerten regellos Karabiner. Besorgt musterte ich die sich ungleichmäßig hebenden und senkenden Köpfe der Fahrer. Sie schienen blindlings die Lücken zwischen den unsichtbar in der Luft gespannten Saiten des Todes zu suchen. Während ich ihren eiligen Rhythmus verfolgte, entdeckte ich etwas, was ich zuvor nicht bemerkt hatte und was mich vor Empörung für einen Moment alles andere vergessen ließ. Da hüpfte zwischen den viereckigen Feldmützen von Pyrych und Kuda eine fremde Form auf und ab, eine schmutzige, graue Radfahrermütze, die zu einem Dieb passen mochte. Mit einem einzigen Satz war ich bei dem Mittelfahrer. Es handelte sich um Cięciała, den Flüchtling aus Kolbuszowa, den Marchewka eingefangen hatte.

»Wo ist Ihre Mütze?« brüllte ich ihm ins Ohr.

Verwundert und erschreckt glotzte er mich an. In diesem Augenblick pfiff mir eine Kugel an der Nase vorbei. Eine wilde, unverständige Wut überkam mich. »Idiot, Blödmann!« schrie ich und drohte ihm mit der Faust. »Wie können Sie es wagen?! Sie Zivilistenstrolch, Sie Tölpel!«

»Ich hab' sie verloren…«, stammelte er benommen.

»Nur gut, daß Sie Ihren Kopf nicht verloren haben, Sie Waschlappen!«

Gewöhnlich vermied ich ordinäre Schimpfwörter. Diesmal hatte ich völlig die Selbstbeherrschung verloren. Ich war bereit, auf diesen dummen Schädel einzuschlagen, ihn mit den übelsten Wörtern zu beschimpfen. Die zerdrückte Louismütze kam mir vor wie der erste Aussatzfleck auf einem bisher gesunden Körper, das Vorzeichen der Verwesung, die unsere militärische Disziplin vernichten, meine Gruppe in den Schmutz ziehen und der kämpferischen Durchhaltekraft der gesamten Batterie ein Ende setzen würde. Ich spürte, wie unlogisch meine Erregung war, konnte aber nichts dagegen tun. Alle meine ›Überzähligen‹-Traumata lebten wieder auf, die Scham und die Bitterkeit wegen der Szenen auf der Chaussee bei Nisko, die Angst vor dem Moment des Zusammenbruchs, der – das ahnte ich jetzt – früher oder später kommen mußte.

Wir drängten zwischen die wenigen Häuser eines Weilers, wo das Feuer der feindlichen Infanterie nicht hinreichte. Unter dem Schutz einiger Weiden am Wegrand erwartete uns hier Jesiołłs Gruppe. Geradeaus öffnete sich eine flache Mulde mit einem versumpften Flüßchen in der Mitte und einer kümmerlichen Brücke, über die jetzt der Troß ratterte. Jenseits leuchteten sandige, kahle Stellen auf den mit Kiefernschonungen bestandenen Hügeln.

»Mir nach!« kommandierte Oberleutnant Herbst. Er

setzte sich nach vorn ab und verscheuchte schon von weitem durch sein Rufen die Troßleute. »Platz für die Geschütze! Stehenbleiben! Die Geschütze durchlassen!«

Die Brückenbalken rappelten unter uns. Wir bogen vom Weg nach links ab und fuhren steil bergan. Peitschen klatschten auf die vor Anstrengung gespannten Rücken unserer Pferde. Noch ehe wir den Gipfel des Sandhügels erreicht hatten, holte uns das lästige Pfeifen wieder ein. Wir protzten in größter Eile ab.

»Man muß diesen verdammten Mais niederwalzen«, sagte Herbst. »Wir sollen hierbleiben, bis der letzte Troßkarren der Division über die Brücke gerollt ist. An die Geschütze! Granaten, dritte Ladung, Aufschlagzünder R. Y. G.!«

In einem hellen Staubschleier fuhren die Protzen auf die andere Seite der Erhebung. Ich sah, wie sie im gestreckten Galopp eine Kurve nahmen und im nächsten Wäldchen verschwanden. Wir fingen an zu schießen, direkt und ohne Sicht, über die nahen Häuser des Weilers hinweg. Auf dem Weg und an der Brücke entstand ein Tumult. Schon trafen, offenbar vom Krachen des plötzlich einsetzenden Artilleriefeuers verstört, die ersten Abteilungen der Nachhut ein. Zur Erde geduckt, wie Rebhühner in kleine Gruppen zusammengeschlossen, zogen schwer beladene Infanteristen mit kurzen Schritten vorbei. »Dieselbe Entfernung. Feuer! Feuer!« Oberleutnant Herbsts Kommandos fielen in immer kürzeren Abständen. Wir hörten bald auf, uns von ihrem Rhythmus leiten zu lassen. Wir luden und schossen, luden und schossen, und das ununterbrochene Krachen unseres Feuers machte den Eindruck, als betätigte sich eine ganze Batterie. Doch war das nur ein momentaner Erfolg, denn kaum verlangsamten wir ein wenig unser Tempo, rasselten gegenüber sofort lange MG-Serien. Sie gingen glücklicherweise über uns hinweg, anscheinend waren sie mit erregt zitternden Händen abgefeuert worden.

»Ballern, ballern, Leute«, trieb Herbst uns an. Er verzichtete nun darauf, immer wieder dieselben Formeln zu gebrauchen.

»Hier, hier, ganz nahe«, rief plötzlich Marchewka. »Sie reißen den Zaun um und stellen ein SMG auf.«

Tatsächlich, die Deutschen waren bereits im Weiler. In Sprüngen erreichten sie den Ortsrand. Ihre grauen Silhouetten huschten zwischen den Hausecken und im Dickicht der Gärten umher. Das MG-Feuer steigerte sich, es zerhackte rasselnd die Kiefernzweige, im Sand erzeugten die Einschläge staubige Rosenkranzperlen. Wir brachen ab, feuerten vor Aufregung aber ebenso ungenau wie der Feind.

Schon überquerten die letzten Maroden die Brücke. In ungeschickter Eile humpelten frisch Verwundete vorüber; noch war keiner verbunden. Höchstens sah man ein blutverschmiertes Taschentuch oder einen schnell abgerissenen Hemdfetzen.

Unsere während der nächtlichen Aktion ziemlich ausgeräumten Munitionswagen zeigten jetzt gähnende Leere. »Gleich kommen unsere Protzen«, trösteten wir uns, während wir verkrampften Herzens die noch in den Kästen glänzenden Granaten zählten.

»Laden, was kommt, Leute«, sagte Herbert, »Schrapnells, Panzergranaten, Leuchtspur, was da ist.«

»Noch sechs Granaten«, meldete ich ihm nach einer Weile.

»Macht nichts, Leute, weiter feuern. Gleich kommen die Protzen.« Oberleutnant Herbsts Unterkiefer bebte, harte Wülste bildeten sich rund um seinen Mund. Ich sah, wie er ständig zum Wald hinüberblickte, in den unser Weg mündete.

»Die Fahrer sind alle Ukrainer«, krächzte plötzlich Sława mit dünner Stimme. »Die kommen nicht mehr, Pierronna.«

»Mach zu«, mahnte Marchewka ihn ruhig.

»Mach zu«, wiederholte dumpf Dr. Kurek und ließ den Riegel über dem stumpfen Knacken des Stempels zuschlagen.

Oberleutnant Herbst legte mir unerwartet die Hand auf die Schulter. »Wir verschießen die letzte Granate«, sagte er, »und dann wie Gott will.«

Unsere Gesichter troffen vor Schweiß, die Hemden klebten uns am Rücken. Wir sahen eine völlig leere Brücke. Wir waren mit den deutschen MG's allein geblieben. Jetzt ging es um unsere eigene Haut. Die feindlichen Feuerstöße hatten uns bislang keinen Schaden zugefügt, sie rasselten aber immer weniger chaotisch. Wir spürten, wie gefährlich das Spiel wurde. In dieser Anspannung überkam uns eine kühle, todesmutige Ruhe. Unsere Bewegungen verlangsamten sich, die Richtschützen preßten das Auge mit neuer Aufmerksamkeit an das Rundblickfernrohr. Wir luden im Knien und drängten uns möglichst nahe hinter den Schutzschild unserer Feldgeschütze. Jedes Geschoß rettete jetzt unser Leben. Nur Schrapnells waren uns noch geblieben, also verfeuerten wir sie mit Aufschlagzünder. Die beiden ersten zersprangen an den Dorfzäunen, das dritte, aus Kazeks Geschütz, traf die Stelle, wo Marchewka die Aufstellung eines SMGs beobachtet hatte. Weil wir die restliche Munition nicht vergeuden wollten, unterbrachen wir das Feuer, um uns von seiner Wirkung zu überzeugen. Wie ein großes, durch seine Macht bedrohliches Rauschen empfanden wir die Stille, die sich über unsere Stellung ergoß. Wortlos blickten wir uns an und lächelten töricht. Marchewka setzte sich auf die Erde und schnaubte sehr laut den Staub aus der Nase. Plötzlich stieß sich Kanter vom Munitionswagen ab und lief zu Oberleutnant Herbst. Er zerrte ihn ohne Umstände am Ärmel. »Schauen Sie mal, Herr Oberleutnant, die Protzen kommen!«

Alle sprangen auf die Füße. Zwei, drei, vier Protzen verließen den Wald. In ruhigem Trab näherten sie sich unserem

Sandhügel. An der Spitze schwankte Funt auf seiner hageren Mähre und gab uns von weitem beruhigende Zeichen.

»Feuer halt, Stellungswechsel«, sagte Oberleutnant Herbst. Seine Stimme klang irgendwie seltsam.

Binnen kurzem erreichte das erste Gespann den Hügel. Doch im gleichen Moment zersprang die mit soviel Mühe erkämpfte Stille in neuem, giftigen Geknatter. Das vordere Handpferd stieg störrisch hoch und gab ein kurzes, fast jaulendes Schnauben von sich.

»Geht noch«, rief Oberleutnant Herbst, der schneller beim Pferd war, als der Reiter aus dem Sattel gleiten konnte. »Streifschuß am Bein. Steig ab, wir ziehen die Geschütze von Hand heran.«

Alle stürzten an die Räder und legten sich mit voller Kraft in die Speichen. Sand rann uns über die Hände, stäubte in die Augen. Die feindlichen Kugeln flogen dicht und tief, sie zischten uns um die Knie. Zu-sam-men, zu-sam-men, noch eine Drehung, noch eine! Die Pferde tanzten und zerrten unruhig an den Strängen. Endlich rastete die Protzöse ein, sofort rollte das Geschütz schnell hinunter. Die Leute sprangen im Fahren auf. Ich schnappte meinen Ungarn, dem der Mittelfahrer die Zügel locker gelassen hatte. Hinten schrie jemand erschrocken. Ich zog die Kandare an.

»Herr Fähnrich«, rief Galosz, »Cwalina ist verwundet, ihn hat's am Schenkel erwischt.«

»Ladet ihn auf die Protze, schnell!«

»Er blutet sehr und weint.«

»Ladet ihn auf die Protze, verdammt noch mal!«

Wir sausten über den Weg und galoppierten durch das Waldstück. Gleich dahinter lag die Ortschaft Narol. Laut rasselnd rollten wir zum verödeten Marktplatz. Auf den Stufen eines geschlossenen kleinen Ladens hockte ein sonderbar verkrümmter, offenbar gelähmter alter Jude in Kaftan und rundem Mützchen, das einzige lebendige Wesen. Als er uns sah, hob er die knochenbleiche, hagere Hand und wies auf die sich gegenüber öffnende Straße. Seine Lippen mahlten lautlos irgendwelche Wörter. Wir verstanden. Dorthin war das Militär gezogen. Gleich danach rasselten wir auf einer Chaussee. Ich lachte laut, ich sang aus voller Kehle und hörte mich selbst nicht im Geklapper der Hufe und Stahlreifen, ich sah aber, daß auch andere den Mund weit offen hatten zu freudigen Rufen.

Dr. Kurek teilte jedem ein Stück zähen Speck und eine Zwiebel zu. Er schnitt den Speck sehr feierlich und äußerst genau, denn er war gerecht und wollte niemand auch nur um einen Millimeter benachteiligen. Nur Cwalina lehnte das Essen ab. Er streckte sich von Zeit zu Zeit auf den Boden und verzog das Gesicht zu einer schmerzhaften Grimasse.

Der Wald war hier sehr schütter, er enthielt ganze Inselgruppen von Lichtungen. Er gab kaum genügend Schatten, um die Gespanne in dem welligen Gelände zu verbergen. Zwischen den bewaldeten Hügeln grünten feuchte Wiesen mit dichtem, üppigem Gras. Ein leichter Wind trug die weißen Fäden des Altweibersommers über uns hinweg.

Feindliche Flugzeuge, die sich seit einigen Tagen nicht am Himmel gezeigt hatten, erschienen aufs neue. Es waren Aufklärer, eckige *Störche,* langsam und unsicher. Wiederholt überflogen sie uns in geringer Höhe, ein lautes Rattern kündigte sie schon von weitem an. Sie suchten uns.

Hier kampierte wohl die gesamte Division. In einer so großen Truppenkonzentration mußte es irgendwo einen Arzt geben. Ich irrte zwischen den Bäumen umher und sprach Offiziere und Soldaten unterschiedlicher Einheiten an. Sie zuckten die Achseln. Jemand wies mich endlich an den Rand einer offenen Mulde. Tatsächlich, auf einem Weg zwischen Haselnußsträuchern fand ich einen verstaubten Fiat, der nach Karbol stank und am Aufbau ein Rotes Kreuz trug. Das Innere des Kastens war leer, aber im Fahrerhäuschen schlief, in eine Ecke des Sitzes gekauert, ein Sanitäter.

Ich mußte lange an seiner Schulter rütteln, bis sich seine Lider soweit öffneten, daß sie das kurze Aufblitzen eines erstaunten und unwilligen Blicks hindurchließen.

»Wo ist ein Arzt?«

»Keiner da. Der Herr Major ist bei den Schwerverwundeten in Narol geblieben.«

»Hat denn die Ambulanz keinen Arzt?«

»Nein...« Er drehte mir den Rücken zu und legte sich zum Weiterschlafen zurecht.

»Hören Sie zu, jemand muß doch dieses Leichenhaus kommandieren. Ich brauche Hilfe für einen Verwundeten.«

»Der Zugführer, ein Feldscher, ist da, aber gerade mit dem Fahrer fortgegangen.«

»Wohin?«

»Weiß ich's? Er hat mir nichts gesagt.« Damit hielt der Sanitäter das Thema für endgültig erschöpft. Er zog die Beine an und schloß die Augen. Ich hörte auf, für ihn zu existieren.

»Können Sie einen Verband anlegen?« rief ich ihm ins Ohr. Doch er reagierte nicht, verzog nicht einmal das Gesicht.

Da hörte ich Stimmen hinter dem Auto. Es waren der Zugführer und der Fahrer persönlich. Sie mußten soeben eingetroffen sein und waren mit dem Abzählen von Eiern beschäftigt, die der Feldscher einzeln aus der Tragetasche einer Handapotheke holte. Die Blicke, mit denen sie mich begrüßten, sagten unzweideutig, daß ich ungern gesehen wurde.

»Ich habe einen Verwundeten, Herr Zugführer«, begann ich ohne Einleitung, »bitte kommen Sie mit.«

»Was fehlt ihm?« knurrte er, ohne sich von der Stelle zu rühren, während er die Tasche vorsorglich hinter seinem Rücken verbarg.

»Schußverletzung am Schenkel.«

Er winkte geringschätzig mit der Hand ab. »Schicken Sie

ihn ins Dorf«, sagte er, »die Leute werden sich schon um ihn kümmern.«

»Besser, Sie reden hier nicht lange, sondern kommen mit«, entgegnete ich und spürte, wie mir der Zorn ins Gesicht stieg.

Seine fetten Backen röteten sich. Er warf heftig den Kopf hoch, doch nachdem er mich angesehen hatte, schluckte er ein paar heftige Wörter hinunter und blickte beschämt zu Boden.

»Ich habe keine Instrumente, Herr Fähnrich, sie sind alle in Narol geblieben.« Noch während er das sagte, öffnete er die Autotür und suchte dort eine Weile. Als er wieder auftauchte, hing ihm eine Tasche mit entsprechendem Inhalt über der Schulter. »Desinfizieren und verbinden, das ist alles, was ich tun kann«, sagte er.

Cwalina lag ruhig auf den von seinen Kameraden ausgebreiteten Mänteln. Er schien zu schlafen, aber von nahem sah man, daß die Muskeln um seinen Mund und auf den Backen leise zuckten.

»Es tut sehr weh«, flüsterte er, während ich mich mit dem Feldscher über ihn beugte. Der Zugführer machte sich mit großer Geschicklichkeit an die Untersuchung. »Es wird beim Transport noch mehr weh tun«, sagte er, »das ist der Nerv. Man müßte die Kugel entfernen...«

»Legen Sie ihn in Ihren Sanitätswagen«, schlug ich vor, »der ist doch leer.«

Er verzog sarkastisch das Gesicht. »Der fährt nirgendwo mehr hin. Das Benzin ist alle. Ja, ja, schlimm, jetzt verwundet zu sein«, fügte er seufzend hinzu. »Jemand soll Wasser holen«, wandte er sich an die Umstehenden, »wir waschen ihn.«

»Hören Sie, Cwalina«, sagte ich, nachdem der Feldscher den Verband angelegt hatte und gegangen war, »einen Kilometer entfernt ist ein Dorf. Sie könnten dort in einer Kate bleiben. Ich habe bereits mit Oberleutnant Redycz darüber gesprochen. Andernfalls müßten Sie auf einen Wagen transportiert werden und müßten sehr leiden. Niemand weiß, wann wir Hilfe für Sie bekommen.«

Das Gesicht des Verwundeten krampfte sich zusammen. »Nein, Herr Fähnrich, bitte nicht! Hier sind überall Bandera-Leute. Ich weiß das. Ich habe Angst. Lassen Sie mich nicht zurück, bitte...« Seine Augen füllten sich mit Tränen. »Um Gottes willen, Herr Fähnrich!«

»Gut, schon gut, Cwalina. Beruhigen Sie sich, ich gehe jetzt zu Herrn Oberleutnant, damit er mir einem Wagen zuteilt.«

Die wichtigste Instanz indessen war Misiąg. »Leicht gesagt: geben Sie mir einen Wagen«, nörgelte er und schaute sich in unserem armseligen Troß um. »Die beiden sind voll Munition, der gehört zur Küche, und der hat das topografische Gerät des Batterietrupps geladen.«

»Na und der dort, Herr Hauptwachtmeister?«

Er blickte unruhig in die Richtung, in die ich mit dem Finger wies. »O nein, den gebe ich Ihnen nicht.«

»Warum?«

»Das Warum ist meine Sache. Ich bin Ihnen gegenüber nicht zu einer Begründung verpflichtet.«

»Aber ich habe einen Verwundeten, das ist wichtig.«

»Dann lassen Sie ihn im Dorf, Herr Fähnrich.«

Meine Abneigung gegen diesen Kasernen-Windhund verdichtete sich plötzlich zu Haß. Ich warf einen Blick auf die Reihen von Ordensbändern, die seinen eleganten Oberkörper zierten, und das brachte mich vollends in Rage. Ich wußte, ich würde nicht nachgeben, komme, was da wolle.

»Ich werde ihn nicht zurücklassen, Herr Hauptwachtmeister«, sagte ich und mühte mich um Ruhe. »Ich bitte um den Wagen.«

Er kniff die Augen zu. »Und ich gebe Ihnen den Wagen nicht, weil es mein Wagen ist.«

»Was heißt das, mein Wagen?«

»Das heißt, das heißt, das geht Sie nichts an.«

Die Anstrengung, seine Stimme zu mäßigen, schmerzte ihn so, wie zu lange angehaltener Atem schmerzt.

»Packen Sie Ihr Zeug auf einen anderen«, sagte ich.

Misiąg verlor die Selbstbeherrschung. »Zeug!« brüllte er. »Das ist zuviel. Sie vergessen, mit wem Sie reden. Bin ich Ihr Vorgesetzter, ja oder nein? Sie sollten vor mir die Hacken zusammenschlagen, zum Teufel, statt dessen kommen Sie zu mir wie zu einem Kameraden und befehlen mir, mein ›Zeug‹ umzuladen. Was ist das für eine Disziplin! Der Herr Oberleutnant wird Ihnen auch nicht helfen. Ich kommandiere den Troß und basta.«

»Na gut, wir reden nicht mehr darüber«, brachte ich durch die zusammengebissenen Zähne heraus, »aber den Wagen kriege ich früher, als Sie glauben.«

Binnen kurzem war ich mit den Fahrern meines Geschützes wieder da. »Leute«, sagte ich, ohne Misiąg zu beachten, »schmeißt den Krempel auf den Boden und legt den Wagen mit Stroh aus; der ist für Cwalina.«

Der Hauptwachtmeister rannte auf uns zu und breitete die Arme aus wie Rejtan. »Ich protestiere«, rief er, »das ist ein Überfall, Meuterei! Ich ziehe Konsequenzen daraus.« Er trat zurück, lehnte den Rücken an den Wagen und langte nach der Pistolentasche. Die Kanoniere zögerten und sahen mich unsicher an. Ich wußte, daß sie Misiąg nicht leiden konnten und daß der Gehorsam in unserer Batterie nicht mehr den Rangstufen folgte. Vor allem jedoch war ich wütend, und die Wut erfüllte mich mit harter, unnachgiebiger Energie.

»Keine Angst, der Herr Hauptwachtmeister tut nur so«, sagte ich zu Cięciała, der sich hinter Kuds Rücken versteckte. »Los, runterwerfen!« Ich ergriff zwei Bündel Heu vom Wagenende und klatschte sie auf den Boden.

»Gut«, sagte Misiąg, und seine Stimme überschlug sich vor Empörung, »ich gehe jetzt zu Oberleutnant Redycz. –

Ihr seid Zeugen für das, was vorgegangen ist«, wandte er sich an einige Troßleute, die der Sache befriedigt zuschauten. Er verschwand im Gebüsch, und wir machten uns eifrig an die Arbeit. Unter dem Heu erschien ein kariertes Federbett, dann ein Stapel neuer, zusammengelegter Decken. Pyrych grub einen großen Kringel Wurst aus. »Da, was er hier hat«, sagte er verwundert, »und wir laufen hungrig herum!« Kud warf schwere Speckseiten, Säcke voll Zwieback und Konserven heraus. »Geredet hat der Schuft, er hat nichts, aber da sieht man's!« Zum Schluß fanden wir unter dem Sitz in einem Pappkarton einen wundervollen Philips-Empfänger. Der Apparat mußte direkt aus dem Laden stammen, nicht einmal das Preisschildchen war vom Holzfurnier abgerissen.

»Das alles ist Privateigentum des Herrn Hauptwachtmeisters«, informierte ich die Troßleute, wobei ich mit Mühe ein boshaftes Beben in der Stimme unterdrückte. »Paßt gut auf, daß es nicht wegkommt, bis er wieder da ist. Wir holen inzwischen den Verwundeten.«

Der Engländer faselte undeutlich über die Verteidigung der Halbinsel Hela, über die Kämpfe bei Warschau und Modlin. Seine Stimme verriet kein Entsetzen. In ihr schwang der Unterton höflicher, leicht gelangweilter Bewunderung für die Haltung der Verteidiger, die *very gallantly* der erdrükkenden Übermacht Widerstand leisteten. Es hätte genügt, seinen Bericht in die Vergangenheitsform zu kleiden, und schon wäre alles in den schwarzen Rahmen einer Todesanzeige gefaßt gewesen. Ich hatte nur den Schluß der Nachrichten gehört. War vielleicht vorher schon etwas wirklich Wichtiges gesagt worden? Geschieht vielleicht schon etwas, was unser Schicksal plötzlich wendet? Ich drehte an den Knöpfen des Empfängers in der unbewußten Hoffnung, irgendeine Stadt der Welt müsse doch eine gute Nachricht für uns haben. Im Kopfhörer schnarrte sattes, selbstsicheres

Deutsch. Hier gab es weder Höflichkeit noch Langeweile. Die kehligen, kantigen Wörter fielen wie Steine, die mit dem Schwung siegreicher Verachtung von oben herab geschleudert werden. Es wurde aus einer Ansprache zitiert, doch der Sprecher steigerte sich in eine Beredsamkeit hinein, als wendete er sich von der Tribüne an die Massen. »Weißrußland und die Ukraine sind vom polnischen Joch befreit!« schrie er.

»Herr Fähnrich Strączyński zum Batteriechef!« rief jemand unweit der Protze. Eine unangenehme Gänsehaut lief mir über den Rücken. Aha, jetzt krieg' ich was ab wegen Misiąg. Aber während ich der Ordonnanz folgte, dachte ich nicht mehr an die Geschichte mit dem Wagen.

Polnisches Joch – diese Wörter klangen aufdringlich und quälend in meinen Ohren. Sie störten, sie verursachten einen fast physischen Schmerz. Ich erinnerte mich, mit welcher Verblüffung, mit welchem Abscheu ich einmal bei einer Übung die Erzählung eines Feldwebels mit angehört hatte, der an den Pazifikationen im Gebiet von Tarnopol beteiligt gewesen war. »Wir haben den Dorfschulzen bekannt machen lassen, in einer Stunde müßten zweihundert weiße Hühner mit roten Kämmen zur Stelle sein«, brüstete sich der alte Zugführer lachend. »Wenn nicht, gäb's Prügel. Nun, natürlich gab's Prügel. Ein Ukrainer nach dem andern kriegte den Arsch voll, daß die Funken flogen.«

Polnisches Joch – darin steckte eine unbeschreiblich grausame, empörend perfide Wahrheit. Was für ein Recht hatten die, vom polnischen Joch zu sprechen? Und mußte ich diese Worte ausgerechnet in jener verhaßten Sprache hören? Das Wesen der Gerechtigkeit kam mir plötzlich verdächtig und dunkel vor, eine weitere teuflische Hinterlist der Politik.

Auf der kleinen Lichtung am Abhang des Hügels fand ich zu meiner Verwunderung alle Offiziere und Fähnriche der Batterie versammelt. Sie saßen im Kreis auf dem Boden, und als ich zwischen ihnen stehen blieb, wies Redycz mir mit einer Handbewegung einen Platz auf dem Gras an. Ich ließ mich gehorsam zwischen Garwaczewski und Jesiołł nieder. Um Misiąg und seinen Wagen konnte es sich nicht handeln. Die Gesichter der Offiziere waren niedergeschlagen. Etwas Wichtiges mußte passiert sein.

»Meine Herren«, begann Redycz, »Sie müssen alle erfahren, was geschehen ist.« Er schluckte laut seinen Speichel hinunter und fuhr sich mit den Fingern durch die Haare. »Marschall Rydz-Śmigły und die polnische Regierung haben unser Staatsgebiet verlassen. Heute früh sind sie über die rumänische Grenze gegangen.«

Alle schwiegen, nur Kazek flüsterte: »Die Schufte!« und verzog verächtlich den Mund. Oberleutnant Redycz ließ den Kopf sinken und spielte zerstreut mit seinem Ochsenziemer. »Wir dürfen uns keinen Illusionen hingeben«, fuhr er nach einer Weile fort, »das versetzt uns in eine gänzlich neue Lage. Das ist das Ende!« Wütend schlug er mit der Peitsche auf seine verstaubte Stiefelspitze. »Das Ende«, wiederholte er und ließ einen grollenden Blick über uns gleiten. Seine Augen hafteten etwas länger auf Florczaks dunklem Gesicht, das nichts von seiner flachen Zufriedenheit verloren hatte. »Herr Oberleutnant Florczak hat einen bestimmten Plan«, fügte er unsicher hinzu. »Ich möchte, daß jeder sich dazu äußert.«

Florczak räusperte sich und blies seine Kehle auf wie ein Täuberich. »Kameraden«, sagte er mit seiner schönen, pathetischen Stimme, »wir sind hier unter uns, wir können offen reden. Der Herr Oberleutnant hat recht, das ist das Ende. General Szyllings Armee hat bereits bei Tomaszów kapituliert. Uns steht jeden Augenblick das gleiche Los bevor. Die Regierung ist geflohen, eine Front gibt es nicht mehr, wir sind Überreste, der Gnade des Feindes ausgeliefert. Wir müssen uns retten. Wir Offiziere dürfen nicht in Feindeshand fallen. Um die Soldaten brauchen wir uns keine Sorgen zu machen. Ihnen droht nichts. Sie werden bestimmt nach Hause entlassen, denn unabhängig von der politischen Situation werden ihre Hände in Industrie und Landwirtschaft benötigt. Das ist völlig klar, nicht wahr?« Er atmete tief auf und beugte sich mit einem verständnisheischenden Aufleuchten in den Augen zu uns vor. »Das ist absolut keine Fahnenflucht. Gott bewahre! Wir haben unsere Pflicht hundertprozentig erfüllt. Ich möchte es eher weitere Pflichterfüllung nennen. Als kleinere Gruppe können wir uns ohne große Mühe zur rumänischen Grenze durchschlagen. Ich kenne die Gegend und kann die Führung übernehmen. Ich denke, es gibt keine vernünftigen Gründe zum Widerspruch.« Fragend sah er Redycz an, der aber mied seinen Blick und hob den Ochsenziemer wie einen Taktstock.

»Bitte, wer etwas zu sagen hat, der rede!« forderte er uns auf.

Es war Nachmittag. Obwohl der Sonnenglanz in hellen Flecken das Heidekraut der Lichtung überflutete, kroch Kühle von den Bäumen herüber. Garwaczewski neben mir klapperten die Zähne. Ich spürte, wie seine Schultern bebten. Eine ganze Zeitlang äußerte sich niemand. Von einem Impuls bewegt, hob ich plötzlich die Hand wie in der Schulstunde. »Ich habe gerade Nachrichten gehört«, erläuterte ich. »Hela verteidigt sich, Modlin verteidigt sich... Warschau... Irgend jemand leitet doch diesen Kampf. Wir haben kein Recht zu behaupten, der Krieg sei zu Ende. Wir haben noch Munition, die Leute wollen weiterkämpfen.«

Florczak zuckte mit den Achseln. »Das ist kein realer Standpunkt.«

»Macht nichts«, unterbrach ihn Redycz, »jeder soll mitteilen, was er denkt. Herr Oberleutnant Herbst möchte etwas sagen.«

Herbsts Gesicht nahm einen angriffslustigen Ausdruck an. Seine schrägstehenden Augen verengten sich, und als er das Wort ergriff, reckte er sich vor Erregung leicht auf seinen untergeschlagenen Beinen. »Vielleicht hat Herr Florczak als Berufsoffizier eine etwas andere Pflichtauffassung«, fing er mit hoher Stimme an. »Meiner Meinung nach ist unser Platz, solange kein Befehl zum Niederlegen der Waffen kommt, hier bei der Batterie. Noch vor einer halben Stunde habe ich gesehen, wie General Mond seinen Adjutanten Anordnungen für den Weitermarsch erteilte. Wir stehen unter seinem Befehl. Was geht uns Rydz-Śmigły an? Und wenn morgen Rumänien in den Krieg eintritt – wie stehen wir dann da? Ich möchte lieber nicht aussprechen, was ich von Oberleutnant Florczaks Plan halte.«

Der Kreis der Männer wurde lebendig, die Lichtung rauschte vom Gemurmel gedämpfter Stimmen.

»Ich bitte um Ruhe«, rief Redycz. »Wer hat noch etwas zu sagen? Fähnrich Marchewka?«

Marchewka spuckte einen Grashalm aus und bleckte dümmlich lächelnd die Zähne. »Eh ... Herr Oberleutnant«, stotterte er, »ich habe Fähnrichstressen, aber ich bin Richtkanonier am Geschütz. Ich gehöre zur Bedienung. Ich halte mich da raus. Ich will nicht, daß die Kameraden von mir sagen: Geflohen, der Hundesohn. Ich bin Soldat.«

Jemand lachte auf und verstummte sogleich. Oberleutnant Florczak erhob sich ungeschickt. Dunkelrote Flecken erschienen auf seinen Backen. »Ich sehe, ihr versteht die Lage nicht ...«, begann er.

»Ich aber sehe, alle verstehen sie«, schloß Redycz schroff. »In Ordnung, meine Herren. Ich wollte Ihre Meinung kennenlernen. Ich danke Ihnen. Jetzt gehen Sie bitte auseinander, und lassen Sie uns das alles für uns behalten.«

Der Mond ging jetzt spät auf. Sein Licht verdünnte die Dunkelheit mit der durchdringenden Kühle der Stunden vor der Morgendämmerung. Wir fuhren am Waldrand, wie jetzt üblich auf einem sandigen Weg. Der taufeuchte Sand knirschte unter den Rädern. Dieses Knirschen, monoton wie der Anschlag der Wellen gegen die Bordwand eines Schiffes und nur vom quietschenden Aufseufzen der Achsen unterbrochen, war das einzige Geräusch auf unserem Marsch. Die Zeiten des Rufens und Antreibens, des Anschnauzens der Fahrer, die in hohler Hand Zigaretten rauchten, waren vorüber. Die Batterie rollte gewissermaßen unwillkürlich, getrieben vom eigenen Gewicht, erstarrt und ausgekühlt. Wir gerieten in den Schatten; sein gezahnter Rand zeichnete sich scharf auf den weiten, von grauer Glätte überzogenen Stoppelfeldern und Wiesen ab. Manchmal glitt durch die wässerigen Bereiche dieses Lichtscheins lautlos ein Reitergespenst, dessen Farben zu Asche verblichen waren. Vom langsamen Rhythmus des im Schritt gehenden Pferdes gewiegt, erlebte ich die seltsame, lindernde Traurigkeit der Ferne. Es war eine Frage des Raums, nicht der Zeit. Ich konnte die Tage dieser Kriegs-Wanderschaft nicht zählen, wußte aber, die Tage waren nicht das Wichtigste. Wie einem Segler, der im Augenblick der Windstille staunend das Wasser um sich herum bemerkt, so wurde mir bewußt, daß das Ufer, von dem ich voller Hoffnung abgelegt hatte, längst meinen Augen entschwunden, für immer vergangen war. Selbst wenn dieser Krieg nur eine Stunde gedauert hätte, zurückkehren würde ich nie. Mein Haus, mein sicheres, kurzsichtiges Gestern – sie waren tatsächlich von gestern. Ich brauchte nicht in Gedanken mühsam nach Einzelheiten zu suchen oder die verlorenen Fetzen geduldig zu bekannten Landschaftsbildern zusammenzusetzen. Nein, alles war deutlich, es lag nicht weit zurück – aber auf einem anderen Kontinent. Jeder Schritt entfernte mich von ihm. Diese welligen, fahlen Felder konnten wirklich ein Meer sein, doch ich hatte keinen Kompaß und wußte nicht, wohin die ächzende Arche der Batterie steuerte.

Im Sattel vorgebeugt, gab ich mich dem bitteren Zauber dieses Nichtwissens hin, erlaubte ich dem Horizont, zu schwanken und im dunklen Nebel zu zerfließen. Jeder Fußbreit Erde, den der Huf meines Pferdes traf, floh von mir fort und schwamm dahin, weggewaschen von der schwarzen Strömung, deren Rauschen langsam die Wirklichkeit aufsog.

Ich erwachte mit dem Gefühl, auf einer Sandbank festzusitzen. Obwohl meine Schenkel immer noch die Seiten meines Reittiers umschlossen, berührten meine Füße Sand. Dicht über meinem Ohr rann der feuchte Staub von den Rädern der Fahrzeuge. Ich stieg aus dem Sattel. Mein Ungar lag mit eingezogenen Beinen auf dem Bauch wie der Ochse in der weihnachtlichen Krippe. »Steh auf, Freundchen, was hast du denn?« Er erhob sich unwillig und stöhnte vor Anstrengung. Von nun an legte er sich jedesmal hin, sobald ich eindöste und die Zügel locker ließ.

»Klug ist er und will Sie nicht mehr tragen«, sagte Cięciała, als ich auf einer Rast den Wallach in seine Obhut gab. Ich ging nun zu Fuß. Es wurde bereits hell. Die Bewegung erwärmte mich und bewahrte mich vor der Wehrlosigkeit des Einschlafens.

Bei Sonnenaufgang setzte ich mich an den Wegrand, um auf den Troß zu warten. Ich wollte mich nach Cwalinas Gesundheitszustand erkundigen. Außer ihm fuhren noch drei Verwundete auf dem Wagen, zwei Infanteristen und ein Kanonier vom AR 6 mit verbundenem Kopf. Cwalina wurde hin- und hergeschüttelt. Er hielt die Augen geschlossen, sein Kopf pendelte kraftlos von Schulter zu Schulter. Seine Hand, die ich berührte, war heiß.

»Na, wie geht's, Cwalina?«

Er lächelte mühsam. »Danke, Herr Fähnrich, besser. Es brennt nur so. Ich habe Schüttelfrost…«

»Läßt Hauptwachtmeister Misiąg Sie in Ruhe?«

»Der ist weg. Mit dem Küchenwagen verschwunden.«

»Vielleicht zum Proviantholen?«

»Ach was, Proviant holen…«, meinte der Fahrer, der nebenher ging, »verduftet ist der Hurensohn. Hüh!« Er schlug die schwitzenden Pferde ganz unnötigerweise mit der Peitsche. Cwalina preßte die Zähne zusammen, um des Schmerzes Herr zu werden. »Ich freue mich so, daß Sie mich mitgenommen haben«, sagte er mit heiserer Stimme. »Vielleicht verheilt's sogar, dann kann ich wieder was tun für die Batterie. Haben Sie schon einen Kanonier, Herr Fähnrich?«

»Nein, habe ich nicht.« Ich wandte den Kopf ab. Vielleicht sollte ich daran denken, trotz allem...

Die deutschen Gefangenen marschieren neben unseren Gespannen am Wegrand. Es sind achtzehn. Bestimmt hungern sie weniger als wir – man hat sie ja direkt von ihren Konserven und ihrer Schokolade weggeschnappt –, dennoch werden sie von allen bemitleidet. Sie sehen elend und demütig aus. Ihre eleganten Mäntel sind bereits zerrissen und zerknautscht. Während der Morgenrast haben wir uns in den Kochgeschirrdeckeln fettlose Plinsen aus Mehl und Wasser gebacken. Jetzt geht immer wieder jemand zu ihnen – wir laufen zu Fuß neben den Geschützen – und gibt ihnen etwas ab. Mit einem kehligen »Danke« nehmen sie an. Auch ich teile meinen Plinsen mit einem dicken Feldwebel. Er sagt »Kamerad« zu mir und prahlt, er sei in Zivil Gesanglehrer. Ungebeten zeigt er mir die Fotografie seiner Frau, einer rundlichen Person mit anspruchsvoller Lockenfrisur und sentimentalem Blick, sowie seiner beiden Töchter mit blonden Zöpfen. In seiner Stimme schwingt Unruhe. Auf Fragen antwortet er eifrig und liebedienerisch, dreht aber ständig den Kopf weg und sieht bedrückt auf die leeren Felder, die keine Rauchfahne belebt, keine Chaussee durchzieht. Unter dem weiten, glänzenden Himmel gleitet unser Zug durch dieses offene Land wie eine Karawane von Vertriebenen. Wir selbst fühlen uns hier fremd.

Der Mann vom Batterietrupp, der die Deutschen bewacht, erzählt, sie hätten, als sie bei Aleksandrów gefangengenommen wurden, geweint und gefleht, daß man ihnen nicht die Augen aussteche; es war ihnen gesagt worden, so verführen die Polen stets mit ihren Gefangenen.

Einen kleinen Fluß, der sich durch eine tiefe Schlucht wand, mußten wir durchqueren und fuhren Hals über Kopf das Steilufer hinab und dann drüben mit noch größerer Anstrengung wieder hinauf. Die Schlucht füllte sich mit dem Gerassel der Eisenteile und dem Echo der Flüche, die sowohl den Fahrern als auch – zusammen mit Peitschenhieben – den Pferden galten. Etwas weiter oberhalb gab es eine Brücke, die zu benutzen uns nicht erlaubt wurde. Sie war angeblich zu schwach für unsere Geschütze. Autos fuhren allerdings ohne weiteres darüber. Die ganze Zeit vernahmen wir von unten her das Brummen ihrer Motoren. Und als wir, außer Atem und heiser vom Schreien, schließlich auf den Weg einschwenkten, flitzten sie uns an der Nase vorbei und hinterließen den heißen Atem ihrer Abgase. Große, einst elegante Limousinen, graue militärische Geländewagen, flach wie Streichholzschachteln. All das hopste durch die Schlaglöcher und jagte blindlings dahin mit Geschepper und quietschenden Federn. Manche Wagen fuhren sogar voller Verzweiflung neben dem Weg auf dem ausgedörrten, lehmigen Acker. Vor unseren Augen blinkten Stander, bunte Adjutantenschnüre, vielfarbige Mützenbänder und silbern gezackte Generalstressen. Auch Frauen waren darunter. Manche hatten Pelze übergeworfen, als frören sie an diesem sonnigen Tag. Auf uns achteten sie nicht, sondern starrten nur mit weit aufgerissenen Augen nach vorn. Eine winkte uns mit der Hand, die dank ihrem karminroten Nagellack furchtbar verletzt wirkte, freundlich zu. Wir starrten sie verblüfft an. Ein Truppenstab oder was sonst? Die seltsame Kavalkade verschwand bereits in einer dichten Staubwolke hinter der nächsten Kurve. Eine geisterhafte Flucht wie aus einem amerikanischen Film.

Das auf dem Grund der Schlucht gelegene Dorf empfing uns mit feindseligem Schweigen. Wir sahen bei der Ankunft die Frauen mit flatternden Röcken auf die Gehöfte fliehen und in panischer Angst die Haustüren zuknallen. Es gab nichts für uns, kein Lächeln, keinen Becher Wasser. Die Ukrainer erwischten einige Äpfel, aber auch sie schimpften: »Blöde Menschen, geben sogar ihren Landsleuten nichts.« Hinter kleinen Fenstern verfolgten uns Augen voll dumpfen Hasses.

Oberleutnant Herbst führte Kazek und mich in eine der Katen. »Ich komme schon mit ihnen zurecht«, sagte er, »ich bin unter der Bande aufgewachsen.«

Lange mußten wir anklopfen, bis eine zahnlose Alte uns einließ. Oberleutnant Herbst machte es sich auf der Bank am Ofen bequem und stützte die Fäuste auf die Knie. »Gib Milch her!« donnerte er sie ohne jede Einleitung auf ukrainisch an.

»Keine da, Herr, keine da!« Außer der Alten drängten sich in der Stube zwei plumpe, düstere junge Frauen und ein ganzer Haufen dreckiger Kinder, von denen das Jüngste mit dem nackten Hintern auf dem Fußboden herumrutschte. Alle starrten uns voller Schrecken und Feindseligkeit an, hielten sich aber in gehöriger Entfernung, als hätten wir die Pest mitgebracht.

Herbst geriet in heftigen Zorn. Er stieß eine ganze Litanei klangvoller, unverständlicher Flüche aus, stampfte mit dem Fuß auf und drohte mit der Faust. Ihm antwortete das Geschrei der erschreckten Kinder und das schrille Klagen der Frauen. Ich hielt mir die Ohren zu. Kazek lachte und steigerte damit das allgemeine Getöse.

»Still!« brüllte der Oberleutnant. »Still!« Er stand auf und trat mit entschiedenen Schritten auf eine der jungen Frauen zu. Sie zog sich zurück. Er beugte den Kopf vor und zischte plötzlich ein paar leise Wörter. Zu unserer Verwunderung machte sie auf der Ferse kehrt, lief in die Kammer und brachte binnen kurzem einen Tontopf mit Dickmilch. Ohne uns anzusehen, stellte sie ihn auf den Tisch, wischte drei Löffel an der Schürze ab und legte sie daneben.

Wir aßen und spürten im Rücken die auf uns gerichteten Blicke. Als wir uns schließlich den Mund abgewischt hatten, holte Oberleutnant Herbst aus seinem Portemonnaie ein glänzendes, silbernes Zwei-Złoty-Stück, nahm es zwischen zwei Finger und hielt es den schweigenden Frauen hin. Keine von ihnen rührte sich. »Na!« drängte er ungeduldig und zornig. Schließlich kam das älteste der Kinder, ein vielleicht zehnjähriger Junge in seitlich geknöpfter Bluse, dem die dunklen Haare in die Stirn fielen, vorsichtig näher und hielt seine kleine Hand hin. Doch ehe sich die braunen Finger um die Münze schließen konnten, zeterte wieder die Alte. »Nicht nehmen, Nikolka, nicht nehmen!« schrie sie auf ukrainisch und verschluckte sich schier am Gestammel von irgendwelchen Flüchen und Warnungen. Als hätte er sich an ihr verbrannt, warf der Kleine die Münze auf den Tisch und war mit einem einzigen Sprung in der entferntesten Stubenecke. Oberleutnant Herbst stand auf, blaß, mit zusammengekniffenen Zähnen. »Versuch nur, das nicht anzunehmen, du Scheißer«, sagte er auf polnisch, ging durch die Stube, zog den Jungen hinter dem Bett hervor und preßte ihm die Münze mit Gewalt in die Hand. Das Kateninnere zitterte vor Geschrei und Weinen. Wir traten betäubt hinaus in die schattige Stille des kleinen Gartens.

»Sie wollen um jeden Preis beraubt werden«, sagte Herbst und spuckte wütend aus.

»Was für eine geheimnisvolle Beschwörung haben Sie denn benutzt, Herr Oberleutnant, daß sich so plötzlich die Milch einfand?« fragte ich. Er hob die Schultern und stieß mit verächtlichem Lächeln ein Steinchen fort. »Ach, nichts Geheimnisvolles! Ich habe ihr gedroht, wir würden die Kate in Rauch aufgehen lassen. Anders kann man die nicht behandeln.«

Ich antwortete nicht. Jetzt war alles gleichgültig. Wozu soll man diskutieren, ob es nicht auch anders geht, wenn man die endgültigen Tatsachen, die reifen Früchte vor sich hat? Und die Milch war bereits ausgelöffelt.

Den Geruch des Herbstes hatte ich schon lange gespürt. Jetzt sah ich zum erstenmal seine Farbe. Buchenzweige bildeten die Fassade des Waldes, dem wir uns langsam näherten, und auf ihnen züngelten grelle Flämmchen. Die geschlossene Wand des Laubwerks war noch dunkelgrün, doch die Nacht- und Morgenkühle hatte die Zweigspitzen und die gefiederten Aureolen der Kronen schon angesengt.

Zu Füßen der Bäume, am Feldrand lag die eingegrabene Infanterie. SMG-Schützen in Helmen lauerten neben ihren Waffen. Am Wege wartete eine getarnte Pak.

Der Druck der Resignation und des Zweifels, der mir wie eine dunkle Folie die Welt verschleierte, war gewichen. Ich erinnerte mich daran, daß ich keinen Kanonier 3 hatte, und dieser Gedanke elektrisierte meinen Willen. Kanter könnte sich eignen, dachte ich. Ein Kanonier 4 findet sich stets leichter, das kann jeder.

Hinter mir ertönte eiliger Hufschlag. Schwitzend, das Gesicht voll roter Flecken, holte Funt mich ein. »Herr Fähnrich, Sie schauen sich gar nicht um! Der Munitionswagen ist zurückgeblieben.«

»Was ist denn da wieder passiert?«

»Die Pferde sind am Ende. Der Fluß vorhin hat ihnen den Rest gegeben. Sie tun's nicht mehr. Wir brauchen neue Pferde.«

Zusammen mit dem Munitionswagenführer drängte ich mich rückwärts durch die graue Masse der Infanterie, die ohne Marschordnung der Batterie folgte. Der Munitionswagen stand traurig am Grabenrand wie ein beschädigtes Boot, das die Strömung ans Ufer geschoben hat.

»Schauen Sie mal«, sagte zornig der Stangenfahrer, als ich neben dem Gespann hielt. »Schauen Sie, Herr Fähnrich, und riechen Sie mal.« Er bog eine Ecke der Schabracke hoch. Über das feuchte, verklebte Fell sickerte graugelber Eiter. Fader Fäulnisgeruch breitete sich aus. »Auf dem Pferd reite ich nicht mehr«, rief er. »Ein Pferd ist nicht aus Holz. Das tut ihm weh!«

»Warum haben Sie es nicht als Handpferd umgespannt? Das hätte schon längst geschehen müssen.«

»Das andere lahmt. Hufentzündung vorn.«

»Und meins ist wund, der ganze Rücken voller Schorf«, ergänzte der Mittelfahrer.

Eigentlich eigneten sich nur noch zwei Pferde des Gespanns einigermaßen zum Marsch. Glücklicherweise war der Munitionswagen nicht schwer, wir hatten nur noch ein gutes Dutzend Granaten übrig. Deshalb spannten wir die kranken Tiere aus, fuhren auf den Wald zu und schoben den unförmigen Kasten durch Löcher und Sand.

»Ich bemühe mich um Pferde«, beruhigte ich Funt, »und um einen Kanonier 3. Wir füllen die Gruppe wieder auf. Wenn's nur Munition gäbe, das andere schaffen wir schon.« Im Grunde machte ich eher mir Hoffnung als Funt und den Kanonieren. Tiefe Erschöpfungsfalten kerbten ihre staubbedeckten Gesichter. Genau wie sie brauchte ich Essen und Schlaf, aber mehr noch als sie brauchte ich Hoffnung. Für sie war dieser Tag ein weiterer Tag schwerer Plackerei – ich wußte, es war auch der Tag des Verrats. Viel fehlte nicht mehr, und diese Männer dachten an ihre Offiziere mit derselben Verachtung, mit der ich an diejenigen dachte, die noch gestern die Führer der Nation gewesen waren. Aus unerklärlichen Gründen spürte ich mich vom Schatten der Schande erfaßt, als ob die Grenze der Verantwortlichkeit auch noch mich, einen kleinen Fähnrich, umschlösse. Um so mehr war ich jetzt bereit, jede Mühe auf mich zu nehmen. Nur durchhalten! Der Kampf gegen den

Angreifer schien mir in diesem Augenblick nicht das Schwerste zu sein.

Die Batterie wartete am Wegrand im Walde. Die Sattelgurte wurden gelockert, die Soldaten setzten sich unter die Bäume oder kreisten um die Gespanne. Die ununterbrochen vorbeiziehenden Einheiten zerwühlten in monotonem Marsch den Sand des Weges. Tiefer im Wald, zwischen Erlen, Eichen und Buchen, im Dickicht des von sanftem Licht durchleuchteten Unterholzes raschelte das unordentliche Hin und Her eines Biwaks. Infanteriekompanien lagerten zwischen Gewehrpyramiden, im Schatten türmten sie Haufen von Zweigen über getarnte Wagen. Neben den Gespannen meiner Gruppe unterhielt sich Kazek Jesiołł mit einem mir unbekannten Unteroffizier von der Infanterie. »Komm mal her, Paweł!« rief er bei meinem Anblick. »Ich habe einen Kollegen getroffen, den Clubtrainer.«

Der bärtige Mann in der zu weiten Feldbluse sah gar nicht aus wie ein Sportler. Er reichte mir die sehnige Hand und schaute mich mißtrauisch an. »Sie sind bestimmt hungrig«, sagte er unverhofft. »Bitte bedienen Sie sich.« Aus seinem Brotbeutel holte er eine Feldflasche, die in meiner Hand unerwartet schwer wog und an den Fingern klebte. »Honig«, erläuterte er. »Kazek hat schon einen Schluck genommen. Scheuen Sie sich nicht. Ich habe genug gehabt.« Gierig goß ich mir die dicke, süße Flüssigkeit in die Kehle. Ich fühlte, wie sie langsam die Speiseröhre hinunterrann und den Magen füllte. »Danke sehr, das reicht.« – »Keine Ursache.« Er nahm die Feldflasche ohne zu lächeln, und steckte sie wieder in den Brotbeutel. »Das über die Regierung wißt ihr schon«, sagte er.

»Ja«, bestätigte Kazek. »Verfluchte Schufte. Was wird jetzt?« Der andere zuckte unwillig mit den Schultern. »Wir sollten Richtung Lemberg marschieren«, sagte er, »aber weiß der Teufel, ob das geht. Am Morgen hat unser Bataillon eine Patrouille ausgesandt. In Rawa Ruska sind die

Deutschen. Überall sind die Deutschen. Wir werden uns wieder durchschlagen. Nur wohin? Vielleicht auch nach Rumänien? Erst haben sie den Mist angerichtet, die Hundesöhne, dann aber den Schwanz eingekniffen und ab! Helft euch selbst.«

»Na und?« begann ich vorsichtig. »Wir alle wissen, was wir von ihnen zu halten haben, aber wir wollen nicht übertreiben. Nicht der ganze Mist ist ihre Schuld. Dafür, daß die Deutschen uns überfallen haben, kann man der Regierung keine Vorwürfe machen. Oder dafür, daß die Russen uns von hinten kommen...«

»Ach, was reden Sie da«, platzte der Trainer heraus. »Man hätte sich längst mit Rußland verständigen müssen, statt das Olsagebiet zu schlucken. Das hätte die Schwaben gestoppt. Jetzt haben wir lauter Feinde, und England ist weit.«

»Ärger dich nicht, Alter«, versuchte Kazek ihn zu besänftigen. »Weg sind sie, laß sie rennen! Wir sind noch genug. Wenn erst im Westen die Offensive beginnt...«

»Um Gottes willen, Kazek«, empörte sich der Infanterist, »ich kann dieses Geschwätz nicht mehr hören. Glaub du an deine Offensive im Westen! Die wird dir helfen wie der Weihrauch den Toten. Kämpf doch ohne Regierung, ohne Führung, ohne Waffen! Sie haben uns mit dem Arsch in den Wind gesetzt, weil wir uns setzen ließen. Für die, die's überleben, wird's eine Lehre sein. Aber hatten wir nicht schon genug solcher Lehren?« Er winkte zornig ab und entfernte sich ohne Abschied.

»Ein prima Kerl«, sagte Kazek, während er ihm lächelnd nachblickte, »aber ein Sonderling. Ein Politikaster. Immer gab es Trara mit ihm beim Schwimmen. Aus jedem Training hat er eine Kundgebung gemacht. Sonst aber eine Seele von Mensch, da gibt's nichts zu reden.«

Über uns ertönte in anwachsenden, gleichmäßigen Wellen Motorengeräusch. Der Weg leerte sich im Handumdrehen. Die Leute stürzten in den Wald, die Wagen tauchten in den Schatten. Das Dröhnen steigerte sich, es ertönte in tiefem, kraftvollem Baß. Bomber. Wir sahen sie gleich darauf über den Zweigen dahingleiten. Sie flogen in ganz genauer Ordnung, sehr langsam, als wollten sie das Gelände unter sich sorgsam beobachten. Dann verschwanden sie uns aus den Augen, doch die Baumkronen bebten noch im Rhythmus ihrer Stimme. Nach einer Weile sahen wir sie wieder. Sie beschrieben einen weiten Bogen, ordentlich in Ketten und drehten langsam nach Westen ab.

Kazek gähnte laut und streckte sich. »Komm, schlafen wir ein bißchen, ehe sie uns bombardieren.«

»Ich kann nicht, Mann«, antwortete ich bedauernd. »Ich habe eine Menge zu tun. Ich muß neue Pferde besorgen und mich um Kanonier 3 bemühen...«

»Geh doch, du Dummkopf, jetzt erledigst du nichts. Die Offiziere sind beim Befehlsempfang. Sieh nur, alle pennen schon. Keine Angst, wir werden bestimmt früh genug geweckt.«

Wir liefen ein paar Meter in den Wald hinein und streckten uns im Gras aus zu Füßen einer riesigen Buche. Ihr Schatten war warm, durchwirkt mit Flecken grüngoldenen Lichts und erfüllt mit der angenehmen Bitterkeit von Thymian und Heidekraut. Mein Kopf sank kraftlos und erleichtert auf die Erde, das war sein angemessener Platz. Eben noch hatten Sorgen mir die Schläfen zusammengepreßt, hatten graue, lästige Gedanken mich unerträglich bedrückt, ja sogar der Hoffnung auf ein Ausruhen ihren Zauber genommen. Jetzt glitt das alles von mir ab, es entschwand im Wohlbefinden einer trägen Bequemlichkeit. Ich hörte noch das Brummen der zurückkehrenden Bomber, doch meine Wachsamkeit erschlaffte und wollte mir kein Grauen signalisieren. Ich nahm den Ton an wie das sanfte Summen eines Wiegenliedes.

Der Sommerhimmel summte eine schläfrige Melodie. Ohne Anstrengung hebe ich mich über die Erde. Es geht ganz leicht. Nur die Arme ausbreiten und ein bißchen mit den Händen wedeln. Ich will nicht hoch aufsteigen. Nur so über die stachligen Wipfel der Wacholder und die kleinen Fichten am Hang. Unter mir sehe ich das grüne Auge eines Teiches; ein paar kleine Handbewegungen, und schon bin ich auf der abfallenden Wiese am Wasser. Ich liege ausgestreckt auf dem Rücken, ohne das Gras zu berühren, als hätte ich mir aus der erwärmten Luft eine Matratze gemacht. »Fliegerdeckung!« ruft jemand im nahen Wald, aber ich rühre mich nicht von der Stelle. Ich habe Lust zu lachen. Ein Kriegstrauma. Das ist doch gar kein Flugzeug, sondern eine Biene. Ich sehe sie von weitem in tänzelndem, launischem Flug näherkommen. Sie zittert ganz fein mit den durchsichtigen Flügelchen, das weiße Kleidchen weht hinter ihr her als weiche, rauschende Schleppe. Meine Schwester verharrt über mir in der Pose eines Barockengels. »Weißt du«, sage ich, »ich habe dich für eine Biene gehalten. Und zwar, weil im Kriege alles, was fliegt, ein Flugzeug ist oder eine Biene.« Ich lache laut, was den ganzen Raum mit metallischem, quälendem Getöse erfüllt. »Beruhige dich«, sagt meine Schwester, »diese Dinge können wir auslöschen. Hör auf zu lachen. Das ist kein Ferienlachen.« Sie beschreibt einen kleinen Kreis über mir, und es wird wieder still. »Iza ist hier«, sagt sie. »Gleich gibt's Vesper. Möchtest du Himbeeren?« Über den Abhang kommt Iza in ebensolchem weißen Kleidchen herabgeflogen. Auf ihrem offenen Haar glänzt die Sonne. Ein Weilchen tanzen beide wie Libellen über der dunklen Tafel des kleinen Sees, dann neigen sie lächelnd einen bauchigen Krug mit Himbeeren auf mich zu. Ich verkrampfe mich vor Hunger, aber mein Mund füllt sich plötzlich mit einer schwarzen, klebrigen Süße. »Könnte man aus ihnen nicht einen Braten machen?« frage ich. »Du redest Unsinn«, sagt Iza, »wir kommen mit dir nicht zurecht.

Wach auf, wach auf!« wiederholt sie mit männlicher Stimme.

»Paweł, wach auf, verflucht!« Jemand rüttelte mich an der Schulter. Ich öffnete die Augen und kniff sie sogleich wieder zu, weil ein goldener Strahl sie schräg traf. Kazeks Gesicht kam mir merkwürdig vor. Es hatte seine kindliche Rundung verloren, es war schwer und schlaff wie das eines alten Trinkers.

»Was ist los, fahren wir?« fragte ich, während ich mir die Augen rieb.

»Wir fahren überhaupt nicht«, entgegnete er zornig. Er beugte sich über mich, und seine Lippen verzogen sich zu einer unbekannten, kläglichen Grimasse. »Wir ergeben uns«, sagte er.

Ich setzte mich auf. Etwas gluckerte in meinem Magen und stieg mir würgend in die Kehle. »Das ist nicht wahr«, sagte ich, »du hältst mich wohl für blöd. Das ist nicht wahr, ich glaube es nicht.«

Hoch über uns brummten Flugzeuge. Ein ganzes Geschwader von Bombern. Geordnet, in Dreierketten beschrieben sie langsam einen Bogen. Kazek hob sein Kinn mit den weichen, rötlichen Stoppeln. »Sieh doch, wie sie uns bewachen. Sie fliegen pausenlos, die Viecher. Wenn wir nicht kapitulieren, würden sie uns bis zum letzten Mann in Klump hauen. Wir sind überall umzingelt. Eben hat General Mond Parlamentäre abgesandt.«

»Wir ergeben uns...«, wiederholte ich töricht. Mein Kopf wurde völlig leer, in ihm rauschte ein Durchzug, der die letzten Spinnweben der Gedanken hinausfegte.

»Komm«, sagte Jesiołł, »wir müssen Erkundigungen einziehen.«

Unsicher stand ich auf. Ich hatte weiche Knie. Sie bebten idiotisch. Schwer im Bauch hängend, schwankte mein Magen unerträglich, überfüllt mit einer beweglichen Flüssigkeit. Ich mußte mich gegen einen Baum lehnen.

»Was ist dir?« fragte Kazek beunruhigt.

»Nichts, das ist dieser verdammte Honig. Warte, ich komme gleich zur Batterie.«

Taumelnd schleppte ich mich zu einer Schonung, einer Baumschule: sehr dicht, in gleichmäßigen Reihen gesetzte Eichen. Auf dem Pfad, der sie vom übrigen Wald trennte, brannten Feuer, und Gruppen von Soldaten betätigten sich rund um die durchsichtigen Rauchsäulen. Ich duckte mich in das elastische Grün, tief gebückt und vor menschlichen Blicken verborgen. Auf der Stirn spürte ich feuchte Kühle, in der Brust quälende Ohnmacht, in den Eingeweiden widerwärtiges Kitzeln. Ich kotzte. Das erleichterte mich ein wenig, aber immer noch fühlte ich mich furchtbar unglücklich und konnte mich nicht dazu aufraffen, diese Stelle zu verlassen. Hier war ich wenigstens allein. Der Lagerlärm erreichte mich als gedämpftes, fernes Gemurmel. Kriegsende, Polens Ende, dachte ich zwischen einem Krampf in der Kehle und dem zweiten. Und was wird weiter? Aber ehrlich gesagt, die Zukunft interessierte mich in diesem Augenblick überhaupt nicht. Ich sah sie vor mir als graue Wand der Verzweiflung, ohne Farben, ohne Form, ohne den Schatten jenes Zaubers, der das Bedürfnis weiterzuleben gerechtfertigt hätte.

Über meinem Kopf knurrten wieder die Motoren. Mir fiel der Traum von vorhin ein, und seine Schönheit berührte mich so stark, daß ich meine Hand auf das schmerzende Herz pressen mußte. In dieser Einsamkeit konnte ich mir eine solche Geste erlauben. Ich konnte mir noch wesentlich mehr erlauben. Nach einer langen Weile wischte ich mir mit meinem schmutzigen Taschentuch die Augen. Scham überkam mich. Ich weinte ja nicht um Polen, sondern um meine eigene Kindheit, um das leichte Glück meines Lebens bisher, das – ich wußte es doch – so oder so nun hinter mir lag. Aber eben es war für mich Polen gewesen. Das begriff ich plötzlich und spürte, wie ein neuer, ein anderer Kummer in mir aufstieg. Kummer um ein Polen, das ich nicht aus eigener Erfahrung, sondern aus den Geschichtsbüchern und der patriotischen Dichtung kannte. Um jenes Polen, das man selbst errichtet mit seinen Gedanken, seiner Liebe und seinem Zorn.

Ich trat hinaus auf den Pfad neben eines der Feuer. »He, Kamerad«, rief mir Garwaczewski zu, »kommen Sie zum Plinsenessen. Eine neue Sorte, mit Mohn geknetet.« Er hob einen weißen, in der Mitte angebrannten Fladen in die Höhe, der überall mit schwarzen Punkten wie mit Fliegendreck gesprenkelt war.

»Ist das wahr?« fragte ich unter dem Einfluß einer schnellen, unvernünftigen Hoffnung.

Erschreckt blinzelte er und ließ peinlich berührt die Hand mit dem Plinsen sinken. »Die Kapitulation? Ja, das ist wahr«, antwortete er leise. Am Feuer setzte Schweigen ein. Dann spuckte einer der MG-Schützen in die Flammen, blickte düster zu Boden und sagte: »Vielleicht bekommt man in der Gefangenschaft endlich satt zu essen.«

Ich kehrte zum Weg zurück. Hier herrschte eine gedrückte und geheimnisvolle Stimmung. Am Graben entlang, zwischen den locker stehenden Bäumen gingen die Leute in Gruppen auf und ab. Sie flüsterten miteinander, blieben stehen, blickten mißtrauisch um sich. Die stoppelbärtigen Gesichter waren traurig und ernst, um den Mund hatten sich scharf die Linien des Widerstrebens und der Bitterkeit eingegraben. Manche stritten mit heißen Köpfen, sie gestikulierten in unterdrückter Erregung.

Nach einiger Zeit fand ich Kazek wieder. Er stand etwas abseits, im Schatten einer alten, knorrigen Kiefer, gefesselt vom Gespräch mit zwei Artilleristen aus fremden Einheiten. Der ältere von ihnen war nach Haltung und Verhalten zu schließen ein Leutnant der Reserve, die Kragenspiegel des jüngeren bezeugten, daß er Fähnrich bei der schweren Artillerie war.

»Ein Kamerad aus der Batterie, prima Kerl«, stellte Kazek mich seinen Gesprächspartnern vor. »Er käme bestimmt mit...«

»Nur keine zu große Gruppe«, wandte der Reserveoffizier argwöhnisch ein.

»Hör zu, Paweł«, sagte Jesiołł, ohne mir Zeit für die Frage nach dem Sinn der Rede zu lassen, »Steinfäger hat sich eine Kugel durch den Kopf geschossen. Na, du weißt doch, der, den wir bei Niepołomice getroffen haben. Der Kamerad von der Schweren hat es gerade erzählt.«

Natürlich erinnerte ich mich. Ein schöner, unreifer, kriegsbegeisterter Bursche; im Licht des Sonnenuntergangs, in der vom Durchmarsch der zurückgehenden Truppen aufgewirbelten Staubwolke hatte er vor uns mit seinem neuen Vis geprahlt.

»Das ist kein Ausweg aus der Situation«, sagte der Reservist. »Eine romantische Geste ohne Sinn. Nicht mal eine Demonstration. Man muß schon General sein, damit ein solcher Protest etwas bewirkt. Man darf sich der Psychose der Niederlage nicht so weit hingeben. Das darf man nicht!« Mit dem Ende des Stöckchens, das er in der Hand trug, schlug er zornig auf den Boden. Er hatte ein flaches, blasses Gesicht und große, vorstehende, intelligente Augen. Sie hingen mit beunruhigender Eindringlichkeit an mir, doch merkte ich bald, daß er mich gar nicht wahrnahm. In seinem Blick lag eine fieberhafte Abwesenheit. »Das darf man nicht«, wiederholte er mit Nachdruck. »Wenn das wirklich das absolute Ende wäre, müßten wir das alle tun. Aber das hier ist nicht das Ende.«

»Steinfäger hatte ein starkes Ehrgefühl«, sagte der Fähnrich von der Schweren salbungsvoll und theatralisch.

»Unsinn!« der Offizier ärgerte sich. »Hysterie oder Mangel an Phantasie. Niemandem von uns ist es leicht ums Herz, klar, aber die Rechnung ist nicht abgeschlossen. Die Sache endet nicht mit der Verteidigung unseres Territoriums. Wir kämpfen nicht nur gegen den deutschen Staat, sondern auch gegen die schreckliche Barbarei des Hitlerismus, gegen eine Pest, deren Grauenhaftigkeit wir heute noch gar nicht ermessen können. Dieser Kampf verpflichtet uns nicht nur als Polen, sondern auch als Menschen. Wenn ich die Flucht nach Rumänien vorschlage, dann nicht um unsere Haut zu retten, sondern um weiterzukämpfen.«

»Das versteht sich«, warf Kazek ein. »Darüber braucht man nicht zu reden. Die Frage ist nur, wie man hier herauskommt. Rundum stehen die Schwaben.«

»Gerade darum dürfen wir nicht im Haufen gehen«, sagte der Reservist. »Wir sind hier schon vier, und ich habe noch drei Kameraden von AR 6, die mitmöchten. Das sind sieben. Entscheiden Sie sich?« fragte er und sah mir in die Augen.

Mir ging es noch sehr schlecht. Ich hatte die Nachricht von Steinfägers Tod und die kämpferischen Ausführungen des Leutnants im Zustand der Apathie mitangehört, ohne mich darüber erregen zu können. Die Kapitulation – das war das einzig Reale, das mich wirklich betraf. Alles andere kam mir blaß und unwichtig vor angesichts dieser schwarzen Wolke, die mit der dröhnenden Stimme der Flugzeuge am Himmel kreiste. Eigentlich war mir alles egal.

»Ich kann mitkommen«, sagte ich und spürte zugleich, daß ich in diesem Moment zu keiner noch so kleinen Anstrengung fähig war.

Der Reservist blickte mich zweifelnd an und zuckte leicht mit den Schultern. Mittlerweile entstand Bewegung auf dem Weg. Leute liefen tiefer in den Wald, am Graben sammelte sich ein Spalier von Gaffern. Wir drängten uns zu unseren Gespannen durch und stiegen auf die nächste Protze. Mitten über den Weg schob sich langsam eine große, schwarze Limousine mit einem weißen Fähnchen auf dem Kotflügel. Die Parlamentäre kehrten zurück.

Zu beiden Seiten des Weges herrschte Schweigen. Hunderte von Männern beobachteten mit gerunzelten Brauen den glänzenden Kasten des Autos. Drinnen tauchten bleiche, reglose Gesichter auf, eine dick geflochtene Adjutantenschnur; behandschuhte Hände lagen wie tot auf den Knien.

»Haben sie vielleicht die Bedingungen nicht angenommen?« flüsterte Kazek mir ins Ohr.

Tief in die sandigen Wagengleise einsinkend fuhr das Auto an uns vorbei; es rollte auf die Brücke zu, die die tief eingeschnittene Schlucht des Baches überspannte. Ein Stück weiter hielt es. Humpelnd, mit kleinen, unsicheren Schritten der Vorderbeine war ein Pferd aus dem Wald getreten und unmittelbar vor der Motorhaube stehen geblieben. Es war eine dürre, schwarze Mähre mit rauhem, vom Geschirr abgeschabten und auf dem Rücken in großen Flecken ausgegangenem Fell. Die Knochen des mageren Hinterteils stachen scharf hervor, und die Haut darüber war schorfbedeckt. Der Chauffeur drückte auf die Hupe. In der Stille klang das heisere Blöken seltsam, aber das Tier rührte sich nicht von der Stelle. Es ließ den Kopf sinken und beschnupperte apathisch den Sand vor seinen Füßen. Da lief ein Soldat hinzu und klopfte es mit der flachen Hand auf die Flanke. »Na, zieh ab in die Freiheit, Vieh!« rief er. »Los, ins Zivilleben, du Leiche.« Die Mähre schaute sich verwundert um, trottete auf die andere Seite und verscheuchte mit dem Schwanz die Fliegen von ihren verkrusteten Wunden.

Wir erhielten Sold ausbezahlt. Wir Fähnriche bekamen jeder 100 Złoty. Ohne Begeisterung blätterten wir die neuen, raschelnden Banknoten durch. »Zu steif, um sich damit den Arsch zu wischen«, sagte Marchewka, »man kann sie sich höchstens als Andenken aufheben.« Die Kanoniere jedoch legten auf ihre Zwanzig-Złoty-Scheine großen Wert. Der Hauptfeldwebel Misiąg hatte die Soldliste in Unordnung hinterlassen und die Freiwilligen und Versprengten nicht aufgeführt, die sich uns in der letzten Zeit angeschlossen hatten. Unter anderen war Cięciała dadurch geschädigt. Er lief mit finsterer Miene herum und schimpfte, man habe ihn betrogen. Ich veranstaltete eine Sammlung für ihn bei den ›Chargen‹ im Zug.

Bei der Auszahlung des Geldes befahl Redycz, alle sollten sich rasieren. Er selbst war frisch wie zum Garnisonsdienst, trug eine saubere Halsbinde, und seine Stiefel glänzten tadellos. »Wir ziehen nicht wie Bettler in die Gefangenschaft«, sagte er. »Die Schwaben sollen sehen, daß sie es mit Truppen zu tun haben, nicht mit einer Bande.« Seine herrenhafte Lebensweise hatte sich nicht geändert. Nur der Ochsenziemer baumelte ihm nicht mehr am Gürtel. Vielleicht machte ihn das sympathischer. Seine Energie und Selbstsicherheit wirkte auf alle stärkend, sie festigten die Illusion einer gewissen Ordnung. Wir rasierten uns am Bach; es dauerte ziemlich lange, weil nur wenige einen Rasierapparat oder ein Rasiermesser besaßen und wir deshalb warten mußten. Oberleutnant Herbst hatte sich kaum den restlichen Schaum abgewaschen, da zog er seinen Browning und feuerte Schuß für Schuß in einen dicken Buchenstamm. Ein Major brüllte von der Brücke herab, niemand dürfe schießen, aber Herbst war so wütend, daß er nicht einmal den Kopf nach ihm umdrehte. Er schoß das ganze Magazin leer, dann warf er die Waffe ins Wasser. »Sollen sie ihn doch angeln, die Schufte, wenn sie wollen«, sagte er.

Kazek und ich suchten jenen Reservisten vom AR 6 und seine Kameraden, mit denen wir nach Rumänien fliehen wollten. Unsere Suche blieb ohne Ergebnis. Beim 6. herrschte ein noch größeres Durcheinander als bei uns. Die Leute irrten ziellos zwischen den Gespannen umher, niemand wußte Bescheid.

»Sicher sind sie ohne uns verduftet«, sagte Kazek. »Keine Sorge, wir kommen schon allein zurecht, vielleicht können wir vorher daheim nach unseren Alten sehen.«

Ich machte mir überhaupt keine Sorgen. Es war mir vollkommen egal. An den ganzen Rumänienplan glaubte ich nicht. Schon die Idee erschien mir verdächtig und weckte unangenehme Gedankenverbindungen.

Zur Batterie zurückgekehrt, fanden wir die Kanoniere mit dem Ausladen der Granaten aus den Munitionswagen beschäftigt. Tiefer im Wald, wo vor kurzem noch die Infanterie biwakiert hatte, sah man Maschinengewehre, aufgebaut wie zum Waffenappell, und Gewehre, zu Pyramiden zusammengestellt, die zwischen den Bäumen eine ausgerichtete Reihe bildeten, genau wie Getreidehocken bei der Ernte. An meinem Geschütz reinigten Sławik und Dr. Kurek sorgsam den Lauf, und Marchewka wischte mit einem nassen Lappen die Dreckspritzer von den Speichen. »Du treibst dich herum, und wir arbeiten«, sagte er. »Sieh mal, diese Ordnung für die Deutschen! Die Offiziere haben mit ihrem Ehrenwort versichert, daß wir die Waffen in gutem Zustand übergeben. Niemand darf etwas zerstören.« Er kniff ein Auge zu, bückte sich, griff eine Handvoll Sand vom Weg auf und schüttete sie in das Gewinde des offenen Verschlusses. Dann legte er mit aller Kraft den Riegel um. »Ich scheiße auf ihre Ehre«, sagte er. »Meine Ehre verlangt, daß sie Schrott bekommen. Bei meinem Karabiner habe ich den Schlagbolzen abgebrochen. Tu das auch, solange die Flinten noch auf der Protze liegen.«

Gehorsam zog ich unter dem Sitz den erstbesten Karabiner hervor. Ohne auch nur die Nummer zu kontrollieren, nahm ich das Schloß heraus und warf es ins Gebüsch.

»Auch gut, fällt nur zu sehr auf«, kommentierte Marchewka. »Offiziers-Ehrenwort, verfluchtes«, schimpfte er weiter. »Einem Schuft sein Wort zu geben, was für ein Einfall! Immer fordert man, daß der, dem der Arsch versohlt wird, Ehre im Leib hat. Zum Glück sind wir noch keine Offiziere. Wir können darauf pfeifen. Meinst du, die Rohrrücklaufbremse funktioniert? Von wegen. Ich hatte auf der

Fähnrichschule immer eine Eins in Waffenkunde. Jetzt kommt mir das zupaß. Das ist keine laienhafte Arbeit wie mit dem Sand.« Er verstummte, denn Herbst und Redycz erschienen auf dem Weg. »Wir sollen die Batterie in das Dorf Cieszanów führen«, sagte Redycz, »später melden sich die Deutschen schon von selbst. Die Munition und Handfeuerwaffen lassen wir hier. Das AR 6 rückt schon ab, wir müßten also spätestens in einer halben Stunde aufbrechen. Haben Sie eine Ordonnanz?«

Herbst schüttelte verneinend den Kopf. »Wozu brauche ich die?«

»Jeder von uns darf eine Ordonnanz mitnehmen. Suchen Sie sich in Ihrem Zug jemand aus. Bestimmt finden Sie Freiwillige, im Offizierslager gibt's besseren Fraß.« Er warf einen Blick auf die Uhr, danach hinauf zum Himmel, den die hartnäckig kreisenden Bomberverbände wieder mit ihrem Gedröhn erfüllten.

Die Wärme des sonnigen Tages verdünnte sich schon zu wässeriger Kühle, als wir an einer Weggabelung hielten. Der Wald lag hinter uns, nur zur Linken in den Wiesen grünten kleine, an ihren Rändern mit herbstlichem Cadmiumrot besprühte Schonungen. Rechts öffnete sich eine monotone Ebene mit Stoppelfeldern und frisch gepflügten Streifen. In der Ferne sah man zwischen Weiden gekauert ein Dorf, das durchgestrichene Kreuz der orthodoxen Kirche leuchtete golden in der tiefstehenden Sonne. Von den Feldern wehte der bittere Rauch von verbranntem Kartoffelkraut herüber. Vor uns mündete der Weg in ein enges Pappelspalier, von den Wiesen trennte ihn eine niedrige, mit weißen Kügelchen gesprenkelte Hecke.

Oberleutnant Herbst ritt im Schritt neben dem Zug. »Möchte vielleicht jemand als Ordonnanz mit mir gehen?« fragte er mehrfach. Doch niemand meldete sich. Herbst schaute über die Köpfe der Menschen hinweg, als ob er sich schämte. »Vielleicht habt ihr recht«, sagte er schließlich. »Aus der normalen Gefangenschaft kann man leichter fliehen. Aber auch so werden sie euch sicher nach Hause entlassen.« Zwischen meinem Munitionswagen und Kazeks Gespann hielt er an. »Also, Leute, wir müssen Abschied nehmen«, sagte er und verstummte befangen unter den schweigend auf ihn gerichteten Blicken der Kanoniere. In diesem Moment kam Redycz von hinten angeritten. »Herr Kamerad«, rief er, »würden Sie bitte Ihren Zug antreten lassen? Aber schnell, hier neben den Gespannen.« Der Batterietrupp, beide Züge und sogar die wenigen Troßleute, traten in zwei Gliedern auf dem Weg an. Redycz stieg vom Pferd. Hinter ihm, dicht am Graben standen Herbst und Florczak. Redycz räusperte sich mehrfach, er griff an den Gürtel, als wollte er wieder mit seinem geliebten Ochsenziemer spielen, fand ihn aber nicht und legte die Hand auf den Rücken. »Wir Offiziere müssen jetzt fortgehen«, sagte er. »Euch holen die deutschen Melder ab und bringen euch zum Gefangenen-Sammelpunkt. Von einer Flucht rate ich ab, wir sind völlig eingeschlossen. Die Sorge für die Batterie übernehmen die Chargen. Ich warne euch auch vor Besuchen in den umliegenden Dörfern. Sie sind voll von ukrainischen Nationalisten, die den Deutschen beim Aufgreifen von Flüchtlingen helfen. Die deutsche Führung hat versprochen, uns eine normale Truppenverpflegung zu geben und sich der Verwundeten anzunehmen.« Er brach ab und machte ein paar unsichere Schritte, erst nach links, dann nach rechts, man sah, er wußte nicht, wie er sich in dieser Lage verhalten sollte. »Ich möchte euch keine Befehle mehr erteilen«, fuhr er nach einer Weile fort, »denn ich bin ebenso Gefangener wie ihr. Ich bitte euch aber, in der Gefangenschaft die Ehre des polnischen Soldaten nicht zu vergessen. Das wird schwieriger sein als im Kriege. Denkt daran, ihr kommt unter Fremde, unter Feinde, die keine Gelegenheit auslassen werden, euren nationalen Stolz zu demütigen.« Wieder zögerte er, wir aber warteten geduldig, bis er seine Gedanken beisammen hatte.

»In einem Troßwagen ist noch etwas Kaffee-Ersatz«, erinnerte er sich. »Teilt ihn euch gerecht.«

Er warf einen Blick auf die Uhr, schob mit der üblichen Bewegung seine Feldmütze zur Seite und glättete sich das Haar.

»Ich danke euch dienstlich«, sprach er weiter. »Ihr seid gute Soldaten gewesen und habt eure Pflicht getan. Ich bin überzeugt, daß eure Aufopferung nicht vergebens war. Auch persönlich danke ich euch.« Er lächelte anders als sonst, weich und schüchtern. »Was geschehen ist, ist geschehen«, sagte er, »Verzweiflung aber hat keinen Sinn. Gebt die Hoffnung nicht auf. Polen wird immer sein, weil... weil es sein muß. Auf Wiedersehen, Soldaten!«

»Auf Wiedersehen, Herr Oberleutnant«, rief es im Chor.

Noch lange blickten wir der Gruppe Offiziere nach, die sich im Trab zum Dorf hin entfernte. Auf seinem grauen Wallach überholte Florczak die andern, seine Gabardine-Pelerine blähte sich weit auf. Hintendrein folgten mühsam die beiden kümmerlichen Mähren der Ordonnanzen.

»Ein prima Kerl war Redycz«, bemerkte einer der Kanoniere.

»Eh, die sind alle prima, wenn das Ende für sie kommt«, murmelte ein anderer.

Wir waren niedergeschlagen. Allein geblieben, ohne Ziel, zu nichts mehr nütze, Schiffbrüchige auf einer menschenleeren Insel, von der sich die Welt im Getöse der Katastrophe entfernt hat.

»Ich gehe den Kaffee holen, Herr Fähnrich«, sagte Funt, »die Troßleute fressen alles, wenn wir uns nicht beeilen.«

»Gut, fassen Sie für die ganze Gruppe. Sagen Sie, ich hätte Sie geschickt.« Ich holte aus der Protze eine Decke, wickelte sie um mich und setzte mich auf den schmalen Grasstreifen zu Füßen der Hecke. Vom Troß her klang der beim Kaffeeverteilen entstandene Streit herüber. Garwaczewskis Diskant übertönte die anderen Stimmen, offenbar machte er den Verteiler. Rund um das letzte Gespann des ersten Zuges fand etwas wie eine Informationsversammlung statt. Der Funker, ein hagerer Warschauer mit gebrochener Nase, hatte sich auf den Munitionswagen gesetzt, redete und gestikulierte mit den Händen. Sein Radiowagen war zwar im Wald geblieben, aber auch so hatte er die neuesten Nachrichten.

»Die Deutschen sollen sich hinter Bug und San zurückziehen«, verkündete er, »hierher kommen die Rußkis. Wenn man sich irgendwo versteckt, könnte man in ein paar Tagen bei ihnen sein. Mit ihnen redet sich es immer noch leichter als mit den Schwaben.«

»Deutsche, Sowjets – da ist einer wie der andere«, sagte jemand düster.

»Nichts weißt du«, wies ihn der Warschauer zurecht. »Das ist Politik. Sie werden sich zerstreiten, das sage ich dir. Und dann gehen die Engländer und Franzosen von hinten auf Hitler los. Der Krieg ist dann im Nu vorbei. Warschau hält bis dahin noch stand.«

»Also haben sie Warschau noch nicht eingenommen?« fragte ein Kanonier.

»Was hast denn du gedacht? Sie haben es nicht eingenommen, und sie werden es nicht einnehmen. Die Warschauer sind keine Bauern. Die können sich auch ein Jahr lang halten. Die wissen gut, daß man sich nicht in die Hosen machen muß. Jetzt beginnt die große Offensive im Westen. Das ist alles berechnet wie bei einem Uhrwerk. Als im Sommer der englische General bei uns war, haben sie verabredet: Falls die Deutschen anfangen zu toben, dann haltet ihr sie ein paar Wochen auf, bis wir genügend Truppen. Flugzeuge und so weiter zusammen haben, und dann geben wir ihnen eins drauf. Und die Russkis sind bei uns nur zum Schein einmarschiert, damit die Schwaben nicht zu nahe an ihr Öl kommen. Denn alles dreht sich nur um das Öl, das muß man eben wissen.«

»Und Rydz-Śmigły ist auch dahin ausgerückt, wo Öl ist«, warf Funt ein, der gerade vom Troß gekommen war und etwas in seinen Mantelschoß eingewickelt trug.

»Laßt ihn in Ruhe, der redet klug«, setzte sich ein anderer für den Redner ein.

Die Ukrainer nahmen an der Diskussion nicht teil. Sie saßen auf der anderen Wegseite und berieten sich halblaut. Funt warf ihnen einen mitleidsvollen Blick zu. »Diese Dummköpfe, Herr Fähnrich«, sagte er. »Worauf warten die noch? Die meinen wohl, die Deutschen würden sie per Auto nach Hause bringen und noch jedem eine Tafel Schokolade schenken. Von wegen! Die täuschen sich schwer in den Deutschen.«

»Reden Sie nicht so, Funt, es waren gute Kameraden.«

»Nu, ich rede nicht gegen sie. Ich sage nur, wenn ich Ukrainer wär', würd' ich schon in irgendeiner Kate Piroggen essen.« Er setzte sich zu mir und schlug seinen Mantel auf. »Da ist der Kaffee. Kochen?«

»Nein, verteilen Sie ihn, wie er ist. Soll jeder damit machen, was er will.« Ich nahm mir einen braunen Brocken und fing an, ihn zu kauen.

»Warum sind Sie so traurig, Herr Fähnrich?«

Ich zuckte die Achseln. »Ich habe keinen Grund zur Freude.«

»O nein, den gibt's nicht«, seufzte Funt. »Ihnen wird's noch leidlich gehen, aber auf die Juden sind sie schrecklich böse.« Sein Gesicht veränderte sich schnell, die Mundwinkel sanken herab. »Ich fürchte mich vor ihnen, Herr Fähnrich«, sagte er leise. »Ich gehe nicht zu ihnen.«

»Und was wollen Sie tun?«

»Ich will sehen, ich denke gerade nach.« Er stand auf. »Kaffee, Leute, Kaffee!« rief er aus wie ein Marktschreier, während er zum Munitionswagen ging.

Beim ersten Zug wurde immer noch darüber diskutiert, wie und wann der Krieg enden würde. Der Warschauer palaverte am lautesten, er entwarf immer optimistischere Prognosen. »Wenn sie erst geschlagen sind, wird es ganz anders, paßt auf. Es wird keine Grenzen mehr geben, du wirst fahren können, wohin du magst. Auch Kriege wird es nicht mehr geben, und das Volk wird keine Not mehr leiden wie früher, weil man alles ohne Zoll kaufen können wird.«

Doch die Zuhörer schienen seinen Glauben an diese lichte Zukunft nicht zu teilen. Ihre Augen blickten finster und mißtrauisch, ihre Kiefer kauten dumpf den trockenen Kaffee-Ersatz.

Der Himmel im Westen wurde rot. Eine lange, fischähnliche Wolke hing über dem Wald, ein lauernder Hecht mit violettem Rücken und blutigrotem Bauch. Ich betrachtete sie ratlos, trotzig und fasziniert, als würde es von morgen an keine Sonnenuntergänge mehr geben, als würde dieser Glanz für immer in der dunkeln Leere erlöschen, die da Gefangenschaft hieß.

Plötzlich verstummte die Stimme des Warschauers, und es erhob sich ein Durcheinander aufdringlicher Fragen.

»Ich habe keine Zeit«, rief jemand. »Hier im Munitionswagen war Oberleutnant Florczaks Koffer. Ich muß ihn noch bei Tage hinbringen, denn im Dunklen schießen sie mich ab, die Hurensöhne.«

Es war Florczaks Ordonnanz, ein kleiner, pockennarbiger Bauer mit weißen Wimpern und ständig geröteten Lidern.

»Wie ist es da bei den Deutschen?« wurde er ausgefragt. »Kriegt man zu fressen? Rede, Kerl.«

»Was machen sie mit unsereinem, mit den Juden?« erklang Funts Stimme.

Das Gesicht der Ordonnanz verzog sich zu einem boshaften Lächeln. »Sie hängen die Itzigs an den Eiern auf«, sagte er.

»Du, ich frage dich im Ernst. Red die Wahrheit!« Funt trat aus der Menge vor und hielt dem Schwächling die Faust unter die Nase. Der zog sich vorsorglich einen Schritt zurück.

»Die Juden putzen den deutschen Offizieren die Stiefel und waschen ihre Autos«, sagte er.

»Sagst du die Wahrheit?«

»Morgen wirst du's ja selbst sehen.«

Der Munitionswagenführer machte ohne ein Wort kehrt und verschwand mir aus den Augen. Gleich darauf hörte ich hinter mir Hufgeklapper. Funt ritt an der Hecke entlang. Er neigte sich vom Sattel her zu mir. »Auf Wiedersehen, Herr Fähnrich, ich wünsche Ihnen Glück.«

»Wohin denn, Funt?«

»Zu den Russkis.« Er schlug der schwarzen Stute mit den Hacken in die Flanken, lenkte sie zwischen den Gespannen des ersten und zweiten Zuges auf den Weg, bog davon ab. Ein kurzer Galopp, das Rascheln von Büschen, die das Pferd im Sprung beiseite gedrückt hatte. Ich riß mich hoch. Mit Bewunderung und einem unbestimmten Neidgefühl sah ich, wie er quer über die Wiesen preschte und dabei unvorschriftsmäßig mit den Ellbogen flatterte, ein immer kleinerer, dunklerer Punkt vor dem brennenden Abendrot des Himmels.

In der Perspektive des dunklen Tunnels leuchtete grell ein weißer Stern auf. Er erlosch und leuchtete wieder. Auf- und abwippend näherte er sich uns über der scharfen Silhouette eines Pferdekopfes mit mißtrauisch gespitzten Ohren. Wir saßen in den Sätteln, marschbereit, erwartungsvoll und still. Das Licht blieb auf der Höhe unseres Batterietrupps stehen und strahlte nun quer zum Weg.

»Sieh mal, Kurt, dort sind ja die Vögel«, sagte eine junge, fröhliche Stimme auf deutsch.

Der weiche Hufschlag wurde schneller. Die Schatten der

Reiter schoben sich an der Hecke entlang. Hin und wieder leuchtete die Lampe vor der Brust des ersten auf; man sah sein in graues Tuch gekleidetes Knie, den senkrecht am Sattel hängenden Karabiner oder die glatte Rolle der Decke, die am Sattel festgemacht war.

»Da sind sie«, flüsterte Pyrych wie erleichtert. Die Spannung, mit der wir diesen Augenblick erwartet hatten, verflog. Die Zeit der quälenden Leere lief aus. Wir waren bereits auf der anderen Seite des Grabens, der den Krieg von der Gefangenschaft trennte.

Die Deutschen kamen vom Ende der Batterie zurück. Ihre Sättel ächzten, die Kinnketten klirrten munter. Gleich danach quietschte die Achse des Gespannes vor mir, knirschte der Sand. Wir ritten im Schritt los.

Ich weiß nicht, wie lange der Nachtmarsch dauerte. Für mich ist diese Zeit jeder Berechnung entglitten. In Dunkel und Schweigen mahlten die Räder knarrend formlose Augenblicke. Schwarze Bäume verschwanden im Finstern, alle einförmig und gespenstisch still, als wagten sie nicht zu rauschen.

In einem Dorf hielten wir aus unbekannten Gründen; hier wurde mein stumpfes Dösen vom scharfen Knall einer Explosion zerrissen. Jemand kam im Galopp von der Spitze her, am Ende der Kolonne erhob sich Lärm, Fluchen, Stöhnen. Auf den Protzen und unter den Fahrern entstand Bewegung. »Wir werden befreit«, sagte Dr. Kurek mit bebender Stimme.

Erregt lauschten wir. Der Lärm beruhigte sich, nur noch die unverständlichen, heiseren Rufe der Deutschen waren zu hören. Dann ritt Kazek heran. Er stammelte, er stotterte vor Empörung, ich konnte ihn nicht verstehen. »Die Verbrecher, die Viecher! Bei Gott, das ganze Dorf müßte man niederbrennen und diese Schufte bis zum letzten abschlachten.«

»Was ist denn passiert? Rede doch!«

»Die Bandera-Leute, die verdammten Hunde, haben eine Handgranate in den Wagen mit unseren Verwundeten geworfen.«

»Jesus Maria! Cwalina...« Ich machte kehrt und gab meinem schläfrigen Pferd die Sporen. Doch kaum war ich ein paar Schritte geritten, blendete mich jemand mit der Taschenlampe. »Halt! Wohin?«

Mir fielen die deutschen Wörter nicht ein. »Verwundete, Verwundete...«, wiederholte ich.

»Zurück, Mann! Jetzt sorgen wir für sie.«

Wir ritten weiter in die durch unsere Machtlosigkeit noch dunklere Nacht. Wieder erreichten wir ein Waldstück, dann bog der Weg ab und lag plötzlich in einem reglosen, kalten Lichtstreifen. Irgendwo in der Nähe brummten Motoren. Wir mußten halten.

Eine breite Brücke öffnete sich; zwei glühende Augen, die auf der anderen Seite brannten, wuschen das letzte Restchen Dunkelheit von ihr ab. Vor den Scheinwerfern glitten die flachen Silhouetten von Menschen mit Helmen hin und her, jede die scharfe Spitze des Bajonetts über dem Kopf. Ihre langen Schatten legten sich auf die leere Fahrbahn, brachen sich am Geländer und fielen schräg in den Abgrund der an ihren Rändern zerfasernden Dunkelheit. Drüben ging die Chaussee offenbar weiter, man hörte dort Autos fahren, und die blauen Würmer abgeblendeter Lichter zogen einer nach dem anderen unablässig vorbei, ihre Reihe näherte sich von Süden her dem Fluß.

Von der Helligkeit schmerzlich geblendet, kniffen wir die Augen zu. Genauso geht es den Fischen, wenn man sie aus dem Teich holt, dachte ich.

Einige Gestalten erschienen mitten auf der Brücke, ein Offizier im offenen Ledermantel und einer Mütze mit übertrieben gebogenem Oberteil, einige Soldaten mit schußbereiten Karabinern in der Hand und ein polnischer Unteroffizier mit einer weißen Armbinde. Dieser trat ein paar Schritte auf uns zu, legte die Hände um den Mund und rief:

»Nur die Fahrer bleiben auf den Pferden. Alle übrigen absteigen und nacheinander über die Brücke kommen. Wer noch eine Waffe bei sich trägt, hat das bei der Durchsuchung sofort zu melden, sonst wird er erschossen. Ruhig gehen und nicht drängeln!«

In langer Reihe traten wir vor in die immer größere Helligkeit, die uns auf die Schläfen drückte. Nach wenigen Schritten blieb der Zug stehen, ging weiter, blieb stehen, ging weiter unter dem monotonen Gescharr der Stiefel. Die durchsuchenden Deutschen vorn riefen kehlig irgendwelche Fragen und Bemerkungen. Die Mütze des Offiziers überragte hochmütig die Menge.

Schon war ich ganz nahe bei den Scheinwerfern. Hinter der weißen Schicht des Lichts bemerkte ich am Boden lauernde Maschinengewehrläufe. Der Mann vor mir hob langsam die Hände hoch und zog Schattenstreifen hinter sich her wie die Federn entfalteter Flügel. Zwei Helme beugten sich rechts und links vor, als ob zwei Ärzte einen Patienten abhorchen wollten.

»Los! Der nächste!«

Mit gepreßtem Herzen trat ich vor die erbarmungslos glotzenden Scheinwerfer.

An jeder Ecke drohten Maschinengewehre, als man uns in den großen Hof eines Gutes führte. Am Tor bemerkte ich deutsche Soldaten, die gemeinsam eine Frontzeitung lasen. Ich trat auf sie zu, und sie hielten mir bereitwillig das bedruckte Blatt hin.

»Sieh mal, Kamerad, die Schlacht um Warschau.«

Auf der ersten Seite war eine Situationsskizze. Warschau, ein kleiner roter Kreis, auf den von allen Seiten schneckenhaft gebogene, dicke, schwarze Pfeile zielten. Zufrieden zeigten sie es mir mit dem Finger: hier ein Panzerkorps, da eine Infanteriedivision, dort noch ein Panzerkorps. Außer denen, die den Stadtrand schon anfraßen, eilten, sich windend und giftig kringelnd wie Bakterien auf einem mikroskopischen Foto, noch andere Pfeile und Striche herbei. Aber das rote Herz des Landes schlug weiter in ihrer Umklammerung, obwohl man es bereits auf den in Fraktur gedruckten traurigen Namen Warschau getauft hatte.

Von nun an stand mir dieses Bild mit seinem erregenden Pathos, mit seinem furchtbaren und bitteren Stolz unablässig vor Augen.

Auf dem geräumigen Gutshof drängten sich Hunderte von Menschen; Stimmenlärm brodelte. Durch das weit geöffnete Tor wurden ständig neue Gefangenenherden hereingetrieben. Von den gemauerten Leutehäusern und Stallungen her fiel das Gelände zu den Scheunen ab, vor denen die gelben Klötze der Schober standen. Dahinter lag eine mit Stacheldraht eingezäunte Weide, auf der jetzt unser Gerät und unsere Pferde standen. Am Eingang hing eine Tafel mit der Aufschrift *Beutesammelstelle*.

Hin und wieder peitschte von dorther ein einzelner Pistolenschuß herüber. Die Deutschen töteten kranke Pferde. Trotz der von Redycz erwähnten Versprechungen hatten wir seit gestern nichts zu essen bekommen. Unser einziges Nahrungsmittel war zu Flocken eingetrockneter Quark. Marchewka hatte eine Tonne voll im Flur der Leutehäuser entdeckt. Zu Anfang schüttete ein Mädchen sie uns mit einem Schöpflöffel in die Kochgeschirre, doch bald gab es ein Gedränge. Die Soldaten stürmten die Tonne, einer stieg über den andern, sie rissen den Inhalt an sich und taten ihn in Brotbeutel, Kochgeschirre oder Mützen. Das Mädchen entfloh schreiend. Es kam zu Zank und Streit, bis schließlich ein deutscher Feldwebel alle hinauswarf und die Tür abschloß.

In einer kleinen Gruppe am Göpelwerk sitzend, teilten wir den Rest unserer Beute mit Kameraden, die nichts mehr bekommen hatten. Außer den Fähnrichen unserer Batterie saßen da noch Kozyra und Mrozek vom AR 21 – sie waren bei Biłgoraj in Gefangenschaft geraten –, sowie ein gewisser Fähnrich Dunin vom AR 6, ein junger Mann, der vor lauter Vornehmheit kein »r« aussprach und die ganze Angelegenheit mit olympischer Ruhe anging.

»Es gibt eine Chance, in das Offizierslager zu kommen«, führte er aus. »Die Deutschen wissen selbst nicht, zu welcher Gruppe sie uns zählen sollen. Ich schlage also vor, daß wir uns geschlossen bei General Mond melden, solange er noch hier ist. Unsere Offiziere sind im Obstgarten hinter dem Gutshaus.«

»Blöder Hund«, sagte Kazek, »damit wir bis zu unserem beschissenen Tod in Gefangenschaft bleiben. Die Soldaten werden bestimmt nach Hause entlassen.«

»Täusch dich nicht, Freundchen«, entgegnete Dunin. »Alle werden nach Deutschland geschafft. Die Soldaten werden arbeiten müssen, sonst lohnt es sich nicht, sie zu ernähren. Die Frage ist, ob wir einverstanden sind, freiwillig bei dem Gesindel zu bleiben. Ich persönlich ziehe es vor, unter meinesgleichen zu sein.« Er maß uns mit einem hochmütigen Blick. »Vergessen wir nicht, daß ja auch wir Offiziere sind.«

»Ich bleibe lieber bei dem Gesindel«, sagte Marchewka spöttisch.

Dunin überhörte diese Bemerkung. »Um die Sache endgültig zu klären«, sprach er weiter, »können wir sogar die formelle Beförderung verlangen. Das steht uns zu, und der General wird bestimmt keine Schwierigkeiten machen.«

»Was halten Sie davon?« wandte sich Garwaczewski an mich.

Ich holte mein Messer aus der Tasche, öffnete es und drückte es ihm in die Hand. »Trennen Sie mir die Tressen ab«, sagte ich!

Garwaczewski machte sich unsicher über die weiß-roten Schnürchen auf meinen Schulterklappen her. Dunin verfolgte diese Manipulation verärgert.

»Ich habe diese Abzeichen nicht umsonst bekommen«, sagte er nach einer Weile, »und denke nicht daran, mich ihrer zu entledigen. Auch werde ich sie nicht verstecken. Macht, was ihr wollt, ich gehe zum General. Wer kommt mit?« Er erhob sich, klopfte seine Uniform ab und zog die Halsbinde zurecht. Niemand sonst rührte sich von der Stelle.

»Blaues Blut, verflucht«, sagte Kazek, während er zusah, wie sich Dunin mit steifen Schritten entfernte, »sogar jetzt noch hat er seine Mucken im Kopf.«

Garwaczewski löste gerade mit der Messerklinge den silbernen Streifen von meinem Ärmel, da kam der Kanonier Ruppenthal zu uns. Er hatte eine ganze Weile vom Zaun her, wo er mit den Kanonieren seiner Gruppe saß, zugeschaut.

»Herr Fähnrich Strączyński«, sagte er, »ich habe eine große Bitte an Sie. Sie tragen so elegante Nickelsporen. Die brauchen Sie doch sicher nicht mehr.«

»Was haben Sie davon?«

Der Kerl wurde rot. »Ich wollte schon immer solche haben. Ich hebe sie mir auf.«

Wortlos schnallte ich mir die Sporen ab. Er ergriff sie eifrig und steckte sie in seine tiefe Manteltasche.

Während der ersten Tage führten wir unser Gerät mit. Wie die Hunde knurrten rund um uns die Motorräder der Bewachung. Von den Seitenwagen aus zielten die durchlöcherten Kühlmäntel der MG-Läufe auf uns. Die Dörfer, durch die wir zogen, begrüßten und verabschiedeten uns unfreundlich und schweigend. Der Hunger machte sich bemerkbar. Mehrmals hatten wir zu sechst ein kleines Kommißbrot erhalten. Das war sehr wenig. »Hinter dem San wird das anders«, trösteten sich die Soldaten. »Dort sind unsere eigenen Leute; die werden unsereinen nicht verhungern lassen.« Die Bauern warfen begierige Blicke auf unsere soliden Stränge. Für einen Riemen konnte man ein paar Kartoffeln bekommen, ein Ei oder einen Becher Milch.

Selbstverständlich waren diese Transaktionen nicht erlaubt. Die Deutschen waren wütend und drohten uns mit ihren Pistolen, wenn sie täglich mehr Schnüre auf den Pferderücken sahen. Doch die Gefangenenkolonne umfaßte etwa fünfzehntausend Menschen, und die Bewacher zählten kaum ein paar Hundert. Bald verschwanden auch Pferde. Immer häufiger sah man Gespanne mit zwei Paar Pferden, ja sogar nur mit einem.

In einem halb abgebrannten Dorf schon nahe am San gelang es einem Bewacher, einen Kanonier des AR 6 beim Tausch Pferd gegen Brot zu schnappen. Der Käufer war ein abgerissener Zigeuner, der von Bajonetten eskortiert, mit dem erworbenen Gaul auf den kleinen Platz an der Kreuzung zweier Dorfwege geführt wurde. Vorher hatte man uns, alle Artilleristen, dort hingetrieben und mit einem engen, von Maschinengewehren gespickten Kordon umgeben. Wir stiegen auf die Ruinen, nahmen die von der Menge zertrampelte Dorfwiese ein und warteten auf das Schauspiel. Vor uns öffnete sich etwas wie eine Arena, in der Mitte der beschädigte Brunnen und gleich hinter ihm die mit einem grünen Pelz überzogene Jauchegrube. Die Dorfbewohner schlossen auf der anderen Seite den Ring der Zwangszuschauer.

Der Zigeuner, das Pferd und der Kanonier – dieser immer noch mit dem Laib Brot unter dem Arm – standen eingeschüchtert unweit des Brunnens unter den Augen der bedrohlichen Bewacher wie die grotesken Gestalten der Angeklagten aus einem mittelalterlichen Mysterienspiel. Gleich darauf erschien ein deutscher Major, rasiert und würdevoll, mit einem goldgefaßten Pincenez, das auf seiner knochigen Nase wackelte; in seiner Begleitung ein Dolmetscher in polnischer Uniform, derselbe Unteroffizier, den wir schon auf der Brücke gesehen hatten, nur daß er jetzt statt der weißen Armbinde eine rote mit dem Hakenkreuz im weißen Kreis trug. Der Major stieg auf den Brunnenrand und wies mit dramatischer Geste auf die Schuldigen. Dann hielt er eine unverständliche Rede, deren Inhalt ihn ganz offensichtlich erregte, denn er schrie immer lauter und stampfte mit dem Fuß auf, während sein Gesicht rot und glänzend wurde. Hinter meinem Rücken lachte jemand und gluckste dann noch eine Weile hinter vorgehaltener Hand.

Der Major unterbrach sich. »Dolmetscher, übersetzen Sie das!« befahl er.

»Der Herr Major sagt«, begann der Unteroffizier in schlechtem Polnisch, »es ist ein Skandal. Dieser Kanonier hat ein Pferd verkauft, das nicht sein Eigentum ist. Alles, was wir haben, ist deutsche Kriegsbeute. Sogar die Mantelknöpfe dürfen wir nicht verkaufen. Der Herr Major sagt, das ist Diebstahl und Sabotage.« Er sah zu dem Offizier hinauf mit dem Blick eines Hundes, der eine Ente apportiert.

Der Deutsche kollerte weiter, und in seinen Tiraden wiederholten sich ständig die Wörter *Diebstahl* und *streng bestraft*. »Der Herr Major sagt«, übersetzte der Dolmetscher nach einer Weile, »in Polen stiehlt jeder, aber in Deutschland darf man nicht stehlen, denn in Deutschland herrscht Kultur. Ihr sollt wissen, daß Diebstahl streng bestraft wird. Wer sieht oder hört, daß so etwas getan wird, soll es sofort den deutschen Soldaten mitteilen. Wer das nicht tut, wird auch streng bestraft.«

»Fertig?« fragte der Offizier ungeduldig.

»Jawohl, Herr Major!«

Der Deutsche beugte sich vor und knurrte etwas in Richtung der Bewacher. Einer von ihnen riß dem Kanonier das Brot unter dem Arm weg und gab es dem Major. Der hob den Laib mit seiner behandschuhten Hand hoch und zeigte ihn nach allen Seiten wie ein besonders seltenes Exemplar. Das Brot war rund, an seiner bemehlten Unterseite hafteten schwarze Kohlestückchen. Die Augen der Soldaten folgten ihm wie dem Strahlenkranz einer Monstranz.

»Das ist der Wert eines Pferdes«, sagte der Deutsche und zog verächtlich die Lippen breit. »Unerhört. So was habe ich noch nie gesehen. Schweinerei!« brüllte er plötzlich und streckte weit ausholend den Arm vor. Die Jauchegrube gluckste fett.

»Der Hurensohn«, stöhnte Sławik neben mir.

»Du komm mal her.« Der Major winkte den Zigeuner heran. »Näher, näher...«

»Näher, näher«, wiederholte diensteifrig der Dolmetscher. Von den Bewachern gestoßen, zitterte der Zigeuner und versicherte mit weinerlicher Stimme, er wolle dieses Pferd überhaupt nicht.

»Schweigen!« donnerte der Offizier. Dann wandte er sich den Bauern zu und redete wieder, wobei er sich vor Erregung verschluckte.

»Jetzt sollt ihr aufpassen«, übersetzte der Unteroffizier, »und jeder soll sich merken, daß es verboten ist, von Kriegsgefangenen etwas zu kaufen. Und damit ihr nicht denkt, der Deutsche ließe sich betrügen...«

»Näher, näher...«, sagte der Major wieder zu dem Zigeuner, der die Hände gefaltet hatte und leise schluchzte. »Du verfluchter Bandit. Dir werde ich's jetzt zeigen!« Seine Hand irrte schon seit einigen Augenblicken an der rechten Hüfte, in der Nähe des Gürtels herum. Jetzt zog er mit blitzschneller Bewegung seine Pistole. Die Zuschauermenge bewegte sich, gedämpfter Lärm rauschte auf, dazwischen krachte es zweimal trocken. Die Weiber an der Jauchegrube erhoben ein Geschrei. Zwischen den Köpfen der vor mir Stehenden hindurchschauend, gewahrte ich nur zwei nackte, bloße Füße in zerrissenen Hosen, die am Boden krampfhaft zuckten.

Noch ehe ich wieder zu mir kam, trieben uns die Bewacher mit kehligen Flüchen und Schreien wieder auf den Weg.

Doch das Ereignis bewirkte keine Änderung der Lage. Hunger ist stärker als Angst. Pferde und Geschirr verschwanden weiterhin, auch Menschen kamen abhanden, teils in der Gegend Ansässige, teils solche, die bei den ›Russkis‹ blieben. Auf die Pontonbrücke über den San rollten die Geschütze, in der Mehrzahl bespannt mit kümmerlichen Bauerngäulen, die die Deutschen unterwegs requiriert hatten. Dicht vor dem Fluß zeigten sich über der Kolonne sowjetische Bomber. Die Maschinengewehre der Bewacher richteten sich nach oben und folgten ihnen in schweigender, drohender Bewegung.

An einer neuen *Beutesammelstelle* ließen wir Geschütze, Munitionswagen und Pferde. Daß wir den weiteren Weg nicht zu Fuß machen mußten, verdankten wir Marchewkas Initiative, der unter dem Vorwand, wir hätten einen Kranken, einen Troßwagen ergatterte. Dieser angeblich Kranke war Galosz, weil er von uns allen am elendesten aussah. Wir fuhren also zu sechst: Kazek, Marchewka, Dr. Kurek, Sławik, Galosz und ich. Die Bewacher bemühten sich gar nicht, die Glaubwürdigkeit von Marchewkas Worten zu prüfen. Zur Kolonne gehörten ohnehin viele Wagen mit Verwundeten, Offizieren und niedrigen Chargen. Die Einheiten waren längst durcheinander geraten. Den Weg entlang zog ein formloser Fluß von Menschen, eine ungezählte Menge schmutziger, bärtiger, von Erschöpfung und Resignation geprägter Gesichter. Wir versuchten, an der Spitze des Zuges zu bleiben. Auf der westlichen Seite des San nahmen die Bauern polnisches Geld an, und wenn es uns auf dem Halt gelang, in eine Kate zu treten, konnten wir, falls wir anderen Konkurrenten zuvorkamen, etwas kaufen. Wie sich herausstellte, gehörte unsere Batterie zu den wenigen Einheiten, denen man ihren Sold ausgezahlt hatte. Bei vielen Truppenteilen waren die Kassen noch vor der Kapitulation in Feindeshand gefallen oder irgendwo unter ungeklärten Umständen verschwunden. Die überwiegende Mehrheit der Gefangenen lebte vom Betteln, denn die Versorgung durch die Deutschen blieb weiterhin Fiktion. Die Soldaten verfluchten ihre Vorgesetzten und beschuldigten sie des Diebstahls. Ich wollte das nicht glauben, aber auf einer der Marschpausen hielt neben uns ein Wagen mit Offizieren. Drei Leutnants der Infanterie und ein älterer Hauptmann mit Intendanturbauch spielten dort Karten. Sie hatten eine leere Munitionskiste zwischen sich aufgestellt. Überall im Wagen lagen haufenweise Banknoten, und mitten auf der Kiste stapelte sich ein ganzer Packen. Plötzlich riß ein Windstoß einige dieser bunten Zettel mit und trug sie auf die Chaussee unter die abgerissenen einfachen Soldaten, die sich sogleich auf die unerwartete Beute stürzten. Einer der Leutnants erhob sich mit zornigem Aufschrei, doch der Hauptmann drückte ihn auf den Sitz und verzog dabei die Lippen geringschätzig.

»Lassen Sie doch«, sagte er. »Was haben wir von diesen

Papierchen? Sie sind sowieso nichts wert.« Sie lachten und knallten weiter ihre Karten auf den verstaubten Kistendekkel. Dr. Kurek konnte sich von diesem Anblick lange nicht erholen. »Wenn der Krieg solche Gemeinheiten zunichte machte«, sagte er, »müßte man ihn segnen. Aber es wird immer schlimmer. Sogar die anständigen Menschen werden schließlich gemein, wenn das so weitergeht. O Gott, o Gott! Man könnte den Glauben an sein Volk und an sich selbst verlieren.«

Sławik wollte seinen Glauben nicht verlieren, an nichts und an niemanden. Ein Leben lang hatte er im heimatlichen Olsagebiet sein Polentum zur Schau getragen wie ein verkrachter Aristokrat seinen Wappenring. Alles Polnische war für ihn ohne Fehl. Die polnische Armee, die polnische Tüchtigkeit, die polnische Redlichkeit. Er hatte sich einen großartigen Mythos geschaffen, dem die Wirklichkeit auf schmerzhafte Weise nicht entsprach. Doch gab er in seinem hartnäckigen Stolz der Wirklichkeit die Schuld. Stimmte sie mit seinem Traum nicht überein, mußte man sie ignorieren. Deshalb nahm Sławik viele Dinge mit Absicht nicht wahr, und sie zu erörtern, hielt er für die größte Taktlosigkeit. Die Niederlage selbst und die aus ihr resultierenden Leiden ertrug er verhältnismäßig gut. Das gehörte zur großen Tradition märtyrerhaften Heldentums, zum unerschrockenen Kampf des polnischen David gegen den Goliath des Unrechts in der ganzen Welt. Als Dr. Kurek infolge der Schurkerei der Intendanten nahe daran war, den Glauben an sein Volk zu verlieren, ermahnte Sławik ihn würdig: »Du bist wohl dumm geworden, Kerl. Sieh dir mal Warschau an. Das sollte dein Glaube sein.« Am selben Tag hörte ich das Gerücht, Warschau sei gefallen, aber ich gab es auf unserem Wagen nicht weiter.

Gegen Abend hielten wir in einem großen, wohlhabend aussehenden Dorf, das der Krieg offenbar gnädig verschont hatte. In dichter Menge drängten wir uns auf der Weide an der Chaussee. Die Stunde der Beutezüge nahte. Wir wußten, die Deutschen kümmerten sich kaum darum, ob wir in die Katen gingen. Sie hielten die Art, wie sich die Kolonne mit Lebensmitteln versorgte, gewissermaßen für die normale Methode. Man mußte nur abwarten, bis sich der erste Eifer der Bewacher legte. Marchewka, der gegangen war, um die Lage zu erkunden, kehrte mit einer sensationellen Kunde zurück: Wir sollten Essen fassen. Autos mit Proviant seien gekommen, schon bildeten sich Schlangen. Angeblich sollten wir Zwieback und Margarine bekommen. Auch das ist gut! Sławik behauptete zwar, der deutsche Zwieback reiche an den polnischen nicht heran, war aber trotzdem einverstanden, in der Schlange anzustehen und für uns alle aufgrund unserer Soldbücher die Portionen entgegenzunehmen. Von den Autos drang tatsächlich schon der Lärm der sich drängenden Hungerleider herüber. Hin und wieder wurde er durch wütendes Geschrei der Deutschen unterbrochen, ja sogar durch Schüsse in die Luft, die Gehorsam erzwingen sollten.

Fast eine Stunde warteten wir auf Sławik. Schließlich tauchte er mit leeren Händen auf, das Gesicht zornrot. »Da soll hingehen, wer will«, sagte er und schüttelte sich vor Empörung. »Ich stehe wegen dieser Zwiebäcke nicht an. Wißt ihr, was diese Pierronnas sich ausgedacht haben? Alle Leute müssen knien. Angeblich, damit sich niemand vordrängt. Aber das werden sie nicht erleben, daß ich vor ihnen knie!«

Wir wollten es nicht glauben, und Kazek ging hin, um sich mit eigenen Augen zu überzeugen. »Es stimmt«, sagte er, als er wiederkam. »Es gibt eine Menge Idioten, die knien wegen der bekackten Margarine. Und die Schwaben filmen sie vom Autodach herab. Wir scheißen auf deren Gnade, Leute. Wir sind auch bisher ohne die nicht verreckt.«

In der Abenddämmerung wurde die Menge auf der Weide weniger, und die Bewacher zogen sich hinter die Gebäude des Dorfes zurück. Mit unserem Wagen begaben wir uns mitten ins Dorf, um ein Nachtquartier zu suchen. Alle Katen waren schon belegt. Erst am Ende des Wegs fanden wir eine, die ein großer Obstgarten von den übrigen Gehöften trennte. Dort war noch niemand hingelangt.

»Kein Brot da, die Herren«, begrüßte uns die Bäuerin. Diese Formel kannten wir schon auswendig. Neu dagegen war der Ton, in dem sie gesagt wurde. Darin schwang nicht der Wunsch, die Bettelnden loszuwerden, sondern eher Bedauern und Sorge. »Vielleicht begnügt ihr euch mit Plinsen. Die Mädchen mahlen etwas Korn. Kommt in die Stube.«

Wir führten die Pferde in den leeren Stall. Die Frau selbst holte einen Eimer Hafer und schüttete Heu in die Raufen. »Unsere Pferde sind im Krieg«, sagte sie, »auch der Bauer ist im Krieg. Wer weiß, wann er wiederkommt. Vielleicht ist er in Gefangenschaft geraten wie ihr Armen. Ach, was sind das für Zeiten, was für Zeiten! Heilige Muttergottes! Was müssen wir erleben!« Sie klagte nicht um ihrer selbst willen. Die ganze Welt war das Objekt ihres Bedauerns. Der Herrgott hatte die Menschen bestraft, weil sie böse und hochmütig waren und nichts ihnen genügte. Vor dem Krieg hatte man ganz gut verdient, man konnte Vieh dazukaufen, ein neues Gebäude hinstellen, aber die Leute, verdammt, nörgelten nur, und jeder sah zu, wie er dem andern schaden konnte. Der Krämer im Dorf betrog beim Abwiegen, der Schulze erledigte nichts, wenn er keine Gans bekam, der Polizist teilte Strafen aus, wenn jemand nebenbei ein bißchen Tabak pflanzte oder den Abort nicht weißte. Oh, diese Welt, diese Welt! Nach ihren Worten zu schließen, war diese Welt nicht groß. Sie hatte Platz zwischen Rozwadów und Przeworsk. Aber sie hatte soviel Böses zustande gebracht, daß der Herrgott schließlich Hitler auf sie hinabsandte, weil er ihre Verworfenheit nicht mehr mitansehen konnte. Diese Klagen und Überlegungen hinderten die Frau nicht bei ihrer geschickten und zweckmäßigen Tätigkeit. Sie holte zwei Garben Stroh und drückte sie Galosz in die Hand. »Schlaft ihr auf dem Boden in der Stube, denn ich schlafe mit meinen Töchtern in der Kammer.« Unterwegs tat sie trockene Späne und Reisig in ihre Schürze.

In der geweißten Stube war es trocken und warm. Drei gut gewachsene, hübsche Mädchen heizten den Herd und polterten abwechselnd mit der Handmühle im Flur. Das gelbe Licht der Petroleumlampe, das Rascheln der Röcke, das freundliche Lächeln, der Duft des laut schmurgelnden Rühreis – das alles schuf rund um uns die Atmosphäre eines sanften, traumhaften Glücks, das den Menschen aus der gespenstischen Wirklichkeit riß.

Wir wuschen uns nacheinander in einem Holzzuber, von dem der Dampf zur Decke aufstieg. Wir wuschen uns! Mit heißem Wasser, mit Seife! Wir rieben uns mit rauhen, am Ofen vorgewärmten Handtüchern ab, bis wir ganz rot waren. Ich wußte, später einmal, in besseren Zeiten würde ich das niemandem so erzählen können, daß er es verstand. Inzwischen buken auf dem Blech schon dicken Plinsen. Die Bäuerin goß saure Milch in tiefe Teller, stampfte in Schüsseln Berge von Kartoffelbrei und legte mit einem Holzlöffel noch Flocken gelber Butter darauf. O Gott! Und wie gern sie das tat, wie eifrig.

»Um Gottes willen, was seid ihr hungrig!« klagte sie, als sie unsere Gier sah. »Eßt, eßt. Wenn's nicht reicht, tue ich mehr auf.«

Ich fragte sie nachher, was wir schuldig seien. Da empörte sie sich: »Was soll denn das? Sind wir denn Ukrainer, wie? Ihr seid bei Polen. Das steht euch zu.« Wir hatten vergessen, daß uns etwas zustand. Die Tatsache, daß jemand daran dachte, war eine Entdeckung, die uns das Gefühl der Menschenwürde wiedergab. Sławik blühte auf vor Freude. Das war wieder einmal ein Fragment aus seinem herrlichen Polenbild.

Ich konnte diese Nacht nicht einschlafen. Mein eingeschrumpfter Magen rang heftig mit dem Übermaß an Essen. Ich wühlte im Stroh und hörte, wie auch meine Kameraden in unbequemem Schlaf schwer stöhnten. Marchewka neben mir drehte sich gleichfalls von einer Seite auf die andere und seufzte ungeduldig. Ich versank gerade ins Dösen, als er mir die Hand auf die Schulter legte. »Paweł, wollen wir türmen?« fragte er. Völlig wach setzte ich mich auf. »Meinst du?«

»Hier sind die Dörfer rundherum polnisch. Irgendwo kriegen wir Klamotten. Wenn du willst, wecke ich die andern.«

»Warte. Ich geh mal nachsehen, wo die Bewacher sind.« Ganz leise zog ich mir die Stiefel an, schlich durch den dunklen Flur, trat hinaus in den Garten. Scharfe Kühle packte mich bei der Kehle und wusch mir das Gesicht wie ein Guß kalten Wassers. Nachtfrost. Oben glitzerten neugeschliffen sehr harte Sterne. Im Schatten des Zauns blieb ich eine Weile auf dem Weg stehen. Es war finster und still. Das Dorf endete hier. Weiter entfernt dehnten sich im Dunkel die leeren Felder. Vorsichtig machte ich einige Schritte vorwärts. »Halt!« Ich warf mich zurück neben die Latten der Umzäunung. »Halt!« und gleich darauf zwei hellblaue Blitze, zwei Schüsse, die mit scharfem Knall die Nacht peitschten.

Ganz nahe pfiff eine Kugel. Ich flitzte in den Garten. Gleich danach war ich wieder bei Marchewka im Stroh. »Verdammt!« fluchte er. Draußen vor den Fenstern ertönte das eilige Getrampel der Patrouille und dann Stimmengemurmel bei der Beratung.

Erschreckt erwachten die Kameraden. Wir erklärten ihnen, worum es ging. Einfälle und Ideen ließen nicht auf sich warten. Wir nahmen schließlich Dr. Kureks Vorschlag an: Wir würden versuchen, uns den Tag über in einer Scheune zu verstecken und abzuwarten, bis die Kolonne weitergezogen wäre.

Im Morgengrauen weckten uns die Schritte der Bäuerin. Sie packte uns Plinsen in die Brotbeutel und füllte unsere Feldflaschen mit frisch gemolkener Milch. »Steht auf, die Herren«, sagte sie. »Die Deutschen treiben die Leute nun aus den Katen.« Ich weihte sie in unsere Pläne ein. Sie erschrak. »Und was wird mit den Pferden?«

»Sie sagen, das sind Ihre.«

»Das glauben die nicht. Sie haben Brandzeichen von der Remontenkommission.«

»Dann treiben wir sie auf die Wiesen.«

»Dabei werden sie euch sehen.«

»Alles raus!« ertönte es im Nachbarhof. Auf dem Weg knirschten zahlreiche Schritte. Bereit zum Fortgehen, warteten wir im Flur. Aber niemand schaute in unsere Kate. Langsam entfernte sich der Lärm zur Dorfmitte. Vielleicht würde es gelingen.

Alles war still geworden. Kazek wollte nachsehen, wie es stand. Er kehrte sofort zurück. »Nichts zu machen, Leute! Sie kommen in Schützenlinie vom Feld her.«

Zum Glück hatte eine Tochter der Bäuerin, die auf dem Hof arbeitete, die Gefahr schon früher erkannt und vorsorglich unsere Pferde vor den Wagen gespannt.

Wir fuhren zum Sammelpunkt. Unterwegs hielt uns ein Unteroffizier an.

»Warum so spät?« brüllte er. »Wir waren beim Schmied«, antwortete Marchewka. »Beim Schmied? Neues Hufeisen? Zeigen Sie mal!« Marchewka kletterte ruhig vom Wagen und hob den Vorderhuf eines der Pferde. »Na gut!« schnauzte der Deutsche.

»Bei Gott, es hat ein neues Hufeisen«, wunderte sich Marchewka, während er wieder die Zügel aufnahm.

Die lang andauernde herbstliche Schönwetterperiode endete. Der Himmel bezog sich mit tief hängenden Wolken, ein feiner Regen nieselte schräg, getrieben vom kalten Wind. Durchnäßt, hungrig und vor Erschöpfung kaum noch die Füße hebend, erreichten wir Przeworsk. Den Wagen hatte man uns abgenommen. Bei einem Halt hatten die Deutschen einen Appell angeordnet und uns dann gleich weitergetrieben, ohne uns zu erlauben, unsere Sachen von dem Wagen zu holen. Die letzten Vorräte aus dem gastfreundlichen Quartier waren verloren. Auch unsere Dekken. Wir hatten sie zwar vorsorglich zum Appell mitgenommen, freuten uns aber nicht mehr lange an ihnen. An einer Stelle führte der Weg durch eine tiefe Schlucht. Hier wurde die Spitze unserer Kolonne angehalten. Am hohen Rand stand eine andere Abteilung Gefangener. Es mußte sich um Leute aus einer im letzten Moment aufgestellten Einheit handeln, denn ihre Ausrüstung entsprach nicht im geringsten den Anforderungen der Vorschriften. In kümmerliche, aus den hintersten Magazinecken geholte Drillichanzüge gekleidet, zitterten sie vor Kälte, sie hatten nicht einmal Mäntel.

Der Major, der unseren Konvoi anführte, hatte offenbar beschlossen, die Ungerechtigkeit des polnischen Mobilmachungsapparats auszugleichen. Er machte das auf seine Weise. »Wer Decke *und* Mantel hat, muß Decke *oder* Mantel abgeben«, ordnete er an. Auf ein von ihm gegebenes Signal stürzten sich die unseligen zerlumpten Kerle von oben zwischen uns. Die Schlucht füllte sich mit Gerangel, Gefluch und Geschrei. Viele verteidigten ihre Habe mit den Fäusten. Aus vollem Halse lachend, sahen die Deutschen vom Hang her zu wie bei einem Wettkampf. In ihrem Lachen lag etwas Unheimliches. Nie hatte ich bisher Menschen auf solche Weise lachen sehen. Das war keine Fröhlichkeit, sondern der Ausbruch hämischer Zufriedenheit beim Anblick menschlicher Erniedrigung. Das Zusammenkneifen der Augen, Fletschen der Zähne und Ausstoßen kehliger, krampfhafter Laute entstammte gewiß nicht dem Gefühl für Humor, sondern dem barbarischen Stolz darüber, daß sie selbst sauber, gut gekleidet und satt über dem

Chaos des elenden Ameisenhaufens standen. Unversehens ging das Lachen in Wutgebrüll über. Die Pistole in der Hand schwenkend, sprangen sie hinunter, ihre Augen blitzten wild, ihre Kehlen waren heiser vor Geschrei. »Los! Genug! Schweinerei! Donnerwetter!« Ein völlig überraschender Stimmungswandel. Doch eigentlich kein Wandel. Das eine wie das andere war die Freude der ›fahlen Bestie‹, des in praktisches Feldgrau gekleideten Übermenschen Nietzsches.

Nach diesem Zwischenfall herrschte in der Kolonne eine unerträgliche Gereiztheit. Immer wieder brachen lautstarke Zankereien aus. Menschen, die sich noch nie gesehen hatten, warfen sich aus dem geringsten Anlaß Beleidigungen an den Kopf, jeder Blick, jedes Wort konnte als Provokation aufgefaßt werden. Unverhofft wie der Schauer einer ansteckenden Krankheit kam diese Stimmung auch über mich. Schon das Aussehen meiner Kameraden fiel mir auf die Nerven. Die gürtellosen Mäntel hingen um sie wie Säcke, oft mit Strohhalmen behaftet, den Überbleibseln von Nachtlagern in zufällig aufgefundenen Scheunen. Manchen schauten schmutzige Fußlappen aus zerrissenen Schuhen, oder herabhängende Wickelgamaschen schleiften nachlässig hinter ihnen her. Viele hatten die Feldmützen quer aufgesetzt, wie um den Widerspruch zur militärischen Disziplin absichtlich zu manifestieren.

Plötzlich konnte ich das nicht länger ertragen und gab meiner Irritation auf der Stelle nach. Ohne mich speziell an irgend jemanden zu wenden, aber boshaft darum bemüht, daß meine Bemerkungen zu Ohren der Nachbarn gelangten, die die unmittelbare Ursache meiner Empörung waren, sagte ich mit erhobener Stimme: »Man hat kein Fünkchen Gefühl für die eigene Würde, wenn man sich dermaßen gehen läßt. Daß man sich nicht schämt, vor den Schwaben den Ablaßbettler zu spielen! Ist es denn so schwierig, die Fußlappen ordentlich zu wickeln oder sich die Feldmütze gerade auf den Schädel zu setzen? Es ist zum Kotzen, verdammt! Sind denn unbedingt Strafappelle und Offiziersschnauzereien nötig, damit manche wie Menschen aussehen? Diese bäurische Vorliebe für das Lumpenpack.«

»Wer furzt da von Appellen?« entrüstete sich ein Feldwebel, der vor mir ging. Er drehte den Kopf um und suchte mich mit haßvoll zusammengekniffenen Augen in der Menge. Es war ein großer, brünetter Kerl mit schwarzen Bartstoppeln. Unsere Blicke begegneten sich. »Warst du das, Rotznase?« knurrte er. »Bäurisch, sagst du? Und deine Vorliebe? Ist die herrenhaft? Du Trottel! Ein kleiner Offizier. Ich seh's doch. Die Tressen hat er abgetrennt, der Schlaumeier, aber die Stiefel behalten. Die Uniform auf Taille, nicht mal den Gürtel haben ihm die Deutschen abgenommen... die Würde ist noch da. Polen haben sie verschissen, aber ihre Würde ist noch da!«

»Halt die Fresse!« schrie ich voller Wut.

Wir stürzten aufeinander zu. Der Feldwebel überragte mich um mehr als einen Kopf, er konnte mich mit einer einzigen Handbewegung zu Boden strecken. Ich kümmerte mich nicht darum, sondern ballte die Fäuste, um wie ein Verrückter blindlings draufloszudreschen. Man trennte uns. Marchewka und Jesiołł zogen mich an Kragen und Schultern zurück. »Bist du wahnsinnig, Mann? Wozu solche Klopperei? Das fehlte noch, daß wir uns gegenseitig die Zähne ausschlagen.«

Ich kam zu mir. Tatsächlich, es hatte alles keinen Sinn. Bald danach konnte ich schon nicht mehr begreifen, wovon ich behext gewesen war. Ich hatte mich gleichfalls gehenlassen, auch ohne Stroh auf meinem Mantel.

Wir überquerten ein aufgerissenes Eisenbahngleis. Seitlich ragten verdrehte Schienen empor. Im Abendnebel dunkelten vor uns die Ruinen einer Fabrik – riesengroß, von der Regennässe zu einer phantastischen und bedrohlichen Silhouette verwischt. »Die Zuckerfabrik«, sagte Marchewka.

»Ich kenne Przeworsk. Vermutlich führen sie uns hierher, weil nirgendwo sonst soviel Volk Platz findet.«

Er hatte recht. Durch ein Tor in der hohen Mauer wurden wir auf den geräumigen Hof getrieben, den die Schienen einer Schmalspurbahn durchschnitten. Von allen Seiten umgaben uns Gebäude; ihre leeren Fensterhöhlen strahlten die Traurigkeit und Langeweile der Zerstörung aus. Über den herausgerissenen Türen hingen noch Schilder: Kraftanlage, Raffinerie, Zuckerrübenlager.

Uns selbst überlassen, verteilten wir uns auf der Suche nach ruhigen Ecken und Essensresten über das ganze Gelände. Bald flammten Hunderte von kleinen Feuern in der Abenddämmerung auf. Sie brannten in den Hallen, die kein Dach mehr schützte, sie flackerten an den Gleisen und den Kokshaufen längs der Mauer. Der Regen hörte auf, doch wehte weiterhin ein durchdringender Wind, der die nassen, welken Blätter von den kümmerlichen Bäumchen zwischen den Ruinen der Bürogebäude riß. Die Magazine waren leider leer. Nicht einmal Säcke lagen dort herum, die man zur Herrichtung einer Lagerstatt hätte benutzen können. Die einzige Beute war etwas, was wir mit dem Namen Melasse versahen. Gott weiß, worum es sich in Wirklichkeit handelte. Ich bemerkte, wie Gefangene diese Schmiere aus der Haupthalle trugen, und machte mich mit Marchewka ebenfalls auf. Man mußte über Eisentreppen sehr hoch bis unter das zerfetzte Dachskelett steigen, zwischen miteinander verbundenen Galerien und Messingkesseln hindurch. Einer der Kessel stand geneigt, eine Bombe hatte ihn aufgeschlitzt. Aus ihm tropfte eine gelbe, klebrige, mit Schmiere und Regenwasser vermischte Flüssigkeit. Sie schmeckte so ekelhaft, daß wir sie trotz unseres Hungers nicht runterbringen konnten. Die meisten Leute schluckten dieses Mistzeug resigniert; binnen kurzem füllten sich alle Ecken und Winkel des Platzes mit hockenden und schmerzlich stöhnenden Gestalten.

Es war schon völlig dunkel, als sich das Eisentor quietschend öffnete und mit Kartoffeln beladene Wagen über das Hofpflaster rumpelten.

Die Methoden des Majors trugen jetzt Früchte. Niemand mochte in der Schlange knien. Lärmend stürmte die Menge die deutschen Wagen. Irgendwem gelang es, von einem das rückwärtige Brett abzureißen. Dumpf polternd fielen die Kartoffeln herunter. Gebrüll der Wachmannschaften und Schüsse ertönten. Nach einer Weile wendeten die Wagen und fuhren im Trab davon. »Dann kriegen sie eben gar nichts zu fressen, die verfluchte Bande!« schimpfte ein Feldwebel.

Es war mir gelungen, ein paar Kartoffeln in meinen Mantelschoß zu raffen. Eilig wandte ich mich damit zum Kokshaufen, wo wir unser Feuer angemacht hatten. Als ich den schmalen Gang zwischen ihm und der Mauer betrat, stellte sich mir ein Schatten in den Weg. »Du hast dich ja nicht schlecht versorgt«, sagte eine Stimme, die mir bekannt vorkam.

»Das geht dich'n Dreck was an«, entgegnete ich.

»Weißt du, daß es in der ganzen Zuckerfabrik kein Wasser gibt?« sagte er und schüttelte seinen großen Kopf. »Alle Pumpen sind kaputt.«

Plötzlich erkannte ich ihn. Es war der Feldwebel, mit dem ich mich unterwegs fast geprügelt hätte. »Ich komme schon allein klar«, murmelte ich abwehrend.

Jetzt erkannte auch er mich. »Ach, du bist das, kleiner Offizier!« Er lachte mißmutig auf. »Weißt du was, ich kenne eine prima Methode, wie man Kartoffeln ohne Wasser kochen kann. Unter dem Deckel. Sie werden völlig weich und mehlig.« Ich hörte in seiner Stimme einen charakteristischen Ton; er war bestimmt noch hungriger als ich.

»Ich wollte mich mit Rücksicht auf meine Soldatenwürde dort nicht vordrängen«, fuhr er fort, »aber jeder wird früher oder später zum Vieh.« Er berührte meine Schulter. »Wir sitzen alle im gleichen Boot, ja oder nein?«

»Komm«, sagte ich. »Zeig mir deine Methode.«

Ein gedehnter, hoher Pfeifton elektrisierte uns. Wir mochten unseren Ohren nicht trauen. Ein Zug? O Gott! Gibt es noch Züge? Es gab welche! Wir sahen ganz wirklich ein die Felder durchschneidendes Gleis, auf dem eine kleine Lokomotive ein gutes Dutzend Wagen hinter sich herzog. Sie stieß puffend ihre weißen Rauchwolken aus wie in der guten alten Zeit, als Rauch nicht unbedingt eine Explosion oder einen Brand bedeutete.

Unsere Kolonne belebte sich, die Leute beschleunigten ihre Schritte, sie liefen fast. Alle Rufe der Bewacher halfen nichts. Auch sie mußten rennen, um nicht zurückzubleiben.

»Sie fahren uns nach Krakau und lassen uns laufen«, sagte freudig erregt ein junger Soldat. »Bestimmt lassen sie uns laufen. Wozu sollen sie auch so viele Menschen auf einem Haufen zusammenhalten?«

Er hakte die beiden nächsten Kameraden unter und zog sie mit sich. Der Himmel hatte ein wenig aufgeklart, eine kühle, blasse Sonne bespülte die Welt mit wässerigem Lächeln.

»Was machst du ein so langes Gesicht?« rief der Soldat seinem linken Nachbarn zu. »Hast du Polen verloren? Du Esel! Du fährst doch nach Krakau.«

»Unmittelbar vor dem Kriege«, sagte der rechte Kamerad, »habe ich mir in Grzegórzki weiße Tennishosen nähen lassen. Getragen habe ich sie nie. Paßt auf, Leute, es gibt noch mal schönes Wetter. Dann werde ich damit in die Anlagen gehen – mit meinem Mädchen. Was hat sie geweint, als ich wegfuhr. Du kommst nicht wieder, du kommst nicht wieder. Was denn, bin ich etwa so dumm, daß ich nicht wiederkomme?«

»Hast du gemerkt, daß Marchewka weg ist?« fragte Kazek und stupste mich in die Seite. Tatsächlich, in unserer Sechsergruppe fehlte Marchewka.

»Vielleicht hat er sich irgendwo nach hinten verdrückt?«

»Noch vor einer Stunde habe ich ihn gesehen, beim letzten Halt«, sagte Dr. Kurek.

Kazek kniff ein Auge zu. »Getürmt. Er hat gesagt, seine Familie sei in Rzeszów.«

»Aber so ganz ohne Abschied?«

»Du kennst ihn nicht. Der ist gewitzt. Er überlegt und macht sich dann ganz leise aus dem Staube, du bemerkst nicht mal, wann und wie.«

»Wie hat er's denn gemacht?«

»Kümmere dich nicht um ihn. Er hat das bestimmt gut ausgetüftelt. Weißt du noch, wie wortkarg er ab Przeworsk wurde?«

Ein bißchen seltsam zumute war uns ohne Marchewka, aber wir hatten keine Zeit, uns lange damit zu beschäftigen. Der durch die Kolonne ziehende Hauch der Hoffnung erfaßte uns. Nur Dr. Kurek erlag ihm nicht. »Täuscht euch nicht«, sagte er, »ich kenne die Deutschen. Sie lassen uns nicht laufen. Man muß bei der erstbesten Gelegenheit verduften.«

Wir erreichten die ersten Häuser von Łańcut. Auf beiden Straßenseiten sammelten sich Zivilisten. Sie musterten uns mitleidig und neugierig. Ihre forschenden Blicke glitten über unsere Gesichter. Sie suchten nach Angehörigen. Von Zeit zu Zeit segelte eine Schachtel Zigaretten durch die Luft, oder ein in Papier gewickeltes Stück Brot fiel in das Gewirr sich ausstreckender Hände. Mehrmals versuchte jemand, meist eine Frau, sich uns zu nähern, doch die Deutschen ließen das nicht zu, sondern vertrieben sie mit Kolbenstößen und Schreien.

Wir kamen am Blättermassiv des Parks vorbei, in dem sich die weiße Fassade des Schlosses versteckte, und betraten eine breite, zu beiden Seiten mit Riesenbäumen bestandene Allee. Von dort aus wurden wir in eine Einfriedung aus eisernen Staketen geführt. Am Tor zählte uns ein Unteroffizier – namenlos, stückweise. Bei zehn machte er einen Strich in sein Notizbuch, wie ein Lagerverwalter, der Ware entgegennimmt.

Wir standen auf einem runden, mit vergilbendem Gras bewachsenen Platz; das Gras war gleichmäßig und dicht am Boden abgemäht. Hier und da ragten Gruppen hoher, alter Ulmen auf.

»Das ist der Englische Park«, sagte jemand, der offenbar die Gegend kannte. »Eine Idee des Grafen. Regelmäßig läßt er mit Maschinen den Rasen mähen, angeblich wie in England. Jetzt helfen ihm auch keine Maschinen mehr.«

Immer neue Gruppen von Gefangenen strömten durch das Tor; die lärmende, graue Menge verteilte sich auf dem Rasen. Außerhalb des Gartenzauns warteten die gewohnten Maschinengewehre, und die Bewacher gingen mit aufgepflanztem Seitengewehr hin und her. Trotzdem versammelten sich die Ortsbewohner immer zahlreicher an den Staketen. Sie glichen Besuchern in einem zoologischen Garten. Die Soldaten standen ihnen gegenüber wie hungrige Bären am Gitter. Blicke und Fragen kreuzten sich.

Die kurze Wetterbesserung verging schnell, ein kühler Wind kam auf. Es wurde immer kälter, immer feuchter und grauer. Wir schlugen die Mantelkragen hoch und traten auf der Stelle, um uns zu erwärmen. Viele Leute waren bereits krank. Vom Fieber geschüttelt, hockten sie, gleichgültig gegen alles, am Boden. Auch Galosz hatte Fieber. Sławik hatte ihm einen Schal um die Ohren gebunden und in heldenhafter Selbstverleugnung den eigenen Mantel umgehängt. »Ist dir besser, armer Kerl?« fragte er immer wieder. »Wenn du nur was zu essen hättest, gleich würd' dir leichter.«

Wir lagerten weit entfernt vom Tor. Hier stieß eine Straße an den Zaun, auf der die Zivilisten frei herankommen konnten. Der in der Nähe aufgestellte Posten zeigte nicht viel Eifer. Binnen kurzem bemerkten wir, daß manche der sich am Zaun drängenden Soldaten mit roten Käselaiben unter dem Arm fortgingen. Der Anblick war beinahe unerträglich. Wir spürten, daß wir, wenn das Leben seinen Sinn wiedergewinnen sollte, sofort einen solchen Käse haben mußten. Niemand von uns konnte sich im Augenblick etwas Besseres und Begehrenswerteres vorstellen. Sogar der ausgeglichene Dr. Kurek erlag dieser fixen Idee und rannte zum Zaun. Wir verteilten uns und versuchten unser Glück getrennt. Es gelang mir, mich an jene Stelle bis an die Eisenstäbe zu drängen, wo ein alter, ordentlich gekleideter Bürger eben diese abgeflachten Kugeln der Sättigung verteilte. »Mir auch, mir auch!« rief ich zusammen mit anderen und schwenkte einen zusammengefalteten Geldschein.

»Tut mir leid, die Herren, mehr ist nicht da«, sagte der Zivilist und schloß seine leere Tasche. »Der ganze Laden ausverkauft. Das waren die letzten.« Er drehte sich um und ging, von enttäuschten und wütenden Schreien verfolgt, eilig fort.

Ich fand Dr. Kurek, er hoffte noch. Einem Jungen hatte er alles Geld gegeben, was er besaß, einen Hundert-Złoty-Schein, um allerlei einzukaufen: Brot, Aufschnitt, Fett, was es eben gab. »Er hat versprochen, gleich mit dem Essen und dem Rest wiederzukommen«, sagte er, »wir können dann teilen, es müßte für alle reichen.«

Eine Zeitlang wartete ich mit ihm, dann aber verging mir die Geduld. Es begann so kalt zu regnen, daß die um die Staketen geklammerten Finger steif und blau wurden. Zwischen den dicht fallenden Tropfen erschienen nasse Schneeflocken. Die Zivilisten verliefen sich eilig. Vor uns lag die leere, mit gelben Blättern übersäte Straße. Dr. Kureks Gesicht wurde blaß, seine Augen erloschen, auf sein Bärtchen setzte sich die Feuchtigkeit wie gläserner Tau. Seine Zähne klapperten, aber er blieb hartnäckig auf dem Posten. »Ich warte noch«, sagte er, »sicher kommt er, sobald der Regen ein bißchen nachläßt. Es ist doch ausgeschlossen, einen Gefangenen zu bestehlen.« Ich ließ ihn allein.

An der Stelle, wo wir vorher gesessen hatten, traf ich nur Sławik und Galosz an. Auf dem nassen Gras hockend, schmiegten sich die beiden Schwäger aneinander. Unrasiert, schmutzig, das grünliche Gesicht mit dem Schal umwickelt, sah Galosz wie das verkörperte Unglück aus. In Sławiks rundem Gesicht fehlte jetzt jede Spur seines eisern aufrechterhaltenen Optimismus. Sein Kinn bebte, eine Strähne nasser, farbloser Haare hing ihm kläglich über die Nase herab. Sie hatten sich unter einem über die Köpfe gezogenen Mantel verkrochen, sie redeten nicht miteinander, sondern litten. Meine Rückkehr belebte sie ein bißchen, doch als sie erfuhren, daß ich nichts mitgebracht hatte, verfielen sie noch tiefer in schweigende Resignation.

Doch dann erschien Jesiołł. Aus seiner Miene schloß ich, daß er etwas erbeutet hatte. »Paweł, hast du Kleingeld?« fragte er.

»Ja. Was gibt's?«

Er blickte sich mißtrauisch um und beugte seinen Kopf zu mir. »Es gibt hier einen Koch vom AR 6«, sagte er halblaut. »Der hat etwas Pferdefleisch. Ich habe beobachtet, wie er es unter dem Mantel zerteilte. Er hat versprochen, mir ein Stück zu verkaufen, aber unter 5 Złoty will er's nicht hergeben.«

Wir gingen zusammen hin. Der Regen hatte aufgehört. Zwischen einigen Ulmen mitten auf dem Platz brannten Feuerchen. Einige Bäume waren davon in Brand geraten. Die Flammen krochen an den Stämmen hoch und hielten sich an die bloßen Äste. Der Wind riß bitter duftende Rauchschwaden mit. Der sorgsam gepflegte Rasen des Englischen Parks erinnerte jetzt an einen schlammigen Fußballplatz. Trotz der Kälte lag ein fader Gestank darüber. Die Umstände der letzten Tage und die ›Melasse‹ von Przeworsk hatten das ihre getan. Die Leute hockten sich hin, wo sie gerade waren. Sehr viele litten an Durchfall. Stellenweise mußte man sich seinen Weg zwischen den Kothaufen mühsam suchen.

Still und leise schlossen wir den Handel mit dem Pferdefleischbesitzer ab. Unsere Erwerbung war ein sehniges Stück vom Bein. Es roch schon ein bißchen, aber wir machten uns nichts daraus. Im Triumph kehrten wir zu unseren Kameraden zurück. Dr. Kurek hatte das Warten am Zaun aufgegeben. Bedrückt saß er neben Sławik und Galosz. Sein Glaube an die Nation schien nun restlos verweht. Wieder näherten sich Zivilisten der anderen Zaunseite, aber der dienstbereite Junge war spurlos verschwunden. »Eine Hyäne«, sagte Dr. Kurek mit mehr Traurigkeit als Zorn. »Nicht zu glauben, daß man so mit Menschen umspringen kann.«

Wir waren durch unsere Beute zu sehr erregt, um seine Kümmernis teilen zu können. Vor uns tat sich das schwierige Problem auf, daraus etwas Eßbares zu machen. Wir hatten weder Wasser noch ein Gefäß, von Salz oder anderen Zutaten ganz zu schweigen. Noch einmal wanderte ich zum Zaun. Glücklicherweise fand sich eine Frau bereit, bei sich zu Hause eine Brühe für uns zu kochen. Die folgende Stunde verbrachten wir in ungeheurer Spannung. Sogar Galosz schüttelte seine Apathie ab. Bringt sie's oder bringt sie's nicht? Verjagt der Bewacher sie womöglich vom Zaun? Erkennt sie uns vielleicht nicht und gibt es jemand anderem?

Sie brachte es, sie erkannte uns. Der Bewacher wandte sich mit geringschätzigem Achselzucken ab, als wir den heißen Eimer, der duftenden Dampf aussandte, über den hohen Zaun hoben. Die brave Frau hatte eine Menge Gemüse und Kartoffeln beigegeben und aus unserem stinkenden Stück Pferdefleisch eine herrliche, dicke Suppe bereitet. Als wir rund um den Eimer saßen, sammelte sich hinter unserem Rücken eine Masse neidischer Gaffer.

»Freßt ihr das allein?«

»Gebt ihr euren Kameraden nichts ab?«

»Sind das Menschen!«

Über unseren Köpfen steigerte sich das feindselige Gemurmel. Wir aßen gierig, hörten Bitten und Schimpfworte fast nicht, blieben hart, so hart wie nur ein hungernder Mensch einem anderen hungernden Menschen gegenüber bleiben kann. Wir antworteten nicht einmal. Nur Galosz bellte gelegentlich zurück. Erst nachdem der schlimmste Hunger einigermaßen gestillt war, kehrten die menschlichen Gefühle wieder. Dr. Kurek schöpfte ein bißchen Suppe in die nächsten, flehentlich vorgestreckten Kochgeschirre. Aber der Begierigen waren zu viele. Die Reaktion des Nachgebens hetzte nur die Treiber auf. Man zieh uns der Bevorzugung unserer Kameraden, obwohl die Bedachten für uns Fremde waren, einfach die ersten in Reichweite.

»Hol euch der Teufel«, sagte Kazek. »Kümmert euch selbst. Ihr hättet uns auch nichts abgegeben, wenn ihr was hättet.«

Weil sie sahen, daß sie nichts ausrichten konnten, stichelten die Zuschauer unseres Festmahls nur noch hoffnungslos. »Sind das Menschen, was für Menschen!« riefen sie hinter unserem Rücken. »Eine arme Frau wartet in der Kälte, sie aber denken nicht daran, ihr den Eimer wiederzugeben. Seine Brüder würde so einer auffressen, bei Gott!«

Nur ein paar ausgekochte Knochen am Boden blieben übrig. Ich nahm mir einen und biß sorgsam die weißen, elastischen Fasern ab. Dabei machte ich eine erstaunliche Entdeckung: Der Knochen ist eßbar. Man kann stundenlang den in seinen Poren verborgenen salzigen Geschmack heraussaugen, dann mit den Zähnen die glatte Oberfläche abschaben und am Schluß sogar noch die harten Teile zu feinem Mehl zerkauen.

Währenddessen war unser Lager erneut in Bewegung geraten. Im Tor rief ein Deutscher laut etwas, die Leute liefen neugierig zusammen. Ein Transport geht ab, hieß es überall. Wir eilten zum Tor, um Näheres zu erfahren. Dort bildete sich eine Kolonne, die Gefangenen wurden zu dritt aufgestellt. Nicht weit davon saß an einem Tischchen ein dicker Unteroffizier. »Schlesier?« fragte er jeden herantretenden Soldaten. »Kannst du deutsch?«

»Sie suchen die Oberschlesier heraus«, sagte ich zu Kazek. »Halt dich an mich und antworte auf alles *jawohl.*«

Gleich darauf standen wir in der Reihe gegenüber dem Tor. Auf der anderen Seite der Umzäunung wartete eine neue Abteilung Bewacher, Soldaten in anderen Uniformen – pfauengrün mit orangeroten Aufschlägen an Kragen und Manschetten. »Die Gendarmerie«, klärte Dr. Kurek uns auf.

Ein so gekleideter Offizier ritt auf einem großen braunen Pferd an den Staketen hin und her. Er langweilte sich ganz deutlich. Mit der Miene eines blasierten Aristokraten rauchte er eine Zigarette und wandte sich von Zeit zu Zeit mit trockener, knarrender Stimme an sein Reittier: »Fritz, hopp, hopp!« Das Tier warf dann in Zirkusmanier die Vorderbeine vor und schüttelte rhythmisch seine kurzgeschnittene Mähne. Der Gendarm klopfte ihm lässig auf den Nakken, machte kehrt und näherte sich im Schritt wieder dem Tor. Während wir in der sinkenden Dämmerung warteten, maßen wir die träge verfließende Zeit mit jenem knarrenden »Fritz, hopp«, das sich wie der Refrain einer seltsamen Spieluhr wiederholte.

Der Zug fuhr erst im Morgengrauen ab. Kazek und ich hatten die ganze Nacht auf dem unglaublich überfüllten Gang eines Wagens dritter Klasse verbracht. Wir hatten zu den letzten drei gehört, die auf den Bahnsteig gelassen wurden. Der Rest der Kolonne, darunter auch die drei Schwäger, war bis zum nächsten Transport zurückgehalten worden.

Unter den mit uns fahrenden Gefangenen befand sich nur

ein geringer Prozentsatz Oberschlesier. Die große Mehrheit hatte sich ›nur so‹ gemeldet, weil sie die Aussicht, im Englischen Park übernachten zu müssen, nicht ertragen konnte.

Es fuhren auch Zivilisten im Zug, die von ihren Evakuierungs-Wanderungen heimkehrten. Sie hatten die Abteile schon früher besetzt und beobachteten uns jetzt durch die verglasten Türen ängstlich und mißtrauisch. Niemand versuchte, mit uns Kontakt aufzunehmen. Die tödlich erschöpften Menschen schliefen in den seltsamsten Stellungen, die Knie bis unters Kinn hochgezogen, sich gegenseitig stützend, zu unbequemen Bündeln zusammengerollt wie kranke Hunde.

Manchmal drängte sich jemand, vom Gemurmel zorniger Proteste und Beschimpfungen begleitet, zum Klosett durch. Dann brach am Wagenende ein heftiger Streit aus, denn das Klosett war natürlich ebenfalls voller Reisender.

Es wurde hell. Hinter den Scheiben zogen traurig graue Ebenen und schwarze, in Schleier feuchter Nebel gehüllte Wälder vorüber. Der Zug schwankte, stuckerte gleichmäßig und wiegte uns in einen Schlaf, von dem das Genick schmerzte und die Muskeln erstarrten.

Ein Feldwebel neben mir richtete sich plötzlich mühevoll hoch, streckte die Arme und warf einen Blick in das nächste Abteil. »Zum Teufel«, sagte er, »da passen ja noch Leute rein.« Er öffnete die Tür. Kazek und ich traten mit ihm ein. Auf den Bänken saßen drei städtisch gekleidete Frauen, vier Kinder und ein Soldat, der die Situation schon früher erkannt hatte.

»Sie sehen doch, daß kein Platz ist«, sagte die Frau am Fenster.

»Und sehen Sie, wieviel Platz auf dem Gang ist?« fragte der Feldwebel. »Gehen Sie doch mal zum Klosett, dann können Sie sich überzeugen.«

»Unerhört!« kreischte das Dämchen und wandte sich, rot

vor Empörung, zum Fenster. Doch sofort kam ihr die Nachbarin zu Hilfe.

»Nehmen Sie's mir nicht übel«, begann sie mit süßlicher Stimme, »doch als Mutter habe ich das Recht, folgendes zu sagen: Sie haben sicher Läuse. Hier sind kleine Kinder. Auf sie muß man Rücksicht nehmen.«

Der Feldwebel schob gerade zwei schlafende Mädchen beiseite und setzte sich zwischen sie. Jetzt sprang er erneut auf, das Blut stieg ihm zu Kopf.

»O ja, wir haben Läuse!« rief er. »Und Ruhr haben wir auch. Und außerdem, daß Sie's nur wissen, sind wir entsetzlich böse. Wir nehmen keine Rücksicht auf irgendwen, so wie niemand auf uns Rücksicht nimmt. Frauen, Kinder, Alte, das ist uns egal. Ich rate Ihnen, kein Wort zu sagen, sonst ist die Hölle los.« Er schüttelte seine verwirrte, seit vielen Tagen nicht gekämmte Mähne, rollte die Augen und sah wirklich bedrohlich aus. Die Kinder erwachten, das jüngste begann zu weinen. Die dritte Frau drückte es mit einer hysterischen Bewegung an sich.

Ich setzte mich zwischen den Bänken auf den Boden. Die ganze Szene interessierte mich nicht. Ich spürte eine unangenehme Wärme in den Schläfen, über den Rücken liefen mir kalte Schauer, eine lähmende Müdigkeit ließ meine Augen zufallen. Ich lehnte den Kopf gegen Knie, die sich eilig wegschoben. Über mir hörte ich jemanden wütend zischen. »Hurenaas«, fluchte ich verzweifelt und mit Absicht, ließ mich gegen Jesiołłs Rücken fallen und schlief ein.

Der Hunger, den ein unerträglich appetitlicher Duft gereizt hatte, weckt mich. Die Frau am Fenster nahm aus einem kleinen Koffer knusprige, mit Schinken belegte Brötchen und gab sie ihren Kindern. Der Feldwebel, Kazek und der Soldat in der Ecke schliefen nicht. Mit aufgerissenen Augen verfolgten sie die gepflegten Hände, die ohne Zittern so wertvolle Dinge weiterreichten. Ich preßte die Augen zu, ich konnte das nicht sehen. Vielleicht bietet sie uns etwas an, dachte ich in opportunistischer Weise, bereit, jeden Groll zu vergessen. Pergamentpapier knisterte, dann erklang ein feines, warmes Gluckern.

Sie goß aus einer Thermosflasche Tee ein. Eines der Mädchen zog einen Flunsch. »Iß, Elunia«, redete ihr die Mutter zu. »Nach Hause ist es noch weit. Möchtest du schlafen, Kindchen? Wenn wir nach Bielitz kommen, macht Hilda dir dein Bettchen und legt dir die Wärmflasche hinein; dann wird Elunia schlafen, einen ganzen Tag und eine ganze Nacht. Papa erwartet uns sicher schon, er wird unser Kindchen in den Park mitnehmen... Komm, iß, für Papa, für Mama, für Tante Truda...«

Man hörte Schmatzen und langsames, fleißiges Kauen, das mir die Kehle zuschnürte. Ich spürte, wie ein würgender Haß in mir aufstieg.

Der Zug hielt auf einer Station. Das älteste der Kinder, ein vielleicht elfjähriger Junge, rief vom Fenster her in erregtem Diskant: »Guck mal, Mama, deutsche Soldaten! Was die für Karabiner haben! Schießen sie damit auf Polen? Guck mal, der eine ißt Schokolade.«

»Jetzt schießen sie nicht mehr, Söhnchen. Der Krieg ist zu Ende. Wenn du willst, hebe ich dich zum Fenster hinaus, und du kannst zu dem Soldaten gehen. Du mußt ›Guten Tag‹ sagen und grüßen, so, mit der ganzen Hand. Der deutsche Soldat wird dir Schokolade geben. Geh zu ihm. Sag, du bist hungrig.«

»Na, geh, du Scheißer!« dröhnte der Feldwebel. »Hörst du? Der Schwabe gibt dir Schokolade.«

Im Abteil entstand ein Tumult. Ich öffnete die Augen. »Was soll das heißen?« kreischte die Mutter des Jungen. »Das ist eine Gemeinheit! Ich beschwere mich beim Zugführer. Sie haben kein Recht, jemand zu beleidigen.«

»Los«, sagte der Feldwebel. »Der Weg ist frei. Los, beschweren Sie sich!«

Die Schultern des vor mir sitzenden Kazek bebten. Ich sah, wie seine Backe rot wurde. »S-siehst du«, begann er und stotterte vor Entrüstung mehr als sonst, »für s-solche haben wir uns geschlagen. Wir haben den Tod riskiert und andere getötet. Für s-solche. Pfui! Gehen wir, sonst trifft mich der Schlag. Lieber sitze ich im Klo.«

Wir zogen wieder auf den Gang, und der Feldwebel schlug zum Abschied die Tür so heftig zu, daß die Scheibe im Rahmen klapperte.

Auf dem Gang schlief niemand mehr. Laute Stimmen schwirrten durcheinander.

»Ich habe mir gesagt, ich stelle dem Großvater eine Mannschaft auf«, erzählte ein älterer Reservist mit pockennarbigem Gesicht und langer Nase. »Ich habe schon sechs Söhne, und als ich in den Krieg mußte, war der siebente unterwegs. Aber der Großvater ist gestorben, Rydz-Śmigły hat einen Ausflug gemacht... ich weiß nicht, für wen ich sie großziehe.«

»Die Deutschen sind gerechte Menschen«, versicherte ein anderer Soldat. »Ich weiß das, ich war Sachsengänger. Arbeiten mußt du, aber sie selbst wissen auch, was arbeiten ist. Wer kein Faulpelz ist, kommt mit ihnen zurecht. Die Gutsherren und andere Intelligenzler kriegen eins übergebraten, aber das einfache Volk braucht sich nicht zu fürchten.«

»Warum hast du dann gegen sie gekämpft?« empörte sich ein kleiner, draufgängerischer Unteroffizier. »Alles haben sie ihm weggenommen, seine Kate niedergebrannt, seine Brüder ermordet, und er will mit ihnen zurechtkommen. Du wirst ja sehen. Wenn sie dir erst den Arsch in Streifen schneiden, wirst du anders singen!«

»Was sollen sie mir schon abschneiden? Dir schon eher, du bist Unteroffizier.«

»Was für ein dummes Volk!« seufzte der Feldwebel und schaute melancholisch zum Fenster hinaus.

In Rzeszów, wo wir über eine Stunde hinter dem Bahnhof hielten, lagen auf dem Nachbargleis die Reste eines zerbombten Evakuierungszuges. Die Lokomotive war den Bahndamm hinuntergefallen, und rings um die umgestürzten Wagen lagen Haufen von Sachen, die vor nicht zu langer Zeit noch menschliche Habe gewesen waren. Der Wind raschelte in vergilbtem Papier; aus aufgerissenen Koffern und Köfferchen quollen – wie die Därme aus aufgeschlitzten Bäuchen – die bunten Sträuße der im Regenwetter verdorbenen Kleider. Überall zerschlagenes Geschirr, Möbelstücke, Bücher, deren zerrissene Seiten raschelten.

Viele Soldaten wühlten in diesem Kram, den frühere Plünderer schon mehr als einmal durchstöbert hatten. Jemand brachte ein lila Ballkleid in den Wagen, das aussah wie ein aus dem Schmutz geholtes Nachthemd. Er hielt es sich vor, probierte es kokett an; man sah seine gelben Pferdezähne zwischen den roten Bartstoppeln. Ein anderer grub unter allerlei Papieren ein in Wachstuch gebundenes, in kindlicher Schönschrift halb vollgeschriebenes Heft aus. Es war das Tagebuch eines Schulmädchens, ein Dokument, von der Wirklichkeit so weit entfernt wie ein fremder Planet von der Erde. Das Heft wanderte von Hand zu Hand. Wir lasen konzentriert diese Bekenntnisse eines Backfischs, als wären sie das Zeugnis einer längst vergangenen Kultur. Niemand lachte oder gab einen boshaften Kommentar ab. Es lag darin etwas tief Bewegendes wie das Zwitschern eines Vogels mitten in Trümmern.

Heute ist mein Namenstag, und Papa hat mir dieses Heft geschenkt. Ich habe beschlossen, darin treulich alle Ereignisse meines Lebens aufzuschreiben. Unsere Polnisch-Lehrerin hat vorige Woche gesagt, der Mensch sollte bewußt leben. Das habe ich mir zu Herzen genommen, und deshalb werde ich meine Gedanken und Beobachtungen aufschreiben, denn in der 5. Klasse ist man ja kein Kind mehr. Viele Dinge in dieser Welt sind mir zuwider, und ich kann sie nicht begreifen, meine Eltern aber sind zu sehr mit Arbeit überlastet und erschöpft, um mir alles erklären zu können. Ich werde also alles genau beobachten, meine Schlüsse ziehen und an mir arbeiten.

Heute war ich zur Beichte. Heiliger Gott, wie bin ich schlecht! Ich wollte unbedingt ins Kino zu einem Film mit Fred Astaire gehen, und Mama wollte mir dafür kein Geld geben. Da bin ich böse geworden und habe meiner Mutter gesagt, andere Kinder hätten bessere Eltern. Jetzt weine ich und schäme mich schrecklich, weil ich weiß, daß Papa wenig verdient und wir kein Geld haben, ständig ins Kino zu gehen.

Anscheinend bin ich hübsch. Wenn ich von der Schule heimkehre, schauen sich die Jungen nach mir um. Ich beachte das nicht! Aber ich muß zugeben, daß es mir gefällt.

Beim Blättern sah ich draußen vor dem Fenster die nassen Dächer der zerbombten Waggons. Darin sind Menschen gefahren, überlegte ich. Konnten sie wohl rechtzeitig hinausspringen?

Das Tagebuch schloß an einem der letzten Augusttage:

Wir sind vorzeitig aus der Sommerfrische zurückgekommen, weil es angeblich Krieg geben kann. Papa erregt sich sehr darüber, aber ich glaube nicht daran. Niemand will ja den Krieg, wozu also sollte es ihn geben? Die Erwachsenen sind doch nicht so dumm. Heute hat Jadźka angerufen und mich zum Tanzabend eingeladen. Vermutlich kommt Jurek. Ich freue mich schrecklich.

Ich gab Kazek das Heft, er war als Zweiter an der Reihe. »Die arme Göre!« seufzte er beim Lesen. »Ich habe eine Schwester in ihrem Alter. Die ist genauso eine Ziege.«

Die Stimmung in unserem Transport hatte sich etwas besänftigt. Der Zug blieb nun ziemlich oft auf der Strecke stehen, weil sie an vielen Stellen repariert wurde. Dann sprangen wir durch die Fenster hinaus und versorgten uns auf den anliegenden Feldern mit Zucker- und Futterrüben. Wir stopften sie in Brotbeutel, Taschen und Mützen. Sie brannten ein bißchen in der Kehle, aber wenigstens gab es genug davon. Alle hatten wir den Mund voll, im Gang hörte man ein ständiges Schaben und Knurpsen wie im Stall, wenn man den Pferden Mohrrüben in die Krippe schüttet.

Bei diesen Ausflügen war es nicht schwer zu fliehen, und viele, die aus der Gegend stammten, flohen tatsächlich. Von Zeit zu Zeit rasselte vom Gepäckwagen oder von der Lore am Zugende MG-Feuer, aber die Bewacher waren nicht zahlreich genug, um die Lage zu beherrschen.

Kazek und ich beschlossen, möglichst nahe bis Krakau zu fahren. Danach würde er sich um alles kümmern. »Du kommst mit zu uns«, sagte er. »Du wirst sehen, mein Alter ist ein netter Kerl. Ein braver Griesgram. Bei uns kannst du bleiben, bis du rauskriegst, was mit den Deinen ist.«

Der Fluchtplan hielt uns in ungeduldiger, fast freudiger Spannung. Die Niedergeschlagenheit wich. Wir hatten wieder ein konkretes Ziel vor Augen, und das Stuckern der Räder unter unseren Füßen erinnerte uns fortwährend daran, daß wir uns ihm näherten. Die langen Halte ärgerten uns immer mehr. Dennoch, wir kamen voran und fuhren nun durch ein Land, das nicht mehr die exotische Realisierung einer Generalstabskarte war, sondern eine bekannte Gegend mit Wegen, Städten und Menschen aus der alltäglichen, wenn auch zeitweilig vergessenen Wirklichkeit.

Auf den Bahnsteigen des teilweise zerbombten Bahnhofs von Tarnów herrschte großes Gedränge; dennoch erinnerte es in nichts an das Leben einer Bahnstation vor dem Kriege. Hauptsächlich trieben sich hier Deutsche in voller Feldausrüstung herum, man sah aber auch große Gruppen von Zivilisten. Schon beim ersten Hinschauen konnte man erkennen, daß diese Menschen nicht auf einen im Fahrplan genau bestimmten Zug warteten, sondern einfach auf die erstbeste Gelegenheit. Ganze Familien lagerten abgezehrt und abgerissen am Boden auf verstreuten Bündeln, stärkten sich aus mitgenommenen Vorräten, stöberten gruppenweise in den verwüsteten Gebäuden herum. Dem Verhalten dieser seltsamen Passagiere konnte man entnehmen, daß sie schon seit langem hier lagerten und nicht auf schnelle Abreise hoffen durften. Das Einlaufen unseres Transports hatte eine heftige Bewegung erzeugt, doch noch ehe der Zug zum Stehen gekommen war, hatten die Deutschen schon einen Kordon längs der Wagen gebildet, und sie ließen niemanden heran.

Unter den Gaffern, die uns von jenseits der Bewacherkette zusahen, bemerkte ich ein bekanntes Gesicht. Es handelte sich um jenen vornehmen Fähnrich, der sich in der Krakauer Kaserne über die Währungssysteme ausgelassen hatte und dann bei Bochnia verschwunden war. Er trug einen eleganten grauen Anzug, der von den Lumpen der meisten Reisenden scharf abstach. Eine Hornbrille verlieh ihm das Aussehen des Studenten einer ungewöhnlich einträglichen Disziplin. Kazek sah und erkannte ihn auch. »He, Alter, was machst du hier?« rief er. Der junge Mann bezog die Frage nicht gleich auf sich, doch nach einer Weile erkannte er uns und begrüßte uns mit einem gedämpften Lächeln.

»Ich bin hier zeitweilig hängengeblieben«, sagte er, »und versuche jetzt, nach Krakau zu kommen. Könnte man sich nicht in euren Zug einschleichen?« Kazek wies mit sprechender Handbewegung auf die Wache haltenden Gendarmen.

»Ich versuche, mit ihnen zu reden«, sagte jener. »Meine Papiere sind in Ordnung, und eine Reisegenehmigung habe ich.«

»Wie lebt sich's jetzt in Zivil?« fragte ich.

»Momentan ist alles im Fluß«, antwortete er. »Die Verhältnisse haben sich noch nicht normalisieren können. Solche Dinge, bitte sehr, wie Polizeistunde, Reisebeschränkungen, Lebensmittelknappheit und Militärverwaltung sind ziemlich lästig. Aber das geht vorüber, das legt sich. Objektiv muß man zugeben, daß die Deutschen gute Organisatoren sind. Ich denke, so schlecht wird's nicht werden. Schließlich ist das ja eine zivilisierte, westliche Nation...«

Einer der Gendarmen, ein dicker Kerl mit rotem Nacken, lauschte seit einiger Zeit unserem Gespräch. Jetzt ging er entschlossen auf den jungen Mann mit der Hornbrille zu. »Geh weg!« bellte er.

»Einen Moment, Herr Zugführer!« entgegnete der Kenner der Währungssysteme im Ton gekränkter Würde. »Ich habe einen Bekannten getroffen.«

»Gehst du weg oder nicht?« wiederholte der Deutsche und trat drohend näher.

»Na ja, ich gehe schon«, sagte der junge Mann, aber statt sich sofort zurückzuziehen, wandte er sich erst noch einmal uns zu und winkte zum Abschied mit der Hand.

»Himmelherrgott!« brüllte der Gendarm. »Du verfluchter Zivilist!« Er warf plötzlich seinen Karabiner in die Linke und holte mit der Rechten weit aus. Es klatschte, die Hornbrille flog in hohem Bogen durch die Luft und fiel mit feinem Klirren auf den Bahnsteig.

Kazek steckte die Finger beider Hände in den Mund und pfiff grell. Ich folgte seinem Beispiel. In den anderen Fenstern wurde das Zeichen aufgenommen. Der ganze Wagen pfiff, dann der nächste, man pfiff in den offenen Kohlenwaggons hinter uns und in den gedeckten Viehwaggons. Das Pfeifen raste mit der brennenden Flamme des Spotts den ganzen Zug entlang. Alle pfiffen solidarisch, obwohl nur wenige wußten, worum es ging.

»Ruhe, Ruhe!« brüllten die Deutschen und liefen wie wahnsinnig unter den Fenstern vorbei.

Doch die Leute vertieften sich in die Freude dieses ersten Protests, dieser Demonstration, die uns unverhofft das Gefühl der Bruderschaft wiedergab, und der Zug fuhr laut pfeifend ab, als wäre die Zuschauertribüne bei einem Fußballspiel ins Wandern geraten.

Wie anders empfindet man die Nähe seines Hauses, wenn man nicht weiß, ob dieses Haus noch steht, ob noch jemand darin wohnt. Neben dem Gleis erblickten wir oft zerbombte Waggons. Mit ihnen waren womöglich gerade die Bewohner unserer Häuser durch das Land gefahren. Doch aus den Siedlungen am Weg stiegen sanfte Rauchsäulen zum Himmel auf – da wohnten Menschen, kochten ihr Essen und warteten auf jene, die noch unterwegs waren.

Der ganze Transport pulsierte von ängstlicher Hoffnung, summte von Erinnerungen an ein Zuhause, das, anders als die Zukunft, noch ungefährdet gewesen war.

Wir stiegen in eine offene Lore um. Dort konnte man leichter abspringen. Das Wetter hatte sich wieder etwas gebessert. Zwischen niedrige Wolken, die graue, ausgefranste Schleier über die Erde schleppten, schob der Wind immer häufiger kühlen Sonnenglanz. Die Sonne war blaß und kraftlos, doch die Welt lebte auf unter ihren Berührungen und kehrte für Augenblicke ihre verborgenen Farben hervor. Auf einem anderen Kohlenwagen sangen die Wachmannschaften kehlig ein Lied, das sich im harten Stuckern der Räder brach.

»Gleich kommt Bieżanów«, sagte der neben uns sitzende graumelierte Hauptwachtmeister, »und hinter Bieżanów dann Prokocim. Vom Bahndamm aus sieht man mein Haus.«

»Sie sind aus Prokocim?« interessierte sich ein Nachbar. »Ich auch.«

»Ja? In welchem Haus wohnen Sie?«

»In dem roten neben der Pfarrei. Bei Bryniarski.«

»Dann bist du womöglich der Sohn des alten Meisters?«

»Der Neffe.«

»Hei, Junge. Dann bin ich fast dein Onkel. Der alte Meister und ich, wir waren gleichzeitig Ministranten. Erinnerst du dich noch an Pfarrer Indyk? Nein, das kannst du nicht. Der ist ja noch vor dem letzten Krieg gestorben.«

Der Hauptwachtmeister lächelte über seinen Erinnerungen. »Ha, was der Pfarrer für Birnen in seinem Garten hatte! Große, saftige Dinger! Dein Onkel und ich, wir haben immer welche geklaut. Einmal – ich weiß es noch – sitze ich auf dem Baum und pflücke, und Bryniarski steht auf dem Weg Schmiere. Plötzlich ruft er mir zu: ›O Gott, Józek, Hochwürden Indyk kommt!‹ Ich hopse runter, schaue mich erst gar nicht um, sondern nehme die Beine in die Hand, weil ich wußte, was mir drohte. Und der Pfarrer mit einem dicken Stock hinter mir her. Fast hätte er mich erwischt, aber er ist auf einem Kuhfladen ausgerutscht. Am nächsten Tag war Sonntag, und wir beide ministrierten bei der Frühmesse. Vom Introitus an hatte ich die Hosen voll vor Angst. Indyk sagt nichts, guckt mich nur an, daß es mir kalt den Rücken runterläuft. Schließlich, als ich ihm in der Sakristei beim Ausziehen helfe, packt er mich am Ohr. Ich quieke. Er aber hält mich nur ganz zart mit zwei Fingern fest und sagt: ›Józek, du verflixter Lümmel, du könntest einen Heiligen in die Hölle bringen. Ich danke Gott, daß ich dich gestern nicht geschnappt habe. Ich hätte dich, bei Gott, mit dem Stock totgeschlagen. Anscheinend hat die Vorsehung mir den Kuhfladen auf den Weg gelegt.‹ «

Der Zug bremste. Rechts zeigten sich von einer Mauer umgebene Fabrikgebäude. »Die Hefefabrik von Bieżanów«, sagte der Hauptwachtmeister. »Gleich kommt der Bahnhof.«

Wir blieben jedoch auf freiem Feld stehen, oberhalb einer feuchten Wiese, die sich zu Füßen des hohen Bahndamms dehnte. Die Lokomotive schnaufte noch eine Weile, wie um Kraft für den weiteren Weg zu schöpfen, dann verstummte sie ganz. Irgendwo vorn erklang metallisches Hämmern auf den Schienen und das Rufen von Arbeitern.

Kazek drehte sich nach dem Waggon mit der Wachmannschaft um und hielt aufmerksam Ausschau. Ich spürte ein leichtes Zucken im Rücken. Plötzlich legte er mir die Hand auf den Arm. »Jetzt«, flüsterte er. Wir glitten über die Puffer hinunter, liefen gebückt den Damm hinab, warfen uns in den flachen Graben. Über uns dröhnte mit seinem üblichen, ungeordneten Lärm der Transport. Wir waren für die Augen der Deutschen gut versteckt. »Na«, murmelte Kazek, »na, bis jetzt alles klar.«

Sorgsam überblickte ich die Wiese. Uns gegenüber, etwa dreihundert Meter entfernt, erhob sich weiß die Mauer der Hefefabrik. Auf halbem Weg zwischen ihr und dem Gleis standen einige hohe Bäume, links nahe der Chaussee, von Gärten mit vielen Sträuchern umgeben, kleine Häuschen.

»Wir schleichen zu den Bäumen dort hinüber«, sagte ich, »und dann im richtigen Augenblick zwischen die Gärten. Weg sind wir!«

»Hier irgendwo wohnt ein Bekannter von mir«, meinte Kazek. »Er arbeitet in der Hefefabrik. Wenn ich ihn erst gefunden habe, ist alles in Ordnung.«

Vorsichtig schoben wir uns aus dem Graben. Die Deutschen begannen gerade ein neues Lied. Nur ein einzelner Bewacher spazierte am Rand des Bahndamms entlang. Immer wieder blieb er neben dem Wagen mit seinen Kameraden stehen und ließ sich in ein Gespräch ein. Wir rannten los und warfen uns atemlos zwischen die Baumstämme. Der Zug stand immer noch an derselben Stelle. »Fahr doch los, verdammt!« Kazek ärgerte sich.

Schwer atmend saßen wir eine ganze Weile im nassen Gras, den Gärten verlockend nahe. Nur ein Sprung. »Selbst wenn sie hinter uns herschießen, treffen sie nicht«, sagte ich. Noch zögerten wir. Schließlich hielt Jesiołł es nicht mehr aus. »Los«, sagte er.

Ohne uns umzuschauen, gingen wir weiter. Auf der Chaussee und zwischen den Häusern war niemand. Doch plötzlich blieb Kazek stehen und packte mich fest an der Schulter. »Sieh mal!« Hinter dem letzten Haus kam eine graue Silhouette hervor. Eine, zwei, drei... eine ganze

Reihe. Helme, Karabiner in der Hand oder um den Hals gehängt. Wir waren völlig ungedeckt die einzigen Lebewesen auf der ganzen Wiese. »Hinlegen!« Aber es war schon zu spät. Sie hatten uns bemerkt, liefen zu einem weiten Bogen wie Treiber auseinander, schrien etwas, fuchtelten mit den Armen.

Wir kehrten um. Hinter uns krachte ein Schuß, dann mehrere auf einmal und wieder einzelne. Eine Kugel pfiff scharf zwischen unseren Köpfen. Wir rannten, so schnell wir konnten; ich weiß selbst nicht, wie wir den Bahndamm erreichten. Der Zug setzte sich in Bewegung. Gerade fuhr einer der Personenwagen an uns vorbei. Wir sprangen auf die Trittbretter. »Wir müssen im Fahren abspringen«, schnaufte Kazek und rüttelte an der Tür. »Wir ruhen uns eine Weile aus und versuchen's dann noch mal.«

Es mußten viele geflohen sein, denn im Wagen war kaum Gedränge. Wir betraten das erste Abteil. Dort saßen einige Soldaten und einige Zivilisten. Ein älterer Herr, der aussah wie ein Lehrer, rückte zur Seite, um uns Platz zu machen. »Ihr seid aber abgejachert, Leute«, sagte er. »Wurde da auf euch geschossen?«

Ich nickte. »Ja. Uns ist die Flucht mißglückt.«

»Wenn nicht jetzt, dann später«, sagte der ältere Herr gutmütig, »Hauptsache, ihr gebt nicht auf.«

Die beleibte Frau gegenüber regte sich zornig. »Wie kannst du sie ermuntern, Władek? Sie riskieren doch ihr Leben.«

»P-h.« Der Zivilist streichelte nachdenklich das Revers seines schlechten grauen Mantels. »Klar, das riskieren sie. Aber was sollen sie sonst tun? Ich an ihrer Stelle würde es auch für die Freiheit riskieren.«

Die dicke Frau rang die Hände. »Für die Freiheit! O Gott! Eine schöne Freiheit. Polen gibt's nicht mehr, und er redet von Freiheit.«

Das brachte nun den älteren Herrn auf. »Da haben wir's,

Zofia!« rief er. »Du auch. Sehen Sie«, wandte er sich an uns, »meine Frau begeht denselben Fehler, gegen den ich in letzter Zeit unaufhörlich ankämpfe. Polen gibt's nicht mehr! Warum? Wie kann es das nicht geben? Ihr versteht das nicht so gut, aber ich habe meine Jugend in der nationalen Unfreiheit verbracht. Doch ich versichere euch, auch damals gab es Polen, und wie! Manchmal glaube ich, es existierte wirklicher und ehrlicher als in diesen zwanzig Jahren Unabhängigkeit. Polen! Was ist denn das? Der Name einer Firma, den man nach Belieben vom Schild löschen kann? Richtig, es gibt keine Regierung, keine Ministerien, keine Diplomaten. Aber ist das Polen? Wir haben doch gesehen, wie leicht das alles abgeht. Wie Flittergold im Regen. Es bleiben andere, wesentlich dauerhaftere Dinge. Dauerhaft wie der Mensch und die Erde.« Er lächelte hinter den Gläsern seines Kneifers, der schief auf der eingefallenen Nase saß. »Wenn die Menschen heute weinen, dann nicht, weil ihnen Herr Mościcki oder Herr Składkowski fehlt oder weil vor manchem Gebäude keine Ministerlimousinen mehr stehen, sie weinen, weil das wahre Polen leidet. Und es wird noch hundertmal mehr leiden, aber ihr werdet's sehen, ihr werdet euch von seiner Existenz überzeugen wie nie zuvor.«

»Warte mal, Władek«, unterbrach ihn seine Frau. »Ich habe hier noch ein paar Eier. Sie sind roh, vielleicht mögen die Herren sie austrinken.« Dankbar nahmen wir ihre Gabe an. Mit dem Taschenmesser bohrten wir kleine Löcher in die Schale und sogen dann eifrig den gallertartigen Inhalt ein.

»Und die Freiheit?« setzte der unermüdliche Lehrer seine Ansprache fort. »Die Freiheit ist keine einfache Sache. Es gibt Menschen, die tragen die Freiheit in sich, und andere, die haben sie nie. Für euch wird die Freiheit jetzt Kampf bedeuten. Nicht nur gegen die Deutschen. Stärkere als ihr werden sie zu Fall bringen. Der Kampf geht darum, daß dieses neue Polen, das entsteht, anders wird, als es gestern war.«

Er blickte versonnen zum Fenster hinaus und redete nun mehr zu sich selbst als zu uns. »Vielleicht bin ich ein Optimist, aber ich glaube, daß sich schon in Kürze die Grundkonzeption des Staates ändern wird. Die Welt reift heran. Schmerzhaft, in wilden Krämpfen, manchmal mit Rückfällen, aber sie reift heran...«

»Wozu?« fragte ich, ohne einen Unterton von Ironie vermeiden zu können.

»Das, ihr jungen Leute, ist eure Sache«, sagte er nach kurzem Überlegen und öffnete die Hände wie ein Redner.

Der Zug bremste. Mit rasselnden Puffern schob er sich vorsichtig über frisch gelegte Schienen. Durch das Fenster sah man die verstreuten Gebäude von Prokocim.

»Los, Paweł«, sagte Jesiołł und stand auf.

Ich nickte. »Auf Wiedersehen.« Ich drückte dem Lehrer und seiner Frau die Hand. »Wir danken für alles.«

»Gott helfe euch«, seufzte die Frau. Kazek ließ schon das Fenster hinunter.

Der Sprung war nicht schwierig. Wir rollten den Bahndamm hinunter bis zu dem unten verlaufenden Weg. Die Gefangenen flohen haufenweise. Wir liefen auf einen Pfad, der welke Kohlfelder, die Beete der armen Vorstadt-Gemüsebauern, durchschnitt. Die untergehende Sonne leuchtete als rote, kalte Glut. Auf dem Gleis schnauften langsam die Kolben, verbissen rasselte ein Maschinengewehr. »Die tun uns nichts mehr!« rief Kazek, der hinter mir herlief.

Wir rannten an einem Zaun entlang und bogen dann nach rechts ab. In der Nähe stand ein kleines rotes Haus. Ich klopfte an die Tür. Eine hagere Frau mit einem Kartoffelmesser in der Hand öffnete.

»Wir sind aus einem Gefangenentransport geflohen«, sagte ich. »Bitte, haben Sie keine Angst, und nehmen Sie uns auf, bis wir uns aus der Stadt Zivilanzüge besorgt haben.«

Eine Zeitlang betrachtete sie uns unsicher. »Mein Mann ist nicht zu Haus«, sagte sie. »Wartet, bis er kommt.«

»Und inzwischen schnappen sie uns«, platzte Kazek heraus. Mit einer verlegenen Geste wischte sie ihre Hände an der Schürze ab. »Er ist auch aus der Gefangenschaft entflohen...«, begann sie und trat zur Seite, um uns durchzulassen.

Wir waren gewaschen und hatten gegessen, als der Hausherr erschien. Er roch nach Alkohol und blickte mißtrauisch. »Offiziere?«

»Nein, Fähnriche.«

Er murmelte etwas nicht sehr Begeistertes und schüttelte den Kopf.

»Welche Waffengattung?«

»Artillerie.«

»Ich bin Kavallerist. Wo wurdet ihr gefangengenommen?«

Langsam, Frage um Frage, zog er sich selbst hinein in unsere gemeinsame Vergangenheit der letzten Tage.

»Kennt ihr wen in Krakau?«

»Ja, nur muß uns jemand Zivilklamotten bringen.«

»Wird gemacht. Und jetzt geht auf den Boden und laßt euch von niemandem sehen.«

Nachts prasselte heftiger Regen gegen das Dach. Als wir morgens auf die Straße traten, glänzte die Fahrbahn naß, und von den Dächern fielen schwere Tropfen herab. In Richtung Stadt wanderte die graue Masse der Arbeiter. Wir gingen zwischen ihnen und lächelten uns von Zeit zu Zeit befangen an. Uns schien, jeder müsse sehen, daß wir verkleidet waren.

An einer Straßenbahn-Haltestelle klebte am Zaun groß und gelb die zweisprachige Bekanntmachung ›An die Bevölkerung der besetzten Gebiete des früheren polnischen Staates‹. Wir lasen die unfreundlichen Anordnungen und hochmütigen Drohungen des Generals von Brauchitsch schweigend und ohne unsere Eindrücke einander mitzuteilen. Einige der vorbeigehenden Arbeiter blieben gleichfalls stehen; hinter unserem Rücken sammelte sich eine beträchtliche Gruppe.

Man hörte das Schniefeln verschnupfter Nasen, ein im Lesen Ungeübter buchstabierte flüsternd. Anfangs beobachteten wir diese Laute nicht. In den Anzügen, die uns nach der knapp sitzenden Uniform locker und winddurchlässig vorkamen wie Unterwäsche, in unserer kameradschaftlichen Vertrautheit, die uns von der Menge abgrenzte wie eine Verschwörung, fühlten wir uns fast als Ausländer, die Sprache und Sitten des Landes nicht kennen. Vielleicht aber verstärkte gerade die Illusion der Besonderheit die Wirkung des Umfeldes auf uns und erlaubte nicht, ihm gegenüber gleichgültig zu bleiben.

Die Stille hinter uns und um uns, die Stille angesichts dieses Textes, den wir alle gemeinsam lasen, füllte sich immer deutlicher mit einem verständlichen Sinn. Leute traten hinzu, sie drängten sich, sie ballten sich enger zusammen. Fremde Arme berührten mich, jemand stützte seine Hand auf meine Schultern. Ich las bis zum Ende und schaute mich um. Es standen dort fast nur ältere Männer, die die Mobilmachung zu Hause gelassen hatte. Ihre Gesichter waren verschlossen, gleichsam überzogen vom Ernst einer unvermeidlichen Entscheidung. Mit einem fragenden Blick angesprochen, wandten sie die Köpfe nicht ab, sondern antworteten ohne ein Zeichen des Verstehens, ohne einen Lidschlag schweigend, mit einer ungreifbaren Zustimmung, vielleicht auch nur mit einer feierlichen Unbewegtheit, die bedeutete ›wir sind da‹.

Etwas abseits stand, den Rücken an eine Telegraphenstange gelehnt, ein schmächtiger Junge. Seine Mütze hatte er auf den Hinterkopf geschoben. Mit jugendlicher Impulsivität gab er deutlich zu verstehen, was er darüber dachte. Die Hände tief in die Taschen gesteckt und die Lippen geringschätzig vorgewölbt, verkündete seine ganze Haltung, daß er die Worte des deutschen Generals nicht akzeptierte, daß der ihm den Buckel runterrutschen konnte.

In diesem Augenblick erwachte ich überraschend aus der Einsamkeit, in die mich die Niederlage gestoßen hatte. Ich ›hörte‹ ihn ebensogut wie die anderen, die nachdenklich das Gewicht der in Fraktur gesetzten Anordnungen und die Stärke ihrer eigenen Widerstandskraft abwogen.

Ein derartiges Gemeinschaftsgefühl, das sich schweigend ausbreitete durch den Glanz der Augen und die Nähe der unbeweglichen Körper, hatte ich schon einmal erfahren. Mir fiel die Unteroffiziersstube des Kasinos in Bielitz am Tage des Kriegsausbruchs ein. Nur daß jetzt alles schwerer, schwieriger und zugleich umfassender war. Tapferkeit und Brüderlichkeit ohne die aufregenden Lockungen des Ruhms – eine Last war aufzunehmen, ein Schicksal anzupacken.

Die Leser wechselten, manche gingen, unter dem feinen Regen die Schultern vorbeugend, manche blieben vor dem Plakat stehen – alle ebenso mitverschworen, ebenso nahe. Von meiner Entdeckung bewegt, suchte ich Kazeks Blick. Es war keine Einbildung: er spürte es auch, denn er antwortete mit dem verwirrten, ernsten Lächeln des Eingeweihten. Wir begaben uns zur Haltestelle.

Lange warteten wir am Straßenrand. Mitten auf der Fahrbahn dröhnte eine deutsche, mit laut singenden Soldaten beladene Fahrzeugkolonne. Auf die Rückseite der Lastwagen hatten sie mit Kreide Losungen und Reime geschrieben: *Parole – Ein Volk, ein Reich, ein Führer; Vati im Osten, Mutti auf Posten*. Der letzte Wagen zeigte eine Aufschrift in falschem Polnisch: *Polska nima*.

Kazek drohte ihm mit der Faust hinterher. »Das werden wir noch sehen«, sagte er.

Dezember 1940–Oktober 1949

8 *Stark, geschlossen, bereit!* – Polnische politische Parole vor dem Krieg.

Ksawery Pruszyński (1907–1950) und Julian Tuwim (1894–1953) – bekannte polnische Schriftsteller.

9 *Wedel* – Warschauer Konditor und Pralinenhersteller.

Ilustrowany Kurier Codzienny (IKC. Illustrierter Tageskurier) – Krakauer Tageszeitung 1910–1939.

10 *Weissagung aus Tęgoborze* – eine vor 1939 in der polnischen Presse publizierte, in Versen geschriebene Vorhersage aus der Feder eines Mönches.

Das war ein Jahr! – berühmte Verse, der Anfang des 11. Buches von Adam Mickiewicz' Nationalepos »Pan Tadeusz«, hier zitiert in der Übersetzung von Walter Panitz, Hamburg 1956.

17 *Feldzug des Jahres 20* – gemeint ist der polnisch-sowjetrussische Krieg 1920.

21 *Olsagebiet* – Gebietsstreifen südwestlich der Olsa mit der Stadt Teschen, polnisch Cieszyń, tschechisch Těšin, den Polen 1938 von der ČSR annektierte.

23 *Elch* – populärer Name eines polnischen Bombenflugzeugs.

29 *»Józef, Józef! Scho-ko-la-de!«* – häufige verschlüsselte Durchsage im polnischen Rundfunk zu Kriegsbeginn.

32 *PW – Przysposobienie Wojskowe* – Vormilitärische Ausbildung.

39 *Płaszów* – südlicher Stadtteil von Krakau.

41 *Tempo Dnia* – Tempo des Tages.

Góralen – Bergbauern aus dem Gebiet der Tatra um Zakopane.

42 *Michałowski, Piotr (1800–1855)* – romantischer polnischer Maler. *Kossak, Juliusz (1824–1899)* – polnischer Maler, der besonders Pferdebilder schuf. *Kossak, Wojciech (1857–1942)* – Sohn von Juliusz, polnischer Maler, der historische Themen und Schlachten bevorzugte.

51 *kein »r« auszusprechen,* galt in der polnischen Oberschicht als besonders fein, bei den anderen aber als eingebildet und hochnäsig.

58 *Wawel* – Königsburg in Krakau.

66 *Vis* – polnische Pistole.

120 *weiß und rot* – die polnischen Nationalfarben.

151 *PZL* – Państwowe Zakłady Lotnicze, Staatliche Flugzeugfabrik.

178 *Virtuti Militari* – hoher polnischer Kriegsorden.

Legionär – Angehöriger der von Józef Piłsudski aufgestellten Legionen, die 1914 auf seiten Österreichs in den Krieg zogen und später den Stamm des neuen polnischen Heeres bildeten.

Starost – Verwaltungschef eines Kreises.

181 *Schwaben* – polnisches Schimpfwort für Deutsche.

187 *Präsident Mościcki* – Ignacy Mościcki (1867–1946), polnischer Staatspräsident 1926–1939.

Pieracki – Bronisław Pieracki (1895–1934), polnischer Innenminister ab 1931, von ukrainischen Nationalisten ermordet.

Bund – sozialistische jüdische Arbeiterpartei in Polen.

Chaluzim – zionistische Jugendbewegung.

Ozon – Obóz Zjednoczenia Narodowego (OZN) – Lager der Nationalen Vereinigung, konservative Organisation auf seiten der Obristen-Regierung in Polen 1936–1939.

280 *Bandera-Leute* – Anhänger des ukrainischen Nationalistenführers Stepan Bandera (1908–1959).

281 *Rejtan* – der Abgeordnete Tadeusz Rejtan widersetzte sich 1773 im polnischen Adelsparlament, im Sejm, dem Beschluß, die später sogen. Erste Teilung Polens anzuerkennen. Er benutzte die Formel »Nie pozwalam« oder »Veto« (ich protestiere), mit der jeder Abgeordnete einen Sejmbeschluß verhindern konnte (Einstimmigkeits-Prinzip). Noch berühmter geworden ist diese Szene durch das Bild des polnischen Historienmalers Jan Matejko (1866).

283 *Pazifikationen* – Unterdrückungsmaßnahmen der polnischen Regierung gegen Ukrainer.

336 *Grzegórzki* – östlicher Stadtteil von Krakau.

338 *Graf* – Schloß Łańcut war bis 1944 Besitz der Grafen Potocki.

347 *Sachsengänger* – polnische landwirtschaftliche Saisonarbeiter, die nach Deutschland gingen (nicht nur nach Sachsen).

353 *Biezanów, Prokocim* – südöstliche Vorstädte von Krakau.

357 *Składkowski* – Felicjan Sławoj-Składkowski (1885 bis 1962), polnischer Ministerpräsident 1936–1939.

361 *Polska nima* – richtig: Polski niema = es gibt kein Polen.

Zur Aussprache der polnischen Namen

Im Polnischen spricht man alle Vokale kurz und offen aus, Doppelvokale (au und eu) getrennt, ie als je. Die Betonung liegt, von seltenen Ausnahmen abesehen, immer auf der vorletzten Silbe.

Anders als im Deutschen werden folgende Buchstaben ausgesprochen:

ą	=	on, wie in Französisch: ballon
c	=	tz, auch vor k
ć oder ci	=	tj, zu einem Laut verbunden
ch	=	hart, wie in Deutsch: Dach
cz	=	tsch, wie in Peitsche
ę	=	in, wie in Französisch: bassin
h	=	ch, wie in Deutsch: Dach
ł etwa	=	w, wie in Englisch: water
ń	=	nj, wie in Spanisch: señor
ó	=	u
rz	=	j, wie in Französisch: journal
s	=	ß
ś oder si	=	ßj, zu einem Laut verbunden, also weicher als ch in Deutsch: Licht
sz	=	sch, wie in Deutsch: Schule
z	=	s, wie in Deutsch: Rose
ź oder zi	=	sj (s dabei stimmhaft), zu einem Laut verbunden
ż	=	j, wie in Französisch: journal

Inhalt